上

援外仁医

桑甜 著

Foreign aid Doctors

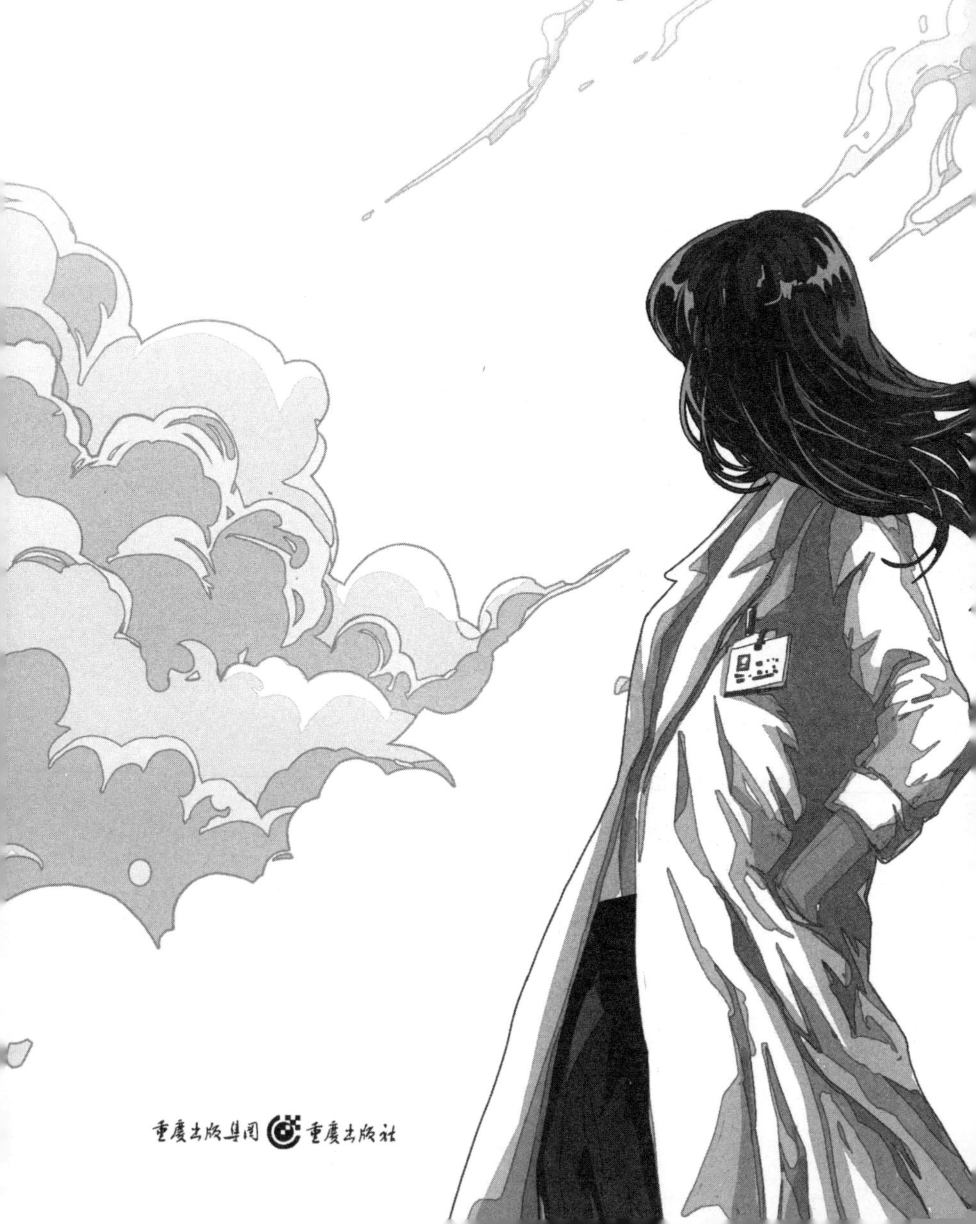

重庆出版集团 重庆出版社

图书在版编目(CIP)数据

援外仁医 / 桑甜著. —重庆:重庆出版社,2022.12
ISBN 978-7-229-17321-0

Ⅰ.①援… Ⅱ.①桑… Ⅲ.①长篇小说—中国—当代 Ⅳ.①I247.5

中国版本图书馆CIP数据核字(2022)第240616号

援外仁医
YUANWAI RENYI
桑 甜 著

责任编辑:袁 宁
责任校对:刘炜东
装帧设计:冰糖珠子

重庆出版集团 出版
重庆出版社

重庆市南岸区南滨路162号1幢 邮政编码:400061 http://www.cqph.com
重庆出版社艺术设计有限公司制版
重庆市国丰印务有限责任公司印刷
重庆出版集团图书发行有限公司发行
E-MAIL:fxchu@cqph.com 邮购电话:023-61520646
全国新华书店经销

开本:890mm×1240mm 1/32 印张:25.125 字数:630千
2022年12月第1版 2022年12月第1次印刷
ISBN 978-7-229-17321-0
定价:98.00元

如有印装质量问题,请向本集团图书发行有限公司调换:023-61520678

版权所有 侵权必究

目录
Contents

第1章	初次相逢	/1
第2章	战场遇险	/15
第3章	重要人物	/26
第4章	他的身影	/39
第5章	爆棚的荷尔蒙	/53
第6章	知非的生日	/66
第7章	救护车上的手术	/77
第8章	闺密驾到	/92
第9章	敢为人先	/106
第10章	特殊的意义	/123
第11章	实习医生	/135
第12章	她看他时月无言	/146

第13章	心疼的感觉	/160
第14章	争执	/181
第15章	危险的难民营	/196
第16章	难民营械斗	/209
第17章	吃碗面呗	/221
第18章	ICU里的承诺	/237
第19章	再起争执	/253
第20章	木兰上阵	/264
第21章	暂时的告别	/275
第22章	隐形的医生	/293
第23章	艰难的决定	/307
第24章	野路子	/328
第25章	原来是他	/345
第26章	司马昭之心	/358
第27章	终于见面了	/374

第1章　初次相逢

十月，非洲的雨季即将结束，天空湛蓝，骄阳晒得地面热浪滚滚。下午三点，一架埃塞俄比亚飞机载着中国援Z国首批医疗队，顺利抵达Z国首都新礼机场，随后，一行十五人乘专车出发，在傍晚前，抵达当地政府准备的营地。

大巴车停下，车门缓缓打开。一阵热浪袭来，知非下意识地用手遮在额头上。她深吸一口气，推着行李箱，跟随医疗队迈步向营地走去。营地是前政府官员的一处私宅，上下两层小楼，很大的院子。她在登记处领了宿舍钥匙，正准备上楼休息，总队长陈明宇急匆匆过来叫住了她："知非，有个重要手术只有你能做，你赶紧收拾一下，马上前往穆萨城，Z国军方已经派了人过来接你。"

热闹的登记处，瞬间安静了下来，所有人的目光都看向了她，因为就在三天前，穆萨城被宣布为"交战区"。知非稍愣了一下，立即道："是，总队长。"和安全相比，她更希望患者尽快脱离危险，这也是医疗队来Z国的意义。她去宿舍放好行李，收拾了衣服，拎着医药箱冲出来。

这时，陈明宇站在营地门口，正在跟一名Z国军官比手画脚地在说话。那名军官长得又黑又壮，戴着墨镜，叉着腰，很彪悍，讲着一口流利的汉语。听见脚步声，陈明宇迅速迎上去，抓过她肩膀上的背包塞进旁边停着的军用越野车后座，急促地说："你赶紧跟基普焦格上尉走，他会护送你到木喀土地区，维和部队警卫分队中队长修羽会在那里等你，再由他护送你去穆萨城。我叫院方马上把病人的各项检查资料发到你邮箱，你在路上研究。"不等陈明宇把话说完，知非已经风风火火上了车。

越野车驶离了营地，穿过拥挤的茅屋区、低矮的难民营，冲向荒野深处。

Z国各部族武装力量冲突严重，由Z国军方送他们去木喀土地区，再由中方维和部队的人接过去是最安全也是最快速的方案。

知非打开电脑连上无线网卡，网速很慢，刷了刷邮箱，没有新邮件。一条新闻跳了出来，标题为《国虽有界，医者无疆，中国援外医疗队赴Z国》，往下拉，是一张她穿着白大褂躺在手术室门口睡着了的照片。那是一年前国内S地区地震发生后，她连续在手术台上抢救伤者三十几个小时，累得躺在地上睡着了，被人拍下来放到网上，走红网络，被网友称为"最美白衣女战士"。她皱皱眉，抬起头，目光看向远处。旷野低垂，几只正在吃草的瞪羚抬起头，警惕地看着他们。车子经过，瞪羚撒开蹄子奋力狂奔，瞬间消失不见。

"病人现在什么情况？"知非问。一天前从国内飞Z国，到了这边连口水都没来得及喝，就上了基普焦格的车，具体什么情况还不清楚，只知道有个急需手术的Z国病人。

基普焦格声音热情洋溢："病人名字叫基维丹，是我们Z国历史上唯一一个获得奥运会奖牌的马拉松运动员。"

"什么病？"知非一个愣神，扭头直视着他。

第1章 初次相逢

"肺腺癌3期A，伴有胸膜转移趋势，无基因突变。十天前美国专家确诊基维丹患上肺腺癌，说他活不过100天。"

知非心里咯噔了一下，有点紧张，还有一点激动，悄悄搓了搓手，这种让人望而生畏的疑难病症，带给她的恰恰是十足的兴奋。知非所在的民大附属医院胸外科室一共有九个人，六个专家，再加上一个癌症中早期治愈率高达99%的胸外权威柳主任，也就是知非的妈妈柳时冰，组成了国内顶尖胸外阵容。科里就数她年纪最小，资历最浅，所以这种病人到了民大附属医院基本轮不到她上手。以前她就抱怨过，病人都奔着治愈率高达99%的专家去，让我们新人怎么办？病人不给我们机会，叫我们怎么进步？

这话她是在医院走廊说的，刚好一位老中医经过，就跟她说，这也不能怪病人，谁的命都只有一次，到了晚期没有人不绝望的，就想捞一捞柳主任这根救命稻草。人家千里迢迢过来，排一个月的队就为了见一见柳主任，听一听她的意见。让柳主任瞧过病之后，甭管能不能治，心就放回肚子里了。治病治病，治的不仅是身体上的病也是心里的病。从那时起，她就明白一个道理，医病先医心。

知非继续问："维和部队那边是什么情况？"

车子惊起一地的蓝耳丽椋鸟，基普焦格冲着天空吹了个口哨："修羽队长会在7点准时出发，前往约定地点接头。"

知非看了看腕表，5点55分。

基普焦格非常热情友好地冲她笑："您就放心吧知非医生，修羽跟我是在委内瑞拉猎人学校的同学，是我哥们儿，他各项成绩优秀，从来不迟到。"

知非见他长得跟黑旋风似的，眼神却明亮得如同孩子，于是浅浅一笑。一天没有吃东西，肚子饿得咕咕叫，她从背包里拿出一块巧克力塞进嘴里。这时，邮箱显示收到一封新邮件，点开邮件下载完毕，是院方传来的基维丹的各项检查数据和病情报告。她说干就干，抱着电脑噼里啪啦干活了。

晚上九点，到达木喀土地区。一路长途跋涉，折腾下来，早已经腰酸背痛。知非直起背，伸了个懒腰，听到旁边的基普焦格正对着通话器和一个讲一口普通话的人说着话，声音压得很低："听说交战区内一旦发生军事冲突，你们维和部队方面会立即作出干涉行动？消息准确吗？"

"维和是中立部队，没有命令绝对禁止干涉交战区的军事冲突。"对方耐心解释道，"这次军方和反政府武装冲突突然升级，按照维和总部的要求，维和部队的任务就是在交战区负责隔离交战双方，监督双方实施停火协议，防止进一步冲突，帮助受害的平民，为政治解决冲突创造条件。"对方顿了一下，换了个语气，"我已经到了约定地点，时间我计算过，我们应该差不多时间到达。我说老焦，你可别又给我迟到啊。"

"No！No！No！哥们儿，这次情况特殊，知非医生在车上开着电脑办公，我当然要开稳一些。给我一刻钟的时间，保证平安把人送到你面前，您就请好吧。"

"还记得我教你的北京话呢？"对方笑了笑，说，"从你刚刚说的一刻钟时间到达来判断，你现在距离我应该七八公里左右。那边是山路，路窄，路面又差，到处都是碎石，你小心点开车。叫知医生当心一些，收起电脑。"

知非刚听他说到这里，就听"咣"的一声，车子撞在了一块石头上熄了火。

第1章 初次相逢

"Shit!"基普焦格一巴掌拍在方向盘上,抓起中控台的烟,放到唇间,刚点着火,猛然想起车上的知非,取下来直接扔出窗外。

知非猜想通话的人就是来接她的修羽,想到马上要换一部车,便收起电脑放进背包。基普焦格重新发动了车,险险地绕过石头继续向前。知非放好了背包,扭头看向车窗外,发现车子果真行驶在一条很窄的山路上。说是山,其实很矮,海拔顶多也就200米,周围黑黢黢的,没有路灯,前方是一个拐弯口,左边有路障,那路障上有一寸多长的钉子。车灯照亮的地面上殷红殷红的,仔细一看全是血,几具来不及处理的尸体,横七竖八倒在路边。这一看,把她吓了一大跳。

越野车带着刺耳的吼声,顶着路障停了下来。紧接着,从黑暗中射出两道雪亮的灯光,一辆皮卡冲出来,停在路中心,从皮卡上跳下来一伙持枪的武装分子。

反政府武装?部族力量?恐怖分子?强盗?还没等她反应过来,武装分子对越野车已经形成了包围之势。旁边的基普焦格对着通话器大呼:"坏了,哥们儿,我们被一伙身份不明的武装分子给包围了,一辆皮卡,大概十来个人,有枪。"中控台上的通话器"吱吱"了两声,传出修羽淡定的声音:"不是你跟我说的,你是Z国的李小龙,一个打十个没问题吗?"基普焦格噎住。修羽换了个语调,"最近出现一个流动作案的武装劫匪团体,很可能就是你们遇上的这伙人,设法拖住对方,我现在过去。"

知非听完一惊,本以为只有交战区内才危险,现在才发现自己低估了这个国家的危险程度。一愣神的工夫,一名劫匪踏着保险杠跳上了前车盖,脚踩在挡风玻璃上,举起枪朝天空开了一枪,人的耳膜都要被震裂了。她是在和平地方生活的人,头一回被人拿枪指着，吓出了一身的冷汗，迅速扭头看向了基普焦格。

"会开车吗？"基普焦格突然问道。知非点头。他继续说道，"等会儿我下车，吸引住他们的注意力，你马上锁住车门，乘着他们撤路障的时机，你马上换到驾驶座，直接撞开前面的车离开，一直往前就能跟修羽会合。"军用车很大，换过去很容易。

知非惊了一下，问："你呢？"

"不要管我。"基普焦格看着她，认真地说："你是医生，在战场上，你的命比我的命值钱，你听我的。"

这句话一下就把知非给震撼到了。半年前，援Z国医疗队选拔队员，条件是临床科室人员具有中级以上职称和5年以上临床工作经历。28岁的知非，是从美国博士毕业后归国两年的主治医师，按资历来说是不够的，可她一门心思想要成为援Z国医疗队的一员，她找了部门领导，也就是母亲柳时冰做推荐。被母亲严厉拒绝之后，干脆走了直线，找到医疗队的总队长陈明宇当面陈述，这才争取到了名额。从那时候起，她就憋着一口气，要在这边干一番事业出来。

"你是医生，在战场上，你的命比我的命值钱"这句话足够让她醒悟，眼前的这位Z国军人正在用生命保护她，她为当初来这里想要证明自己的想法感到羞愧，定定地看着他什么话也说不出来。

基普焦格交代完毕，推开车门，举起双手下车，刚一下车便快速甩上车门，接着就被那些人围住，枪直接抵在了他的身上。武装头子看了看，见车上只剩下一名女医生，准备速战速决，眼神示意了一下手下的人。两名武装分子快速走到车头，开始撤路障。

知非坐在副驾座上没有动，她的驾驶技术还不错，换过去的话只需要一秒，几秒就能冲过去，可她不能走。对方丧心病狂，

第1章 初次相逢

她要是走了,基普焦格会立即没命。她一秒都没有犹豫,推开车门准备下车。车门刚一推开,就被持枪的武装分子凶残地拽着衣领子揪出来,粗暴地按在了车身上。知非冷静了一下,眼角余光看了一圈,对方大约十个人,她用英语交涉:"我是中国医疗队的医生,去穆萨城教学医院为一个Z国病人做一个肺腺癌手术,请放我们走。"

武装头子正准备叫人动手杀了这两个人,忽听知非说话,一愣,扭头看了看,迈步走到她面前,双腿叉开,下巴一抬,示意按住的人松开手。知非直起腰,看清楚了武装头子是一张刀疤脸。武装头子也看清了知非,是一个漂亮的亚洲女人,伸手搂住她的腰,直接拉到面前。知非小时候练过跆拳道,反应快,顺势抓住他的手臂,猛力拧转,将他按在了车身上。

几条枪齐刷刷对准了她。知非的心沉了下去,这帮劫匪是什么样的人?她不用想也知道。Z国是什么样的地方,现在她算是真实感受到了,这里充满了暴力和恐怖!

一旁的基普焦格下意识地用当地话大声警告:"别开枪!谁都不许动她。"

几名劫匪被他唬得一跳,有劫匪抬手一枪托打在他身上,他一动不动地站着,凶神恶煞的模样把那几人给吓得不敢再动手。

刀疤脸扭过头,吼了声:"你要干什么?"

基普焦格硬碰硬:"把她放了,你提条件。"

刀疤脸不可思议地眯着眼:"把她放了?她谁啊?"

基普焦格:"她是谁不重要,但她父亲是中国富豪,在这里有油田。我只是护送她去见她的父亲,你们想要钱,我不想让她丢命,不如我们合作,你把她绑架了,我给她父亲打电话。"

7

刀疤脸眯着眼睛打量知非,问:"能给多少?"

"具体数目我不能确定,但我可以保证你能拿到很多很多的钱,带着你的这些手下去迪拜,去拉斯维加斯,去挥霍,去你想去的所有地方。"

劫匪们一听,一个个眼睛雪亮,像饥饿的狼,全都盯着刀疤脸。刀疤脸不信:"她这么值钱?"

"富豪千金,唯一继承人。"

刀疤脸突然抬手就是一个耳光打在知非脸上。

力道太猛,打得知非的头沉沉地撞在了车上,她忍着痛,没叫疼,一抹嘴角,鲜血丝丝在淌。

基普焦格怒斥:"说了谈条件,就别再动手了,我现在就给她家人打电话,马上让他们带钱过来赎人。"

刀疤脸冷笑了一声:"好,有钱谁不赚?不过先让老子爽完了再谈条件。"

基普焦格大呼:"别动她。"顷刻,几支枪戳在了他身上。

知非不是不怕的,他步步紧逼,她险险往后退去,一边想着脱身的办法,一边拖时间等修羽赶来。可是,她要坚持多久,修羽的驰援才能到?面对这样一群亡命之徒,她心里一点把握都没有。再往后退,枪口硬硬地顶在了她的腰上。她面色发白,心跳得飞快,身体僵硬地站着,完全的包围之势下,一边是随时射杀的恶魔,一边是色中恶狼,她没有任何反抗的机会,就被刀疤脸扯过去,摁在了车身上。

风更大了,有车上山,车子发出野兽般的巨吼,贯彻整片山林。

黑暗中,白色防弹车以最快的速度冲了过来,一个急刹,直

第1章 初次相逢

接从车上跳下来一个人,一米八以上的身高,肩宽细腰大长腿,脊背笔直,古铜色的皮肤,轮廓分明,周身上下自带一种野性气场。来人动作极其迅速,闪电般贴近了武装头子,左胳膊遏住他的脖子,右手上的雪亮匕首抵在了他的动脉上,刀锋划破肌肤,血顺着刀刃流了下来。

知非僵硬地站着,手心里全是冷汗,看清楚了UN标识和他臂章上的五星红旗,瞬间心头一松,安全感油然而生。回头就看到劫匪们撂下武器,灰溜溜地跑了,刀疤脸举手投降,身子直往地上出溜。她身体一软,蹲在了地上,刚才枪口指着她的时候,周身的血液都凝固了,甚至感觉到枪膛里高温的子弹朝自己飞了过来。

过了一会儿,她感觉到有人影走过来,抬头看见他手里拿着一件薄毯披在自己身上,屈膝蹲在面前,温和地问:"你怎么样?有没有受伤?"

她的视线刚好与他相撞,他眼尾略弯,眼睛很亮,神情专注。

她当即将视线移开,站起来,靠在车身上,说:"我没事,谢谢你。"说完发觉声音抖得厉害,想起基普焦格的车上有一盒烟,手伸进去在中控台上摸了半天只摸到了打火机。

修羽好像知道她要干什么似的,从另一侧走过去,拿起烟盒,抽出一支递给她。她接过来,含在唇间,打火机打了几下,手抖得没点着烟。他从她手里拿走了打火机,娴熟地给她点上。火光中,终于看清了她的长相,一头齐耳短发,皮肤很白,眉眼明亮,气质有些冷。

知非深吸了几口烟,快速镇定了下来,重新审视眼前的人。大风恰好吹开天上的乌云,月光从乌云的隙缝中洒下,照在他身上,他大约三十来岁,除去刚才一身邪痞之气和爆棚的荷尔蒙,安静下来如利剑入鞘，气质温润儒雅，有几分清朗隽秀的味道，是那种过目不忘的感觉。她狠吸了两口，将余下的半支烟掐灭，抬起头，调整呼吸，落落大方地打了个招呼："修羽队长，终于见面了。"

"幸会，知非医生。"

"接下来，请多关照。"

"分内之事。"他话不多，字字精准。

这时，基普焦格已经绑好了武装头子，将知非的背包和医药箱放到防弹车里，走过来，狠狠捶了修羽一拳，然后紧紧抱住："好久不见啊老同学。"声音洪亮，犹如敲钟。

"好久不见！"修羽修伸手拍了拍他的肩膀，没有过多废话，照直说，"知非医生我已经接到，情况紧急，老同学后会有期。"

"后会有期，哥们儿。"知非也随着说道。

修羽听他说的还是北京话，脚步顿了一下，又拍了拍他肩膀，迈步走到防弹车旁，拉开后座车门，特意调整好座位，想尽量让知非坐得舒服一些。

知非看在眼里，内心感动了一下，心想到底是同胞，油然而生了一种亲切感。她站在车门口，手插在白大褂的口袋里，回头看着基普焦格，温和地笑笑，说："上尉先生，我可没有一个富豪爸爸，不过非常感谢你。"

基普焦格挠着头，嘿嘿一笑："不用谢，中Z友好啦。用你们中国话说这叫作'权宜之计'。"

知非微微一点头，侧身准备上车。

"知非医生。"身后的基普焦格叫了一声。

知非回过头。

第1章 初次相逢

基普焦格："你是我见过的最勇敢的女人。"

知非浅浅一笑，随后上了车。修羽关上车门，回身见基普焦格眼睛直直地看着车里的知非，下巴略一挑："老焦，还有事？"

"I love you."基普焦格把刚才没说完的下半句补充完整。

修羽走过去，看着他。基普焦格连忙表衷心："我没有开玩笑，我真的爱上她了。你教过我的一句中国古话叫'窈窕淑女，君子好逑'。"说着，拍了拍胸膛，咧嘴一笑，"我就是君子。"

修羽视线看向别处，不紧不慢地说："上尉先生，你的任务已经完成，立正！"

基普焦格笔直地站好，一脸不高兴地冲着修羽抱怨："喂，哥们儿，这里不是猎人学校，你别又给我下指令。"

修羽下巴一抬："向后，转。"

基普焦格转过身，无奈地说："我怎么又听你的了？Stop！"

"跑步，走！"

基普焦格不情不愿地朝刀疤脸跑了过去，一边跑一边回头看着知非。

夜更深，风更大，草皮被风吹得贴在了地上。修羽如猎豹般健步上车，关上车门，对后座的知非语速飞快地说："刚刚接到的消息，病人的情况很不乐观。"

"美方专家给出的活不过100天不是虚话，病人是肺癌中最难治的腺癌，这种病的晚期自然进程差不多也就三个月，病人资料我看了，也不是……毫无希望。"最后这句话，她不是对修羽说的，是说给自己听。

修羽瞥了她一眼，没想到她这么快就熟悉了病人病情，停顿了两秒，回到眼前的问题上："知医生是第一次来Z国？"

知非点头。

"眼下的情况我跟你说一下，我们现在距离穆萨城的医疗中心大约50公里，直接去医院的话就要经过交战区，安全起见，绕过交战区，就要进入野生动物保护区，行程需要十多个小时。我们选择绕道还是……"

知非抬眸望着他，目光笔直："修羽队长，你不应该问我这个问题，首先，我是一名援外医生，既然选择来到这里，就做好了随时面对危险的准备。其次，我们都是在这边服务于自己使命的人，你穿越交战区到这里接我，你不害怕，我也不怕，所以这个时候不要再谈什么危险和安全的问题，该怎么走就怎么走，不用担心我。"

修羽对她的印象还停留在刚才见面时她浑身发抖的模样，此时听她不紧不慢地说出这番话，有一瞬间走神，轻微却利落地点头，简明扼要地跟她说："通过交战区就意味着我们可能会遇到危险，你决定从交战区走？"知非点点头，"接下来的这段路不太好走。"他拿出一张地图，手指圈出一个地方，"我们在这里。"又圈出一个地方，点了点，"医院在这里。两地直线距离51公里。"手指画出一条行驶路线，"这样过去的话大概需要一小时十分钟左右，零点前肯定到医院了。"修羽说完，补充了一句，"你晚饭还没吃吧，车上有罐头和巧克力。"

"我吃过了。"知非在路上吃了一块巧克力。

修羽从车内后视镜里看了她一眼，然后发动车子。这时陈明宇的电话进来，修羽一边开车，一边听她有条不紊地通话："嗯，病人资料我已经看过了，我知道这边的医疗设备、医务人员以及药品都比不上国内。我先列几类必用药出来，一些特效药看看能不能从国内带过来，或者从哪里购买。这样吧，你让那边的医院总结一下，我到了要尽快上手。嗯，目前来看是腺癌，我的意见是做切除手术，麻醉医生有的吧？手术室尽快联系好。"修羽熟练地开着车，心想，都没有问诊，直接看病历和片子出结果，这是经验丰富的老专家才做的事，她年纪轻轻，有多大的胆子敢这么做？

知非通完了电话，打开电脑准备工作，可这一段路信号极差，网络根本连接不上，只好靠在座椅靠背上，目光投向窗外。车子很快驶离路口，又往前行驶了一段，车灯隐约照在远处的断壁残垣上。修羽见她没在做事，随口介绍道："以前这里有个小镇，后来这里发生了大规模的部族冲突，加上瘟疫暴发，整个镇子的人几乎都没了……"转过头征询她的意见，"我们可以绕道过去，大概需要十多分钟。"

知非不紧不慢地说："不用，按照原计划路线就行。"

修羽点点头："那就直接穿过去。"

深夜，车子在漆黑的废墟小镇里飞驰。出了小镇之后，又行驶了一段，突然，远处一声枪响，接着是连发，枪声一片，夹杂着爆炸，紧密得让人喘不过气，修羽轻描淡写地说："八公里外就是交战区。"

知非没说话，她心思没在这上面。车又往前开了一段，枪声似乎停了，路面的颠簸也没那么严重了，知非坐稳了身体，沉沉呼了口气。

修羽说："你从国内刚飞过来，又乘了很久的车，一路颠簸，一定累坏了，从这儿到医院还有一段距离，估计你到了那边就要给病人做检查，觉也睡不好，要不你先睡一会儿？到了医院我叫醒你。"

知非裹着衣服,看着车窗外黑沉沉的天空。也不知道着了什么魔,他这话一说出来,她就困得睁不开眼睛,压着声音说:"我睡一会儿,到了医院叫我。"说完躺下就睡着了。

修羽驾驶着防弹车在旷野上疾驰,天色如墨,不见一颗星斗。

远方,雷声隐隐,大雨将至。

第2章 战场遇险

车子大约行驶了二十分钟之后,漆黑的夜空,突然升起了一发绿色的信号弹,接着"轰"的一声巨响。知非被震醒了,睁开眼睛,就看见一枚炸弹在前方几米处炸开,防弹车被气浪掀起摇摇欲坠,她被震得弹了起来又跌回到座椅上,她异常冷静地找到安全带绑好。修羽扭头问她:"你没事吧?"知非还是蒙的。周围枪声大作,枪声和爆炸声连成一片,一枚子弹打在了车窗上,形成了一个蜘蛛网。她怔怔地盯着车窗,白花花的蜘蛛网在迅速增加,从一个变成了数个。

修羽语调平静地说:"现在遇到了点麻烦,车辆误入了政府军和反政府武装力量的交战区⋯⋯"

知非刚听了一半,一枚火箭弹飞了过来,落在防弹车的不远处,火箭弹落下的地方,半堵墙轰然倒塌,茅屋烧着了火,飞上半空。十数名特种装备的黑影乘势冲了出来,开始突击。双方激战,不时有子弹击中防弹车。外头硝烟弥漫,战火冲天,她心如擂鼓,死死地抓着扶手。

修羽单手控车,另一手拿起喊话器,对着外面喊话:"这是联合国车辆,请停止开火。"又一枚火箭弹飞来,他快速掉转车头准备离开。

火光中,知非突然发现拐角处的大树下躺着一名伤员,胸口中弹,看样子快不行了,她来不及心慌手抖,拎着医药箱,快速打开车门下车。身后一阵刺耳的刹车声响起,接着她就感觉后脖领子叫人抓住,双脚离地,直接被人塞回了防弹车。"咣当",头撞在了后座上,子弹从她刚才站的地方飞过去,打在了树上,一大块树皮掉下来,里面白花花的树干露了出来。知非回头,冲着身后的修羽大呼:"外头有人中弹,让我下车救人。"

"不行,太危险了。"

"那人要死了……"

"那你也必须留在车里。"修羽不容置疑地锁上车门,准备从后座跃去驾驶座。

她一把抓住了他,另一手摸在了医药箱上:"我是医生,我不能见死不救。"

修羽回头望着她,眼神自带强烈的压迫感,不与她废话,冷冷地说:"对不起知非医生,我是一名军人,保护同胞不受伤害,是我的责任和义务。"

知非直接扑向了驾驶室,想要自行打开车门,被修羽按住,声音带着点儿警告:"我的任务是把你安全送到穆萨城,为了安全起见,请你配合。"

"我不需要你保护我的安全,我是成年人,能对自己的行为负责,知道自己在做什么,你不要拿安全当借口来强迫我。"

修羽没时间跟她废话,拿起薄毯直接将她捆住,知非反抗,他按住她的手一并捆了:"你对我有任何不满,回去之后,跟我上级投诉。"

知非挣扎了一下,身上的薄毯扎得太紧,根本挣不开,她怒目看他，亏她刚才还认为遇上了一个儒雅可亲的同胞。她眼睁睁地看着他跃到了驾驶座上，不近人情地说："这里是战场，受伤的是恐怖分子，你听过农夫与蛇的故事吗？你救他，他会杀了你。"

"所以在你的眼里他是坏人就该死？"

修羽没说话，发动了车子。

知非深吸一口气："少校同志，我跟你不一样，我的眼里，只有疾病和病人，没有好人和坏人，不分种族贵贱，一视同仁。"

一瞬间，空气安静了。修羽闭了闭眼睛，他有片刻的恍惚，放缓了声音说："你第一回上战场，不知道这里有多危险，这里不是只有一个伤员，战争一爆发到处都是伤员，在战场上挑战的是一个医生的极限。"

"我报名医疗队的时候，就已经作好了这个准备。"

"不怕死？"

"怕！"

"怕还要下车送死？"

知非稍顿了一下，说："因为，我是一名医生。"

修羽无话可说。他蹙眉了蹙眉，没有任何犹豫，回身解开她身上的捆绑，打开车门。知非头也不回地下了车，快速冲向了伤员。那人胸口突突冒血，因为失血过多，走不动了，靠在树干上喘气，见旁边的防弹车上冲下来一名医护人员，本能地抬起手里的枪，枪口对准了她。

知非赶忙举起了医药箱，将醒目的红十字对着他："别怕，我是中国医生。"

短暂的沉默过后，那人手里的枪垂了下去。知非立即靠近他，蹲下，稍微检查了一下，子弹穿透防弹服，她打开医药箱，从里面拿出剪刀，剪开衣服，里面血肉模糊，子弹卡在胸骨的位置。她想把他放平了治疗，拖了一下，没能拖动。修羽从防弹车下来，目光复杂地望着知非，漫天的枪炮声中，她埋着头，跪在地上认真地检查伤者的伤情。冲天火光照亮她的脸，也照亮了那名伤者的脸，他瞬间起了一身的鸡皮疙瘩。

马布里，Z国境内恐怖分裂组织的头号通缉要犯，48岁，拉维亚南北分裂之后，他在Z国境内先后制造过几起重大人质劫持事件和汽车炸弹事件。

知非回头望了一眼修羽，喊："赶紧过来，搭把手。"

修羽没有动。因为马布里手里的枪一直就没有放下过。

知非又喊："赶紧过来啊。"

修羽望着马布里，马布里微微点头。修羽走过去协助知非放平马布里，并按照她的指示在一个距离合适的地方停住。

知非有条不紊地处理伤口，给伤口消毒，冲修羽说："把刀给我……镊子……止血带。"

治疗完毕，知非动手收拾医药箱，一边用英文医嘱："我没有带够药物，战斗结束之后，你选择入院治疗，或者自行口服消炎药预防感染和促进伤口恢复。记住了，不要乱动以免伤口裂开，伤口没好之前不要碰到水。"知非正说着，忽然感觉有个冰冷的金属物体硬硬地抵在腰上，是枪。是她太乐观了，错误地以为，他总不会对医生下手，现在看来是她错了。这是恐怖分子，而她作为一名中国医疗队队员被挟持，会让各方局面都陷入艰难。怎么办？知非习惯性地皱眉，想起修羽刚才的那句警告"你救他，他会杀了你"，一瞬间，后背蹿起了寒意。周围狂风肆虐，卷起的火焰在噼啪地烧着。战斗已经接近尾声，浓烟开始消退。她看见几十米外一名士兵，被火箭弹炸得血肉模糊，只剩下半只腿；不远处的另外一名士兵躺在地上，从地上的血量判断，应该没有活着的希望了。

最后一声枪响，战斗结束了，政府军快速包围了过来，在她和马布里周围形成了一个包围圈。她的视线和修羽的视线在空中相撞，修羽示意她冷静，然后转身迎向大步走过来的政府军指挥官。距离有点远，知非听不到他和那名指挥官在说着什么，只见两人握了握手，随后一起朝这边走过来，脸色很严肃。知非的手腕被马布里牢牢钳住，一个用力反扣到身后，他凶狠地警告道："不许动，否则我会杀了你。"随后眯着眼看着走过来的修羽和政府军指挥官，突然抬手开枪，子弹落在指挥官和修羽的脚下。

两人一起齐停住脚步。

马布里一只手抓着知非，另一手的枪抵在知非身上，口气很硬："纳吉布，我有她在手上，能不能放我走？"

政府军指挥官纳吉布口气也不软："马布里你已经被包围了，你的手下全部被击毙，赶紧束手就擒。况且这里是战场，在战场上必须对医生有起码的尊重，劫持一名给你施救的医生，这是公然违背日内瓦公约。"

马布里不跟他废话直接谈判："我要一辆车。"下巴朝知非抬了抬，"她开车送我离开。"

知非愣了愣，忽觉他声音异常，抬头看去，胸口微微鼓起，呼吸困难，大汗淋漓，忙问："你怎么了？"

马布里没说话，剧烈咳嗽了两声。

知非又问："你哪儿不舒服？"

话音未落，马布里手里的枪在她身上压了压，表情狰狞地吼了一声:"闭嘴!"

知非:"我是一名医生,请你相信我会帮你,现在把你的身体情况先告诉我,请你回答我,你哪儿不舒服?"

"你给我闭嘴!"

知非只好咬住了嘴唇,周围一片安静,只有淅淅沥沥的雨声。

站在修羽旁边的一名政府军军官小声跟纳吉布汇报:"情况不对劲,马布里是一个能给自己挖子弹的人,从他的表情来看,应该是受了很严重的伤,我听说他胸口处有旧伤……"后面声音太小听不见了。

修羽站着看了马布里一会儿,刚刚知非给马布里挖子弹的时候他就发现了,他敢断定那名军官说的胸口处有旧伤是肋骨骨折过。他稍微往前了半步,声音平缓,却不容辩驳:"马布里,能回答我几个问题吗?"

马布里眯着眼,竖起一根手指:"一个,我只回答一个问题,问完之后马上让他们给我车,不然……"他眼神发狠,"少校,这可是你的同胞,不救吗?让她陪我去死?这么好的年纪,这么漂亮的姑娘。"

修羽打断:"你在中弹之前从高处坠下来过,是右胸先着的地。你现在最痛的不是伤口处,是右胸很痛,胸闷、呼吸困难,并伴有口唇发绀。"

马布里咬咬牙,没说话。

修羽:"你不用回答,实际情况就是这样。"

知非震惊了,再度打量马布里,症状基本和修羽说的吻合。她来不及多想,弯腰去取医药箱里的听诊器。

"别动。"马布里手臂绷直了。

知非:"他说得没错,你很有可能已经造成了张力性气胸甚至是血胸,现在的情况很危险,我要给你重新做检查。"

"叫你别动!"

知非放缓了语气:"如果不立刻进行急救的话,你会死,听清楚了吗?"

马布里无动于衷,眼睛充血,眼神就像黑夜中的一头狼,目光审视着她,冲修羽说:"叫他们退后。"

修羽望着纳吉布,纳吉布没动。

马布里大吼:"立刻退后。"

纳吉布示意手下士兵退到安全范围。马布里手里的枪朝医药箱轻微点了一点。知非立即取出听诊器,掀开他的衣襟,右侧胸口微微鼓起,一片瘀青,她马上戴上听诊器给他做检查。知非:"气管左移,右胸呈鼓音,呼吸音消失,右胸壁皮下气肿,很有可能是右边第三根肋骨断开。"

马布里打断她,冲着修羽提高了音量:"你送我离开。"对知非说,"你在路上急救,给我一片止痛药。"

"我给不了你止痛药。"知非无惧地说,"还要我说几遍?你这种情况非常危险,需要立即排气来降低胸腔内的压力。"

马布里手里的枪指在了知非的额头上,咬着牙说:"给我止疼药,送我离开。"

"我没办法送你离开,现在你胸膜腔大量积气,会造成肺完全萎陷,纵膈移位,更危险的是,肋骨已经断了,如果处理不当,插入肺叶……"

马布里吼道:"我只要你马上送我走,听到没有?"

修羽往前走了一步,停下说:"她说得没错,如果不立即治疗，最快你会在一刻钟内死亡。"

马布里笑了笑，蔑视众人："一刻钟后我还会在这儿？你们以为我受了这点伤，就会束手就擒？被你们抓住杀掉或者上军事法庭吗？绝对不会！如果我今天必须死，我也会杀了她陪葬。"

修羽盯着他："现在也只有她能救你，你要是杀了她，你死得会更快。"

马布里剧烈咳嗽起来。修羽抓住机会，冲了上去，扯开了知非，同一时间马布里扣动了扳机，子弹打空，修羽抓住他的手腕，猛力反转，徒手卸了枪，扔在了地上。

知非被扯得摔倒在地上，等她从地上爬起来，就看到马布里躺平在地上，修羽戴着听诊器快速在他胸口移动。

她刚要制止，就见修羽转头冲着她说："右边第三根肋骨断开，有一小块碎骨插入肺部，马上做穿刺。"

知非配合地取出医药箱里的粗针头，立即给马布里做穿刺胸膜腔。

"噗——"马布里吐出一口血，体力不支地躺在地上。

士兵上来架起他就走，知非追上去："马布里的情况非常危险，请马上送他去医院进行手术治疗。"

周围人都看着她，却没有人回答她。

车门"砰——"一声关上了，车子绝尘而去。

纳吉布冲她敬礼，然后彬彬有礼地对修羽说："很抱歉，毁了你们一部防弹车。要不，我叫人开车送你们走？"

修羽拍了拍防弹车："还能开。"顿了一下说，"马布里的情况很不乐观，手术要尽快。"

政府军走了之后，知非沉沉地呼出一口气，收拾好医药箱，

第2章 战场遇险

抬手看了看腕表，零点零五分。雨还在下，天上一丝亮光都没有，空气里弥漫了战场特有的浓重的硝烟味和血腥味，闻起来有点恶心。她低头看了看身上，已经湿透了，沾满了泥污和血污。她是个有洁癖的人，皱了皱眉，拿出消毒水洗手。

修羽围着防弹车走了一圈，好多处被子弹击中，防弹玻璃上是密密麻麻的白色蜘蛛网，检查完毕朝知非走过去，说："你包里带着衣服吧？去车里换个衣服。"知非点点头，去车里换衣服去了。

修羽站在树底，从口袋里摸出一盒烟，基普焦格走的时候塞进他口袋里的，他抽出一支看了看，已经湿了，又抽出来几支看了看，也都这样，只有一支还算好，抽出来又都塞了回去。

知非换好了衣服敲了敲车窗喊他上车。修羽拉开车门上了车，回头看了一眼后座。知非定定地坐着，脸上什么表情都没有，他掏出烟盒把那支唯一没有被雨水浇透的烟，递给她。

她整个人还是麻木的，接在手里。

修羽打着打火机，知非定定地看着火苗，没有点烟，过了一会儿，眼睛一抬盯着修羽："你学过医？"

打火机的火苗跳了一下，灭了，防弹车里瞬间陷入了黑暗。外面，密集的雨点打在车顶发出沙沙的声响。

车子的火打着了，修羽头也不回地说："系好安全带。"

知非："你还没有回答我的问题。"

修羽不说话。

知非："其实你早就发现了马布里是张力性气胸，你没学过医的话，不可能有这样的专业素养，所以你一定学过。"

车子缓缓向前开去，大约两分钟之后，修羽说："知非医生，

23

我只是一名军人。"

"你递手术刀给我的时候，非常专业，你给马布里做检查的时候同样很专业，这个你怎么解释？"

"马布里的这种情况，我以前见过。"修羽目视前方，淡淡地说，"我是一名陆军特种兵，学过急救，上过战场，基本医学常识还是有的，关键时刻救人自救，这也是基本素养。"

知非望着他的背影，淡淡地说："你骗不了我。"

修羽笑了笑没说话了。

外面，瓢泼大雨从天空泼下来，天地间连成一片雨幕，防弹车经过一个水坑，晃了两下熄了火，顿时一片黑。修羽开了手电下了车打开车盖检查了一下，拿起车里的通话器："赶紧开辆车过来接应我。"

接下来两人都不说话了，静静地坐着。修羽突然问道："为什么来这里？待在国内多好啊，全世界最安全的地方。"

空气一瞬间凝结了。车外，雷声隆隆，闪电撕裂夜空。

知非看着远方，有很长时间没有说话。记忆像发黄的老照片，定格在父亲的画面上：那是1997年作为一名无国界医生的父亲，扎根非洲研制抵抗疟疾的药，最后只留下一张字条，便自此失踪。一直到修羽的手在她眼前晃了三次，她才回过神，拿起耳机塞进耳朵里，闭目养神。

这边的雨来得快去得也快。等雨停了之后，修羽拿着工具下车，打开车盖修理。大约二十分钟之后，一辆车风驰电掣地开了过来，停在两人身边，从车上干脆利落地跳下来一名维和军人："报告队长，我接你来了。"

修羽看看表："杜峰，迟到了五分钟啊。"

杜峰挠挠头:"这地方你又不是不知道,一下雨路上全是积水。"

修羽似笑非笑:"老步最牛的特种兵,迟到五秒钟都不可能。"

"那我可不敢当,最牛那个就在我面前呢。"

修羽见他谦虚,盯了他一眼,擦了擦手上的机油:"车修得差不多了,够你回去的。"转身从车里拿出知非的行李,"知非医生,请上车。"

知非上了车。

修羽盯着杜峰:"说吧,到底怎么回事?"

杜峰说:"队长,你这回可能要受处罚咯。"

修羽听了挑挑眉,转身快速上了车。

第3章 重要人物

凌晨一点，车子到达穆萨城医疗中心。到了这里，知非才知道这座Z国最好的医院，远比她想象中还要落后。医院门口停着几辆军方的车，到处都是人，受伤的士兵被搀扶着，或者用担架送进了医院。狭小的医院大厅里起码有三四十名受伤的士兵。医护人员全部出动，给伤员治疗，重伤的被送进了手术室。知非下了车，便直接冲进了医院，打开医药箱从里面取出一次性橡胶手套戴好，投入了紧急抢救的队伍。

知非给一名伤员做完检查，伸手抓住一名匆匆经过的Z国女护士，用英语说："这名伤员的情况很严重，需要马上安排手术。"

对方直摇头："现在没办法安排手术，所有手术室都已经满了。"护士见她是中国人，穿的是普通服装身边却又放着医药箱，一时判断不出她是什么身份，目光看了一圈，在人群中看到了一名急匆匆走过的中国籍医生，喊了一声，"谢医生，你过来一下。"

那名姓谢的医生戴着眼镜斯斯文文的，手里拿着片子正一边走一边看，闻言抬起头。

护士指了指知非，便匆匆走开，忙碌去了。

谢医生将手里的片子给了身边的护士，快步朝知非走来。

知非正在给伤员止血，头也不抬地说："伤员腿部中弹，伤及血管，要马上做血管修补处理，否则一旦失血过多，就可能有截肢的风险。"

谢医生看了看创口，又打量了她一眼，小心翼翼地问："请问，你是援Z医疗队的知非医生吗？"

"我是知非。"

谢医生刚刚还皱着眉头，闻言顿时露出了笑脸："你好，知非医生，我是先批抵达的队员谢晟。"

知非埋头给伤员的另一条腿伤口清创后包扎，叮嘱："注意千万不要沾到水，要避免感染，一旦发现感染要立即就医。"交代完了，这才回过头跟谢晟打了个招呼，"你好，谢医生。"

谢晟激动得眼泪都要出来了："知医生我们见过的，你来得太及时了，医院刚刚接收了一名肺部损伤、张力性气胸需要马上手术的病人。你是胸外方面的专家，这台手术就由你来做。"

知非站直了身子："没问题，我来吧。"

谢晟领着知非往手术室走，一边走一边给她普及："这边的医疗环境跟国内有很大差距，你要有心理准备。具体哪些差距，国内培训的时候应该提到过，但是还是不如实地更直观，我就不赘言了，做一台手术你就知道了。"

两人穿过拥挤的大厅走上二楼，朝走廊尽头的手术室大步走去。

手术室门口站着一排持枪守卫的Z国军人，见谢晟带着一名穿便服的女子走来，立刻警惕起来。一个头头模样的男人，拦住知非，上来盘查身份，看军衔是名少尉。

这时，手术室的门"哐"一声被推开了，从里面跌跌撞撞跑出来一名小护士，冲着谢晟大喊："谢医生，病人呼吸心跳骤停，你快进来看看吧。"知非一愣，推开盘查的军人，随谢晟一起冲进了手术室。

狭小的手术室里，杂乱无章，各种东西都堆放在手术室的拐角，病人躺在手术台上，监护器尖锐地响着，心电图已经变成了一条直线。

束手无策的Z国医生，结结巴巴地用汉语说："谢医生，怎么办啊？病人胸骨骨折，肺部插入碎骨，我……我不敢给他做按压。"

谢晟看了看仪器，知非往前一步站在了前面，冷静地说："准备强心针。"

谢晟盼咐忙成一团的护士："快，强心针。"

Z国医生惊呼："你是要直接给病人做心肺复苏吗？那样太危险了。"

知非："还有别的选择吗？"

跟着进门的那名少尉一听"危险"，马上将知非拦下。知非不说话硬往前走，被他一把扯过来，推了一下，知非被推得一个趔趄，撞在了墙上。

谢晟赶紧解释："少尉先生，这位是刚刚从中国来的……"

知非直接打断，吼了声："你别跟他解释了，赶紧给病人做心肺复苏。"

谢晟拔腿朝手术台跑去。他干脆直接跳上了手术台，小心翼翼地给病人做按压。很快，仪器上的直线开始跳动，变成了跳跃的曲线，心跳有了，他接过护士递过来注射器，扎进病人的心肌，几秒之后病人心跳稳定了下来。周围的人齐齐松了口气。

谢晟从手术台上下来，抬起手背擦了擦汗："病人并未提到过自己有心脏病史，突然发生这种情况，太吓人了。"

知非保持一贯的镇定："病人情况不明，术中更要注意有类似情况发生。把片子拿给我。"

谢晟赶忙叫护士把病人的片子拿了过来。知非接过来看了看，眉头一下皱得老高，眼睛看着片子对谢晟说："你看这里第三根肋骨骨折，这里有一块骨头刺破肺泡插在血管上，把它取出来也没什么大的问题，可问题在于，"她用手点了点，"你看这里有一块边界不清的阴影区。"

谢晟也皱起了眉："肿瘤，非常危险。"

知非点头："已经有分叶表现，合并右肺动脉主干内瘤栓形成，瘤体已经堵塞了血管腔。我的建议是直接切除病人的右全肺，防止瘤栓脱落猝死。"

谢晟推了推眼镜："全切肺叶手术在国内属于三四级手术，但是这边的医疗环境，断开的肋骨、肺叶里的碎骨，以及病人的自身健康情况，这些都给手术增加了极大的难度。说句实话，甚至术中我们只能靠手动给病人增氧。我是一名普外医生，病人送来的时候，我就知道这个手术我做成功的概率极小，可当时除了我也没别人能做这个手术，所以听到你到了，我眼泪都要下来了。知非医生，病人靠你了，我给你做二助。"

知非语调很平静："放心吧。准备手术，叫麻醉医生。"

谢晟对护士说："把麻醉师陈医生叫来。"转头对另外一名护士说，"拿一件手术服给知非医生。"

正说着，那名少尉过来阻止："她不能给病人做手术，这台手术必须由你来做。"

谢晟解释道："这台手术难度很大，我跟你介绍一下……"

对方直接打断:"我接到的指示是,守护你完成手术,直到病人出院。"

谢晟哭笑不得:"这台手术我真的做不了,现在的问题是要切除病人的肺叶,要是让我来做,那病人出血感染的风险会很高很高。"

知非已经换好了手术服,正在洗手,不紧不慢地说:"这台手术由我来做,而且必须马上就做,不然拖得越久病人的危险就越大。"

那人看着她没说话。知非洗好了手,仔仔细细地擦干净:"听明白的话请你从手术室离开。"

手术室一片忙碌,那人不情愿地往门口走,走到门口突然又退了回来,硬生生扯住了知非。知非没动,目光无惧地看着他:"没听清楚吗?我要给病人做手术。"

谢晟赶忙上来打圆场:"少尉先生,知非医生刚从国内过来,她是心外方面的专家,这台手术我做不了,只有她能做。"

那人扯着知非:"我是军人,我只服从命令,命令说病人的手术由谁来做,就由谁来做,她不能碰病人,也不能待在手术室里,出去!"

知非低头看了看被扯皱的手术服:"你松手!"那人非但没松手反而抓得更紧了。知非一挥手,甩开了控制。那人怒了,骂了句脏话,突然扑了上来,一双铁钳似的大手从背后猛地遏住知非的脖子,硬将她往外拖去。

谢晟大呼一声:"别动手,有话好好说。"追上去阻止,被那人一搡,一头撞在了手术台上,眼镜掉了,眼镜片从框架上蹦了出来。

护士尖叫:"你怎么打人啊。"

顿时,手术室里乱作一团。知非被掐得无法呼吸,双手抓住对方手腕,掰却掰不开,倒退着被那人拖到了手术室门口。

"放开她!"一个高大的身影挡在门口处,声音很冷,带着命令的口吻。

是修羽。修羽把知非送到医院之后,并没有马上离开。医院的伤员太多,他帮忙给伤员做一些简单的处理和包扎,刚上来找消毒药水,结果就看到了眼前的一幕。

那人撞在了修羽身上,扭过头,刚要发怒,见来的是中方维和军人,虚张声势地吼了一声:"你干什么?"

"我叫你放开她!"修羽一动不动地站着。

对方没松手。修羽上前一步,逼近那人。那人比他矮了半个头,被他强大的气势吓住了,悻悻松开了手,往后退了一步,大着胆子说:"你……你要干什么?你还想动手啊?"

"你配我动手吗?在手术室里打医生,能耐了?"

那人不服气地叫嚣:"你……你知道这是什么地方吗?你知道里面什么人吗?我告诉你,这里不是你们维和部队的营地,我劝你赶紧离开这儿,不然万一出了什么差错,你就等着上军事法庭吧。"

修羽不屑地笑笑,扭头看了一眼知非,知非靠在墙上,手按住胸口大口呼吸着,雪白的脖子上有着清晰的手印。他又看了一眼谢晟,谢晟蹲在地上捡起眼镜片擦了擦,再往镜框上装。他微微皱眉,嘴角一勾,看似在笑,却没有一丝的笑意,声音很轻,却冷到人的骨头里:"道歉!"

"道……道什么歉?"

"你说道什么歉？"

对方辩解："我在执行任务，接到的指示是病人的手术由谢医生做……"

修羽打断："我管你在执行谁的任务，在手术室对医生动手你还有理了？耽误了治疗，人死在手术台上，算在你头上？"

那人敢怒不敢言，想动手又不敢动手。

修羽摘下蓝盔，脱下外套，工工整整地放到一边，里面穿着橄榄绿的背心，浑身肌肉迸张，手掌勾了勾："不是想跟我练练吗？来呀。"

那人瞠目结舌了一会儿。修羽一个健步上去勾住了他的脖子，用力一勒，就像他刚刚对知非做的动作一样。

那人顿时就尿了，一连串地道歉："对……对对对不起。"

"滚！"修羽松开手，懒得跟他废话，回头瞥见知非还站在身后，指了指手术台，说，"赶紧进去救人啊，还愣着干什么？"

知非缓了过来，"哦"了一声，回身跑进了手术室。进门的时候她听到身后的修羽用很淡的口气说："我在门口给你守着。"

从知非进了手术室起，她就明白了谢晟那句"你做一台手术就知道了"是什么意思。简陋的手术室里，手术器械随便摆在一边，上面有苍蝇，消毒液是国内淘汰的洗必泰，没有针线，试了试电刀，无法正常工作。无影灯下，知非看清楚了手术台上的人，不出所料是马布里。此刻他已经麻醉。这台手术由知非主刀，谢晟二助。她一边用手术钳分离血管一边说："碎骨刺在静脉上暂时不要动它，我现在要处理上肺静脉、下肺静脉和右主支气管，然后用手术刀完成右全肺切除，在切除的过程中，组织会移位，可能会造成大出血。"

谢晟："1000毫升的O型血已经准备好了。"

知非分离到了一半，移动到了碎骨，一道血飙了出来，谢晟顿时就紧张了："知医生怎么办？"

知非冷静地说："别紧张，按照我说的做，在三十秒内阻止出血，我会在五分钟内完成吻合。你跟我配合好，准备取出碎骨。"

"好。"谢晟接过血管钳稳住血管。

"三二一。"说完，知非快速取出碎骨，谢晟同时夹住了血管，因为配合得好，出血量很小，知非从护士手里要过弯针、肠线，利落地进行血管吻合。经过8个小时的手术，马布里的右全肺叶被切除，纵膈淋巴结清扫完毕，碎骨放回肋骨上固定。

马布里被推出了手术室之后，谢晟长长嘘出一口气，看了看时间："整台手术一共8个小时，出血量大约200毫升，知非医生你真是太牛了。"

知非淡淡地说："这算不上什么，国内这样的一台手术，六个小时就能完成。"她摘下手套，看了看自己的手，"好久没用这种手术刀了，开始的时候竟然有点手生，我都有点紧张了，看来我还要多练，不过在这边有的是时间练。"

谢晟还在感慨："知非医生，不，从现在起，我要叫你知非老师，在这种手术室环境下，只用了8个小时就完成了这样一台复杂的手术，你简直是创造了奇迹啊。"

知非看着空空的手术台有一丝落寞："得感谢陈医生，在设备不足的情况下，要查查瞳孔，要加强补液，要增加麻药剂量，要增开静脉通道，全凭经验完成一台8个小时手术的麻醉工作。"

陈医生三十五岁左右，短发，笑起来眼睛弯弯的，像一轮弯月："我这都是被逼出来的，这边麻醉师的人手不够，设备不够，只能凭经验,刚开始到这边工作,我也是心慌手抖,慢慢就习惯了。不过,这是我在这边的最后一台手术。"

知非抬眸看着她。

陈医生说:"因为明天我就要结束这边的工作,回国了,我是军区医院的医生,随维和部队过来,到这边两年,还没回过家呢。机票拿到手的时候,忽然有点想女儿了。"说完,她笑了笑。

知非心里生出一丝敬意,伸出手。

陈医生伸手握住:"这边环境跟国内天壤之别,刚来这边的时候,各方面都会不适应,慢慢适应了之后,就会像我这样舍不得离开。"说到这里,哽咽了一下,嘴巴动了半天才说,"好好干,这边的病人太需要我们了。"说完就走了出去。

知非站在原地,目送那道白色的身影从手术室离开,消失在走廊里,她有一瞬间的恍惚。陈医生最后的那句话太像母亲柳时冰的话了。

只不过,这样的话,是母亲对别的医生说的,从没跟自己说过。

谢晟端着水进门:"这边没有供水系统,生活用水又特别紧张,平时我们都是这样洗手。"放下水,诚恳地说,"Z国的生活条件非常艰苦,很多人到了这边,刚开始的时候都无法适应,不过,慢慢就习惯了。"

自打知非加入医疗队,听得最多的就是这句"慢慢就习惯了"。

她是做好心理准备过来的,可看着眼前这一小盆水,还是暗暗叹了口气。

门口,护士在喊:"谢医生,查房时间到了。"谢晟从口袋里掏出一把钥匙递给知非:"你去我办公室休息一会儿,一层105,我查完房带你吃饭休息。等你休息好了还有一场大战在等着你。"

谢晟走了之后,知非看了看那个用得已经发白的塑料盆,先湿润双手,涂抹上消毒液,仔仔细细地洗了一遍,再用肥皂又仔仔细细地洗一遍,洗好擦干净。她以前在民大附属医院,是用流动的水来来回回洗三遍之后再加洗一遍。

新生活,确实很艰苦啊!谢晟的办公室很简陋,一张桌子一把椅子,墙上挂着日历,所有重要的日期上都用墨水笔做了标记,桌子上放着一摞残破的A4纸,上面写着病人的治疗用药情况,这就是病人的病历。办公室的门开着,手术区依旧嘈杂,空气里弥漫着刺鼻的消毒药水味,Z国军方已经撤了,但是还有许多伤员在接受治疗。长途奔波,车上只打了个瞌睡,接着是连续8个小时的手术室,人已经接近虚脱,知非揉了揉太阳穴,走到窗口,推开窗子。

窗外,绿树浓荫,烈日炙烤着大地。她习惯性地将手插进口袋,手碰到了修羽给她的那支烟,摸了摸,拿了出来,想起了进手术时他在身后说"我给你在门口守着"。

她迅速走出办公室,顺着走廊朝大厅望去,走廊里只有一名护士经过,大厅里人来人往但是并没有修羽的身影。又将烟放回了口袋,靠在墙上,拿出手机,开机。手机里一串的信息进来,医疗队的群里有几个人在@她,询问是否安全到达,还有两条来电显示和微信,来自夏楠:"非,到了给姐报个平安。"

知非在群里回了两个字:"平安。"

她太累了,累到多一个字都不愿再打,手指一划,指尖落在了柳时冰的名字上,停住,盯着那头像看了一会儿,收起手机装进了兜里。

天气太热,转眼起了一身的汗,她扯了扯湿腻腻的衣服,想起自己已经两天没有洗澡,鼻子凑到身上闻了闻,觉得很恶心。刚松开手,就见一个人冲进了门,心急火燎地喊了一声:"谢医生。"

知非闻到了一股奇怪的味道,汗臭味混杂着血腥气,抬起头,见来的是夜里拦着她不让她手术的那名军官,便低下头,冷淡地用英语回:"谢医生不在。"

那人站在门口没动。

知非低着头,不带一丝感情地说:"还有事?"

那人支支吾吾了一会儿,问:"你是医生吧?"

知非没说话,抬起头望着他。

那人说:"那你开个止疼药给我。"

知非快速扫了他一眼:"你哪儿不舒服?"

那人没回答,说:"你开个止疼药给我就行了。"

知非又低下头:"我开不了,麻烦你找别的医生去。"

那人急道:"别的医生都在忙,就你闲着,你开个止疼药给我。"

知非皱皱眉,有些不耐烦:"我说了我开不了。"

"你到底是不是医生啊?"那人稍作收敛,作出让步,"那你开给我一瓶消毒药水总行吧。"

知非口气很硬:"开不了,去找别的医生。"

"你……这个人怎么……"

知非抬眸,那人硬生生把说了一半的话咽下去,转身便走,这时从他身后跑过来一个人伸手将他抓住。

来的是一名瘦高的Z国军人,年纪稍长一些,浑身的泥,满头满身的汗,扑面而来一股汗臭味,简直要把人熏晕过去,一进门就大喊:"医生,他受伤了,你赶紧给他看看。"

知非抬起头仔仔细细打量着那人,看不出哪里受了伤。

那人脾气很大:"不看了。走。"

瘦高个儿拖住他:"去哪儿?别的医生都在忙,这里刚好有个不忙的中国医生,你快让她瞧瞧,要是耽误了治疗把手臂废了,到时候你小子可别后悔。"

说完,一把扯过那人藏在身后的手臂,扯开上面裹着的衣服,触目是血淋淋的伤口,一条刀伤,足足二十几公分。

知非噌地一下就从椅子上站了起来,冲外面喊了一声:"护士,护士,快带病人去急诊室。"

受伤的Z国军人叫易扎卜,胳膊上的伤是被匕首划伤的,伤得很深,已经见了骨,肌肉翻在外面,幸运的是没有伤到动脉。

知非给他做了基础清洗,清洗完毕,对一旁的护士说:"准备麻醉剂。"

护士正在给病人挂水,头也不回地说:"医院麻醉剂储备不足,只留给重大手术病人。"调好吊瓶上的调节器,转过头看着知非说,"知非医生,我们医院的情况就是这样,像他这种情况都是无麻缝合。"

知非看了看伤口,头皮有点发麻,顿了一下,声音温和了许多,冲易扎卜说:"我已经把伤口处理好了,现在我要开始缝合伤口,因为不使用麻醉剂,过程中会很疼,要是实在太疼了,你就叫出来。听明白了吗?"

易扎卜没说话。知非捏着伤口看了看,说:"放心吧,我的技术还不错,三分钟之内我会完成全部的缝合工作。"

易扎卜点头。知非低头开始缝合,飞针走线。易扎卜疼得脸部扭曲,紧紧地攥着拳头,额头上全是汗珠。知非一边操作,一边冲边上的护士说:"替伤员把头上的汗擦擦。"

护士给易扎卜擦汗,易扎卜有点不好意思,抬头默默朝知非看了一眼。知非很快缝好了伤口,交代说:"以后再遇到这种事第一时间到医院处理,不然一旦伤口感染,处理起来就会很麻烦。"说完,开了处方递过去,"去药房拿药,要按时服用,伤口不要碰到水,后天过来换药。"见易扎卜盯着自己看,添了一句,"不用找我,直接找护士就行了。"

易扎卜垂下了头,眼里闪过一丝愧疚。瘦高个儿拿过处方单连声道谢。知非不再说话,手插进口袋,转身走出了急诊室。

第4章 他的身影

午后，令人窒息的热浪扑了过来，湿闷的空气里，有一种上了蒸笼的感觉。一旦停下工作，疲惫便袭击过来，又累又饿，口渴难耐。刚走出急诊室的门，迎面走过来的一名Z国病人热情地朝她打了个招呼："你好，中国医生。"

知非扭头看了看，整条走廊只有她一个中国人，稍愣一下，微笑着点点头算作回应。

穆萨城的医疗教学医院，环境简陋，墙壁斑驳，让人有一种回到二十世纪八十年代的错觉。知非晃了个神。周围是陌生的环境，陌生的人群，可她一点也不觉得孤单，多年独自在外，早就习惯了一个人。

到了谢医生的办公室，已经渴得嗓子冒烟，目光一扫看到了角落里放着一个热水瓶，老式的那种，拿起来晃了晃，里面有热水。

她取出背包里的保温杯，倒了热水进去，刚喝到嘴里，一股奇怪的味道直冲喉咙，她一阵恶心，蹲在垃圾桶边吐了。吐完，从桌子底下看到了一双脚打门外快步走进来，那是一双作战靴。她直起腰，就听"咣"的一声响，两个饭盒和一只水壶重重地放在了桌上，只见修羽拿起保温杯，倒掉里面的热水，将水壶里的水倒进去,推到她面前,然后在对面的凳子上板板端端坐下来。

知非定定地看着他。修羽拿起一个饭盒,掀开盖子,准备就餐,下巴朝她一抬,说:"你还傻愣着干什么?吃饭啊。"

她这才打开了饭盒,里面一荤一素,居然还有红烧肉。知非低头扒饭,狼吞虎咽。她是真的饿了。

这时,门外一阵急促的脚步声响起,谢晟拿着饭盒刚好进门,直咂舌:"离着老远我就闻到红烧肉的香味了,我说你们维和部队的伙食比我们这边也好太多了吧。"

修羽给谢晟让了一个座位出来,说:"你就别羡慕了,知道你们这边物资不够了,基地特意给新来的医生加了个菜。"

谢晟竖起大拇指,坐下来跟修羽说:"告诉你一个好消息,今天知非老师做了Z国首例开胸手术,艺高人胆大,绝了。"

修羽说:"所以我们司务长亲自下的厨做了这份红烧肉。"

知非一边吃饭一边问谢晟:"病人现在情况怎么样了?"

修羽头也不抬地说:"那个病人啊,已经被军方接走了。"

"什么?"知非愣住,问谢晟,"谢医生,这件事你知道吗?"

谢医生点点头。知非把筷子往桌子上一拍,站了起来,火气极大:"这个病人右肺癌合并右肺动脉主干瘤栓,右肺全切,军方知不知道这种情况?谢医生你当时为什么不拦着?"

谢晟很为难:"我拦不住。"

"你拦不住,你为什么不通知我?我是病人的主治医生,不跟我商量就直接把病人弄走,我不觉得离开医院病人能够痊愈,我也不相信这个国家还有比这里医疗环境更好的地方,一旦病人出现感染,或者突然出现其他情况,我不认为谁有能力及时挽救病人的生命。"

第4章 他的身影

谢晟很无奈："可这是军方的决定。"

知非气得眼睛都红了："可我们是医生，要对病人负责，治好他的病，这是对一个病人基本的尊重……"

修羽平静地打断她："不把人接走，搁你们医院，等着马布里的手下过来把医院炸了再把人弄走吗？"

"这只是假设。"

"今天早上，医院混进来一名伪装成病人的恐怖分子，刺伤了一名Z国军官。"

知非猛然想起了受伤的易扎卜，一时无话可说，默默坐回到椅子上："就算是这样，那起码也得等病人把胸腔的引流管拔了再转移走吧。"

"那得要三天之后，医院这么多医生这么多病人，出了事算谁的？"

知非不说话了。确实，这么一个不定时炸弹留在医院，出了事谁都负不了责。

谢晟没想到她脾气那么大，有点怵，劝道："这个国家情况远比国内复杂，我们能做的也就那么多。"

知非一时无言，拿起筷子继续吃饭。谢晟转移开话题，没话找话地问："这批来了很多国内专家吗？"

知非心不在焉地回答："妇科、儿科、骨科、传染科……"

谢医生一听传染科眼睛发了光："宋教授来了吗？"

知非一愣，抬头看着谢晟。

谢晟一脸崇拜的神情："我说的是传染科的宋图南教授，我在医科大学读书的时候，就听说过他的大名，传染科之光，病毒猎人。不过，应该是我想多了。"谢晟往嘴里扒了一口饭，"宋教授怎么会来这儿，他要是来了，那就真的是出大事了。"

筷子上的红烧肉滑下去掉进了饭盒里，知非才回过神来。她拿起保温杯咕咚咕咚一口气喝了一整杯的水，换了个话题："吃完饭我先休息一会儿，晚上把腺癌的手术给做了。"

谢晟佩服地看着她："不愧是白衣女战士。"

知非埋头吃饭。宋图南，呵，好久没有听到这个名字了。

吃完了饭，谢晟带她去基维丹的病房看了看病人，然后送她去临时宿舍休息。临时宿舍是简易的铁皮房，里面又闷又热。知非交代谢晟给患者再做一次完整的检查，检查结果出来之后马上叫醒她，便走进门去。

因为生活用水没有送到，知非脸都没有洗，倒头就睡了。这一觉睡得很沉，迷迷糊糊中听见手机夺命般在响，她猛地惊醒过来。

窗外，天已经黑了。宿舍区停电，房间里一片漆黑，她从枕头下摸出手机，接通电。"病人的片子出来了，胸腔有积液，不能断定是否已经转移，但是和之前美方专家片子比较，有明显恶化趋势。"电话那头谢晟语气很凝重。

知非一个激灵，从床上翻身坐起："怎么回事？不是说病人一直在吃靶向药吗？病人到底有没有坚持服药？"

"靶向药是美方专家开的，两天前药就吃完了。"

知非急躁起来："这么重要的情况你怎么不早跟我说？我现在就去病人的病房。"说完按断了电话，黑暗中匆忙抓了白大褂穿上，带上门跑了出去。

深夜的穆萨城异常宁静。城市没有供电系统，医院自己发电，为了节约用电，除了院区，到处都是黑漆漆的。知非从简易宿舍区跑出来，顺着坑坑洼洼的黄土路面，深一脚浅一脚朝门诊部跑去。快到门诊部的时候，脚下被什么东西绊了一下，匆忙停住脚步，就听脚下有人在"哎哟哎哟"地叫，一个妇女僵硬地躺着。

知非连忙打开手机照明，半跪在地上，女人五十岁上下，邋里邋遢的，浑身一股难闻的气味，也不知多少天没洗澡了，旁边的地上堆着捡来的垃圾。她忍住恶心，吸了口气，道歉完，直接问："你哪里疼？"

女人听不懂英语，讲一口部落的话。知非比画了半天，对方才明白过来，用手指指了指腰。知非检查了一下，没有明显外伤，刚一碰女人就叫起来。知非缩回手，一边比画，一边飞快地说："你的腰要么是扭伤了，要么是椎间关节紊乱，或者是肌筋膜炎，除了疼之外没什么大问题。我扶你起来，进去拍个片子确诊了再说。"谁知伸手刚一拉，那人叫得更惨烈。

知非只好不停地道歉，跟她解释说，自己进去叫人把她抬进去治疗，可女人就是不放她走，叽里哇啦说了半天，知非听不懂，头都大了。这时，突然从旁边走过来一个人，挨着知非蹲下来，轻轻按了按患者腰部，声音温和地说："她这是急性腰痛，问题不大。"

知非抬起头，看见是修羽，愣了一下，下一秒就见他抓起患者的手，轻轻按住手背上的外劳宫，用女人听得懂的话说："放松，不要紧张。"

知非诧异地盯着那只手。不一会儿修羽松开了，说："试试起来，活动一下。"

女人已经不再喊疼了，慢吞吞站了起来，将信将疑地试了试，活动了一下，脸上露出不可思议的神情，抓着修羽的手连声道谢。

修羽说:"我只是用了一种古老的方法帮你暂时缓解疼痛,治标不治本,具体的还需要去医院进行后续治疗。"接着扭头冲知非说,"你去忙你的吧,病人交给我。"

知非默默望着他,说:"那谢了啊。"知非进了大厅,又忍不住回头朝他望去——帅气的橄榄绿T恤,军靴,手臂的肌肉线条完美。可以确定的是,他刚才按住病人外劳宫的手法很专业,她在民大附属医院见过一次中医泰斗李复老先生的治疗手法,而他身上就有那种老中医才有的专业范儿。知非来不及多想,转过头,加快步伐朝患者的病房跑去。

深夜十点,医院已经非常安静。走廊里的灯只亮着两盏,光线很暗。知非步伐飞快地从走廊穿过,大步冲进了病房,里面站了一圈的医护人员,知非盯着检测器上的数据,从护士手里拿到一次性橡胶手套戴上。

谢晟将手里的两份检查单递给她:"这是患者今天的片子和全部检查分析。这是之前美方专家留下的片子和检查分析。"

知非看了看,拿起听诊器塞进耳朵里开始给病人做检查。

一直参与治疗基维丹病情的Z国医生,解释说:"病人三个月前开始出现胸部疼痛,但是并没有加以注意,之后查出腺癌在吃靶向药,最近有向胸膜转移的趋势……"

谢晟补充道:"病人是一名运动员,身体素质好,而且也积极配合治疗,可是这病查出来的时候,就已经是中晚期……"

知非反复听着病人胸部,沉思片刻,摘下听诊器,回身又去看片子。过了一会儿下定决心地说:"准备手术。"

谢晟面露难色,小心翼翼地解释:"这台手术做起来起码五六个小时,可是医院过了零点就要停电。"

知非一愣:"昨天过了零点怎么没停电?"

谢晟:"昨天不是因为军方送了大批的伤员过来治疗嘛。"

知非不服气了:"军方伤员的命是命,病人的命就不是命了?现在没有靶向药,医院的医疗器械又不足以保证患者做放化疗手术,现在还有一线希望,如果我们一再推迟手术时间,一旦转移了,那么治愈的希望就更加渺茫了。"她看了看时间,匆匆对谢晟说,"你去跟院方沟通一下要求延迟停电时间,直到我们把手术做完。"

那名Z国医生参与了进来:"医院已经连续供电两天,万一超负荷导致手术中途停电,会加剧病人的危险,不如等明天……"

知非一听这话就有点急了,指着病床上的病人,脱口而出:"病人这种情况你让他等,癌细胞也会等吗?"

谢晟转身往外走,说:"我这就去跟院方商量。"

知非冲着他的背影大声说:"不是商量,是必须。"

站在一旁的基维丹母亲,听说马上要给基维丹手术,冲知非嚷嚷:"我儿子现在到底什么情况?转移还是没有转移?手术风险到底有多大?有没有治愈希望?"

知非低头看着CT片子,一边琢磨手术中可能遇到的事情,她听到了,但是充耳不闻继续看片子。

当地的护士劝道:"您先别着急,病人情况肯定会告知家属的。"

基维丹母亲怒怼了回去:"我能不着急?当初的主治医生是美国专家,现在换了个医生,也说是专家,可过来一看原来这么年轻,像个实习生,一点不专业,看都没看就说要手术……"

知非看完了片子又看检查单,始终没说话。护士继续劝:"您先等等，知非医生今天凌晨从中国刚到……"

"什么？今天刚到？我儿子什么情况她都不了解往病房一走就说要手术？之前美国专家说了，已经有了转移趋势不建议手术，这个中国医生这么拿人命不当命的吗？"

知非听她这么说，不乐意了，头也不抬地说："我跟你说病情，你听得懂吗？"

"你这是什么态度？"

知非耐着性子解释："你儿子是肺腺癌中晚期，现在胸腔有积液，CT不能确定到底有没有转移到胸膜，如果转移了，病灶是大是小，具体情况要开胸了才能确定。"

基维丹母亲听懂了一句："按照你的意思是必须要开胸？开胸之后万一转移了那就是瞎折腾？"

"什么叫瞎折腾？就算是转移了，这种算是近处转移，积极治疗还是有希望的。"

基维丹母亲一听就急了："你和美方专家一样，都是不能保证手术一定成功。人家是首诊医生，情况都跟家属说得清清楚楚，你什么都不说。"

"我跟他不一样，每个医生有每个医生的治疗方案。"

"那你回答我，如果转移了，治愈率有多少？"

知非见跟她说不清，扭头问护士："谢医生怎么还没回来？手术室准备得怎么样了？"

基维丹母亲怒了，突然上前一把揪住了知非，大声嚷嚷："我作为家属没同意手术，你凭什么决定手术？"

她长得又高又壮，力气又大，知非不愿跟她动手，用力想要挣脱，却又挣不开，声音不由自主就抬高了："你能不能讲讲道理?这种病本来痊愈的希望就不大,我们能做的也只是尽力延长病人的生命,让他少受一些痛苦。"

对方一听更怒了,死死扯住知非的头发,周围人七手八脚地拉架,知非好不容易才挣开对方的撕扯,顺了顺身上的衣服,气冲冲地说:"我跟你讲不清楚,可你想想,你儿子是运动员,是不是参加了比赛,就能保证一定拿奖牌?既然不能保证,是不是就要放弃比赛了?不想手术是吧?好,那就不手术了。"知非的牛脾气上来了,抱起病人的各项检查资料就往外走,一边走一边赌气地说:"手术取消,等病人家属考虑好了再说。"

快走到门口的时候。就听到身后传来一个声音叫她:"知非医生。"

声音微弱,一听就是从病人嘴里发出来的,知非一怔,停住了脚步。

基维丹望着她的背影说:"你刚才的问题,我来回答。从小到大,不论是什么比赛,我都没有放弃过。参加奥运会的时候,有人劝我放弃国籍参赛,说否则很可能无法参赛,我没有放弃,最终为我的国家赢得了历史上第一块奖牌。"

知非回头看着病床上的基维丹,他看起来很憔悴,也很疲惫,但是眼神异常坚定。

基维丹的很平静地说:"我愿意接受手术治疗,只要有一线希望我也要争取,因为我还想再上跑道,我还想拿到金牌。"说完,咧嘴笑了。

基维丹母亲望着儿子,嘴角一扯,眼睛红了。

整个病房一片安静。

站在门外的谢晟这才想起进门来:"知非老师,医院已经答应持续供电直到手术结束。"

知非马上行动起来:"把病人送去手术室,准备手术。"

基维丹被推进了手术室。知非正在洗手,谢晟走过来,小心翼翼地看了看她的脸色:"刚刚你怎么生那么大的气啊?"

"我能有什么办法,遇到这种蛮不讲理的人,想不发火都难。"

谢晟附和地点头:"那倒也是,病人家属一直推三阻四。这次是基维丹自己主动要求手术治疗的,病人的求生欲很强烈。"

知非:"看出来了。"

谢晟突然换了个话题:"你在民大附属医院工作?"

知非点点头。

谢晟激动了:"那你一定跟柳时冰柳主任很熟。"

知非点了点头接着又摇了摇头,把谢晟给搞蒙了,不过他也没在意,兴致勃勃地说:"我刚见到你的时候,就觉得你跟她年轻的时候有点像。"

像吗?知非打量了谢晟一眼,他年纪也不大,顶多也就三十六七岁:"你跟她认识?"

谢晟推了推眼镜:"我怎么可能跟她认识,我本科读的是胸外,看过柳主任的手术视频教学,那时候她很年轻啊,跟你一样做事雷厉风行,专注专业,看她做手术,是一种享受。"

知非一时间不知道说什么好。

谢晟说:"那时候我就特想做她的研究生,可做她的研究生也太难了,通过率极低就不说了,每年还只带几个人,根本没希望,所以后来我就忍痛割爱,考了普外的研究生。说实话到现在想起来,我都觉得特别遗憾。"他笑了笑,接着说,"说实在的,夜里我看你做的那台手术,就像当年看柳主任手术视频,是一个感觉,不愧是从柳主任科室里出来的。"

"那我可跟她不一样。我是拿刀做手术的,人家是做行政的。"

谢晟显得有些失望:"你的意思是柳主任现在不做手术了?"

知非特别坦然地说:"做!做那些科室里其他人做不了的。"

她已经洗好了手,走进了手术室。

谢晟望着她的背影,半晌回过神,一脸崇拜地喃喃:"柳主任不愧是柳主任。"

手术进行中。

知非用手术刀打开了胸腔,愣了一下,对面二助Z国医生,惊呼了一声,一助谢晟紧张地望着知非:"病灶转移到了胸膜,知非老师,现在怎么办?"

知非皱皱眉,声音平静地说:"跟我预想的差不多,烧灼转移结节,胸膜固定,右肺中叶切除再做淋巴结清扫,手术有点复杂,谢医生你来协助我,准备氩气电刀。"

"氩气电刀是美方专家留下来的,至今还没人使用过。"

手一伸,护士将氩气电刀递到她手上。知非握在手上试了试,低头灵活地开始操作。

手术进行得很顺利。七个小时之后,基维丹的轮床被推出了手术室。

Z国医生崩溃般靠在墙上,仰着头望着天花板,知非手术的时候,各种医疗器械在她手里翻飞,那种气定神闲的操作,是他第一次见到,完全被震撼到了。

谢晟也累坏了,靠在墙上,望着知非,缓慢地笑了:"知非老师,你又创下了一个Z国首例。"

知非摘下一次性手套丢进垃圾桶:"首例是用来创造的,纪录就是用来打破的。不过,不是我,是我们。"

谢晟呵呵直笑:"知非老师,你胆子真大,这样的医疗条件下,竟然敢把这样一台复杂的手术给做了。"

"胆子不大能行吗?手术接了,人过来了,病人陈词又那么恳切,要是我也不做,那估计真的没人敢给他做了。"

谢医生点头:"可是,这么危险的手术,你就没有想过,万一手术中出现意外怎么办?"

"没想过。"知非回答得特别坦然,"万一真的出了意外,那就到时候再想。"

谢晟佩服得五体投地:"我算是彻彻底底服了。"

电就在这个时候停了,谢晟直起腰,摸到应急灯,打开。灯光照在知非的身上,似乎在她周围晕开了一圈的光。

知非洗手时又闻到了身上的汗味,皱着鼻子问:"你们平时怎么洗澡?"

"简单啊,大半夜找个没人的地方,水一冲就完事。"

"哦。那我想洗澡怎么办?"

谢晟被问住了,琢磨了半天想到了主意:"我听说维和部队基地用集装箱改造成了浴室,要不,我给你申请去那边洗?"

"远吗?"知非觉得有舒服洗澡的地方总比没的好。

"不远,步行二十分钟。"

两场手术下来,大家都熟悉了,知非对这名Z国医生印象很深,水平不怎么样,态度很好,汉语水平也不错,下巴一抬,问:"你叫什么名字。"

"我叫小龙。"

谢晟说:"他喜欢成龙和李小龙的电影,还会一点中国功夫,双节棍练得是虎虎生风。"

"略懂，略懂。"小龙很谦虚，瞧了知非半天，突然问，"知非老师，维和部队基地都是男的，你去那边洗澡，不怕吗？"

"怕什么？"

"危险啊，你这么漂亮的女孩。"

知非洗好了手，伸了个懒腰说："基地里很安全，基地外才是危险的地方。天也快亮了，你们赶紧去睡吧。"

谢晟追出来问："你不睡？"

"病人还没过危险期，我留在医院随时待命，谢医生别忘了一早给基地打电话。我都馊臭了。"

"放心吧，忘不了。"

凌晨五点，知非打着哈欠去了谢晟的办公室休息。

推门进来的杜峰，冲着趴在桌子上埋头睡觉的知非大喊了一声："知非医生。"

知非猛地坐起来，差点带翻了手边的保温杯，伸手抓了抓一头乱发，迷迷糊糊地问："怎么了？怎么了？病人出什么事了？"

杜峰笔直地站在她面前，大声道："知非医生，杜峰奉命前来接你去基地洗澡。"

知非看清了来人，是那天夜里开车接修羽的那名特种兵，无语地望着他，手按在脑门上，叹了口气："我说你能不能小点声啊？你是怕整个医院的人不知道我要去基地洗澡吗？"

杜峰特耿直："是！我本来就是接你去基地洗澡……"

知非翻了个大白眼："门口等我，我去宿舍收拾一下。"

"是！"杜峰回答得特别响亮。

外面，天已经大亮，医院里人来人往，谢医生打着哈欠迎面走过来。

"谢医生。"知非叫住他,"昨天晚上十点左右的时候,有个腰疼的女病人,后来查出了是什么问题?你知道吗?"

谢晟想了一下:"哦,那个女病人啊,我听护士说了,没什么事。"

"没事?"

"对,当晚就走了。"谢晟问,"有什么问题吗?"

"没什么问题。"知非喃喃了一句,满腹疑惑地走了。知非回到宿舍收拾,脑子还在想着那个女病人。那么严重的腰痛,居然什么事没有,当晚就离开了,她有点想不明白。

第5章　爆棚的荷尔蒙

一辆军车停在医院门口，杜峰笔直地站在车边，特严肃地拉开后座车门："知非医生请上车。"

知非看了他一眼，将背包放在后座上，径直拉开副驾的车门，上了车"砰"的一下关上车门，坐好之后，回头看着还在愣怔中的杜峰，反客为主道："愣着干什么呀？上车啊。"

杜峰从震惊中清醒过来，小跑着上了车，发动了车子。

知非拿出手机刷了刷，信号微弱，没有任何新消息进来，有点失望，想起昨天晚上修羽在医院门诊部门口一个简单的动作就给病人止了疼，要是这样就能治病，她是做不到的。知非看了一眼杜峰，看似随意地问道："你们队长医术不错啊？"

话音未落，杜峰一脚刹车，知非手里的手机一滑掉了下去，她弯腰捡起来，望着他："你这么紧张干什么？"

"我哪有紧张。"他嘴硬，重新发动车子。

知非靠近他，小心翼翼地问："他……手上有医疗事故？"

杜峰一听就炸毛："你可不要瞎说啊。"

"那你这么紧张干什么？"知非继续问，"你们队长学的是中医吧？"

杜峰听出来知非在套他的话，一副爱答不理的样子："你自己问他去。"

知非看得出来，这小子耿直，直接转移换题："杜峰，你们队长是不是受处分了？"

杜峰梗着脖子："谁说的？"

"那天你们在车外的对话我听到了，他到底违反什么纪律，受了什么处分？很严重？"

杜峰拿眼角看着他："你套路太多了，又在套我的话。"

知非眉梢一抬："不说拉倒。"

杜峰嘴巴特严："你想知道，去问我们队长去啊。"

"难道我问的全都是军事机密，无可奉告？"

"差不多吧，总之不该问的少问。"

"那我问个能问的，你们队长有没有女朋友？谈没谈恋爱？这总不是军事机密了吧。"

"我们队长对谈恋爱没兴趣。"

知非的手指在手机页面轻轻一点，点开了一条标题为《嘴上说不想谈恋爱的人其实内心都在蠢蠢欲动》的文章，慢悠悠地说："是吗？"

"对啊，对我们队长来说战斗力是第一位，谈恋爱没意思。"

知非的手指划到了文章的结尾处，随手点了个赞。

"不过，这句话不是我们队长说的，这句话是江琦说的。你肯定又要问我江琦是谁，我告诉你，江琦是我们队里最有才华的人。以前在国内的时候，他在网上写连载小说，点击量上亿，他说'女人心海底针，根本猜不透'。"

知非打赏完毕："你说的这个江琦也是单身吧？"

"他当然单身啊，指导员说我们队都是单身狗。"

第5章 爆棚的荷尔蒙

知非笑了。杜峰有点急眼:"你笑啥,我说实话你就笑,单身狗有什么可笑的?江琦说我们都是宝藏男孩,尤其是我们队长,就他那身材,我不是吹啊,健美教练都比不了。"

知非划着手机,漫不经心地说:"你们队长身材这么好啊?"

"那当然了,我们队长那身材……"杜峰话到一半停住,大手一挥,"跟你说也说不清,有机会你自己去训练场上看看就知道了。"

"嗯。"知非点点头,"在我们拿手术刀的医生眼里还真是不一样。"

杜峰一愣,扭头看着她:"啥不一样?"

知非说:"手术的时候,肌肉层次分明,很好解剖,看着也是赏心悦目。"

杜峰一脸不可思议的表情:"你这女医生说话一点不讨喜,什么手术啊解剖啊,一点儿都不吉利。呸呸呸。"

知非被他逗笑了。

车子到了基地门口。哨兵过来检查证件,叫知非下来登记。知非登记完,又上了车。车子缓缓进了营地,知非从车窗向外打量,一排排白墙蓝顶的营地。这里所有的东西都整整齐齐,就连晾晒在外面的衣服都整齐划一。车子继续往前,停在了一个集装箱跟前。知非下车,拎着背包走进去,迎面四个大字"节约用水"。

她先洗头,再洗澡,尽量节约。才洗完澡,手机就响了,她一边用毛巾擦头发,一边拿过手机望了一眼来电显示,皱皱眉按掉。

那边一直打,她一直挂,几次之后,一条短信跳了出来,内容是:"生日快乐"。

这条短信和电话,来自她曾经的病人,陈健。

知非飞快地回了一句:"谢了啊!"

她擦干了头发,从背包里翻出一条裙子,通体的蓝色,合体剪裁,穿好之后,对着镜子照了照,腰有点宽松,看样子最近又瘦了。拿出口红,对着镜子涂上,看了两眼,又擦掉。知非笑了笑,装好换下的衣服和洗浴用品,拎着背包走了出去。

外面烈日当空,远处一列队伍经过,跑步声和口号声震耳欲聋。车子还停在门口,可杜峰人却不见了。训练场上一列队伍整齐地跑过,另一边正在训练体能。知非忍不住举起手机"咔嚓"拍了一张照片。

王铮发现有人拍照,从队伍里大步走过来,一边走一边冲知非大声嚷嚷:"你拍什么照片?你以为这里是景点啊?赶紧给我删了。"知非吓了一跳,对方已经走到了面前,扫了她一眼,问,"你叫什么?你干什么的?为什么出现在这里?"

修羽刚好经过,跑了出来,替她解围道:"报告,她叫知非,是援Z医疗队的队员,刚从国内过来。"

王铮想起来了:"哦,你就是知非啊,我记得你。咦,你怎么会在我们基地里?你不是应该在医院吗?"

"医院那边生活用水少,她洗澡不太方便,所以到我们这边洗澡,打过申请了。"

王铮看了看知非,语气好了很多:"知非医生,规矩我跟你说一下,拍照是要经过同意才能拍,不是随随便便想拍就拍的。"

知非没说话,点点头。

王铮继续说:"修羽队长,既然你们已经熟悉,那你带着她在基地里看一看走一走了解了解,人我就交给你了。"

第5章 爆棚的荷尔蒙

"是!"修羽敬了个礼。

"照片删掉啊。"王铮交代完,转身走了。

知非老老实实将手机上的照片删掉,抬头对修羽说:"真够凶的。"

"骄兵悍将嘛,别往心里去。"修羽笑笑,"你还好吧?没被吓着吧?"

"还好。"

两人一边走一边说。

知非看了看停着的一排整齐的大家伙:"这是步战车吧?"

修羽摸了摸车体:"漂亮吧?"

"漂亮!"手按在上面感觉了一下,说,"我能进去看看吗?"

修羽看着她:"行啊,营长发话让我带你转转,当然满足你了,不过别拍照了啊。"

知非看着他从面前走过,冲着他的背影说:"不拍别的,拍你行吗?"

他健步如飞:"不行!"

知非笑了笑,追了上去。

远处,一辆巡逻步战车缓缓开回了营地,白色的车体,清晰的UN标识。

修羽作了个手势,让后舱门打开,回头看着站在身后的知非,下巴朝她一抬,示意她上车。

知非看了看,舱门很低,一米二左右,她一米七的身高,要弓着腰才能进门,仰头问修羽:"平时就用它巡逻啊?"

"嗯。"修羽看她穿着裙子不太方便,说,"要不你就别进去了,就在外面参观也一样。"

57

知非裙子一提，弯腰就往里走，抬头就见里面坐着四个军人，四双眼睛齐刷刷地盯着她，知非微微颔首算是打了个招呼。

步战车外面，修羽见她堵在车门口，问："需要帮忙吗？"

"哦，不用。"

知非从门口让开，回头去看修羽，就见他身体一蜷，嗖的一下就进来，并且顺手关上了舱门。速度太快，整个过程眨眼之间完成。

子弹啊！她想。

修羽进来之后，说："我给大家介绍一下，这位是刚从国内过来的援Z医疗队队员知非医生，刚到Z国已经连续做了两台手术。知非医生，这些人你不用客气，都是警卫队的兄弟，江琦、马丁、冉毅意、周晨。"介绍完，四个人都没反应，不约而同地沉默，目光都聚焦在知非身上，一个比一个严肃。修羽说，"别愣着啊，欢迎一下。"四个人这才礼貌性地鼓了一下掌。

修羽说："江琦你让让，知非医生你坐我边上。"

知非坐下来之后，凑到修羽耳边小声问："你们警卫队都这么严肃？"

"咳！"冉毅意故意大声咳嗽。

修羽抬高了声音："他们今天是吃了枪药了。"

知非看出了端倪，但是没往心里去，她头一回进到步战车里，这里看看那里瞧瞧。从射击孔潜望镜往外瞧，看见杜峰站在集装箱门口东张西望，随口说道："你们用它巡逻，这边道路不好坑坑洼洼的，这车的密封性又这么好，这么颠簸，得吐吧？"

"吐？"周晨一脸不屑，"什么是吐？"语气颇为生硬，一听就是憋着火。

第5章 爆棚的荷尔蒙

场面眼瞅着就尴尬了。这时，知非的电话突然响了。还是那个电话。她不想接，抬手按掉。那边又打了过来，她接着按掉，重复了几次之后，车里的气氛更冷了。

修羽猜测她不方便在那么多人面前接电话，说："知医生，你下去接电话吧。"知非点头。

修羽先下车，托着她的胳膊方便她下车，知非走到一边接电话的时候，他又上了车，带上舱门，四个人还直直地坐着，他挨个看过去："你们一个个阴着脸干什么？人家来参观能不能正常一点？"

冉毅意带着情绪："正常不了。队长，你怎么又跟她在一起了？她什么样的人你又不是不知道。"

修羽说："我当然知道，人家是胸外科医生。"

冉毅意更正："女网红。"

"别瞎说。"

"我是瞎说了吗？在国内给体育健将陈健做手术频繁上热搜还传过绯闻。对，陈健是热搜体，绯闻就没断过，可以前传的都是娱乐圈的人，跟主治医生传绯闻的性质能一样吗？"

江琦轻轻咳嗽了一声，补充道："刚刚那电话就是陈健打来的。"见修羽瞪他，马上解释，"队长，我可不是故意看的，她就坐在我边上，一不小心看到了名字而已。"

修羽声音有点严厉："别扯这个，那是人家自己的事。"

"队长你看你又急？"

"我没急。"

"对，你没急。"冉毅意说，"反正谁都不能在你面前说她一丁点儿的不是，一跟你说这事你就急，你还说你没急？"

修羽苦笑:"我说你到底是提意见来了,还是发牢骚来了?"

冉毅意提高了嗓音:"当时的情况,她自己没有判断吗?明知道危险还故意下车硬要给马布里治疗,两边都把状告到维和司令部了。损坏了一辆防弹车,还害你吃了处分,你怎么还向着她说话。"

修羽虽接受处分,但他介怀提这个事:"别再说这个了好吗?那件事的处理上本来我就有责任。"

冉毅意说:"那在手术室跟人动手呢?又是因为她。"

修羽沉默,不再做解释。

"队长我求求你了,离她远点吧。她什么样的人咱不管,可你要是因为她离开了这里的话,值得吗?咱们一块儿待了几年了,一起吃苦一起受罪吃在一起睡在一起,一个战壕里爬出来的兄弟,我们不想让你走。可你跟她才认识两天,有必要向着她吗?"

修羽怔了怔,看了看冉毅意,移开目光:"我真不是向着她,可作为医生她确实没做错。"

冉毅意生气地转身冲了出去。

这个时候,知非正在打电话,她低着头看着脚下的黄土地面,脸色并不太好。

电话那头陈健说:"知非,你真的不再认真考虑一下我跟你的婚事?"

"那不可能。"

"怎么不可能?"陈健降低声调,以减轻他对这个回答的不满,"我爱你你也爱我,结婚是再正常不过的事了,我知道你在Z国,没关系,我可以等你。我都想好了,婚礼咱们在大溪地办,这事我跟伯母商量过了,她说她不反对咱们的婚事……"

第5章 爆棚的荷尔蒙

知非一听他提起母亲，气就不打一处来，直接打断："从一开始我就说得很清楚，我只是你的主治医生，你不要把一个医生对病人的关心理解成爱情。"

"我知道你还在生我的那些绯闻女友们的气，我向你求婚，就是证明我爱的是你。"

知非加重了语气："我说得还不够清楚吗？我不爱你。"

陈健没当回事："别闹，你不爱我，你会天天陪着我鼓励我？给我发信息？还跟我去见父母？"

知非重申一遍："那只是主治医师对病人的关怀。"

陈健不说话了，过了一会儿说："那你也送每一个病人回家吗？"

知非不想再就此事讨论下去："随便你怎么想，陈健，我们不可能结婚。"

陈健沉默了一下，说："所以，你只是利用我，把我从柳主任手里抢过来，就是为了完成了你的临床成绩？"

知非说："要是这么想能让你舒服一点，你就这么想。还有你的前女友前前女友，一个个拉我上热搜，我早就不胜其烦。"打完了这通电话，知非情绪有些低落，抬头望着天空。风在吹，云在动，天空蓝得发紫。看着看着她又笑了，想到自己现在身在万里之外，以前的一切恍如隔世般遥远。平复完心情，她发现步战车已经空了，几个人正在车库里擦车，烈日在车库门前画下了一道浓重阴影。

知非走到了车库门口，朝里面望了望，没看到修羽，问道："你们队长呢？"

几个人抬头望着她都不说话，存心让气氛沉闷。江琦反应稍

61

微快一点："知非医生，我们队长提水去了。是这样的，我们今天的任务是给步战车做维修工作，你看，这辆车它出了点问题需要修一下，可是我们几个都修不了，只有我们队长能修，所以队长今天就不能陪你参观营地了，真是对不起你。"

"这样啊，行了，我知道了。"

江琦说："要不你先回去？"

"不用管我，我就在边上看着就行。"

江琦苦口婆心地劝说："那多不好，我们这儿又闷又热，特别不适合像你这样的漂亮女同志待着，要不你找个有空调的地方？"

知非早就看出来这几个人态度不友好，她想弄清楚是怎么回事，自然就不能走："我不热。你们平时修这个需要多长时间？"

江琦说："这可不好说，这就好比你们医生给病人做手术，割个阑尾这种小手术，一个小时就能搞定，但开胸这样的一台大手术下来十几个小时也未必够。"

知非说："那挺复杂的。"

江琦一个劲儿地点头："所以说知非医生，你要有别的事的话，就先忙去吧，队长手上的活儿一时半会儿肯定完不成了，没准今天都做不完，别耽误你的时间。"

知非也跟他打太极："不着急，反正我今天休息，医院也没什么事，我就在这儿等他。"

冉毅意没好气地说："江琦，人家爱等就等着呗。"

就在这时，修羽拎着水桶回来了。几个人都齐刷刷地看着他，修羽进门放下水桶，说："看我干什么，干活啊。"说完，钻进了车底下。

知非靠在墙上，拿出手机玩游戏，目光却瞟着步战车的方向。修羽的胳膊露了出来，肌肉线条近乎完美，想起杜峰说的"我们队长的身材健美教练都比不了",心想,他倒是没说谎。

离她最近的男孩子二十二三岁,长得很帅,眼睛总是有意无意地看过来,不像那三个人看都不看她一眼。

知非一边打游戏一边问:"你叫什么来着?"

"马丁。"

"哦,马丁。你打游戏吗?"

马丁摇摇头。

几个人围着一万多公斤的步战车,一会儿研究,一会儿递工具。没一会儿的工夫修羽的身上就全是机油,衣服都浸透了。

机油味太重,又闷又热,她打算到车库外面透透气,没一会儿马丁也出来了。他手里拿了一个瓷缸递到她面前,说:"知医生喝水,队长叫我给你的。"

知非有洁癖,斜着眼睛看着那瓷缸。

马丁连忙解释:"瓷缸是我的,不过我认认真真洗了好几遍才拿给你的。"见知非没说话,只看着他,马丁的脸唰的一下红了,手捏着瓷缸低着头窘迫地站着,却没有要走的打算。

知非说:"马丁,水不是修羽让你送来的吧?你有什么事?直说吧。"

"知医生,我是来替大家跟你道歉的,你别生大家的气。"

"我没生气。是因为我,你们队长才受了处分吧?"

马丁诧异地问:"你知道了?"

知非心里的疑惑解开了,难怪他们那种不冷不热的态度。她不生气,一点都不生气,这种军营里的感情,是现实社会里求之不得的。她淡淡道:"我这不刚刚才知道嘛。"

马丁替大家打圆场:"双方最高指挥官都把状告到了长官跟

前,再加上队长在手术室里跟人打架,幸好长官是队长以前在猎人学校的指挥官,不然麻烦更大。不过现在处分决定还没正式下来,营地里都在传,说队长可能要回国,大家都舍不得他离开,所以态度就不是很好。"

知非没想到自己在战场上治疗一个伤者,居然惹出那么多的事来,一时之间不知道该说什么,有点烦躁,抓了抓头发。

马丁把该说的说完了,转身往回走,知非看着他的背影觉得有点眼熟:"马丁,我们以前是不是见过?"

马丁回过头,笑了,说:"八个月前,我带我父亲去民大附属医院看过病,排的是柳主任的号,可柳主任的号太难排,要等一个月呢,我们等不了,就走了。那天在医院大厅里刚好遇到了你,你劝我父亲留下来看你的号,可我妈说你太年轻了,拒绝了。"

知非想起来了,兀自笑笑,说:"正常,看病的人都喜欢找有经验的老专家。你爸现在怎么样了?"

马丁神情一下就暗淡了下去:"查了好久一直查不出原因,最近才查出来,是食管近端脂肪肉瘤加食管远端管壁淋巴管瘤,医生说没有希望了。"

知非愣了愣神,这两种都是罕见的肿瘤,在国内乃至整个世界都属于罕见病例。

马丁:"知非医生,我爸真的没有治愈的希望吗?"

知非望着他没说话。

马丁低下头:"我真后悔,当时应该听你的,让你试一试,兴许那时候查出来的话,我爸还能治。"

知非沉默了几秒,不知道该不该告诉他,即使当初查出来,她也没有能力治好的事实:"马丁,别自责,这病……据我所知应该属于国内首例。"

马丁愣了一会儿，表情一点点地悲伤下去，伸手抹了抹夺眶而出的眼泪，冲知非勉强一笑。

知非的心忽然像被一块大石压住。从医至今，她见过太多这样的场景：亲人的无助，病人的绝望。可是在医院里她没时间去消化这些情绪，就要奔向下一个患者下一台手术，但是在这里，这种情绪被放大了。

不甘心！一万个不甘心！因为罕见就一定没有治疗的可能吗？不，至少有个人一定会愿意跟病魔一战！虽然那个人她不愿意提起，但是却是她唯一的笃信。

"马丁，等一下。"她走上前，"听我的，马上叫你的家人去找民大附属医院的柳时冰柳主任。"

马丁眼里刚刚升起的希望又暗淡了下去："柳主任的号太难排了，即便排到了也是一个月以后的事，可一个月太遥远了，不知道那个时候还有没有希望……"

知非卸下背包，掏出笔和记事本，一边飞快写家里地址一边说："不用排号，直接去她家里找她，她住的地方离医院步行十分钟。她平时下班晚，要晚上十点以后才会回家，如果遇到特殊情况可能会更晚。她习惯从后门进小区，你们就在那儿等她就行。"她写好了，撕下来，塞进马丁的手里，"记住了，当面把病人的情况告诉她，像这种罕见病例，她看了就会激动，一定会接。"

马丁看着手里的地址，嘴唇微微发抖："谢谢你，知非医生。"

知非不跟他客气："相信我，一定去找她，一定要当面跟她讲清楚。"

马丁用力地点点头。

第6章　知非的生日

办完这件事,知非轻轻嘘出一口气,心总算踏实了一些。她看了看时间已经到了中午,想到午饭时间留在营地也不方便,况且修羽有别的事,没必要再等下去,就准备离开了。

"留下来吃个午饭,都给你准备好了。"修羽从身后走过来叫住她。

他已经洗了澡,换掉了满身机油的衣服,可以闻到他身上淡淡的肥皂香味。知非打量了他两眼,示意带路。

两个人穿过餐厅到了后面的一个包间。包间很朴素,只不过就是多一道门和外头隔开而已。桌子上已经摆好了几个小菜,用小碗盛着,旁边还放着一个很小的蛋糕。

修羽说:"去接你的时候,看过你的资料,时间隔得太近所以就记住了你的生日,我让炊事班临时给你做了个生日蛋糕,条件有限凑合凑合。这样的生日,你肯定头一回过,身处交战区,外面是40℃高温,头顶是呼啦呼啦的风扇,记住这个日子,生日快乐,永远快乐。"

知非心想,可不是有生以来头一回。

修羽点好了蜡烛:"来,许个愿,吹蜡烛。"

知非闭着眼,许了愿,吹了蜡烛,睁开眼睛时一朵花放在面前，修羽说："有蛋糕有蜡烛还得有花，号称你们女孩子过生日三件套，不过，花是门口花圃里摘的。"手指压在嘴唇上轻轻"嘘"了一声，"别让别人知道。"

知非笑笑，接过花，往耳朵上一别。

门就在这时被人拉开了，一道女声传了进来："我说修羽队长……"话到一半陡然停住。

知非扭头，就见一名女士官站在门口，二十来岁，一只手捂在另一只手的拇指上，脸色发白，见自己盯着她，马上将手背到身后，站直了竭力装出一副若无其事的模样，语气有点酸："哟，有人过生日，我来得不是时候啊。"

修羽在切蛋糕："你来得正是时候，江潮，有事进来说。"

"算了，我就不进去了。"江潮站在门口，打量了知非一眼，冲修羽说，"这位美女看样子不是咱们营地的人啊，修羽队长，你也不介绍介绍？"

知非大方地介绍自己："我叫知非，援Z医疗队队员。"

江潮忽而一笑："哦，原来是知非医生啊，久闻大名。"淡淡的语气有点嘲讽的味道，"花挺漂亮的啊。"

这个态度让知非想到了步战车里的四个人和杜峰，看来自己在营地算是出了名了，她不动声色地说："花是修羽队长在花圃里摘的。"

江潮无言了一会儿，说："修羽队长，你怎么能摘花圃里的花呢？花也是有生命的好不好，怎么能想摘就摘了？"

修羽没解释，切好了蛋糕这才扭头看向她，直接说："我就摘了这一朵，别大惊小怪的。说吧，找我啥事？"

"本来有事，现在没了。"江潮转身要走。

修羽喊了声："站住。"

江潮停住，背对着他。

"我都看到了，别藏了，进来吧，让我瞧瞧。"

江潮愣了两秒，回身拉了把椅子过来，坐下，手往修羽面前一搁："喏，看吧。"

左手大拇指已经肿了，大了几圈，知非皱皱眉，心想：多半是骨折了，得赶紧去医院固定。

修羽问："这次又是怎么弄伤的？"

江潮昂着头，看着别处，故意装出一副很轻松的口气："就是刚刚单手大拇指做俯卧撑的时候，不小心挫伤了呗。"顿了一下说，"不疼！"

修羽抓住那只手，按了按，问："是不是这个地方疼？"

江潮还没回答，就见他抓住拇指向外一拉，就听一声骨头响，他已经松开了手，说："好了。"

江潮嘴里还在"嘶"，看了看手指，没有任何怀疑地收回去，说："谢了啊。"

修羽说："下回注意点。"

"知道了知道了，行了，我就不打扰你们吃蛋糕了，走了。"江潮起身看了知非一眼，就往门外走。

修羽目送江潮的背影离开，回头见知非目光很冷地打量着自己，说："别看我，吃蛋糕。"

"你经常这样给人瞧病？"

"这不叫瞧病。军营里磕着碰着是常有的事，见得多看得多，举手之劳而已。"

"上次医院门诊门口遇到的那个病人，也是举手之劳？"

第6章 知非的生日

"不然呢?"他笑。

这样举重若轻的回答,显得她当时对那名妇女以及江潮的判断极为不专业,知非顿了一下问:"怎么不去军医那儿,非要来找你?"

"小毛病不用找军医。"

"你就这么自信?"

"这不叫自信,这是基本常识。"

他总是这么滴水不漏!知非定定地看了他一会儿,警告道:"你不是医生,没有行医资格。"

"那我下回跟他们说说。"修羽拿起筷子给她夹了一颗菜,"吃菜,这边吃肉容易,吃菜难。眼瞅都会就进入了旱季,往后吃菜难用水更难,生活会非常艰苦,想吃菜的话要自己种,想用水要去接水点拉水,十吨的水罐车,每天去白尼罗河的接水点拉两次。对了,你种过菜吗?"

知非摇头。

"你喜欢吃什么菜?我叫人捎点种子过来。"

"小白菜。"

她发现这个人太聪明了,自己还没问出点什么,就被他带去了别的话题里。

"小白菜?嗯,还有什么想吃的,我一并叫人带过来。"

"八大菜系,满汉全席。"她故意这么说。

修羽笑笑:"这可带不过来。"又换了一个话题,"你以前是英才中学的吧?陈颖老师认识么?"

"我初二英语老师。"

"那真是大水冲了龙王庙了,她也是我的英语老师。"

知非故意没接这个茬儿，印象里他还是在防弹车里用被单捆住她时粗暴彪悍的形象，可接触下来却又给了她截然相反的印象：既温柔又刚强，既平淡又刚猛。

两人都不说话了，埋头吃饭，知非吃得少，先吃完，看着修羽，他是那种标准的军人用餐，吃饭快，等她先吃完，他开始扫盘，扫完了，盯着她盘子里的半块蛋糕，说："不能浪费粮食。"

知非吃了两口实在是吃不下去，修羽也看出来了，说："吃不下就别吃了。"

知非脾气拧，听他这么一说，生硬地把余下的部分塞进嘴里，结果就噎住了，脸涨得通红。她抓起背包要走，又觉得自己还欠着修羽一个道歉，停顿了一下，说："对不起。"

"嗯？"修羽在收拾桌面。

"因为我让你受了处分。"

修羽看看知非，她坐在凳子上，手抓住背包，那是一双外科医生的手，纤细、修长、漂亮。

"你是为自己的行为认错吗？"

知非将背包往椅子上一丢，拍桌子站起来，双手撑着桌面，说："我跟你道歉我就得认错？你真当我一点原则都没有了？我给伤者治疗，是我作为医生的责任，我有什么错？"

修羽侧过头看她。知非不喜欢被人这样看着，有种莫名的压迫感："我知道你们怎么看我，我才回国两年，但是我的门诊量和手术量是普通医生的两倍，我靠的是勤奋，不是因为……"

"不是因为网络流量，而是你的努力和超常的工作量。"修羽接话，很平静的语气。

知非愣了一下，想到跟他说这些没意义，又拿起了背包起身就要往外走:"我去找你们领导说清楚。"

修羽快走了几步挡在门口拦住她:"你以为我请你吃蛋糕给你过生日,是要你帮我把事情说清楚?"

"我不光是为你,也是为我自己。"知非说,"我就是想知道,我作为一名医生在这样的环境下,我那样做到底对不对?如果说我错了,那好,我请他们告诉我到底要怎么做?是不是为了自己的安全,要眼睁睁地看着伤者死在我面前?要是那样的话,那我对得起医生这个身份吗?对得起手术刀吗?课本上没有这样教过我,教授也没有这样教过我,我所在的科室更没有这样教过我,我倒是想听听他们到底要怎么给我上这堂课!"

修羽看着她倔强地梗着脖子,周身都是不服输的劲头,放缓了声音:"谁告诉你大家觉得你做得不对了?你救人自然是对的,可你不是军医,你从没上过战场,也没有在战场上救护的经验和培训。在战场上你也是个弱者,首先要保护好自己,避免自己受到伤害。当时环境那么危险,任何一颗流弹打中你,你还能在这里跟我说话吗?"

知非不听:"让开。"

修羽抬眸看着她。

知非往前走了一步,加重语气:"让开。"

修羽还是没让,眯着眼睛。知非冷笑,靠近了他一点,目光挑衅:"我去卫生间,要一起吗?"

修羽常年在军营里,这么直白的女人让他有一丝窘迫,看了她两秒,让开了,知非迈步就走。她找了个机会从卫生间里溜了。

王铮一走出餐厅,就感觉后头有人跟着自己,回头一看是知非:"知非医生,你这跟踪技术不行啊,有什么事营部会议室说,刚好我也想找你。"他头一歪，前面带路，知非跟他进了会议室。

王铮倒了杯水给她，问："找我有事？"

知非直接说正事："关于修羽队长的事……"

王铮早就猜到她的来意，直接打断："处分决定还没下来，还有别的事吗？"

"这事不能怪他，救马布里是我的意思，我下车救人他阻拦了。手术室里动手是因为对方先对我和谢医生动手。"知非极力争辩着。

王铮双手交叉抱在胸口，一张嘴还是刚才的态度："处分决定还没下来。"

"两件事都是因为我，要处分也是处分我。"

"别这样，你是好样的，从医生的角度来说，你不但没有错，而且还值得表扬。"

知非有点急："那他到底犯了什么错了，要让他结束任务回国？"

王铮愣了一下："错？什么错？知非医生，前面我就把话说得很清楚，他的处分决定还没下来，如果你非要问一个错，那错就错在，他是一名维和军人，不容许他这么冲动。"

知非准备了一肚子的问题一下子就梗在了腹中，王铮根本不同她打感情牌，这个人太硬。

她愣住了，原本要处理修羽就让她火大，现在王铮模糊的态度，对她来说简直是火上浇油。她沉默了一会儿，抬头看着王铮，说："我对Z国有特殊感情，所以我来到了这里。营长，我是一名医生，他犯了什么纪律我不知道，可如果修羽队长因为这个受处分，让他结束维和任务回国，不光是我，还有别的在外执行维和

第6章 知非的生日

任务的人也会因此感到伤心。"

王铮被她一通大道理说得直皱眉："行了行了，前面都说了处分决定还没下来，又不是多大的事，不就是损坏了一辆防弹车嘛。"

"防弹车？"

王铮说："早就该通过喊话来表明身份，可他不知道在干什么，偏偏迟了两分钟，把你和他置身危险的境地里。好在人没事，最多也就罚他回去抄一百回条例，再来个营部批评。我说你们这些替他说情的人到底是怎么想的？我们是有原则的部队！我能自砍左膀右臂？"

他的意思是修羽不用回国。

王铮说："这也就是你，你是女的，又是援Z的女医生，老陈带来的人，所以我跟你解释一下，要是我的那些兵被我给直接骂走了。"王铮悻悻地说完，换了相对温和的语气，"你在战场上履行着医生的职责，舍生忘死，舍己救人，你做得对，老陈说起你全是夸奖。修羽是我的兵，我就能委屈了他？我都怕我辜负了他。"

知非愣了一会儿，有些尴尬，站起来道歉："对不起营长，我误会了。"说完想走，猛然想起刚才王铮说有事找她，问道，"营长，你有事找我？"

王铮点点头，双手撑着桌子定定地看着桌子上的沙盘，过了一会儿才抬起头，看着她说："这事你迟早也会知道。昨天夜里有恐怖分子闯进政府军营地，企图营救马布里，双方发生火拼。马布里乘坐的车子被击中起火，车里一共五个人……全部被火烧死，由于尸体被烧焦，无法分辨死者身份，暂时认定马布里就在其中，

73

进一步消息还要等DNA确认。"

知非心情刚好了一点，一听这话，顿时脑子"嗡"了一声。

王铮："另外……在这次火拼中，政府军方面也死了人，7个。"

知非肩膀上的背包滑落在地上，整个人都蒙了。

王铮走过去，将背包从地上捡起来，放到她身边，放缓了声音："你是马布里的主治医生，我得把马布里的情况告知你，事发前，马布里就已经出现了术后感染……其实，这对他来说，也是迟早的事。"

知非毫无知觉地坐着。王铮知道她难受，伸手想拍拍她的肩膀，又觉得不合适，手都快到肩膀上了，又停住了。放下手，抬头看了看出现在门口的修羽，示意他进门。知非低着头，看见那双熟悉的作战靴停在面前，她幡然醒悟般地站起来，连背包都没有拿就往外走。王铮看了看修羽，又看了看已经走出去了的知非。修羽没等他说完，拎起地上的背包掉头追了出去。

从营部会议室走出来，知非脸色苍白得吓人。今天是她的生日，交战区她的一个病人死了，而因为这个病人又死了11个人。她突然就迷惑了，自己当初拼着性命去救马布里到底是对还是错？而在此之前她从未怀疑过。她的手微微开始颤抖，感觉到耳朵上别着东西，摘下来捏在手里，是修羽送给她的那朵花。花已经蔫了，垂在手里，毫无生机，她越发难受了，握着花，扭过头朝左右看了看，旁边是花坛。她蹲在花坛边，把花插在泥土里，可花坛里的泥土是干的，风一吹花就倒了，她很难过，眼眶一下子就红了。

修羽一直默默跟着她，见她这样，一言不发地用一次性杯子取了半杯水，递给她。她接过杯子，把花放进去，然后起身把杯子还给修羽，从他肩上扯过自己的背包迈步便走。修羽招手叫经过的一名士兵，示意把花拿走，然后快步去追知非。

修羽追上了知非，跟她并肩往前走，说："马布里跟政府军方面多年恩怨，交手无数次，死了无数无辜平民。就因为他，Z国不得安宁，别的先不说，光战争造成的损失就无法估量。政府军方面这次好不容易抓住他，自然不会让他活着出去。换句话说，如果那天夜里你没有出现在战场上，马布里当场就死了，你已经让他活了下来多看了一天的世界。"

知非大步往前走着，像一阵疾风，她悔得生不如死，悔得肠子都青了："正因为这样，害死了另外11个人。"

"他们的死跟你无关。"

"怎么没有关系？如果不是我救了马布里，他们就不会死。"

"知非医生，这里是交战区。你了解什么是交战区吗？这里几乎每天都在交火，每天能听到枪声，枪一响，就会有人流血牺牲，这些你了解过吗？"

知非脚步顿了一下，脸色煞白地望向修羽。

修羽说："你不是上帝，不能未卜先知，你当初救马布里的时候，并不知道接下来会发生的事情。"

她越发自责了，当时修羽就警告过她，可她没有听。她抬头望着天空，天上一朵云也没有，一片落叶被风卷来，落在她脚下。

"你也怪我吧？"

"我没有。"

知非跟没听到他说话似的说："我忙活了半天，到底都做了什么？"

"你只是做了一名医生应该做的。即便马布里死了,双方交战也不会就此停止,这点你要清楚。"

知非抿着嘴唇,那天她在防弹车上跟他说,她来的时候就已经做好了心理准备,可是现在她觉得自己并没有准备好。

修羽见她不再说话了,别过头去。远处四辆水罐车准备出去灌水,几个人围住一个摄影师模样的人,看起来好像有人受伤了,杜峰正在东张西望。修羽招招手,杜峰朝这边跑了过来,朝他敬了个礼,说:"队长,国内来的一个采访队,摄像师的手受伤流血了。"

知非一听有人受伤,敏感地抬头朝远处看去,四辆水罐车已经整装待发,步战车打头,指挥车殿后,中间还跟了一辆普通车辆,另外8名护卫的士兵整装待发,她下意识地站起来,整个人立即进入了状态:"谁受伤了,快带我去看看。"

"跟我走。"杜峰说完拔腿就跑。

第7章 救护车上的手术

"我是援Z国医疗队队员知非,请问哪位受伤了?"

刚刚上车的摄像师和记者对视了一眼。摄像师放下摄像机,推开车门下车:"是我,我刚刚摔了一下,手蹭破了点皮。"

知非看了看,摄影师的手掌被蹭破了皮,往外出血,但是出血量不大。她抓过放在车里的纯净水,倒上去清洗,又从包里找出一包酒精棉给伤口消毒,然后稍微包扎了一下:"小伤,没什么问题,注意尽量不要沾到水,过两天差不多就好了。"

摄像师点点头。还是记者眼尖认出了知非,马上热情地从车上下来:"你是知非医生吧?"

知非没说话,打量了一眼记者,微微点头。

记者激动坏了:"这可真是太巧了,没想到居然在这边遇到你了。知非医生,我可是你的粉丝啊,你的报道我都看过,我个人非常喜欢你,有能力,有技术,说话尤其酷,犀利,一针见血。对了,我能预约采访一下你吗?忘了自我介绍了,我是云腾电视台的记者,我们正在制作一档有关维和军人生活的栏目,要是能采访到你,那就太好了。这是我的记者证。"

知非看都没看,把酒精棉递给摄像师:"这个你留着自行消毒用。"她背起包就要走,记者追上来:"知非医生,今天不方便没关系，留个联系方式总可以吧？"

知非没说话，绕过他继续往前走。

"知非医生，知非医生……"

修羽将他拦住，然后朝知非追上去。

记者失望地看着知非的背影嘟囔："要是能采访到她，节目就爆了。"

杜峰一脸的不服气："她又不是军人你采访她干什么？"

"这个你就不懂了，她现在可是流量啊。"

杜峰不懂，问："啥是流量？"

"就是自带话题热度。陈健，你知道吧？"

"陈健谁不知道，世界冠军。"

记者言简意赅地解释："所以说，这就是流量，他虽然已经退役了可却依旧是体育界的顶流，而知非医生自打那张累得躺在手术室门口地上睡着的照片出来之后就一直是医学界的顶流。两大顶流的恋情是目前国内网民热议的话题，而且不久前陈健在一档直播的综艺节目里宣称自己最爱的人就是知非医生，还说马上要跟她结婚了，可另一方面又有消息传出来，说知非医生是躲他才选择成为了一名援Z医生，两边粉丝都互撕了好多个回合了。"

杜峰对这些没兴趣，简单粗暴地理解："明白了，就是你们节目半死不活的没什么人看，想借她的热度炒作。"

记者没想到他说得这么直接，尴尬了一下，举起了大拇指。

修羽追上了知非，换了个轻松的话题："知道你今天洗澡用了多少水吗？"

知非没听清，也就没说话。

"80升！你知道这80升是多少人的使用量吗？"

知非没什么概念,摇了摇头。

修羽说:"饮用水每人每天平均下来2升左右,加上生活用水,洗漱,每人每天一共不到5升水,也就是说,你一个人用了16个人的一天使用水。江潮他们的生活用水都让你用光了。"

知非顿住脚步,望着修羽。修羽想让她快速从现在的状态中出来,说:"这样吧,安排你跟杜峰他们的水罐车去白尼罗河的取水点去体验体验。既然来了这边,看看当地人的生活,这样对你开展医疗援助也有帮助。"

知非确实想看看这边人到底是什么样的生活状态,可今天没心思。

修羽不给她拒绝的机会,把杜峰叫过来:"捎上知非医生,顺便让她了解了解你们是如何取水的。"

杜峰看了看知非:"是!"

穆萨城不缺水,但是饮用水是缺的,部队要去十公里外的白尼罗河取水,然后送到净水站进行处理。

刚刚步入旱季,天气格外的干燥,太阳猛烈地炙烤着大地,车子经过,尘土飞扬。

记者还在试图说服知非:"知非医生,等会儿能采访一下你吗?就几句话,你随便回答一下就行。知非医生,知非医生你听到我说话了吗?"

知非看着车窗外,半天才回过神,致歉:"对不起,我刚来这边,什么都还没做,对这边的医疗情况也不清楚。如果你想采访援外医生的话,我可以介绍别的医生给你,他来得比我早,对这边的生活有一定的体验。"

记者作了让步,苦口婆心地说:"那这样吧,你和你刚才说的那位医生,我们一起采访怎么样?你长得特别漂亮,特别上镜,只要往镜头前一站,那就是代言人啊,这也算是对援外医生的一种宣传是不是……"

知非不言语,对这些完全没有兴趣。

前方山坡乱石嶙峋,树上一排排被子弹打出的孔触目惊心,记者的敏锐度特别高,赶紧对摄像师说:"快快快,拍那儿拍那儿……"

放在中控台上的对讲机响了:"各车辆请注意,前方即将通过检查站。"

坐在副驾上的杜峰提醒摄像师:"别再拍了,我们正在通过检查站,赶紧收起摄像机,以免遇到不必要的麻烦。"

摄像师收得慢了点,荷枪实弹的武装人员的枪就已经伸了过来。

杜峰叫摄像师马上关了摄像机,然后推开车门下车,拿出证件配合检查:"我们是中国维和部队的军人,前去取水点取水。"

检查站的人接过证件看了看,歪头朝车子里又看了两眼,示意放行。

车子继续往前开去。

再往前是一个小镇,人稍微多了一些,黄沙铺就的路面坑坑洼洼,车队行驶的速度很慢,两旁是低矮的茅屋,旁边的青年人,一个个很瘦弱,看起来游手好闲。

妇女们正在路边做饭,几块石头一垒,上面架着浅锅,旁边放着一罐黑乎乎的泥浆一样的东西就是他们的饮用水。

知非想到了自己洗澡用掉的80升水,想到了餐桌上修羽说的不要浪费,心口堵了一下。

记者和摄影师也都沉默着。

车子继续往前，不时会遇到站在路边伸出手要水和食物的孩子，瘦弱的孩子。

车子一直到开到了白尼罗河边，大家都没有再说话。

水罐车开始注水。

知非从车子上下来，驻足远眺，静静的白尼罗河，水面如镜，两岸树木葱郁，虫鸣鸟叫，好一派安静祥和，心情随着静默的流水和啁啾的鸣叫，渐渐平和了下来。

她走到了水罐车的不远处，站到河边喝水，阳光透过浓密的树荫细碎地打在她的脸上，她闭上眼睛做了个深呼吸。

一艘独木舟打此经过，撑船的是个小男孩，约七八岁，身上背着一个土黄色的书包，两颊无肉，眼睛很大，两条腿瘦成了麻杆，可能是看这边的水干净，丢掉撑杆，趴在船边准备喝水。

知非跟记者要了瓶未开封的纯净水，冲着小男孩喊了一声。

小男孩趴在独木舟边，冷漠地抬头看了她一眼。那眼神很冷，不是孩子应该有的眼神。知非把水扔了过去，那孩子身手敏捷，接到水拧开来就喝，一口气喝完了一整瓶的水，随手就把瓶子丢进了河水。

记者拍够了采水车的素材，看到这边有小孩，想随便采访几句，带着摄像师跑了过来。摄像师把镜头推到了脸部特写，孩子定定地看着镜头，那眼神就像是深渊，那架势就像要把人给吞噬了。摄像师不敢拍了，记者也不敢问了。孩子撑起了独木舟，自始至终一句话都没有。

杜峰看到水里漂着瓶子，咋咋呼呼走了过来："我说你这小孩是怎么回事？怎么能往水里丢垃圾？环保懂不懂？"

男孩没说话，就那么一边撑船一边定定地看着杜峰，愣是把杜峰给看愣了，一直到小男孩把船划开，才跳下河把瓶子捞起来，嘴里嘟囔着："这小孩的眼神怪吓人的……像……"

记者嘴快："是不是像寻找猎物的猛兽？"

"不是，我觉得是像……"杜峰欲言又止。

记者追问："像啥？"

杜峰小声喃喃着："像战乱地区儿童军的眼睛，跟我以前在另外一个国家执行维和任务时见过的自杀式袭击的暴恐分子的眼神一模一样。"

几个人一听都吓了一跳，齐齐回头看着河里的那艘独木舟，独木舟去的是下游的方向，一转眼已经漂出去了老远，船靠在岸边，人已经上了岸，隐约只看到一个小小的背影。

好久记者才反应过来："不……不会吧？"

杜峰给了自己一个嘴巴，"我这臭嘴，尽瞎说。"

这时，水罐车装满了水，有人喊他们上车。

杜峰自打见过小男孩之后就心事重重，皱着眉头没再说过一句话。

知非的心情也很沉重，被孩子的眼神给冲击倒了。

车队回程的途中，杜峰突然回头问摄像师："刚才是不是拍到那小孩了？"

摄像师正在看资料回放，心不在焉地说："总共就拍了几秒。国内这个年纪的孩子眼里全是希望和光芒，可那孩子的眼里，满满的负能量，能炸掉地球，看着糟心。"

杜峰说："你把他的那段找出来给我看看。"

"等我回去了导进电脑里发给你。"

"我等不了那么久,你的摄像机不是能回看么?你现在就找给我看。"杜峰解释了一句,"那孩子太不正常了,以我的经验肯定有问题。"

摄像师赶忙拿过摄影机往后翻了翻,翻到了孩子的片段,按下暂停键,给杜峰回放。

只有短短的五秒。画面非常简单:男孩站在船头望着镜头。

杜峰说:"你把书包放大。"

摄像师按住暂停键,放大了画面,递给杜峰,杜峰一看,顿时眼睛瞪得老大。

就在这时"砰"的一声,远处传来沉闷爆炸。

前面的车辆紧急停下,杜峰跳下车,爆炸的方向浓烟滚滚,正是刚才男孩下船的地方,他骂了句脏话后,迅速打开通话器给营地汇报情况。

知非坐在采访车上,心猛烈地跳着,孩子那双深渊似的眼睛出现在了眼前,她浑身不受控制地抖了一下。她见杜峰上了猛士车,立刻冲到猛士车跟前,抓住车门拉手,直接上车,说:"有枪响,就一定会有人受伤,我是医生,对你们有帮助。"

猛士车朝爆炸的方向驶去。知非有些眩晕,双手紧紧地抓着扶手,窗外,两旁的树木是一团模糊的影子,在急速后退。大约一刻钟之后到达了出事地点。阳光猛烈的照射下,路边一个黑乎乎的小屋子,一名工人倒在血泊里,爆炸来自路边的一只汽油桶。从地上散落的食物来看,事故的发生很可能是凶手为抢夺食物而杀人,并引爆了汽油桶。

猛士车还没停稳,杜峰已经拉开车门跳下了车。

一辆救护车也开了过来,从车上跳下来一男一女,抬着担架。

前面的是身穿白大褂的女医生，四十来岁，一边跑一边说："我们是中国人，在附近开了家友谊医院，我们都是医生，愿意协助治疗。"

知非下车还没到跟前，就听那名女医生说："伤者左胸第四根肋骨有一处刀伤，心脏被刀刺破，瞳孔散大，对光反射消失，快抬上车，立刻手术。"

她的表现知非已经看清楚了，这是一个行医风格非常果断、勇敢的女医生。

担架抬上了车，女医生和男医生快速上车。知非想上去帮忙可鉴于救护车容量有限，只好站在车下。女医生打开医疗箱，直接抓起手术刀开胸，一边动手术一边说："我要剪开肋骨露出心脏，把肋骨撑开器准备好。"男医生利索地递了肋骨撑开器，提醒道："心脏缝合好了一旦正常跳动，很可能跟上回一样，再次撕裂。事先切一块心包组织作为垫片，这样可以避免二次事故。"

"嗯。我心里有数。"

"我相信你。"

只有短短的几句话，接下来两人不再说话，默契地给伤者做手术。

知非默默地看着，这种在救护车上做"补心手术"是她以前从未见过的，没有无菌防护，没有无影灯，没有普理灵线，没有心脏补片，只有车里的两名医生，旁若无人地给伤者手术，靠着最简单的器械！

果断！专注！对生命的敬畏以及甘冒风险的勇气。

手术器械的声音传进耳朵里，清脆、细微而震撼，把所有声音都压了下去，把心底的杂念击个了粉碎。

一直到听见女医生似松了口气，语调平静地说"伤者心跳已经恢复正常"，而男医生用同样平静的语气说"好"，知非才回过神来。

站在救护车边不远处的杜峰，激动得声音变了形："两位医生，你们的意思就是说伤者活了？没事了？"

周围的人全都围了过来，男医生一贯的平静："不能说完全没事，现在只是把伤者从死神手里抢了回来，目前情况还是很危险，需要后续治疗。上士先生，我们现在要马上把伤者带回医院，我们的友谊医院就在附近。"

杜峰点头："往后需要我们维和部队帮忙，随时联系我们，我们乐意效劳。"

男医生一笑说："好，将来若是有需要的话，一定联系你们。再见！同胞们！"

车子就这样开走了，所有人都目送着，一直到车子没了影，杜峰才不舍地收回目光，说："回去吧。"

众人往猛士车跟前走，知非走在最后头。

一名士兵跟杜峰小声说："为了一餐饭取人性命，真混账。"

"何止混账啊，凶手一刀取命，手法极端残忍。"

"依照附近的目击者描述，很可能就是河边遇到的那个小孩。"

杜峰紧皱眉头："不是很可能，就是他！那哪能叫小孩啊，那是恶魔。而且他包里放的很可能是炸弹，也不知道马布里的二女婿米歇那王八蛋又策划了什么新的恐怖袭击。这帮王八蛋，操控孩子，把小孩培养成杀手和暴恐分子，简直灭绝人性。"

知非听得清清楚楚，每一句话都给了她有力的重创，马布里，小孩，三个年轻人的脸轮流出现在脑海里。

85

她呆若木鸡地上了车，不说话，也没有表情，扭头看着那个小小的加油站，只有黑色和灰色，很脏，很破败，门口的血迹已经干了，也是黑色的，像渗进泥土里的汽油。

杜峰驾驶猛士车驶离了小黑屋。一直到看不见了，知非才转过头，蜷缩在后座里，后排座三个人，可就好像只有她一个人，整个世界好像只有她一个人。

回到营地，天已经黑了，一轮月挂在天上，满天的星斗，照得地面一片白。知非从车子上下来，站在那里一动不动。

修羽迎面走过来，眼前的知非让他觉得些许陌生。

众人叫了声："队长。"

修羽点点头对杜峰他们说："你可以回去了，知非医生交给我，我一会儿送她回医院。"

那几个人敬礼后，离开了。修羽慢慢地走到知非面前，什么也没说，从口袋里掏出一盒烟，抽出一支递给她，知非没反应。

修羽问："要不要？"

知非没动。修羽塞进她嘴里点着了，然后自己也点了一支，坐下来之后，塞进嘴里，抽了两口，呛得直咳嗽，直接按灭了说："我就好奇了，怎么会有人喜欢抽这么又苦又涩的东西。"

知非捏着烟狠狠吸了两口，终于回了魂，拿下来按灭，发狠似的说："从今天开始，戒了！"

修羽诧异地看着她说："戒烟好，坐。"

知非硬生生地在路边的石阶上坐下，修羽扭头看着她，问："还在想下午遇到的那对医生夫妻？"

知非点头："你认识？"

"认识，他们以前是国内三甲医院的主治医生，三年前来这边旅游的时候，看到当地的医疗条件特别恶劣，就决定留下来要帮助当地人。随后他们回到国内把家里的房子卖了，带着所有的积蓄过来，在这边开了这家医院。医院很小，跟国内的诊所差不多大，病人很多，经常药物不足，而且很多是疑难手术。三年来，他们从专科医生变成了全科医生，帮助了无数的当地人，在这边非常有口碑。"

"我佩服他们，他们做了我做不到的事。"

"别这样，你跟他们一样都是优秀的医者。"

知非摇摇头："我不是。"

修羽："怎么突然对自己怀疑起来了，这可不像两天前我见到的那位意气风发的知非医生。"

"那是因为两天前的我还没有看到倒在血泊里的那个加油站的年轻人，而杀他的竟然是七八岁的孩子。因为一餐饭，就能杀人……"她想爆粗口。

修羽听完没说话，过了大约两分钟之后，问："那你来这里之前有没有想象过这里是什么样子？"

知非语塞，她确实没有想过，她对这里的理解，都是经过想象的艺术加工。

修羽问："像电影里那样，带着歌颂，带着平和的美好愿望，带着理想主义色彩？"

知非听着不舒服，口气有点硬："没错！我就是这样。"

修羽对这个反应很满意，继续激她："那你救马布里还对吗？"

"怎么不对？我是医生，救死扶伤是我的职责。"她说到一半意识到了什么，突然停住了。

修羽看着她："所以你要相信你自己的判断。"

知非低下头。

修羽说:"说真的,那一刻你的反应,你身上的医道精神,让我感动。你说你是医生,在你眼里,只有疾病和病人,没有好人和坏人,不分种族贵贱,一视同仁。"

知非斜眼看着他:"你真的这么想?"

"知非医生你擅长怀疑别人吗?还是你觉得我是在安慰你?"

知非不说话了,站起身,手习惯性地插在兜里。

修羽也站了起来,望了望天上的星辰,说:"时间不早了,我送你回医院。"

杜峰跑了过来,敬了个礼说:"队长,领导命令,叫你立即去营部会议室开会。"

修羽整个人立即绷直了,说了句:"你送知非医生回医院。"交代完便走。

杜峰送知非回来的路上,一句话都没有说,整个人绷得紧紧的,只用了三分钟车子就停在了医院门口。

知非有种隐隐的预感:今夜要出事!脑海中不由得浮现了湖面上划独木舟的小孩的脸。医院走廊里惨白的灯光,更加重了她的焦虑。

她临时决定去病房看望术后患者基维丹。

基维丹早上4点多完成的手术,人很虚弱,但精神状态还算好,知非一进门,呼啦一下跟进来十来个医护人员。

知非照例询问了几句,戴上听诊器开始给他做检查。

小龙在边上跟她报告病人的基本情况:"体温37.1℃,血压高压105,低压60,胸管引流量210毫升。"

知非检查完毕,头也不抬地问:"血氧饱和度?没查?"

小龙嗫嚅着:"下午一直给其他病人做检查,还没来得及测,我现在就给病人检测。"

知非直接打断:"往后这些基本数据都要记录下来。患者的血压偏低,要引起注意,不过其他指标都很好。"

基维丹的母亲脸上终于露出了一丝微笑,长长吐出一口气,在感谢上帝保佑。

知非看了她一眼,走了出去。谢晟抱着一摞检查报表跟在知非身后,一边走一边回头望着基维丹的母亲,说:"这老太太对上帝很虔诚,对主治医生却半点感激都没有。"

知非揉了揉太阳穴,根本没听到谢晟在说什么:"病人的病理报告出来之后,要尽快做出化疗方案,化疗一定要跟上。"

"嗯嗯,记住了。"谢晟一迭声地应着。

知非问:"找我有事?"

谢晟从怀里一摞检查报告里抽出一份递给知非,说:"知非老师,这边又来了一个特殊患者,情况比上一个还要复杂。"

"嗯?"知非放慢了脚步,手痒的毛病又犯了,刚才还心事重重,转眼就像打了鸡血,"说说。"

"患者是一名只有两个月大的婴儿,患的是原发性纵膈肿瘤,在母体中就已经长了。孩子父母昨天听说医院来了位厉害的中国医生,所以他们今天一早就把孩子给送了过来。"

知非看完报告,说:"带我去看看。往后不要再叫我老师,叫知非或者知医生。"

谢晟发觉她今天有些怪,便也不多嘴,只是"哦"了一声。

病床上躺着一个极小的婴儿,瘦瘦的,看起来就很虚弱。知非俯身给患者听诊。

89

孩子的母亲忧心忡忡地问:"医生,孩子今天刚刚两个月,才这么小,瘤子却有鸡蛋那么大,这手术还能做吗?"

知非检查完了,低头写字:"孩子的身体器官刚刚开始发育,手术难度很大,确实有风险,可就目前的情况来看,手术是唯一的办法。"

"您的意思是,孩子的病能治?"

"我也不能打包票,但是会尽力救他。"说完,知非走出了病房。谢晟也跟着走出来,问:"知非老……知医生,这个小病人你怎么看?"

知非手按在额头上:"跟你说实话,我也是第一次给这么小的孩子手术。"

"也是,这属于罕见病例。况且婴儿的身体结构跟成人的身体结构有很大不同,需要更细致的技术。"

"最好有新生儿科的医生协助才好。"

"我已经跟陈总队长打了招呼,今天晚上就会派人过来。"

"那就好。"知非跟谢晟远远地看见办公室门口站着两个人,到了跟前才看清是易扎卜和瘦高个儿。

知非打量了他一眼,看不出哪里有伤,便很不客气地说:"有事请去急诊科。"说完进门坐下,抬头见易扎卜还站在门口盯着自己,心中不悦,"没听清楚吗?有事请去急诊科。"

易扎卜没说话。瘦高个儿是个急脾气,推了易扎卜一下,他还是没动。瘦高个儿说:"医生,他是来道歉的。那天在手术室他对你和谢医生动手,是他不对,我替我弟弟向你们道歉。"

知非冷冷地说:"要道歉也是他道歉,不用你替他。"

瘦高个儿:"他这人不好意思开口。"

"那就闭嘴。"

"你！"易扎卜来气了，捏着拳头看了看知非，视线一对上又垂下了头，咬了咬牙，像是鼓了很大的勇气，"对不起。"

知非抿着嘴："跟我道歉没用。"

易扎卜认为这是故意挑衅，提高了声音对瘦高个儿说："你看，她根本不接受道歉。"

知非看着他："去向那个跟你动手的军人道歉，并撤销对他的控诉。"

"你……"

知非把手里的笔往桌子上一扔："怎么了，这点事就做不到了？"

瘦高个儿连忙打圆场："医生，他这个人固执，只知道执行命令，可他已经意识到错了，你看你能不能原谅他？中Z友好嘛……"

"我那还是那句话，跟我道歉没用，我不接受。如果他原谅你，那我也就原谅你。"

"对不起医生，请问那名军人叫什么名字。"

"当初打电话的时候不是知道对方名字吗，现在就不知道了？"

"对不起，医生，我们这就给维和司令部打电话道歉。打扰了。"

知非微微点了一下头，不再说话。瘦高子拖着已经生气的易扎卜出了门。易扎卜悻悻地说："我就说别去道歉别去道歉，你偏要让我去，你看看她的态度……"

瘦高个儿抬起一脚踢在了易扎卜的屁股上："打电话道歉去，少废话！"

第8章　闺密驾到

知非跟谢晟去餐厅吃晚饭，医院特地给中国医生准备了中餐，说是中餐其实就是阳春面，知非今天生日，倒也应了景。在外一天，身上被汗糊得难受，吃完饭，她从餐厅里出来，直接往宿舍走，又拿出手机看了看，没有新的信息进来。夜晚难得有一丝凉风，她没着急着进屋，站在门口的树下，让风吹了一会儿身上的汗味，心绪渐渐平静了。她抬头看见天上的月亮被一缕龙形云遮着，周围的星星格外的亮。

小时候，她经常坐在院子里看月亮数星星：北斗星、北极星、北落师门、东上相、天苑、荧惑……后来看不到了，城市的灯光太亮。

站了大约一支烟的工夫，等风把身上的汗吹干，这才拿出钥匙开门。

换睡衣的时候，门外传来两声敲门声，跟着门锁响了，门从外面打开，知非一边扣扣子一边回头，一半的肩膀还在外面。风尘仆仆的夏楠出现在门口，后面跟着拎着行李箱的谢晟和冉毅意，后面两人一看这情景，双双一愣齐齐转过头去。

夏楠一把抱住知非，头往她胸口处使劲蹭了蹭，拉长了声音："非非，我想死你了。"

知非扣好了最后一颗扣子，推开她："你怎么也来了？"

夏楠比知非大了两岁，却因为长着一张娃娃脸，性格活泼，看起来比知非要小。她小嘴一噘，撒娇地说："因为你在这边，所以我就来了啊。惊喜不惊喜，意外不意外？"

"咳！"冉毅意咳嗽了一声，将行李放进门，说，"搁这儿了啊。"

夏楠放开了知非，走回到门口，眨巴着眼睛："两位帅哥辛苦啦，要不进来坐坐？地方小别嫌弃。"

冉毅意转过头不跟夏楠对视，生硬地拒绝道："任务完成了，我要回营地交差。"

谢晟腼腆地推了推眼镜："我还要值班。"

夏楠倚在门框上，潇洒地挥挥小手："那就不强留了，上士先生，下回叫上你们队长一起过来坐坐。"

冉毅意没说话，拔腿就跑，一转眼就没了影。

夏楠忍不住哈哈大笑，一抬头看见知非看着自己，笑得更欢畅了："这兵哥哥太有意思了。"

知非知道她就这性格，没说话，发现自己的箱子也被带了过来。

"陈总说，咱俩要在这儿扎根，所以我就把你的行李也带过来了。"她说完打量了一眼宿舍，乐呵呵倒在木板床上打了个滚，"没想到这里情况比我想象中竟然要好一些。为了庆祝我们艰苦朴素的合宿生活，以及你的生日，咱俩今晚必须喝一个。"

夏楠跟知非算是发小，两人性格却完全相反，一个热一个冷。知非六岁那年，夏楠家搬到了她家对门。知非不爱跟人说话，我行我素，夏楠爱玩爱闹，到哪儿都是呼朋引伴。夏楠刚搬过来的时候，觉得知非太孤独，怕她憋出病，就想带她一起玩，可知非不爱搭理她，她就天天找知非，她知道知非懂一些外科急救，就故意弄伤自己找她包扎，一来二去两人就熟了。

有一回，夏楠被高年级的孩子堵在胡同里欺负，知非刚好经过，一声不吭地把三个人全给揍了。后来他们看到她俩就绕着走。夏楠高知非两届，读的同一所学校，每天一起上下学。高考那年，夏楠的父母，勒令她必须学医，可夏楠不愿意，为此还闹过离家出走，还是知非在一个小旅馆里找到她的。

那晚，两人喝了人生第一场酒，躺在小旅馆的床上，一边喝酒一边望着窗外的星星谈心。第二天酒醒之后，夏楠突然醍醐灌顶一般说自己想通了。她说学医的人都是潜力股，转行之后也能很出色，然后，高高兴兴地回去报考了医学院。再后来，毕业之后成了一名妇产科医生，再后来，知非从美国回来，两人成了同事。知非报名援Z医疗队，夏楠也跟着报了名，她说，以前就算知非在美国，她们也能两个月见一次面，可知非要是去了Z国那就意味着一年都见不上面，她作为家属必须也要跟过来。她资历刚好够，很顺利地通过了。

知非来了穆萨城，夏楠也想来，今天听说穆萨城的中心医院需要新生儿科的医生，可把她激动坏了，主动请缨说需要新生儿科那肯定需要妇产科，孩子在母体里就长了瘤子，这种情况极其罕见，所以她一定要过来，总队长陈明宇考虑再三，觉得她的话在理，而且这边也请求过派妇产科医生过去，就同意夏楠过来了。夏楠今天故意没跟知非联系，就是想给她惊喜。

夏楠挨着知非坐下来，从包里掏出两瓶啤酒，在她面前晃了晃，动作利索地拉开瓶盖，递过去，眼睛一眨："生日快乐。"

知非笑笑，跟她碰了一下。

两人仰头喝了一口。

夏楠笑眯眯地转了个圈，说："看，今年的礼物怎么样？足够诚意吧，110斤的大活人，我把自己送到了你的面前，接下来在Z国的日子由我保护你。"

知非笑而不语，心里想，谁保护谁还不一定呢。

夏楠得意地扭了扭屁股："就知道你喜欢我，来，喝一个。"

喝酒的时候知非在想，有夏楠真好，她总能把无聊的时光填充得满满的。

接下来，两人坐在床上，开启了闺密间的聊天。

夏楠晃着脚丫子："还记得那年高考前的那个小旅馆吧？"

知非："怎么不记得？"

夏楠："那可是我人生中第一次喝醉，感觉天旋地转，整个人像躺在棉花上，顿时就美了。"

知非"嗯"了一声，那也是她第一次喝醉，完全断片，抱着马桶睡了一夜。

夏楠说："还有一次，我规培的第一年，那天刚好也是你生日，我都给你订好了KTV包房，正准备下班呢，结果一个患者家属跑来医院大吵大闹，主任为了息事宁人就把我给骂了一顿。嘿，你说我招谁惹谁了？我到了KTV拿着麦就吼，我说……"

知非："你说你不干了，明天就去辞职。"

夏楠："你说，辞。保证过不了多久，主任就哭着过来求你回去，说不定把主任的位子都让给你。我一想到我们主任哭着求我的画面，我就美了，我一美，又喝醉了。"

说到这个，两人突然都不说话了，有点心酸。

过了一会儿，夏楠喝了口啤酒，用胳膊撞了她一下："冠军真没戏啊？"

知非点点头。

"心里有人没？"

知非顿了一下，摇头。

"你不会还记着那位宋教授吧？"夏楠惊呼，掐了掐手指，"掐指一算，他今年应该四十了，怎么还没结婚？不正常！太不正常了！你说他是不是有什么难言之隐？"

知非就知道她准没好话，瞪了她一眼，继续喝酒了。她一喝酒就容易脸红，夏楠会错了意，扳过知非的脸："看着我的眼睛回答我。"

知非脸红得像番茄："我跟他就没谈过，暗恋不算恋。"

夏楠倍感失望："你就不能做点让我意料之外的事情么？"

知非白了她一眼："你都三十岁了，你还是先帮帮自己的忙吧。"

说到这个夏楠就头大："我来这里一方面是为了你，另一方面因为我妈成天逼我相亲。我想到那些满腹流油、中年发福的大叔们，我就连死的心都有了，每当他们问我职业的时候，我就想问问他们请问您老贵庚啊，为何头顶只有寥寥几根头发？还是你妈妈好，从来不会逼你相亲。"

知非最不希望这个时候提起母亲，立即就不说话了。夏楠了解她，知道自己说错了话，马上屁颠屁颠地从床上下去打开箱子，拿出一本发黄的手稿，在知非面前晃了晃。知非眼睛瞪大了："是辛米医生的手稿？"

夏楠得意地晃了晃："这才是我给你的生日礼物。"

知非一下子抢在了手里，翻开，扉页上写着：辛米1995年于非洲。

"我打着爷爷的旗号，好不容易才弄到这本手稿。我看过了，里面都是一些简单的生活记录，病例也很平常。你找它做什么？"

知非根本没听她在说什么，目光在快速浏览，确实就如夏楠说的基本都是一些简单的病例记录，翻到最后有几页被撕掉了。这时，停电了。知非没找到想要的信息略感失望。这几天超长的工作量，人早已疲惫，再加上酒精的作用，抱着手稿就睡着了，而夏楠早已打起了呼噜。

凌晨三点左右，知非被一阵急促的敲门声惊醒，迷迷糊糊起身开了门，门外站着的杜峰脸色阴沉："知非医生，你赶紧跟我走一趟，尼罗河大酒店发生爆炸，现场有很难拆除的爆炸物，队长正在拆弹……"

知非听后一惊，直接打断说："稍等，我换件衣服就跟你走。"

二十分钟后，杜峰驾车到达了尼罗河大酒店。后面跟着医院的救护车。看得出炸弹的威力很大，虽然明火已经扑灭，但大厅里浓烟滚滚，满地狼藉。酒店里的人都下来了，乱哄哄的。

尼罗河大酒店是一家五星酒店，也是Z国最豪华的酒店，用来接待外宾和政要。整个酒店有一千多个房间。凌晨两点半，维和部队发现了杜峰报告的那名可疑人物进入酒店，修羽带着特别行动小分队两点五十分到达，同一时间现场发生爆炸，并在三楼发现了一个重约700克带遥控装置的炸弹。

排爆现场设在酒店门前的一处空地上。修羽穿上厚重的排爆服，趴在炸弹前，所有人都退到安全距离外隐蔽，为了防止人群里有歹徒引爆炸弹，他首先启用了频率干扰仪，屏蔽掉所有无线电信号。再用X光机透视整个爆炸装置，看清楚里面的电路板、电池等物品的形状之后,然后着手开始拆除爆炸装置。Z国的夜晚依旧炎热,他穿着厚重的排爆服,不一会儿就汗如雨下,可为了保证双手稳定,他不能眨眼,不能擦汗,连活动一下发麻的身体都不可以。然而这个炸弹,是他遇到过的最复杂的装置。

修羽周围围着一圈安全工事,知非只看到一个趴在地上的背影。她盯着那道背影发呆,她不敢想一旦拆除失败会是什么样的情形。

突然传来一声清脆的枪响,是来自狙击点的远射,单发,从五楼某房间的窗口栽下来一个人。

修羽对着通话器问狙击点上的周晨:"什么情况?"

周晨咬牙切齿地说:"小兔崽子藏在五楼的一个房间里,企图枪击引爆爆炸装置。队长,拆得怎么样?"

"怎么,怕我死啊?"

"你最好活个一千年,当个千年王八万年龟。"

修羽笑骂道:"滚蛋!要是我死了,就按照之前的约定,把我的骨灰撒在非洲的大草原上,那样的话我就能每天看到狮子和大象从我身上奔跑。"

江琦忍不住插嘴:"队长这个时间还有心情开玩笑,看来,是拆得差不多了。"

修羽嘿嘿一笑:"全队就数江琦最聪明。各狙击点继续隐蔽保持监视。"

周晨不说话了,他从高倍率红外成像里看见一个可疑人物。那个人不简单,应该也是一个狙击手,同样训练有素,目标应该是修羽。

周晨瞄准镜扣准了目标:"六点钟方向有狙击手。队长快撤。"

第8章 闺密驾到

　　修羽反应极快,跳出工事圈之后就地一滚。夜空两声清脆的枪声响过后,紧接着剧烈的爆炸声震耳欲聋,工事中的炸弹被炸开,沙袋做成的工事墙也被炸开,掀起的沙土将修羽掩埋。酒店里头传来接二连三的枪声,客人在尖叫,维和部队迅速朝出事楼层聚集。杜峰已经冲到了爆炸点,刨出修羽,背着他冲了出来,大喊:"知非医生,知非医生。"

　　知非眼前烟雾弥漫,什么也看不见,听到杜峰叫她,立即朝着声音的方向跑过去:"我在!"杜峰将修羽放在地上,知非快速地解除他身上的防爆衣,目光扫了一遍,没有发现受伤,立即检查瞳孔和颈动脉,"问题不大,是窒息了。"知非用手掏出他嘴里的沙子,拿出剪刀剪开外衣,做心肺复苏。按了没几下,修羽就醒了,睁开眼睛,吐干净嘴里的沙子,坐了起来。医护人员抬着担架跑过来,修羽摆摆手,说:"不用,我没事。"拿过通话器,问,"马丁,现在什么情况?"

　　通话器里传来马丁的声音:"根据无人机拍出来的图像来看,对方狙击手非常狡猾,从三楼的排风口进入酒店,也是从排风口离开的,由此可以推断对方对酒店的内部环境非常熟悉。现在对方已经遁入酒店后方的山林里,那边山林比较隐蔽,找起来不容易。"

　　修羽:"江琦,你那边什么情况?"

　　江琦:"扫楼完毕,没有发现其他可疑人物。"

　　知非站在一旁看着修羽,等他结束了通话,才走过去说:"修羽队长,你还需要跟我们回医院做进一步的检查。"

　　修羽没有理她,走到了一边,继续对着通话器说:"再仔仔细细检查一遍,确保酒店里没有残余的恐怖分子。"

99

行！她只能等着了。只见一副应急担架抬了过来，裹单随风微微动着，可下面的人却一动不动。走近后，她看清了担架上的人就是白天那个撑着独木舟的小孩，他睁着眼，一颗子弹正中眉心。

不远处的杜峰喊了声："把她拉开。"修羽一边通话，一边摇摇头，让几个正准备动手拉她的人停止了动作。知非看了一会儿，伸手将他的眼睛合上。担架抬走了，知非缓慢地往外走，走到救护车旁边，摸了摸口袋，没摸到烟。她的手指用力地捏了捏眉心。

任务结束时，天已经亮了。修羽回营地了，知非随救护车回医院。路上，知非望着冉冉升起的太阳，看见路边的草尖上沾着露珠，忽地想起了修羽瞥她时的眼神。那眼神就和初见面时，在防弹车内捆住她时一模一样，有点狂有点野。她有片刻失神，脸有点烧。奇怪，早上的太阳，怎么这么晒？

知非回去陪夏楠吃了个早饭。结果饭还没吃完，夏楠就被叫走了。医院送来了一名出车祸的临产孕妇，可能是胎膜早破，不排除胎盘早剥，要马上手术。知非胃口不佳，眼前总是晃过少年的那张脸。她草草吃了两口，看了看时间还早，决定去营地那边洗澡。

她没有事先通知，步行过去，结果在营地门口被哨兵给拦了下来，她在包里掏了半天，才发现证件忘记带了。刚好杜峰打这边经过，把她带了进去。

今天，她洗得很快。想起上次洗澡用掉的80升水，自责了一下。

从集装箱出来，外头太阳毒辣地炙烤着大地。忽然，她看到修羽的背影，立刻追上前去，叫了声："修羽。"

那人转过头，知非这才发现认错了人。奇怪，他长得和修羽一点都不像，刚才怎么就认错成了他？

训练场上到处都是人。知非缓慢地走着，目光在人群里搜索。

"知非医生。"马丁看到她，跑了过来，激动地对她说，"知非医生，民大附属医院同意接收我爸了，柳主任将会是我爸的主治医生。太感谢你了，要是没有你支招，我们根本见不到柳主任。中午我请你吃饭吧？"

知非微微一笑，说："小事情，吃饭就不用了。我找你们队长有事。"

"队长去维和司令部了，要不我电话联系他？"

"不用了，夜里他受了伤，我刚好经过这里就随便问问，我得回医院工作了，再见。"

马丁还想再说些什么，知非已经转身走了。

出了营地，前方黄土路面，风一吹，尘土飞扬，到处都是灰蒙蒙的，路边的植物蒙了灰，看起来无精打采，就连呼入的空气，都干燥无比。知非抬头望了望天空，刺目的太阳，直晃眼睛。旱季才刚刚开始，就要把人闷得窒息了。

中午，知非结束了一台小手术，洗完手去餐厅吃饭。夏楠气呼呼地端着餐盘坐在她的对面，大声吼道："气死我了！早上那个孕妇被送来的时候大出血，我们赶紧给她做了剖宫手术，是个男孩。接着我们发现产妇胎盘植入很深，根本剥离不了，一切保守治疗都行不通，血压一直在下降，唯一的办法就是摘掉产妇的子宫。你猜怎么着？我们找家属签字，让家属给拒绝了！说女人就是生育工具，子宫没了，那要她还有什么用。"夏楠愤愤地戳着碗里的饭，"一家人抱着孩子扬长而去，把产妇一个人留在了手术台上，我这一口老血堵在胸口差点喷他们一脸……"

知非慢悠悠地问:"手术做了吗?"

"当然做了,我夏楠是那种畏首畏尾的人吗?我万里迢迢冒着硝烟炮火过来,会被一句话给吓退了?"

"这点符合你的人设。"

"还有那孩子,可能是个唐氏儿,瘦得跟茄子似的。我们新生儿科的张医生一再劝说把孩子留在医院,人家不听啊,说神明说了,孩子只要生下来就一定会健康长大。"

"后来呢。"

"后来产妇留给了我们,家属全走了,我没考虑,直接把产妇切除子宫的手术给做了。"她突然靠近了知非,压低了声音,"不知道他们接下来会不会来闹?你说……我会不会因此结束这边的医疗任务回国?"

知非揶揄她:"如果那样的话,是不是正中你的下怀?"

"走也不能我一个人走啊,咱俩共同进退,一起滚回北京吃香的喝辣的去。"

知非摇摇头:"我不走。"

"你还真想在这儿扎根啊?"夏楠看了看周围都是Z国医生,爽利地道,"跟你实话实说吧,来之前我根本没想到这边什么情况。当然了,我们有培训课,可我这耳朵进那耳朵出,听完就给忘了。刚来的头一天我还挺兴奋的,到今天,我这兴奋劲已经大江东去浪淘尽,只剩下一缕灰心。"

知非没说话。夏楠盯着盘子里的菜,她快饿死了,可这边吃的,别说可口了,连咽下去都难:"我不是怕困难,困难算什么呀,主要是这里的食物真不好吃的。"

第8章 闺密驾到

知非敲了敲筷子。

"我知道我不该这么说，可我看着这些吃的，都心如死水了。说是中餐，"她用筷子翻了翻，"你看看，这能叫中餐吗？这是黑暗料理吧。"她忽然想起了什么，伸着脖子，故意压低了声音，"你说咱们能不能申请跟维和营地他们搭伙？"

知非觉得别扭，看到周围人朝这边投过来的奇怪目光，挪了挪身子，说："你给我好好说话。"

"我就奇怪了，你长的到底是不是中国胃？怎么什么都能吃得下？"

"有吃的就不错了。"

"我知道这边粮食和水都紧缺，可我打小就没这么吃过啊，饭桌上从来都是四菜一汤，我在家里洗澡就没少于一小时。吃苦可以，起码给我个过渡时期吧。"

夏楠家境殷实，爷爷奶奶都是高知，父母又都是教授。18岁那年，父母送了套小洋房给她做生日礼物，22岁毕业那年，又送了她一辆奥迪A6。"吃苦"这两个字的确一直跟她无缘。

知非正想着呢，又听夏楠说："起码营地的炊事班是中国人啊，口味跟咱们一样，不是说可以去营地那边洗澡么？吃饭、洗澡一条龙，应该也没问题吧？你要是觉得没问题，那我就去申请了。"

"你申请你的，我不用。"知非回她一句，继续低头吃饭。

夏楠托着腮，筷子戳着碗里的饭，盯着知非看了一会儿，冷不丁地问："非非，是不是因为警卫队的人对你有意见，所以你不愿意过去搭伙？"

"没有的事。"

"嘿，我就奇怪了，那你到底为什么不愿意？"

"不喜欢麻烦。"

夏楠不说话了，望着她，嘴角挂着一丝神秘的微笑。她看着知非把碗里的食物吃得干干净净，杯子里的水也喝得一滴不剩，眼珠子一转，意味深长地问："什么时候有了空盘的习惯呀？"

"刚有。"

"维和部队学的？"

知非眉毛一扬："何以见得？"

"就凭我跟你认识这多年，观察到的啊。"夏楠振振有词地说，"就说以往吧，你遇到不爱吃的食物，吃一口你就扔了，即便是你喜欢吃的，只要你吃饱了，剩下的就直接倒进垃圾桶。这是你的习惯啊，作为你的发小，我当然知道。"

"现在我改了。"

夏楠不死心，抓着知非的手晃来晃去："非非，你吃得下去，我吃不下去啊，你就可怜可怜弱小无助又能吃的我吧，我现在走投无路，只能求你，你就答应我吧好不好？你想啊要是我一个人申请过去搭伙，那显得我多矫情啊……"知非看了她一眼，她马上笑嘻嘻地说，"我承认我确实很矫情，我慢慢改。"

知非试图挣开，可夏楠抓得很紧，可怜巴巴地看着她，只好说："你就没想过，走过去二十分钟，既浪费时间紫外线强又伤害皮肤。你还是认清现实吧，这边的饭菜虽不可口，可吃着吃着就习惯了。"

"我绝对习惯不了。"夏楠放开了知非，开始软磨硬泡，"眼下这种情况咱们也不可能每天都过去洗澡，那偶尔过去洗洗澡，顺便改善一下伙食这总可以吧？"

既然夏楠作出了让步，知非也不想再让她失望："我考虑一下。"

"啊！太好了。"夏楠欢呼雀跃，丢下筷子走过去给知非一个大大的拥抱。

知非摇摇头，吃完了最后一口，起身准备离开，还不忘叮嘱夏楠："往后你的习惯也得改改，盘子里的食物吃完，水喝光了再走。"

夏楠慢悠悠地举起手比个V："知道啦，我听你的。这里是非洲嘛，要节约粮食和水。"

"不是因为这里是非洲，而是在哪儿都该这样。"知非语重心长地说完，突然想起某人曾经跟她说话的口气也是这样，有点愣神。

夏楠慢慢张大嘴巴"哦"了一声，看了看知非，又看了看盘子的食物，还来不及再说话，知非已经走出了餐厅。她迅速塞了两口食物进嘴里，端起水，猛喝了两口。

第9章　敢为人先

知非刚从餐厅出来，电话就响了，她原地站了几秒，找了个没人的地方，这才按了接听键，声音平缓不带一丝情绪地问："有事么？"

柳时冰的声音从电话彼端传了过来，同样平缓不带一丝情绪："食管近端脂肪肉瘤加食管远端管壁淋巴管瘤的那位姓马的病人，是你让他的家人在小区门口等我？"

不愧是亲妈，一猜一个准。

"是我。"

"反反复复说了多少遍了。"柳时冰压抑着声音，听不出是生气还是警告，"病人要走医院的正常程序，你不要……"

知非直接打断："病人病情严重，是罕见病例，我想你会感兴趣的。"

"罕见病例有罕见病例的程序，到我们院的病人有哪个不严重？"

知非顿了一下，问："你打电话过来，就是来兴师问罪的？"

"我在跟你讲医院的规章制度。"

病人既然已经收下，知非不想跟她吵架："有什么话以后再说吧。"

"你不要总是自作主张。"

知非本来已经准备挂电话了,一听这话,怒火一下子被点燃了,讽刺道:"原来我是自作主张啊?我还以为你是乐意攻克罕见病例呢。"

柳时冰有几秒没有说话,似乎是在冷静,过了一会儿说:"这不是你第一次这么做,以前我就批评过你,可你总是不听,总是做这些违反规定的事情,你知道这种行为有多自私吗?"

知非冷笑:"我自私?那你告诉我,什么叫不自私?"

柳时冰忍着怒气:"你不要又来跟我吵架。"

"从我记事起,你就把我丢给外婆,你不自私?父亲去世之后,你就把所有的时间给了病人和学生,你不自私?外婆去世的时候,你还在手术台上给病人做手术,你不自私?"

"你别跟我提这些!"

"从小到大我唯一求你的就是推荐我来Z国,可你都没考虑就拒绝了,你不自私吗?"

"你去Z国,是不带一点私心的吗?"

两人各说各的,都在吼,吼完陡然安静了。那种安静,是隔着几万里都能感受的令人窒息的安静,越是至亲伤害起来越深,是剥皮见骨地晾了出来,鲜血淋淋给彼此看。

知非放缓了声音:"没错,我有私心!因为这里是我爸爸生前最后工作的地方。你只是把我生下来,管过我多少?知道我喜欢什么不喜欢什么吗?你知道我吃饭有什么习惯喜欢什么口味?你知道我初恋是哪一年?你知道我高考考了多少分?我在美国生病住院差点就死了,这些你都知道吗?你不知道!你眼里只有工作和学生,对我来说,连夏楠都比你亲。"

"你跟我心里都清楚,你是为了一个男人跑去美国读书的。宋图南是你爸爸的学生,他对你只是照顾。"

知非缓缓地吸了一口气:"那你得感谢他,要不是他突破医疗极限,我早就死在美国了。"她话未说完,那边的电话陡然断了。知非的手微微有点发抖,艰难从耳边移开电话,丢进口袋里,用力揉了揉头发,仰起头沉沉叹出一口气。

天上乌云密布,远方传来了闷雷声,看起来快要下雨了。她想,要是下场雨就好了。她的手习惯性地在口袋里摸烟,手指落了个空,这才想起来已经下过决心戒烟,皱了皱眉。戒烟难,戒亲情更难。回到办公室,谢晟不在,她揉了揉太阳穴,倒了杯水,一口气喝完,情绪才稍微舒缓了一些。

一阵轻轻的敲门声后,门被推开了,小龙进来告知她,手术室已经准备好,问她几时开始手术。

知非看了看表,站起身来:"现在就过去。"

小龙见她脸色不太好,问:"要不要休息一会儿再做手术?"

知非迈步往外走:"不用,我没事。"知非是那种工作和生活分得很清的人,一旦进入工作状态就自然把杂念抛在一边。

手术室里,婴儿进入了麻醉状态,她和小龙、谢晟一同看片子,身后跟了六名观摩的Z国医生。"给婴儿做手术需要我们更加细心。为了适应婴儿的身体结构,我和谢医生、小龙医生,对医疗器具进行了一些改动,比如导尿管,我们用了这种极细的管子。好了,下面我们开始吧。"

手术台的灯亮了,知非手一伸:"手术刀。"

小龙递上手术刀。知非看着孩子的身体,手里的手术刀停在了半空,半天没有动。

第9章 敢为人先

新生儿科的张医生看她犹豫,问道:"知医生,你怎么了?"

知非轻轻叹了口气:"这是我从医至今遇到的最小的病人,你看他才那么小,就要遭受这么大的痛苦,真是叫人不忍心。张医生是新生儿科的医生,比我更有感触。"

张医生点点头:"我刚工作的时候,有一个孩子在母亲的肚子里只有六个月就迫不及待地出来了,1000克,就比我拳头大那么一点儿,又弱小又坚强。我不分昼夜地照顾她,最后总算是活下来了。"

"真希望每个孩子来世上都是健康的。"知非说完稳定了情绪,开始开胸腔,做手术。

切开、止血、结扎、缝合。

当手术室墙上的挂钟指向了六点五十分时,她干净利落地摘除了肿瘤。

夜里,知非去了一趟ICU,医院没有新生儿科,更没有NICU,张医生正在照看刚刚手术完的小婴儿。知非看了看各项数据,基本都在正常值范围,稍微放心了一些。

张医生背对着她,在给孩子做治疗,感慨道:"生命的坚强是难以想象的,我们作为新生儿科的医生,经常会被孩子的坚强给打动。"

"是啊,就像一颗种子不管多少阻拦都会喷薄而出。"知非看了看孩子,放下手里的检查单,"张医生,孩子就交给你了。"

"放心吧,知医生你做了孩子的手术,让他有了活下去的可能,我会尽我百分之百努力和一切的办法,让他健康活下来。"

知非点头:"这是我们的本职工作。"

张医生抬头看了看知非,问道:"知医生,你有孩子吗?"

"今天看你在手术台上的反应,我还以为你有孩子呢。你不会真的还是单身吧?"

知非没回答,说了句"走了",就转身离开了。

张医生看着她的背影,喃喃道:"我也单身。我说我单身,就是说明一下,没有别的意思啊。"

这时知非已经走远了。

夏楠正准备下班,走出办公室就听到了这句话,陡然停住了脚步,拼命忍住笑。她靠在门上,等张医生走出来,才故意说:"哎哟喂,原来你也是单身啊,要不要介绍个女孩给你认识?"

"别闹。"

"你上一次恋爱是半年前吧?"夏楠一只手勾住他的脖子,带着他往前走,"谁甩了谁啊?"

"和平分手。"

"再给你一次回答的机会。"

"她甩我了。"

夏楠翻了个白眼,打量了他两眼:"长得人模狗样的,怎么老被甩啊?"

张潜好脾气地回她:"这不我工作忙,没时间陪人家嘛。夏楠你这张嘴就会给人下刀子。"

"下点别的你受得了吗?"

张潜无语:"我说你们妇产科是不是都是你这样的女汉子?"

夏楠一个反手把他按在了墙上。张潜龇牙咧嘴地嚷嚷:"从大学认识你到现在,怎么回回都这样,你就不能下手轻一点吗?你看看人家知医生,温柔漂亮干练,平时不苟言笑,做手术的时候专业专注,哪像你,暴躁犷悍,平时话有一车皮子,也就上了手术台时能稍微安静点。"

"你挺关心我啊，怎么着，暗恋我？"

张潜指着自己："我暗恋你？在我眼里你就是个纯爷们儿，放开。"

夏楠松开手："那是喜欢知医生了？"

"欣赏。"张潜揉了揉肩膀，"我单纯欣赏她。"

夏楠不以为意地笑笑，说："知非医生是我最好的朋友，别打她的主意。"

张潜不服气地道："什么叫我打她的主意？她优秀我也不差啊。"

"你顶多也就及格线。"

"嘿，我……"

夏楠说："你还没明白吗？你身上的主要问题，是你有一个极品土豪老爸，当初为了阻止你做医生，三番五次大闹你们医院，还有你那小后妈，听说她刚给你生了个弟弟？"

"扯远了。"

"好，那就说近的，就你爸那脾气，炮仗一样，一点就着，要是知道你喜欢一个女医生，非把你们医院拆了不可，顺便也拆了我们院。你爸不是老给你安排相亲吗，你听他的不就好了嘛。"

"我干吗听他的啊，我有我自己的人生理想，自己的人生追求，什么年代了还要父母安排相亲。"

"这句话我爱听。"夏楠跟张潜并肩继续往前走，"也对，你要是听他的，你就不会来这儿了，顺便问一下，你爸还好吧？没被你活活气死吧？"

"好着呢，也是住了小半月的院，早就出院了。知非医生到底有没有男朋友？"

夏楠没回答，从他旁边走过去，头也不回地挥了挥手。

知非临时加了个夜班，睡到中午，被夏楠的电话吵醒，说总队长陈明宇来了，一会儿在院长办公室开个会。

她立刻起床，洗漱完毕，去了门诊。昨天响了一天的雷，结果一滴雨也没下，天气反倒越发燥热起来。她顺着铺着黄沙的小路走过，走进门诊。到了院长办公室，门虚掩着，知非推门进去。陈明宇不在，院长克立斯正在跟医院的几个中层领导说话。克立斯年纪将近六十，气质儒雅，是知非在美国时的学长，有过几面之缘。克立斯当时在美国非常有名，说到外科医生，就一定会提到他。几年前，他因大面积脑梗死瘫痪，后来克服种种困难重新站起来，一年半以前他回到Z国，任职医疗教学中心的院长，穆萨城医疗教学医院是在他的奔走下，才有了今天的规模。

知非站在门口，进也不是退也不是。克立斯朝她点了下头，对众人说："就这样，你们先回去工作吧。"

待众人离去之后，知非走上去，打了个招呼："克立斯博士，好久不见。"

"好久不见知非医生。"克立斯起身拥抱了她一下，说，"你在美国肿瘤切除的手术视频我看过，非常好，论文我也看过，质量不错。听说一到这边就破了纪录，一台全切右肺，一台腺癌，一台60天的婴儿肿瘤切除。干得好，知非医生。"

知非没想过大名鼎鼎的克立斯博士竟然关注过自己，感到非常意外，谦虚地表示："其实这三台手术，都是难度一般的手术。"

"手术难度对你来说确实不算大，可难就难在这边的医疗环境。你能在这样的环境下完成那样三台手术，非常了不起，证明了你的临床水平相当高。"

"只是没有愧对所学。"

克立斯欣赏她的态度,待她坐下后继续说道:"在美国时,我曾和宋图南博士聊起过你,我认为你要是留在华盛顿大学医学中心,不论是在医学上的成就、贡献还是待遇方面都会比你回国要好……"

听到宋图南的名字,知非晃了神,这是她最近第四次听到这个名字,每一次都能准确地击中她的心。一旁电茶壶的水烧好了,发出咕咚咕咚的声音,克立斯看了看时间,开始有条不紊地洗茶杯,洗茶,慢悠悠地说:"我去过中国,喜欢你们的茶道,我在北京住过一段时间,跟一位广州的茶艺师学泡茶,他的茶艺水平极高。我不行,中风康复之后,总感觉手不像以前那么灵活。"

知非一时无言,作为外科医生手稳是黄金特质,好的外科医生是一名工匠,手术刀更是他的武器。拿不稳手术刀,这对一名外科医生的打击可以说是致命的。

"民大附属医院是怎么说动你回国的?"

知非不想说大道理,举重若轻道:"待遇好。"

"要说待遇肯定不会有华盛顿大学医学中心给得高。"克立斯完成了洗茶,重新冲泡,"其实看到你来了这里,我就什么都明白了,用电影里的一句话来说就是'有些鸟是关不住的,它们的羽毛太美丽了'。"

知非点点头:"我的确不愿待在研究室里做研究、写论文,我更喜欢临床。"

克立斯完成了泡茶的最后一道工序,盖上了茶碗盖:"对了,你跟宋教授还有联系吗?"

一瞬间，空气似乎凝结了。门外传来脚步声，陈明宇走进来，身边跟着夏楠、谢晟和张潜。

　　克立斯连忙起身："陈总队长，北京一别，转眼两年，又见面了。"

　　陈明宇一笑："两年零八个月，时间过得真快啊，当时听博士讲座的情形还历历在目，记忆犹新。"

　　克立斯邀众人落座之后，才缓缓说道："那时我初到北京，病得很重，只能坐在轮椅上，是陈总队长给我安排了中医针灸治疗，我才慢慢康复起来的。"

　　陈明宇摆摆手："举手之劳不足挂齿，现在您应该完全康复了吧？"

　　"大概是心理原因，至今没有再拿起过手术刀。"他举起双手，看了看，又无奈地放下，"陈总队长，想起当初我们在北京相谈甚欢，你是唯一一个支持我回Z国工作的朋友。一年半前，我离开美国回到了这里，我的家乡，你们中国有句古诗'少小离家老大回，乡音无改鬓毛衰'。我们Z国需要诸位的帮助。"

　　会议整整开了一下午，此番陈明宇来院里，是代表援Z国医疗队帮助穆萨城医疗教学中心成立心胸外科，由知非负责，并培训当地医务人员。陈明宇还说医疗队每周可以申请去维和部队会餐一次。这是夏楠去申请的。

　　会议刚结束，陈明宇的电话就响了，是王铮打来的："我们晚上会餐，带上你的医疗队队员一起过来，我在营地恭候你们。"陈明宇跟王铮早就认识，两人关系不错，闻言一笑："来早不如来巧，会餐几点开始？"

　　"你们到了营地，会餐就开始。"

第9章 敢为人先

从会议室里出来,夕阳已经沉沉西下。开了一下午的会,说了一下午的话,众人都有些疲惫,上了车,谁都不说话。夏楠冷不丁地冲知非说:"听说警卫队的修羽队长长得很帅?"

知非没说话,脑海中闪过修羽的身影。

夏楠拿胳膊撞了她一下:"你不是见过吗,给点反应啊?"

知非回过神,敷衍道:"一个鼻子两只眼睛。"说完,索性扭过头去不再搭理她。

车子一直开到了营地门口,夏楠才小声地说:"等会儿我见着了,要是觉得还不错,我就拿下他。"

知非盯着车窗外淡淡地说:"你随便。"

太阳沉下,暮色渐深,今日的营地和以往不同,训练场上,士兵们有的在弹吉他唱歌,有的在拳击格斗,有的在聊天。

车子停下,一行人从车上下来。

王铮大步流星地走出来迎接。陈明宇笑着迎上去和他握手,然后一一做了介绍:"这几位是我们医疗队的队员,知非、夏楠、谢晟、张潜。"

夏楠是话罐子,跟谁都能聊得起来:"营长,你们营地每天傍晚都这么放松吗?"

王铮一笑,说:"你来巧了,每周就这么一个傍晚可以稍微放松,晚上还会有会餐,这边条件艰难,环境危险,但越是这样,越要有张有弛。"

修羽今日巡逻,刚从步战车里出来,迎面看见知非,他稍稍一愣,打量了她一秒,等到身后的士兵都走了,这才问:"知医生,找我有事?"修羽听马丁说了,上次她在营地找他。

知非说:"上次拆弹你受伤了,想问问你现在怎么样了?"

115

"没事，小伤。"

"你明天来医院我给你检查一下。"

修羽嘿嘿一笑："用不着。"

"修羽队长，你知道医生最讨厌什么样的人吗？就是你这样自以为是的人！你窒息过，检查一下是非常必要的。"

"我说了，用不着。"

知非有些生气了："你这什么态度？我只是劝你去医院做一些必要的检查而已，这是我工作的一部分，请你配合好吗？"

配合这个词，他曾经也对她说过，结果呢？修羽皱着眉头，加重了语气："那我再重复一遍，我没事，不需要检查。"

知非一时间不知道该说什么了，较劲似的盯着他看了几秒，说："我希望这句话，不是你的报复。"

修羽很认真地看着知非："知医生，你觉得我不配合检查，就是在报复你？还是因为我曾经跟你说过同样的话，你就以为我在报复你？我没你想的那么小心眼，也没那么多时间跟你纠结针尖大的事情！"

知非咬着嘴唇不吭声。

修羽微微侧着头："还有，没事就老老实实待在医院，别乱跑，你以为这是国内啊？这里是Z国，是战乱区。"

修羽走了几步，回头还想说啥却发现刚才还站在身后的知非已经不见了踪影。

这时走来一个女人，对着修羽说："帅哥，看到一个女医生打这儿经过了吗？"来的是夏楠，饭吃到一半，发现知非不见了，急匆匆出来找她。

"她走了。"修羽笔直往前走，随口回了句。

夏楠一愣，这人声音有点好听，可就是实在够冷，眼睛都不看她一下，顿时胸口憋着一口气，好歹她也是一个美女不容许被人当成空气。于是她小跑几步走到修羽旁边，自我介绍道："我是援Z医疗队的队员，妇产科医生夏楠。"

"夏医生，幸会。"修羽并未停步。

夏楠实在气不过，伸手拉住修羽。

修羽急忙顿住了脚步，敛眸看着她："夏医生还有事？"

夏楠摆出迷人的微笑，没话找话道："我们医疗队今天过来参加你们营地的会餐，以后每周都会过来参加你们的会餐，修羽队长欢迎吗？"

"欢迎！"并不热情也不走心。

夏楠又被晾在了一边，这人简直比冉毅意还要冷啊！

修羽见她几秒没说话，便绕过她继续往前走。

夏楠不是那种容易退缩的性格，二话不说追了上去："今天天气不错。"

"嗯。"回答一个字。

"明天还是你执行巡逻任务吗？"

"嗯。"回答还是一个字。

"你是北京人？"

"是。"回答依然一个字。

夏楠无语了，这人果然是冷若冰霜啊！一个不留神，脚被什么东西绊了一下，摔倒了，她顺势往地上一坐，"哎呀"叫了一声。

这招果然管用，修羽闻声停了下来，转身走到她面前，问："你怎么样？没事吧？"

夏楠故意揉着脚踝，撇着嘴说："疼！好疼啊。"

"让我看看。"修羽说完弯腰在她面前蹲下。

夏楠松开手，手指在脚踝处画了一个圈："这一块都好痛哦。"

修羽看了看，他的手刚一碰到夏楠的脚踝，她马上就叫起来。

修羽眉头一皱，冷冷地说："还好，没什么问题。"

夏楠故作矫情："真的没有问题吗？可我觉得好痛啊，会不会是伤到筋骨了？明天会不会就肿得不能走路了？"

"休息一下就好了，放心吧。"修羽站起了身。

夏楠可怜巴巴地看着他："可我明天还有手术要做，一场手术就是几个小时，不知道能不能撑下来。医院没有骨科医生，明天要是还疼的话怎么办？能不能留你的联系方式给我？"

修羽没说话，目光一扫看到了不远处抱肩站在一旁看热闹的江琦，瞪了他一眼。

江琦出来找修羽，刚好遇到了这一幕，见修羽瞪自己，聪明的他马上走过来解围："队长，你再不回去吃饭，会餐都要结束了。"支走修羽，他转身对着夏楠笑眯眯地说，"夏医生你好，我叫江琦，我也会按摩，在我们队里我排第二没人敢排第一，我的按摩手法，是祖传的，如果你有这个需要的话，我非常乐意为你效劳。"说着，江琦蹲下来，要给夏楠按摩，夏楠一跳避开了。

夏楠白了他一眼："瞎添什么乱啊，谁要你按摩啊。"

江琦故作惊讶："这么快就好啦，那我就不添乱了，夏医生，小生告辞了。"说完撒腿就跑，追上了前面的修羽。

知非从洗手间里出来，刚好就看到刚才修羽给夏楠脚踝按摩那一幕，她了解夏楠，看出来她这是对修羽有意思了，便没上去打扰，只是在暗处双手抱肩等着。等修羽和江琦他们走进了餐厅，这才走了出来，问发呆的夏楠："你还好吗？"

"哈哈，一切无恙。"夏楠伸了伸懒腰，眼睛还盯着修羽消失的方向，摩拳擦掌地说："那位修羽队长，果然跟传说中的一模一样，又帅又高冷，简直就是一座难以攻克的碉堡。"

知非有一瞬间的失神。她跟修羽相识至今，从来没觉得他高冷，很野倒是真的……

"你在想什么？"

"没什么。"

"非非，你觉得我能攻下那座碉堡吗？"

知非敷衍道："你自己看着办。"

夏楠知道知非对感情的事从来不感兴趣，倒也不往心里去，反正她也不指望知非真的能给自己什么意见，只管自嗨就是了。她很兴奋地走在前面，一口气说了好几个追修羽的方案出来。知非既不说话，也不建议，一路沉默。快到餐厅门口，知非的手机突然响了，她伸手从口袋拿出来看了看，电话是陈健打来的。夏楠一看她的反应就知道有情况，伸头看了看手机上的来电显示，一副恍然大悟的模样，手插在口袋里歪头看着她。

知非本来不想接，可又觉得有些话迟早要说，便按了接听键，走到一边，冷淡地"喂"了一声，问："有事吗？"

电话那头，陈健急促地道："对不起知非，那天我情绪不对，太冲动了，我是来跟你道歉的。"

知非语气极淡："没事了。"礼貌而又疏远，像是在对一个打错电话的陌生人说话。陈健愣住了，沉默了好一会儿。

"要是没别的事的话，我挂了。"

"别！知非，请原谅我，我前几天那通电话，确实太着急了，后来我想了想,结婚哪能这么急呢!现在我已经想通了,我爱你,你是我下决心要娶的女人,我会耐心等你,直到你答应嫁给我为止。"

知非冷哼了一声。

陈健哀求:"你就当那天我没说那些话,咱们和好吧?还跟以前一样行吗?"电话这头,知非在摇头,陈健却看不到,以为她默认同意,"那就好,以后你别不接我的电话……"

知非冷冷地说道:"我那天说得还不够清楚吗?我承认一开始我确实对你心动过,可自打你和你前女友重新约会开始,我和你就结束了。"

"我跟她只是见个面而已,你不要误会。"

"只是见个面吗?"知非冷笑,"视频我看过了,是她发给我的,明白了吗?"知非不等他说话,径直挂了电话。夜晚的风有些大,吹得树叶发出哗哗的声音,也吹去了她一身的燥热。扭头看见夏楠还在门口等着她,便稍微稳定了一下情绪,走了过去。

夏楠看她脸色不太对,小心翼翼地问:"跟冠军吵架了?"

见知非没说话,夏楠继续碎碎念:"我就知道陈健对你不死心。他追人确实有一套,当初拉着一后备箱的玫瑰来我们医院门口堵你,搞得跟拍电影似的,把整个医院的女孩子芳心都搅动了,不知道有多少人眼红。"

知非心中一阵酸涩,当初这个事很轰动,网上还有人故意发帖黑她,说她凭母亲柳时冰的关系进了医院,然后使用美色把陈健给迷住了。

"按理说陈健各方面条件都不错,你为什么看不上他?"夏楠自言自语道,"你嫌弃他不独立?非非啊,像陈健这样的,配你刚刚好,他不独立、优柔寡断,而你独立又果断,刚好互补。"

知非怼她:"你跟张医生是同学,关系又一直不错,别人看你们也很相配,别人也会想为什么你们不试试?"

夏楠直摇头:"我不喜欢他,他跟我太像了,我不可能喜欢一个男版的我。"见知非被她给说笑了,夏楠终于松了口气,然后一本正经地说,"别人都是草,只有修羽才是我的心头花,我看他一眼就知道他是我喜欢的类型。世界那么大,遇到喜欢的人概率那么小,我的人生格言就是喜欢就去追。"

知非从来不插手别人的事情,即便是夏楠这样的朋友,她也如此,所以既不赞同也不反对。夏楠笑嘻嘻地说:"你是不是在想万一我追不到他怎么办?"

"怎么办?"知非随口问道。

"我从来不考虑这个问题。虽然刚才他对我冷冰冰的,但这并不影响我喜欢他,就算他最后还是不喜欢我也没关系,这也给我的枯燥生活添加了乐趣。再说了,我是谁啊,我是夏楠,一个拿得起放得下的人。这点你得学学我,要不我给你分析分析冠军?"

"不需要。"

"那……我给你分析分析宋教授?"

这句话把知非给说愣了,她沉默了半晌后,警告道:"以后不许再在我面前提他的名字。"

"我就纳闷了,我跟你这么亲密的关系,这些年我居然都没有见过你对哪个男的动心过,就算是宋……"她话到一半打住,换了个说法,"就算是那个人,你也没有主动跟我提过。为什么你的感情从来不和我分享,难道我不是你的闺密吗?"

知非没说话，合眼缘就心动这种事情，她从来没遇到过。实际上这些年来，她除了宋图南，很难再对谁心动，哪怕是对陈健，有些微的好感也仅仅维持了一周。

第10章　特殊的意义

王铮看着对面坐着的修羽正在大口吃肉，忍不住问他："修羽队长，我跟你认识了九年，看着你小子一步一步成长起来的……可你现在怎么还跟九年前一样冲动，不爱惜生命。当初你是怎么跟我说的？你说你会做一名称职的军人，我一直都相信你，可你昨天差点又把命给丢了你知不知道……"

修羽往嘴里塞了一块肉，嘿嘿一笑："营长，哪有那么危险！"

"你心里清楚危险还是不危险，幸好你没事……要是你出了事，我怎么跟你家里交代……"

"我都三十多了，生命是我自己的，怎么做是我自己的选择。再说了，我这个人吧，早就看淡了生死，要是死在这里，那也是死得其所。当然了，如果不幸万一真的死在这里的话，我还是那句话，在我死后，把我的骨灰撒在非洲大草原上，这样我可以每天一睁眼就看到狮子大象在我身上奔跑。"

王铮气得一巴掌拍在他的后脑勺上："你胡说什么，是我把你带过来的，我就要把你安安全全地带回去。你别跟我扯什么看淡生死，你才多大啊，我都还没把生死看淡呢，你凭什么就看淡了？我最讨厌的就是这种不负责任的话，你知道国家要培养一个像你这样的特种兵，需要多大成本吗？当初你从医科大毕业，进入部队,细皮嫩肉的,我根本就看不上你,而且那时候……"王铮忽然叹了一口气,"那时候……你就像个疯子,没日没夜地练,我都怕你死在训练场上。"

修羽很平静地说:"连我自己都没想到,我也以为我会扛不住,死在训练场上。"

"修羽,这么多年来我从没有好好问过你,当初你是那么优秀的中医全科医生,为什么来部队?"

修羽一愣,周围的人也都安静下来,全都将目光投向了他。

王铮靠近他,目光一动不动地望着他:"我听你说过好几次,万一不幸去世,就把骨灰撒在非洲大草原上。为什么你对这里有这么特别的感情?"

修羽望着窗外的天空苦笑一声:"将军百战死,马革裹尸回啊。可我真的想过把自己留在这片大草原上。"

"这里到底有什么魔力?"

修羽站起来,好像什么事都没有发生过一样,一边走一边念着:"物是人非事事休,欲语泪先流……"脚下一晃,手扶着门站稳,喃喃道,"哭什么哭?"

修羽想自己一个人静静地待着,从餐厅出来之后,他一路溜达,刚好看见司务长在搬东西,顺手搭了一把。

司务长说:"你怎么出来了?"

"里面太闹了。"

"你来得正好,还有一箱罐头是给援Z医疗队的,我走不开,要不你帮个忙,帮我把这箱罐头给搬过去,医疗队的车就在那边。"

"好,交给我吧。"修羽说完搬起箱子就走,按照司务长所指的方向,找到医疗队的车子,见后备箱开着,直接就把罐头放了进去。

回过身,看到不远处的知非正走过来,便打了个招呼,说:"司务长让我给你们医疗队搬了箱罐头过来。刚刚夏医生找你,你们遇到了吗?"

知非点点头。

"她跟你性格不太一样,她活泼,话多,你不爱说话。"

知非冷冷回他:"我不是不爱说话,我只是不跟不喜欢的人说话。"

"你的意思是不喜欢我,所以不爱跟我说话?"

"不跟你说话,是因为跟你没什么好说的。"

"话不能这么说,你今天让我去医院做检查,我说实话,我是军人,是特种兵,这种摔摔打打是常有的事,窒息也不是头一次,我不是针对你,也不是故意跟你作对,是我真的觉得没必要,不想浪费时间。"

"谁知道?"

"你肯定知道。"修羽说,"你是上过战场的人,你知道生命在战场上有多脆弱,光是这一点你就比你同一个年龄段的人成熟了不知道多少倍。"

"听你这么一说,我倒羡慕她们了,不用有那么恐怖的经历。"

修羽笑了起来:"原来你也怕呀,当时你下车的时候,我还以为你不怕呢,看你的架势,都不能叫'初生牛犊不怕虎',而是你根本就不认识老虎,或者换句话说,你觉得整个战场上只有你是虎。"

知非被他逗笑了。

"跟你说件事吧,我第一次参加特种部队的实战训练,一个放射性物质环被盗,我们必须找到它。最后我找到了,它掉在市中心,我唯一能做的就是以最快的速度把它带走。那时候我以为我就要死了,放射性物质嘛,很危险,回去第一件事,就是把遗言留好。"

知非停顿了至少有五秒,才开口说话:"后来呢?"

"后来我没死,活下来了,身体也没有遭到辐射伤害。"

"你穿了防放射服?"

"作战时不可能穿着铅服。"

"那……总不会是你身体自带抗体吧?这也太夸张了。"

"是很夸张,可这个世界就是这么奇特,总有意想不到的事。"

"所以,你的意思是……"知非不可思议地打量着他。

"我的意思是,既然人活着,总有一天会死,死也就没那么可怕了,不过就是长长的睡眠罢了。"

知非赞同地点头:"谁也不知道明天和意外哪个会先来,所以怕有什么用?只是没想到你竟然有这么多的感触。"

"有点傻是不是?人类一思考上帝就发笑,你现在是从上帝视角看着我。"

知非忽然发现,此时的修羽明显话比以前多。修羽也发现身边这个女孩没有了平时的锋芒,和蔼可亲了许多。

"是啊。"

"下次会再见面吗?知非医生。"

"嗯。会的。"

"好。"修羽难得说那么多的话,"顺便说一下,给我检查的医生,是个女的。"

第10章 特殊的意义

知非问："漂亮？"

"漂亮！"

"喜欢？"

修羽摇摇头，四仰八叉地倒在草地上，他有点困，喃喃低语："在我心里，只有一个人最漂亮，只有她是最漂亮……"过了一会儿，传来轻轻的鼾声。

从营地回医院的路上，知非和夏楠照例坐在后座，张潜开车，谢晟坐在副驾上，因为医院不方便住宿，陈明宇留在了营地。

夏楠从上车就托着腮看着知非，她想知非和修羽在草地上到底聊什么，她实在太好奇了。一下车，知非就不打自招："刚好遇上了，随便聊了几句。"

"他跟我可是一个多余的字都不愿说啊，跟你却能聊到睡着。"

知非说："那是因为他太疲惫了。"

夏楠显然不信："那也不会随随便便就睡着吧？除非是对方能让他放松下来。他不会喜欢你吧？"

"绝对没有！"

"你对他感觉怎么样？"

知非有点抗拒这个问题："没什么特别的感觉。"

"如果你喜欢他，我可以放弃。"

"夏楠，你不是一个轻易就放弃的人，况且你也知道，我心里还有人……但是我提醒你一句……修羽好像心里有忘不了的人。"

夏楠如释重负地闭上眼睛，轻轻嘘了口气："只要你不喜欢他，别人都不在话下。"

知非快速结束了聊天："我去门诊部看看。"

知非巡查完病房，回到办公室的时候，谢晟正在喝水。谢晟饮食特别自律，即便会餐那样的场合也是能克制住自己的，所以一回到医院便直奔处置室，完成了两个缝合的小手术。

谢晟给知非倒了杯水，问："知医生，以后你去了胸外科，多带带小龙，我觉得他是一个可以培养的人才。"

"是啊！年轻人里他是很有上进心的那一类，要是在国内，以他的努力，主治医生不在话下。"

"嗯，手上的活儿不错，可基础不好。所以说环境对一个人来说，太重要了。"

外面有人喊："谢医生，17号病床的病人找你。"

"来了来了。"谢晟放下杯子一溜烟地跑了出去。

知非喝完了水，又去了重症监护室查看了小婴儿的病情。

小龙过来找她，说："知非医生，昨天那台婴儿手术的录像我又看了一遍，有些地方还是不懂，您能跟我讲讲吗？"知非点头应允。一个教一个学，时间不知不觉就过了两个小时。小龙看时间不早了，拿出一包辣条，说，"我专门去中国超市买给你的。"

知非知道这包辣条对小龙来说，是最拿得出手的礼物，所以象征地吃了一根，问他汉语跟谁学的。

小龙说："父母以前在华人工厂工作，父母跟华人学的，我跟父母学的。"

知非恍然大悟："难怪你普通话这么好。你父母现在还在华人工厂里上班？"

小龙眼神一下黯淡了："他们在战乱中已经去世了。"

"对不起啊。"知非吃完了，擦了擦手，言归正传，"虽然和你接触不多，但我感觉你会成为一个心无旁骛治病救人的好医生，我想带带你。"

小龙一听激动坏了,两眼直发光:"真的?"

"不过事先声明,医院不是学校,我也不是教授,我不能保证你能学到什么程度,我唯一能保证的就是,在我结束援外医疗任务之前,让你能独当一面。小龙,你们这边的医生太少,医院也太少,病人需要医生,你学好了,可以治愈很多病人,也可以影响到很多人。"

小龙暗暗攥紧了拳头,重重点头。

一周后,胸外科正式成立。在人员安排上,知非和克立斯一起严格筛选,并且制定了完善的医生工作流程和手术流程。短暂地开了个会,便各司其职进入工作状态。

知非带着医生查房,基维丹的一切指标都好,可以转到普通病房,病历已经出来,后续化疗方案也已经出来了,小婴儿术后很稳定,再过几天就可以出院。新收的病人,她安排给了小龙。

中午吃饭时,知非吃了一半,夏楠端着饭菜坐到了她的对面,刚坐下就累得趴在了餐桌上,一副求生不得求死不能的表情:"姐不行了,快要累死了。"因为工作原因,两人虽然住在一个宿舍,却很少碰面,即便见到了也是一个在睡觉,另一个倒头就睡,根本没有聊天吐槽的机会。

知非一边吃饭,一边慢吞吞地说:"这才十天就叫了算怎么回事?"

夏楠继续趴在餐桌上,有气无力地摆手:"不行了,不行了。"伸出两根手指,"一个上午连续两台手术……虽然手术量不算大,可要命的是家属太吵了,把我的耳膜都快震坏了,手术室又不隔音,就像是在我耳边嚷嚷似的,吵得我头疼。"

知非苦笑,叹着气,看着夏楠:"好了,吃饭吧,吃饱了才有力气继续被折磨。"

夏楠拿起筷子，一口汤一口饭，胃口极好，估计隔着两张桌子都能听见她吞咽的声音。她一边吃一边含含糊糊地说："我已经被生活给打败了，以前我根本吃不下这些黑暗料理，现在可好，你看看我，吃得津津有味。"

知非望着她，多少觉得心酸。夏楠下意识地放缓了吃饭的速度，瞄了一圈周围的人，小声问知非："太狼吞虎咽了是吧？"

知非笑着点了点头。夏楠吃了几大口终于缓过来了，开始喋喋不休地抱怨："早上来了个产妇，说是明星，一堆人进来就吵吵，两男的，都说自己是孩子的父亲，还在手术室门口动起手来了。我一边接生，一边担心他们打进产房。害我提心吊胆的，现在手心还都是汗呢。"

"早就告诉过你，这边的环境不比国内。"

"另外一个手术提起来我更来气，一进手术室我就傻了眼，产妇难产，从来没有做过产检，患有严重的妇科病……我……"夏楠正愤愤不平地说着，突然就打住了。

知非正要问详细病情，抬头见夏楠眼睛看向别处，顺着她的目光看去，原来是张潜和一名Z国女护士端着餐盘一前一后，从身边走过，两人一边走一边说话。

夏楠用脚从桌子下面踢了踢知非，小声道："什么情况啊这是？这家伙一周前还跟我说他单身，说他空窗期半年了……我还夸他长情……嘿，敢情是在骗我呢。"

知非无语地看着她："看来你们妇产科的活儿还不够啊，没把你累趴下，还有心思琢磨这个呢？"夏楠可不管知非说什么，伸着脖子偷听张潜和女医生的对话。

第10章 特殊的意义

"首先,你要把每个病人的资料全部记下来,要记得清清楚楚,这样面对病人的时候才不会紧张……我们是新生儿科,我们面对的都是出生三十天以内的婴孩,有些早产儿,比如上次那个肿瘤切除手术的婴儿,虽然已经出生了60天,但是纠正胎龄没有超过44周,所以需要我们新生儿科医生的协助,这就需要我们更加细心,不能有丝毫的差错……"

夏楠轻笑了一声,小声对知非说:"还真是在传道授业解惑。"

"不然呢?"

"不然……"夏楠正说着,电话来了:"夏医生,产妇大出血,你赶紧过来看看。"夏楠一边接电话一边往嘴里胡乱塞了几口东西,拔腿就跑。

知非在后面喊:"你慢点。"

克立斯正好进门,跟夏楠擦身而过,夏楠打了个招呼,就跑远了,旁边的人也纷纷跟克立斯打招呼。克立斯取了饭,朝知非的餐桌走过来,说:"你们中国医生到了我们Z国之后,几乎每天都是超负荷在工作,辛苦了。"

知非把夏楠的餐盘移开,邀请克立斯坐下,说:"克立斯博士,您太客气了,医护工作本来就是辛苦的职业,在哪儿都是一样忙碌和辛苦。"

克立斯吃得很慢,一边吃一边和知非闲聊:"知医生,这边生活得还习惯吧?"

"习惯。我不是一个讲究生活质量的人,在国内怎么样,在这边就怎么样。"

"那我就放心了。"

"克立斯博士,听说您在美国的待遇非常好,家里有别墅,有菲佣，回到这边，您习惯吗？"

克立斯乐了："现在轮到你问我这个问题了。我坦率地回答你，刚开始的时候，很不习惯。"

"那您还留下来啊？"

"这里是我的祖国，不论我在外面漂泊多久，这里都是我的根。尤其是我中风之后，我常常在想，人活着，总要做些有意义的事情，做一些别人不愿做的事情。"

知非突然被感动了，琢磨了一下克立斯的话，有些酸楚，酸楚中又有些激动，她并没料到克立斯会有叶落归根的情结。

"克立斯博士，您问过我为什么回国，现在我认真回答您，我跟您想法一样。但我来Z国，确实有私心，因为这里是我爸爸最后工作的地方。"

克立斯微微一愣，抬头目不转睛地看着知非。

知非说："这事都过去快二十年了。"

克立斯安慰地拍了拍知非的手臂，说："如果有什么需要我帮忙的地方，尽管说。"

知非点了点头。她很想了解父亲的真正死因，可时间太久，Z国这些年又一直处于战乱，环境遭到很大破坏，根本无从下手。当初刚传出父亲去世的消息时，当地曾出动上千人的队伍地毯式地搜寻过父亲的尸体，最后什么也没有找到。现在，那么多年过去了，想要寻到，更是难如登天了，但是父亲就像是一面旗帜，一盏灯，始终指引着她！

知非吃完了饭，回到了胸外科室。新成立的科室，还没有完全步入正轨，人员杂乱，小龙虽然医术一般，但是在管理上还算过关。她一杯水刚喝了一半，就听门外有急促的脚步声，有人大声吆喝:"让一让,让一让,快去叫心外的知医生会诊。"是谢晟的声音。

知非一愣,放下杯子,快步出门,就见轮床被快速推进了抢救室,轮床上全是血,后面跟着一名Z国军人,大叫着:"哥,哥。"

知非觉得面熟,可来不及多想便跑了过去。

"知医生,你快看看。"谢晟把检查单塞给了知非。

知非一边快速翻看,一边听谢晟报告:"伤者二十分钟前被歹徒刺伤,心脏破损,伤口巨大,失血量过猛,生命体征微弱……"知非瞥了一眼就知道情况多么紧急:"赶紧送去手术室,准备手术,叫麻醉师准备。"轮床推出了急诊室,朝手术室冲去。

知非喊了声:"家属,家属呢?"

那名Z国军人说:"我是,我是他弟弟。"

知非想起来了,面前这个军人就是当初在手术室对她动手的易扎卜,也就是说刚才心脏受损的军人,是之前拉着他跟她道歉的瘦高个儿。

"伤者心脏受损,需要立即手术,来不及检查了,马上告诉我他的既往病史和曾用药情况?"

易扎卜一个劲地摇头:"对不起,他的情况我不清楚。医生,以前是我不对,请你无论如何救救我哥。"

知非没时间回答,拔腿就往手术室跑,进门就喊:"麻醉师给药。"

话音未落,监视仪开始报警,心电成了一条直线。知非走到手术台跟前,快速戴上手套,冲一助小龙说:"小龙,手术刀。"小龙沉默地递上手术刀,知非打开伤者的胸腔,小龙操作吸引器吸出狂涌的血液，可血流的速度太快。知非一边操作一边讲解，"伤口所在的是提供血压的左心室，伤口大约2.4厘米，这种巨大伤口造成的出血量是非常惊人的。如果只是简单缝合心脏，那么心脏一旦跳动，伤口就会被再次撕裂，那样的话会给伤者造成二次伤害。为了避免这种情况发生，我们要切取心包作为垫片。这条经验，是我前些天在两名做补心手术的医生那里听到的，而医学上的经验大多是从事故甚至是死亡里得来的。"她一边说一边手指灵活地切下心包，"肠线，弯针，准备缝合。接下来，要做的是给心脏按压，恢复伤者的心跳。"

第11章 实习医生

轮床被推出手术室的时候,小龙长长嘘出一口气,靠在墙上,一脸不可思议的神情:"补心过程,虽然只有不到两分钟的时间,可伤者的失血量居然高达5000毫升,太吓人了。"

知非老练地摘下手套丢进垃圾桶:"下回再有类似的手术,让你做。"

小龙怔怔地看着她,有点不敢相信:"我行吗?"

"我觉得没问题。"

在知非充满肯定的眼睛里,小龙找到了一丝信心:"虽然我还从没做过这么复杂的手术,但有机会我想试试。"

"作为一名临床医生,重要的不是看,而是动手。说出来你们可能不信,这样的手术,这么大的出血量,我也是第一次遇到。"

一名年轻医生不可思议地问:"那你不害怕吗?"

"你是想问万一手术失败了怎么办,是吧?"

那名年轻医生点头。

"说不害怕是假的,毕竟一条人命在手,但是怕归怕,我们是医生,要相信自己的技术,技术很重要,但是勇往直前的勇气和精神更加重要。"

周围的医护人员全都点头。一名实习生快速用笔记本记录,一边写一边小声念念有词。知非看了她一眼，是今天新来的女实习生，二十出头的年纪。知非继续说："几天前，我刚看过类似的病例，给伤员做手术的是一对中国医生，他们就是用的这种方法。大家记住，跟死神抢时间是争分夺秒，只有一秒不落，才能从死神的手里把人抢回来。"

身后的实习生一边继续念念有词一边笔头飞快地记录，记录完抬头瞅见所有人都盯着自己，顿时局促起来。

"你叫什么名字？"知非问。

"我叫木兰。"一双眼睛大而真诚，中文说得很不错。

"你在写什么？"

"哦，我把您刚刚说的都记下来了。"

知非一愣，问："你记这些做什么？"

"留着回去复习。"

知非脸上若有若无地苦笑："上了几年医学院？"

"两年。"

两年？知非只能苦笑了，胸外科对医生的专业水平要求非常高，要求有过硬的医术功底，上了两年医学院连见习都不够，怎么成了实习生？她不动声色地说："学医两年，算是连门还没进，尤其是临床医学这一块，培养出一名医生非常不容易。一个临床医学的本科生，从入学到报考执业医师，至少需要八年，我不知道院方出于什么考虑让你进来跟着我实习，可我不带实习生。"

木兰意识到了危机："我虽然只上了两年，可我学得扎实，我会努力成为一名真正的医生。"

"我没有说你学得不扎实，但我建议你回学校继续读书，或者跟着别的医生从见习开始。"知非双手插在口袋里，一脸平静地看着她,"如果你不好意思开口,我可以帮你跟院长说。"说完,转身离开了。

知非回到了办公室,倒了杯水,端着水杯站到窗边,活动了一下颈椎,眯着眼看着窗外。午后,阳光刺目。身后的小龙叫了声:"知医生。"知非不咸不淡地"嗯"了一声。小龙小心翼翼地解释道,"其实木兰是他们学校这届学生里最努力成绩也是最优秀的。"

知非转过身来,平静地看着他,过了一会儿才问道:"所以,这是院长的安排?"

小龙点头。知非无声地笑了笑。没多久,传来了敲门声。

"知医生。"是木兰。来得真快!

知非头也不抬地说:"我刚刚说了,我不带实习生。"

木兰还是将手里的推荐信递到知非的面前:"知医生,您先看看这个。"

是成绩单和教授的推荐信。知非没有接,木兰只好将资料放在她面前。知非随手拿起桌上的病人检查单翻起来:"刚刚小龙跟我说了,你的成绩很好,是同届里最优秀的学生,我也相信你完全可以成为一名合格的医生,可你不适合跟我学,因为你没有经验,而我不带实习生。"

"知医生,我真的想跟着您学习。"

"可我能带的人就那么多,不合适的进来,合适的就进不来,所以,就别再浪费时间了。"知非看了看表,到查房的时间了。她起身大步往外走。

木兰追上去,争取最后的机会:"我有经验,读医学院的时候我就上过战场抢救过伤员,我一点都不害怕,炮弹落在身边,我照样给伤员做包扎……"

知非边走边道："我看中的是能力。"

"我能力虽然不够，可我学得扎实，虽然只上了两年学，可我把四年的课程全部都学完了，教授的推荐信上说我已经达到了毕业生的水平。"

在走廊上等待的几名年轻医生和几个副主任医师见知非出来，打了个招呼，知非回应完，停下脚步，想速战速决。她转过身看着木兰，语调平和地问："那你说说，你对胸外有什么特殊的看法？"

"胸外是非常重要的学科，是外科里最具有挑战性的学科。"

"我问的是特殊的看法？"

木兰一时之间不知道如何作答。

知非说："好了，你回去吧。"

木兰急了："我想实现人生价值，而胸外是最有成就感的科室。"

知非愣了一下，定定地看了她一眼，这句话触动了她，两秒之后，抿了抿嘴唇："回去好好学习……"说完继续往前走。

木兰突然又追上去大声问道："知医生，您不愿带我，是不是因为您不愿带女实习生？"

"谁说的？"

"我听说国外很多胸外不愿招女医生，是因为胸外的手术都是大手术，一台手术下来，少则几小时，多则十几个小时，对医生的身体素质要求很高，女医生很难承受这样的压力。知医生，您也是这样认为的吗？"

知非大步往前走："我从来没有这样认为过，因为我自己也是女性。"

第11章 实习医生

"那您为什么不能带我？炮弹打过来的时候，教授带着我们正在做人体解剖，房子被击中后，教授还是坚持把课讲完。可战争把学校摧毁了，自从那节课之后，我们就再也没有学校可以上了……"木兰停住脚步，朝她的背影喊道，"我不是不想上学，是学校没了，我没办法继续上学。"

原来破格成了实习生，是这个原因。知非的脚步微微放慢了。

"知医生，让我留下来吧。我一定会努力成为一名合格的胸外科医生。"

知非犹豫了。

她一早就决定不带实习医生，她在这边只有一年的时间，要在这一年的时间里，把胸外科从无到有，到带上正轨，培养人才，根本没有精力去带实习生，可木兰身上的这股劲，像极了当初的自己。

"求你了。"木兰带着哭腔。

知非终究心软了，停住脚步，背对着她，说："那就……留下来试试吧。"知非回过身平静地看着眼前这个穿着白大褂，编着一缕一缕小辫儿，眼神倔强的女孩，"我同意带你，这不一定是好事，既然跟着我，你就要好好学，用一年的时间，让自己成为一名合格的医生。"

木兰用力地点点头，医护人员纷纷拍着她的肩膀以示庆贺。

知非走了两步忽又停住，回过身问木兰："对了，为什么取'木兰'这个名字？"

"花木兰代父从军，而后征战沙场，屡建奇功，她勤劳善良又坚毅勇敢，我很喜欢她。"

下午两点，知非结束了查房。

"1床，浓腔较小，无肋骨破坏，尽快做穿刺抽浓。2床，浓腔较大，全身抗结核治疗。3床，骨软骨瘤……"知非突然严肃地问，"3床谁开的医嘱？"

木兰慢慢举起手："我。"

知非看着病历，头也不抬地问："为什么同意保守治疗？"

"是病人自己要求的，病人患的是良性胸壁肿瘤……病人年纪大了，恢复起来没那么容易，既然病人提出了诉求，我认为我们应当要听病人的……"

知非打断她道："你的意思是如何给病人治疗，医生要听病人的？"她已经很克制了，尽量保持语调平淡，可隐忍的怒气却能让人清晰地感觉到，"病人要是知道如何治疗的话，那还来医院做什么？那还要医生做什么？病人不配合治疗，医生要耐心进行劝说，说明治疗的价值和意义，让患者解除顾虑接受治疗，这是医生的责任。你现在回答我，患者脊椎神经是否受侵，血管和臂丛神经是否受侵？有无血液、内分泌或者免疫系统的疾病？有无严重的心肺功能障碍？"

木兰手忙脚乱地翻着病历。

知非扫了她一眼，直接告诉她结果："病人各项数据符合手术标准。"

木兰翻完了手上的各项资料，点头："是的。"

知非冷淡地说："不要求你把所有的数据记住，但是作为医生，了解病人的病情，是最基本的职业道德。"

木兰垂下头："对不起，知医生，这是我负责的第一个病人。"

知非盯着她："你是实习医生，谁给了你开医嘱的权利？"

木兰低着头，咬住嘴唇，不敢说话。这时，安静的走廊里，

第11章 实习医生

突然传来一阵急促的脚步声。是夏楠！夏楠急匆匆跑了过来，一边跑一边朝知非喊："妇产科的一名产妇大出血，现在患者转移到急诊室，知医生你赶紧去看看吧。"

知非看了一眼众人："近期我会制定一个临床实习医生工作职责出来。"说罢，挥手让大家散了，一边大步走向急诊室一边听夏楠说病人的情况。夏楠平时玩世不恭，但是工作时却极其认真："就是中午我跟你提到的那个产妇，刚刚突然发生大出血，并伴随咳嗽、呼吸困难，五分钟前发生过窒息，已经完成过止血。"

知非冲进了急诊抢救室，一边看检测屏的数据，一边拿过听诊器塞进耳朵里给病人做检查。旁边站着一个男人，懒懒散散的，年纪三十上下，是病人的丈夫。知非问他："病人之前有没有受伤过？"

男人漫不经心地用英语跟知非解释："她怀孕的时候受伤过一次，左肺淤血，去医院看过。"

"治疗过吗？"

"没有，医生说不影响生孩子。"

"具体受伤时间？"

"半个月前吧。"

夏楠没好气地接了句："病人难产送来的时候，为什么不说？如果不是我们及时发现，你大概会一直瞒下去吧！"

知非反复听着左胸的情况，眼睛盯着CT扫描片。看了一会儿摘下听诊器冲病人家属说："准备手术吧。"

对方一听手术，不乐意了："咳嗽而已，需要手术吗？"

"咳嗽只是表象，左主支气管断裂，左肺不张，必须手术。"知非交代完病情就往外走，男人一把将她拉住，知非不喜欢拉拉扯扯，脸色一沉，回头望着他。

男人见她脸色难看，很快松开了手，问："手术需要多少钱？"

知非说："我是医生，我的工作是治病，我不清楚具体的医疗费用。"

"那不治了。"

夏楠一听就急了，抖着手里的检查单，用英语吼道："她可是你的妻子，拼了命地给你生个孩子。刚刚医生已经说了，病人左主支气管断裂左肺不张，之前怕影响孩子不给她治病，现在孩子生下来了，你居然还不给她治病，你这就是谋杀。"

男人瞧了瞧夏楠，又瞧了瞧知非，抱着手臂，依旧是吊儿郎当地抖着腿。

知非耐着性子给他解释道："病人这种情况，如果不治疗就只有死路一条。"

"要治就你们治，反正我没钱了。"男人说完转身出了急诊治疗室。

夏楠愕然地望着男人的背影，回过头，生气地冲知非嚷嚷："这种男人，嫁给他还不如嫁给一棵大树呢！"

知非眼看夏楠要往外冲，一把将她拉住，摇摇头，说："算了，由他去吧。"

"他走了病人怎么办？"

"我们治。"知非回头对小龙说，"叫家属签个字。晚上叫上谢医生和张医生，我们开个会。产妇的手术费我跟医疗队申请，由我们免费治疗。"

晚饭过后，知非进了办公室，夏楠、谢晟和张潜已经在那儿等她了，一个个表情严肃。

张潜忧心忡忡地说:"有个事儿跟大家说一下,那名产妇生下的孩子患有鱼鳞病,家属说放弃治疗,因为他坚信地上的土就能治好孩子的病,要把孩子带回去。"

夏楠惊呼:"什么?"

张潜摊摊手:"就是所谓的土壤治疗法。用这种方法,一部分是穷一部分是迷信,有的民众甚至拒绝免费发放的药品,选择用土壤治疗。"

夏楠气得一拳砸在桌子上:"产妇冒着那么大风险把孩子生下来,医生给了那么好的治疗建议,居然被土壤治疗法给堵回来了,这也太可笑了吧?土壤能治病的话,还需要医生吗?愚昧!人在哪儿呢?我现在就找他说理去。"说完,夏楠就要往外冲,被张潜硬生生给拦住了。

"你找他也没用,他根本不听你解释。"

众人都无法反驳,毕竟观念这东西太难改变了。知非叹了一口气,推开窗子,回头问道:"孩子病得严重吗?"

张潜点了点头,说:"但还是有希望治愈的。"

办公室里气氛压抑,大家都颓然地坐着。知非紧皱着眉头,过了好一会儿才开口说:"这样吧,我去申请由医疗队免费给产妇和孩子治疗。"

众人一想,觉得这个方法可行。

夏楠终于松了口气,激动坏了:"非非,还是你有主意。不过,这些天来,我发现这种观念是普遍存在的,改变观念才是根本。"

知非看了看大家,说:"夏楠说得没错,这边的基础医疗环境不好,慢性病人很多,我们不如申请医疗队出去义诊?"

夏楠第一个举手:"我同意,从我这段时间治疗的病人来看,产妇全无产检意识,甚至连孕期的基本常识都没有,妇女儿童也缺乏保护自己的意识。"

张潜附和点头:"我接触到的新生儿,很多是因孕期饮食卫生不注意引起的疾病。"

谢晟没说话,大家都把视线投向了他。

谢晟顿了一下:"在国内的时候我经常参加义诊,不过现在,我考虑的是更实际的问题,这边是战乱区,贸然出去义诊,万一遇到危险怎么办?"

夏楠撇嘴:"能有什么危险?谢医生你怎么总是瞻前顾后。"

谢晟不善言辞,被她怼得无话可说,张潜替他抱打不平:"夏楠,我看你就是想出去。"

夏楠的火爆性格,一点就炸:"是!我是想出去,成天待医院,我们来Z国干吗来了?"

谢晟扶了扶眼镜,道:"夏楠,我们是来工作的,你不能总想着出去玩。这边环境多危险你也看到了,知医生上次被劫持,要不是有维和部队的修羽队长在,还不知道会怎么样。我就是一名普通的援外医生,有父母,有家庭,有孩子,要是脑袋一热不顾危险,万一叫恐怖分子劫持了,万一出了意外,那可就不是现在这样了。"

张潜索性也把心里的话挑明:"夏楠,工作就好好工作,不能找借口出去玩。到时候遇着危险,再到处寻求帮助,那不是给祖国添乱吗?"

知非突然说了一句:"我们可以申请维和部队协助。"

适才谢晟提到修羽的时候,她就已经想好了。

第11章 实习医生

散会之后,知非准备给总队长陈明宇打个电话,拿出手机拨了几次都没法接通。她决定亲自去一趟维和营地。在战乱区义诊,太危险了,即便她胆子大,也不敢让医疗队去犯险,有维和军人的保护才能安心。

第12章 她看他时月无言

今天的营地和往常一样,训练场上口号声不断。她找到王铮跟他聊了聊,王铮是行动派,没有废话,说全力配合医疗队的行动。从营地王铮办公室出来,知非觉得整个世界都美好了。夜风吹来一丝凉意,她双手插进口袋,准备走回医院,忽听身后有人叫她,回头一看,是马丁。

马丁热情地向她汇报父亲的近况以及术后的治疗情况:"柳主任亲自做的手术,没想到真人比传说中还要认真负责。"

聊母亲,知非并没兴致参与,但出于礼貌,她也不便立马离开。

营地大门外,两辆带着征尘的防弹车缓缓开了进来,车里坐着几个全副武装的人。

修羽坐在硝烟未退的副驾驶座上,冲闷头开车的杜峰说:"等会儿清点一下枪械。"

"是!"

后座的冉毅意一脸闷闷不乐地说着刚才的战况:"这一拨拨的恐怖分子没完没了,马布里也不知道到底死没死?"

江琦望着车窗外,感慨道:"十步杀一人,千里不留行。"

冉毅意忍不住笑了:"明明是反恐精英,咋还侠客行了呢?"

江琦摆摆手："李太白的豪情你一个俗人不懂。"

冉毅意不理他了，问修羽："自打上次尼罗河酒店爆炸案之后，事情终于有了点眉目，今天那个狙击手差点就被咱们逮着了，结果一不留神又让那小子给跑了。队长，以后遇到这种情况，咱能不能先下手为强？"

江琦又插话进来："我替队长回答你，不能，没有Z国方面的求助就不能行动。亏你还是老兵，回去把维和条例抄写五遍。"正说着，江琦突然坐直了，眼睛直直地盯着车窗外，"那不是那个女医生吗？"

冉毅意和杜峰立即警觉了，齐齐转头看着外面。营地门口，人来人往，知非瘦高的身材，穿着白大褂特别醒目，旁边站着马丁。

冉毅意一看就来气："马丁怎么跟她聊上了？"压低声音冲江琦说，"瞧着没？这小子准看上人家了，头一回见面就给人送水，够殷勤的。"

修羽回头瞪了他一眼。冉毅意立刻假装很严肃地拍了拍江琦的肩膀："这个情况发现得很及时，晚上找马丁细谈。"

杜峰皱着眉头："你们就别乱扯了，马丁父亲生病这事儿你们知道吧？"

"知道，不是刚做了手术嘛，专家做的。"

"她给介绍的。"

"她？"冉毅意难以置信地指着车窗外的知非，"她给介绍的啊？"

"嗯呐。"

车子刚好从知非身边开过去，修羽若有所思地看了她一眼。

江琦晃着脑袋，疑惑地说："真的，美人救英雄？"

修羽的脸色顿时就冷下去了："胡说八道什么呢？人家知医生帮了马丁那么大的忙，马丁跟你们是战友，你们不应该感激吗？拿人家姑娘瞎开什么玩笑？"

"我错了。不过，说真的队长，你怎么总向着她？"

"我向着你们的时候比向着她多多了。"

杜峰回头瞪了一眼冉毅意。冉毅意不再说话了。

修羽瞧着车窗外的月色和渐渐远去的知非侧影。

她侧影削瘦，却有一种英气和飒爽，不知道在和马丁讲什么。她似乎不是很健谈，总是微微皱眉，有一丝故意的克制，谈话的间隙目光朝防弹车看了过来，然后又转过头朝马丁礼貌地微笑。基本上都是马丁在说，她在听。

知非终于和马丁聊完了，她拒绝了他的送行，想自己走回去。刚走出去没几步，就听身后传来一个声音："这么晚了，一个人不怕？"

回头看，是修羽。知非不咸不淡地回他："不怕。"

"有时候胆子太大不是什么好事。"修羽笑笑，跟她并肩往前走，"还是我送你吧，别大意了。"

像是警告，又带着一点关心。知非不作声，当是默许了他送她。

"你今天来有事吗？"

"嗯，医疗队准备出去义诊，需要营地协助。"

"你对义诊有信心吗？"

知非沉默了一会儿，说："我想试试看。"

修羽走在前，知非跟在后，月亮出来了，静静地照在地上。

第12章 她看他时月无言

大概有五分钟，两个人一句话都没有说。知非走着走着，脚下突然被绊了一下。修羽一把抓住她的手腕，将她扯过来，知非一顿，差点撞进他怀里。修羽连忙松了手，看着她，问："没事吧？"

"没。"

刚才抓她时候，纤细的手腕不堪一握，她太瘦了，脸小小的白白的，整个人就像一片羽毛。

"知医生，这边不如国内安全……"

知非知道他想说什么："我已经来了快半个月了，这边的情况我了解，但这是我工作的一部分，我知道该怎么做。"

修羽没说话，只是默默地看着她。冷白的月光洒在她的脸上，更显得脸色清寂。她的目光冷得像一把刀，直扎进他的心里。修羽顿觉心头一紧，不确定刚刚这样说，会不会冒犯到她。过了一会儿，他放缓了声音说："你是援Z的医生，可并不是说让你把命留在这里。"

"你把我看得太弱小了，我不是那种被人捧在手心里呵护到大的女孩子。"

"你当然不是！"从他第一眼见到她，就知道她是一个坚韧的，有明确目标并一往无前的女人。

忽然空气停住了，没有风，四周一丝声响都没有，突然旁边传来窸窸窣窣的声音。一只小野兔从草丛里蹦出来，站在路中心，歪着头警惕地看着他们。小兔子一动不动，知非和修羽也不动，时间好像静止了。像被什么东西撞了一下，两人心里有种奇怪的暖，夜空、晚风、荒原、小野兔，这场景是似曾相识的画面。一秒钟后，小野兔跳开了。

狡黠月色，照亮了黄土路。

149

知非忽生感慨："月色真好，群星璀璨，很多年没见过了。"

"我倒是不陌生，以前营地在西北，我们野外训练的时候，唯一的乐趣就是看天上的星星和月亮。你看，月亮周围出现晕圈。"

知非仰头看着夜空，果然月亮的周围有一个晕圈。

"这是有风的预兆。"

"有意思。"知非的眼睛就像漆黑夜空里的星，"你怎么知道？"

"一个特种兵的基本常识。"

路上知非的电话响过一次，是夏楠打的，知非只简单地说了一句自己很安全，就挂了。

夏楠不放心，在医院门口等她，看到知非走过来，便快步迎上去，老远就大声嚷嚷："大晚上的你去哪儿了，怎么才回来？"

"去了一趟维和营地。"

"你去维和营地怎么不叫上我？害我担心了一晚上。"当夏楠看清楚知非后面跟着的人是修羽，她有些惊讶。

知非马上解释道："他送我回来。"

夏楠望了望后面，没见着车，刚要问，就听修羽说："步行送！"

夏楠拖长了声音"哦"了一声。

修羽要走，夏楠叫住他，问道："修队，上去喝杯茶？"

"不了，人我已经安全送到，任务完成，得马上回去。"说完，便头也不回地走进夜色里。

夏楠目送完修羽，将目光转向知非，带着哭腔说："非非，那个得病的早产儿，一个小时前差点被家长给强行带走了。"

"怎么回事？"

"还是那个说法，土壤治疗有效。"

知非忍住愤怒，咬咬牙："孩子留下来了？"

"留下来了，那是因为我们答应免费给孩子治病，而且保证把孩子治好了还给他。不过令人难过的是，那男的自始至终都没有问过产妇的任何情况。"

知非松了口气，又往前走，夏楠还是跟着。为了省电，过道里只留了一盏灯，黑漆漆的，快到胸外门口的时候，黑暗中一束电筒光晃过来。是张潜。张潜探头跟知非打了个招呼："知医生，左主支气管破裂的产妇手术大概什么时候做？"

"明天上午9点。"

张潜"哦"了一声，还想要说什么，被夏楠一个眼神支开了，三步一回头地看着她们。

知非继续往前走，见夏楠还跟着站在身后，问："还有事？"

夏楠小声地说："还是产妇的事……"

正说着，传来急促的脚步声，几名医护人员推着轮床疾步经过，一边跑一边喊着："让让，让让，几号抢救室空着？"

"二号。"

谢晟浑身是血地冲夏楠喊："夏医生，别看了，快过来帮忙，五个月产妇从树上摔下去，股骨开放性骨折，有流产征兆。"

"五个月还爬什么树，来了来了。"

夏楠走了之后，知非招呼着医生开始查房，到了基维丹的病房一边检查一边问："今天感觉怎么样？"

"刚做了化疗，中午还在吐，现在比中午稍微好一点……"

知非戴上听诊器，听了听，取下，问："今天病人的各项数据怎么样？"

小龙刚要说话，木兰飞快地回她："体温37.1℃，血压高压

100，低压75，引流量230，血氧饱和度94。"

知非略顿了一下说："病人的血氧饱和度有点低，另外病人现在的引流量是220。"

基维丹的母亲一听这种情况就急了，拉着知非问长问短。

知非只好安抚她：化疗过后，消化道会有一些反应，比如恶心、呕吐、反胃、烧心等胃肠道症状，是化疗药物导致，不要紧，嘱咐加强营养，提高免疫力等等。

知非嘱咐完，对其他人说："我们去下一个病房。"

知非带着一行人检查了一遍病房，工作交接给小龙之后，这才回宿舍休息。

洗好了衣物，晾晒完毕，外头起风了，树叶哗啦啦地响着，她忽地想起修羽说月晕是有风的预兆。

倒是很准。她找了个空旷的地方，仰头看着天上的星空。突然，她听到有脚步声传来，脚步顿住，又走远了，过了一会儿，脚步声再次传来。知非扭头看了看。是易扎卜停在不远处怔怔地看她。他来医院看哥哥的时候，发现了可疑人物，追出来，人又不见了，正在四处寻找，却遇到了站在这里发呆的知非。他欲言又止地看着她。

知非睨着他："你找人？"

易扎卜有点紧张，张了张嘴没说话。

"说话！"她眼神很冷，语气更冷。没办法，对待这种在手术室里对医生下手的人，她给不出好脸色来。

"在追人。我在医院里发现了一个可疑人物，我跟出来之后，就找不到了，想问问你有没有看到。"

知非扭过头去："没有。"

易扎卜沉默了一下,转身要走,知非说:"你哥的病情稳定,放心吧。"

"哦。"易扎卜走了几步,又停下来,冲着知非说,"最近情况有些危险……"

知非想,战乱区,哪天不危险?

易扎卜诚恳道歉:"知医生,以后尽量不要离开医院。以前我对你动过手,不过我没有恶意。我是一名军人,那天我只是在执行任务。对不起,知非医生。"

知非没说话。但她没那么容易往心里去。

易扎卜见她脸色放松了一些,终于放下心,朝她晃了晃手臂说:"已经好多了,谢谢。"

"是不是……军方在找什么人?"

易扎卜咬咬牙,朝知非走近了一些,压低了声音问:"知医生,请问如果一名国外研究室的流行病毒学、微生物专家来了Z国,对Z国来说有多大的危害。"

知非心里"咯噔"了一下,说:"那要看他来的目的。"

"最坏的打算。"

知非没说话,她对流行病毒和微生物略有了解,因为宋图南,而最坏打算,莫过于携带病毒投放病毒,但这种反人类的事是绝对禁止的。

她换了个话题:"这个人跟尼罗河爆炸案有关?"

"有关。"易扎卜没有撒谎。

"说说?"

"具体情况我不清楚,来Z国半年多了,之前马布里被抓的当天,那名博士刚和马布里见过,本来也要抓他的,让他给逃了。"

"也就是说,尼罗河酒店爆炸案当天,他就在酒店?"

易扎卜没说话。沉默就是肯定。现在她终于明白了当天的爆炸案是有多凶险,或许军方已经查明了那名博士下榻在尼罗河酒店之后,实施了追捕,而反政府武装为了帮助博士逃走,让恐怖分子制造了触目惊心的爆炸案。

博士的真实身份是什么?他和马布里接触又是因为什么?如果是为了传播病毒而来,那么Z国这种医疗落后的地区,将会陷入不敢想的绝境。知非用力地捏着拳头,指甲嵌入肉里感到疼,才回过神,用力吸了口气,但愿是自己想多了。

知非刚回到宿舍,夏楠就急匆匆跑了进来,又急又慌地冲她大喊:"非非,出事了,孩子不见了,明天早上要手术的产妇也不见了。"

知非一听,套上衣服就往外跑,一边跑一边问夏楠:"孩子丢了多长时间,产妇不见了多久?"

"孩子丢了一个多小时,产妇大概半个多小时前跑了。"

"谁偷的?"

"查过了,孩子叫家属给偷了,两个护士在门口聊天被产妇听见到了,趁医护人员不注意的时候跑了,现在不知道跑哪里去了。"

"既然是孩子叫家属给偷了,肯定是回家了,按照家庭住址找过去。"

"困难就在这儿,没人知道他们家住在什么地方。"

知非顿住脚步。

夏楠说:"产妇这种情况就可能会死在半路上,战乱区死个把人太常见了。"

知非听不到她说什么，狂奔到医院门口。

夏楠拉住她："非非，你要干什么？"

"找啊。"

"太危险了。"

"产妇就不危险了？"

夏楠无言以对。

知非跑到医院门前的十字路口处，前后左右突然就不知道往哪个方向追了，周围黑漆漆一片，远处偶尔传来一两声枪响。她愣怔了几秒，拿出电话，打到维和营地寻求帮助，然后叫夏楠在路口等着，自己朝一个方向追了出去。

很快，修羽带着人开车到了十字路口，焦急等待的夏楠看到他，二话不说直接上车，指着知非离开的方向，说："快追，她朝这边走了。"

修羽立即对着通话器说："马丁，无人机有没有发现病人？"

"我正在搜索5点钟方向，暂时没有任何可疑发现。"

"继续搜索，及时汇报。"

车子往前弄，可知非却不见了。按照时间计算，从知非出发到修羽带人赶到，总共不到十五分钟，可车子追了十分钟还不见人影，修羽的心里有种不好的预感，眉头皱了起来。他问夏楠："方向没有错？"

夏楠比修羽还急："没错，我眼睁睁看着她朝这个方向追出去的，怎么就不见了呢？"

车上的人也都疑惑了，开车的杜峰问："队长还追吗？"

修羽说："追！"

"可是就算她开车，我们也应该追上了。"

"追。"

杜峰愣了愣，加大马力开车。

夏楠出门的时候忘记带手机了，修羽叫营地呼叫知非，可从营地传回来的消息是：知非的手机处于关机状态。

是关机了还是没电了抑或是出事了？修羽有点着急，他拿起通话器继续问马丁，声音听起来比之前更加严肃："马丁，有没有新的发现？"

回答他的依旧是："没有任何新的发现。"

修羽的脸色越来越难看了，再往前走有政府军在布防，上来盘查，修羽从车上下来，用当地话问盘查的头目有没有一名女医生从这里经过。得到的答案是"晚饭后没有一个中国女人来过"。

车子又往回走，天上的风愈加大了，漫天是被风卷起的荒草，修羽想起那天去接知非，也是这样的大风。

他冷静地问夏楠："知医生出来的时候穿什么颜色的衣服？"

夏楠说："迷彩T恤。"

修羽沉默了。

杜峰说："迷彩服？我的天，在这种荒郊野外很难找。"

冉毅意忧心忡忡地说："会不会走的是小路？万一遇虎豹豺狼，那可怎么办？呸呸，我这乌鸦嘴。"

修羽继续问夏楠："你有没有离开过路口？"

"有。"此言一出，车上的人齐齐看着她。夏楠觉得有些不自在，"离开了不到五分钟，我手机忘带了回去找手机，结果手机没电了，就又回来了。"

修羽说："这样看来，她应该朝另外的方向追去了。"他心里憋着气，晚上才跟她说过不要乱跑，不要涉险，她就是不听，不老老实实地在路口等着,非要自己去追,深更半夜又穿着迷彩服,万一摔倒了,掉进沟里了怎么办?这女人,有时候太狂妄,又太自以为是。

平时夏楠的话多,可现在见他板着脸,也不敢多说话。

过了一会儿修羽问:"她穿了什么鞋?几号?"

"沙漠鞋,37号。"

车子又回到了十字路口,修羽下车,简单查看了一下路面,四条路上都有鞋印,极有可能她犹豫过。这个女人真不让人省心。修羽让无人机搜索一条路,自己的车走另一条最有可能的路,走出去大概一里多,就看到路中间躺着一个人。下车一看是那名产妇,地上一摊血,原来是咳血,已经昏过去了。修羽叫人将她抱上车,马上回医院治疗,他和其余的人继续找去知非。大概找了五分钟,有了发现,知非的手机落在路边。修羽小心翼翼地查看周围的环境,有打斗过的痕迹。夏楠早就慌了,可修羽还在分析脚印。

杜峰说:"队长,这里有好几个男人的脚印,知医生是不是叫人绑架了?"

听到这话,夏楠已经面如土色。修羽拉长了脸,一言不发。很快他的通话器响了,是马丁:"队长,5点钟方向和11点钟方向均没有任何发现。"

"搜我这条路上的2点钟方向。"

"是。"

修羽跳上车,说:"继续往前找。"车子又往前开,这时,通话器里传来马丁的声音:"报告队长,前方有辆摩托车,四个人,车上有个人抱着孩子,应该是目标人物之一。"

157

杜峰一脚油门加快了速度，很快追上了前方的摩托车。

修羽用通话器，喊话他们停车。可前方的摩托车不但没有减速，反而疯狂加速。杜峰几次试图逼停摩托车，可摩托车上的都是亡命徒，就是不停。修羽的眼神很冷，如果不是因为对方怀里抱着孩子他早就推开车门直接扑上去了。考虑到这样的速度一旦出问题可能致命，他迅速部署，手指老练地做了个超过去的动作。

杜峰一个加速，超过了摩托车，车子带着巨大的声响，打横停在路中，两辆车一前一后将那辆摩托车堵在了路中。

摩托车停住，其中一个男人正是产妇的丈夫。冉毅意和周琦等人下车将几人制服，几个人这时候也不横了，老老实实举手投降。

等看清来的是中国的维和军人，他喊道："你们要做什么？"

夏楠一直有点晕车，这会儿才缓过神："果然是你偷孩子，还差点害死孩子的妈妈。"

"我解释一下，孩子是我亲生的，他病了，我自己能治，你们不让，那怎么办，我只好强行带回去。再说那个女人，她都治不好了，我还要她做什么？"那男人伸出手指，不知廉耻地比画了一下，继续说，"我有五个老婆，五个，她死了我再娶一个就行了。"

夏楠气得要扇他，却被修羽拉开了。他冷冷地问："有没有看到一个追上来的女医生？"

"没有。"男人说。

夏楠照着他就是一脚："知医生，你见过的。到底有没有见过？"

"我说没有就是没有。没见过。"男人横得很。

修羽忽然发现他手臂有抓痕，再看其他几个人也都挂了彩，一把揪住那人的衣襟,说:"怎么回事?"

"什么怎么回事?"

"为什么受伤?"

"摔了。"

"这是抓伤。"修羽伸手捏住他下巴,"说不说?"

男人一把鼻涕一把眼泪地说:"这也不能怪我的,我本来也没想要怎么着她,可她偏要跟我讲道理,让我把孩子留在医院治疗,我都说了土壤治疗法是最好的,她不听,所以……所以我就动手打了她。"

修羽紧紧地攥着他的手臂:"她受伤了?在哪儿?带我去找。"

第13章　心疼的感觉

此刻的知非正躺在一条修羽他们经过的河沟里，离路口并不远，大约一公里的地方。她身上脖子上都是血，她被推下河沟的时候，头被岩石撞了一下，晕了过去，刚刚醒了，正准备挣扎着爬起来，就听到夏楠和修羽在喊她。

夏楠跟在后面惊呼："非非。"

她看起来还好，就是受伤了，好几处刀伤。修羽的脸阴沉得吓人，他走过来，想要抱她，她想躲闪，但是她没力气躲开，被修羽打横抱起上了车。

给知非检查的时候，夏楠忍不住哭了。她浑身大大小小十来处刀伤，鼻子嘴角都流血了，眼睛也青了。夏楠抱着她抽泣，知非倒是一吭不声。她不是不疼，是疼得说不出话。

修羽拿出急救箱和夏楠一起给知非清理止血。小腿上的那条伤口有点深，约莫两寸多长。夏楠看不下去，眼泪又掉了下来。

那几个伤害知非的人居然开始要孩子，说已经带他们把人找到了。

修羽的语气很冷，没有一丝讨价还价的余地："孩子必须带回医院治疗。"

男人不同意，嚣张得不得了。修羽忍着怒气，尽量保持平静，

第13章 心疼的感觉

可说出来的话,却具有杀伤力:"你最好老实点,故意袭击我方援Z的医护人员,造成我方人员重伤,现在就可以把你当场击毙。"

男人吓得立即不说话了。

车子重新发动朝医院开去。

修羽和那几个男人一辆车,男人把整个事情的经过给交代了一遍。最后说:"我不喜欢跟女人啰唆,动手比较省事,她也动手了,所以我们就打了她一顿。"

冉毅意的拳头捏得嘎吱响。

那人被吓到了:"我发誓,我们真的就只是打了她一顿。"

修羽没说话,默默地听着,知非会跆拳道他是知道的,可架不住这三个人一起动手,想到她身上的伤,他的心就疼。

车子很快就到了医院。他从车上下来,男人在后面嚷嚷:"我都说了我只是打了她,我没有做别的,能不能放了我们?"

修羽冲冉毅意说:"叫他闭嘴。"

"是!"

急症室里,知非躺在病床上,谢晟正在给她缝针,因为麻药紧缺,知非拒绝了使用麻药。针从肉里穿过,疼得她打起了哆嗦,谢晟的手也跟着哆嗦了一下,抬头看了一眼知非。

知非皱着眉头,抿着嘴,一声疼都不喊。

谢晟说:"知医生,疼就喊出来,别忍着!"

"没事,继续吧谢医生。"

谢晟鼻子一酸,开始飞针走线。

知非死死地咬着牙,无麻缝合,锥心之疼。从她报名来Z国的那天起,就已经想得非常通透,选择是自己做的,后果也由自己负责。

161

门外的走廊里。维和营地警卫队的兄弟们一个个笔直地站着。

修羽靠在墙边，幽幽地说道："这事恐怕没么简单，还要好好查清楚。"

"怎么不清楚？凶手都已经承认了。"杜锋愤怒地说。

"我问过了，他承认动手打了知医生。可他没说对知医生用了刀子。而且知医生的反应也不太对。"

杜峰当时因为太愤怒，忽略了这个细节，回头一想确实没在那几个人身上发现过利器。如果不是那人动的手，那知非医生身上的伤是怎么回事？

众人七嘴八舌。

修羽问随后赶来的马丁："马丁，你用无人机追踪的时候，有没有发现可疑车辆或者行人？"

马丁咬着牙，摇头："没有，不但那条路没有，附近的几条路，全都没有车辆和行人经过。老大，知医生怎么了？"

修羽没说话，眉头皱得更紧了。这样看来，很可能歹徒行凶的时候，正是他追向另一条路的时候，还没来得及下狠手，发现有人追过来，便跳进旁边的荒野里逃跑了，所以无人机没有发现可疑人物。

修羽敲了敲急诊室的门，走了进去。谢晟已经缝好了针，正在给知非做二次消毒处理，处理完了，见修羽等在一边，冲他点点头，便走了出去。修羽走过去，低头看着知非。此时的她躺在病床上，闭着眼，脸上的污血已经擦干净了，眼角嘴角淤青得厉害。自打认识她以来，第一次见她这么柔弱地安静地躺着。

知非睁开眼，四目相对。修羽一时无言，就那么静静地看着她。

知非伸出舌头舔了舔发干的嘴唇,说:"我渴了,能给我倒杯水吗?"

"嗯。"修羽转身给她倒了一杯水,然后放在床头的柜子上,过去半抱着她坐起来。她两只手都包扎了,没办法端杯子喝水,他便端着杯子放到她嘴边,小心地喂她喝水。

她没有多喝,只喝了两口,便停下了。

修羽又扶着她躺下,问她:"还记得凶手的样貌吗?"

知非没说话,摇了摇头。

"男的还是女的?"

知非又摇了摇头,虚弱地说:"对方突然出现,从背后勒住我,一下就把我拖进了沟里,我根本看不见他的脸。他下手又狠又准,但我是医生,我知道,他没想一刀毙命。"

"对方不是冲着你来的,此人应该是惯犯,习惯性伤人,甚至是杀人。"

知非打了个寒战。

修羽突然柔声道:"对不起。"

"对不起什么?"

"我追错了方向,不然你也不会受伤。"

"是夏楠指给你的方向吧。"

修羽点了点头。

"我起初确实是往那条路上追,可走了没多远,就发现有人影闪过,我以为是产妇,就追了过去。没多久发现产妇倒在路边,接着孩子的父亲带着孩子开着摩托车经过,我追了上去。我们一言不合动起了手,他们人多,我受伤了。他们走后,我就遇到了歹徒,后来听到有车经过的声音,我想是你们来了,正准备大声

163

呼叫，歹徒就打晕了我……等我醒过来的时候，就看见了你们。"

修羽脑补了一下她的这些经历，心里的歉疚就更深了几分。突然，急诊室的灯灭了，周围陷入了黑暗，有一缕月光，白晃晃地从窗子口洒进来。月光愈明，一抹洒在他的脸上，他的脸一边在阴影里，眼神很复杂。他温柔地对她说："你以后能不能不要乱跑？"

知非抬眸看他，毫无表情地牵了牵嘴角："我是医生，我还有义诊要做。"

这个时候她居然想的还是义诊。修羽说："这里绝大多数的人是好的，但是也有一些坏人，不能放松警惕。"

她知道一定会等到他，所以她以死相搏，没有放弃。

但她不能说给他听，只是"嗯"了一声。她太累了，轻轻地闭上了眼睛。过了好一会儿见修羽还是没有走，便强打精神，笑着说："心里对我腹诽过很多次吧，觉得我是没事找事？不怪你会这样想，第一次见面我就惹了那么大麻烦。我这样的人，看起来就是个会到处惹事的人。"

修羽说："你不是这样的人，我也从来没这么想过。"

"那我是什么样的人？"

修羽不想回答这个问题，也不愿意就这个问题探讨下去，换了个话题："你很疼吧？"

知非"嗯"了一声，不想让他太过担心，所以竭尽全力表现得云淡风轻。当时的情形历历在目，歹徒从后面突然出现，勒住她的脖子往前拖，她挣扎不开，用牙齿去咬，想叫歹徒松手，可他像是不知道疼，任由她咬着，咬得出血了也不松手。可能是血刺激到了他，突然他变得很亢奋，拔出匕首朝她刺过来。她很被动，对方的格斗比她好，手里又有匕首。每一刀都不致命，但如果不是修羽的警卫队追过来，对方很可能一刀一刀伤她，直到她身上的血流干了为止。

她一想到这里就感到不寒而栗。她真正恐惧的就是这个，怕血流干了，死在荒郊野外。

修羽不知道该怎么安慰她。他跟这边的各类组织都打过交道，这种残暴的毫无人性的手法还未曾遇到过。他心里翻涌过巨浪，脸上却平静像一面镜子："找到你的时候，我们都被吓坏了。"

知非笑笑："不用担心我，对我来说，这点伤不算什么，顶多是留下疤痕难看。况且就算是身上中了那么多刀，我也没后退。当时，我就一个念头，拼到最后一口气，就算死，也不会让他好过。以前我在美国读书的时候，也遇到过歹徒，一个连环杀人案凶手。我被他劫持上车，我跟他在车上搏斗，车子撞向了路边的警车，车翻了，冲下了河。可能有时候不反抗会少受一些伤害，但是我不是软弱的人，谁欺负我我就打回去，就算只有最后一口气，我也不会坐着等死。"

修羽不予评论。他早就发觉了，她不是寻常女人，她的骨子里有一种不服输的劲头。"所以，这次没有吓到吗？"

"没有。正因为这样我才更觉得我来这里来对了，越是危险的地方越需要有人来，况且这种残暴的人也不会经常遇到，这边好人更多。"

知非很平静，反倒是修羽平静不下来："你真这样想？"

"有些事总要有人去做。"

修羽下意识地看她的手，两只被纱布包得严严实实的手。她是医生，那双手是做手术的，不能受伤，所以谢医生小心翼翼地处理了伤口,层层叠叠地包裹,就是希望她早日康复。

知非说:"拜托你一件事。"

"你说。"

"我受伤的事,不要上报给总队长。"

修羽看了她一眼,点点头。

知非朝他笑了笑。病房里出奇的静,她轻轻地说了句"谢谢"。

修羽走了,带上了病房的门,知非长长叹了一口气,她不再忍着,狠狠咬了咬牙,躺好。刚刚全靠意志力忍着,刀伤再加上无麻缝合,疼得她身上出了几层细密的汗,可还是要忍着装作云淡风轻,不想让医疗队担心自己。

这一夜知非疼得昏死了几次,每次断断续续地做梦,断断续续地醒来。中间似乎有人来过,但她一直在半昏睡状态,眼皮子重得根本抬不起来。等她真正醒来的时候,天已经大亮。

谢晟给她换药的时候,夏楠从旁边的病床上爬了起来,知非才知道原来夜里跟她说话的人是夏楠。夏楠昨晚回到医院,马不停蹄地给产妇做了抢救,直到后半夜手术才做完,便来到知非的病房。她才睡了三四个小时,整个人困得不行,嘟囔了两句,又倒下睡了。

谢晟给知非换完了药,陆陆续续医院里的人都来看望她。她腿上的伤有点重,需要卧床,再加上手包着纱布,不方便手术,所以产妇的手术交给医院别的医生去做。她又是出方案,又是讲细节,在病房里开了个会。

手术延迟到下午。

这拨人刚走,门又推开了,修羽抱着饭盒走了进来。

第13章 心疼的感觉

知非挣扎着坐起来："你怎么来了？"

"代表大伙儿来看望你，对你表示慰问。"

知非笑了，说："拿个饭盒过来就叫慰问我啊？"

修羽说："提什么不要紧，关键是里面的东西。"说完打开盖，里面是红烧猪蹄，往她面前一推，"老话说得好，吃什么补什么，司务长小灶做的，我帮你尝过，味道非常好。"

"你跟他说我受伤了？"

"我跟他说你最近手术做得多，累得手指都弯不了了，司务长二话没说，就下厨做了这个出来。"

知非笑笑。修羽看她笑，他也笑了。修羽拿出瑞士军刀，三下五除二剃下了猪蹄上的肉，切成一小块一小块的。用军刀的刀尖扎起一块送到她嘴边。

知非张嘴吃了。

修羽又扎了一块给她，她觉得不好意思，说："我自己来。"她用手勉强拿着刀子扎肉吃，见修羽盯着自己看，问道，"我的眼睛还瘀青吧？"

"嗯。"修羽说完补充了一句，"像大熊猫。"

"你的意思是我成国宝了。"

这个时候她居然还能开玩笑，修羽说："你知道吗，你笑的时候特别好看。"

知非被他这么一说，脸一下红了，过了一会儿说："难道我不笑的时候就很难看？"手缠着厚厚的纱布，刀子没拿稳，掉了，修羽赶紧去抓，两只手握到了一起。几乎是同时，两人一起松开了手。气氛顿时有些暧昧。接着修羽一言不发地给她喂饭，她也一声不吭地吃。吃完了，修羽把她放平在病床上，盖上了薄毯。距

167

离太近,看得见他小麦色皮肤上的毛孔,他的喉结很清晰,嘴唇边有青色的胡楂。

修羽被她盯得有些不自在,一言不发地拿起单兵饭盒转身要走,却又停住脚步,目光重新落到她的脸上,说:"以后别一个人出去乱跑,不然我会自责的。"

"自责什么?"知非问。

"当初是我把你接到了穆萨城,我有责任保护好你。"

他背对着光,知非看不清他脸上的表情,却感受到了他的担心。四目相对的一瞬间,空气凝结了,唯有头顶的电扇发出呼啦呼啦的响声。房间里有些闷热。修羽冷静地移开视线,走到窗子边,伸手拉开窗帘,阳光瞬间倾洒在他的脸上,像镀上了一层淡淡的金。

知非咬咬牙,说:"对方……可能是个女人。"

修羽回过头看她,没说话,皱皱眉。

知非解释道:"歹徒身上有淡淡的香水味,应该是……圣罗兰的黑鸦片,这是女性香水,所以我断定对方极可能是个女人。"接着咬咬牙,说,"她太厉害了,我打不过她。"

"你不怪那对夫妻?"

"我心里清楚,这事不能全怪他们。"

修羽说:"如果他们不来医院抢孩子,你就不会受伤。"

知非挑眉:"要这么说的话,如果我不来Z国,更不会受伤。"知非停顿了一会儿,幽幽地问道,"你会把她找出来吧?"

修羽斩钉截铁地回她:"会的。"

修羽走了之后,知非长出一口气,她刚才一直咬着牙强忍着跟他说话。她很快就睡着了,可因为身上的伤疼得厉害,时睡时醒。中途夏楠过来看她，给她吃了一颗止疼药，可作用并不明显。等她再次醒来的时候，修羽又来了。他拿出一个饭盒打开，递到她面前。知非看了看，是一份青色汤羹，凑近一闻，有淡淡的苦涩的草药味，心中恻然，自曾祖父在上海滩开设西医馆起，世代西医，她对中医中药颇有成见："这是什么？"

修羽看了她一眼说："裸花紫珠煎的汤。"

"有什么用呢？"

"解毒、止血等诸功效。"

知非挑眉："有药理研究吗？"

修羽说："根据《本草拾遗》里记载，裸花紫珠有解诸毒物，痈疽，喉痹，毒肿，下瘘，蛇虺虫螫，狂犬毒，并煮汁服；亦煮汁洗疮肿，除血长肤。在《福建民间草药》也有提到，有活瘀，止血，消炎，解郁的功效；同时它也被收录在《浙江中药资源名录》，治脾虚，退热。研末搽皮肤痒痛，又杀虫。《中国药植图鉴》记载对食道静脉出血，肠胃溃疡出血，鼻出血，肺出血以及拔牙出血均有良效。《闽东本草》提及，治崩漏带下，恶寒发热。《中草药图谱与调剂》里，说它能收敛止血，解毒疗疮。用于肺胃出血及多种外出血烧伤、烫伤、疮痈肿毒等。"

知非没想到他一口气提到了那么多本中药书，本来想为难他一下，现在看来他是做过功课才来的。

"你讲的是书籍记载，我问的是科学依据，请你回答我，你的药有经过药品测试吗？这碗药里有什么有效成分，这些你都知道吗？我说的这个有效成分是要精确到细胞里的真实化学作用。"她料定修羽答不出来，笑了笑，说，"修队，医学是一门科学，不是背几本医学古籍那么简单。"

"你说的这些测试,我确实没有做过,我也没有这个条件去做,但是一个药用了几千年,经过了几千年的传承,治好了许多许多人的病,这就证明了这个药的作用。"

知非不以为然:"用中医的话说,万物相生相克,它有治疗的作用,那也就会有毒副作用,你这个药的毒副作用又是什么?你能说清楚吗?我是一个严谨的医生,单单用经验说服不了我,我要看的是科学数据。数据才是最能说服人的东西。"

修羽没立即说话,沉默良久,说:"我认为中西医互为补充。"

知非冷笑了一声:"互为补充?"

修羽"嗯"了一声。知非现在伤口疼得厉害,她也不想再跟他就中西医的问题探讨下去,她现在是咬着后槽牙忍着疼,在跟他说话:"我在三小时前,已经吃过止疼药了。"

"不冲突。"

知非冷笑,挑眉:"难道我喝碗草汤就能把外伤给喝好了?"

"谁说要让你喝了,这是给你涂抹伤口用的。"

知非傻眼了,敢情是自己误会了。可问题的关键是,自己就是外科大夫,之前还在急诊科待过一阵,怎么处理外伤她比他清楚。她不得不再次提醒修羽:"治疗外伤,从来首选西医。"

他想了想说:"知医生,我尊重你的想法,但我也想表达我的立场,中医有中医的好,西医有西医的妙。这一次,你就听我的,把它涂在伤口上试试。"修羽抛出了最后的杀手锏,"你看,这边医疗条件有限,你总不想留下难看的疤吧?"

知非说到底还是女孩子,忌惮在身上留疤,没吭声了。这要在国内,指定是用美容针缝伤口,然后再用技术手段祛除疤痕,可这里条件有限,不留疤的可能性微乎其微。

第13章 心疼的感觉

"你别逼我。"

"我没逼你。知医生,我只是给你提出一个小小建议,你好好想想。"

"我再说一遍,不要逼我。"

修羽不再坚持,刚刚光顾着说话,都忘了叫她吃饭了,拿出她中午点的皮蛋瘦肉粥、凉拌豆腐:"吃饭吧,再不吃饭就凉了。"

知非不理他,用包着纱布的两只手去夹勺子。饭凉就凉了,但是话要说清楚,这是原则问题。

知非扫了一眼,好奇他怎么弄来这些东西的,在Z国,这些食材很难找到。她费力地夹着勺子,去舀粥,送到嘴里,味道浓郁,味道一流,不愧是司务长亲手做的。

修羽知道她还在为刚才的中西医之争不高兴,从她手里拿过勺子,喂她吃东西。知非本来想自己动手,可奈何双手夹着勺子实在太费力,而且食物又那么诱人,她也就投降了,他喂一口,她吃一口。吃完了饭,修羽在收拾碗筷。

知非斜睨着他,他神色平淡,似乎已经忘记了刚才的争论,她心里有些憋闷,觉得自己的观点对他毫无作用。

修羽收拾好了,扶着她躺好,准备带着那碗中药汤汁离开。刚才两人就中西医争论了一番,所以他也不再坚持让她敷药,早点离开,让她好好休息,中医总归讲究的是静养。可知非呢,现在又有了试一试的心思了,她对中医虽然没什么好感,但是对李复老先生的印象非常好,李老先生是中医泰斗,却也研究细胞学,以科学为本,她打心底是佩服的。况且这边医疗条件有限,她确实不想留下难看的疤。她盯了一眼盛着药汁的碗。心里嘀咕,中医是发源于中华大地,都说橘生淮南则为橘生淮北则为枳,碗

171

里的草药自然是在这边采的,这效果能一样吗?她不兜圈子,直接问他:"草药是从这边采的?药效会不会不如国内?"

修羽已经放弃让她用药了,她这么问,他随口答道:"你说的没错,这边的药草跟国内的药草生长周期不同,草原上土壤肥沃,有人做过研究,比国内的药草的药用价值还要好。"

知非不得不承认自己的爱美之心占了上风,反正死马当活马医,如果没有效果,正好可以向他证明,中药缺乏科学性。

"你刚说用那个,不会留疤痕?"

修羽点头:"我在熬药的时候,里面添了祛除疤痕的药材。"

"不会过敏?"

"不会,我试用过了。"

"每个人的过敏原不同,你不过敏不代表我也不会过敏。"她又严谨起来了,"我想试用一下,看看到底有没有你说的那个效果。"知非示意修羽给她在伤口处涂抹药汁。

"修队,你这随便熬了一碗药汁,我就同意你往我伤口涂抹,我现在是不是就成了小白鼠了?"

"没你说的那么夸张,放心使用,出了事我负责。"关于药汁的疗效,修羽很有把握,这不是他第一次用这个药汁。

知非笑了笑,没抬杠了。负责?他能负责什么?如果不能把疤痕去掉,她还能找他算账不成?

修羽拿着药汁一点点仔细地涂抹着。她皮肤很白,狰狞的伤口在雪白的皮肤上更显得触目惊心,修羽觉得这姑娘不但坚强而且狠,按说天底下的女孩子大都爱美,就连是号称铿锵玫瑰的女兵,刚开始进部队参加新兵训练时,皮肤被太阳晒黑了,有的还要哭鼻子,再看看知非,从开始到现在一滴眼泪没掉过。

第13章　心疼的感觉

知非举起包得严严实实的手，咬着牙说："居然把我的手给弄伤了……"

修羽停下了手里的动作，抬头望着她："你就只关心你的手？"

知非强调说："这可是外科医生的手。"

"比命都珍贵。"修羽说。

知非盯着自己的手，有点心烦："下次别让我见着她。"

"放心吧，你以后不会单独见到她了。"

"什么意思？"

"命令下来了，接下来由我来保护医疗队的安全。"他顿了一下，说，"重点保护对象，是你。"

知非打断修羽的话："你什么意思啊？我不是跟你说了，叫你别跟总队长汇报的嘛，你前面答应得好好的，回头就跟领导汇报，你这人怎么出尔反尔呢？"

修羽望着知非，注视良久，说："昨天半夜维和基地出动了警卫队出来找人，你是援外医生，受了这么严重的伤，是能瞒得住的吗？"

医疗队同胞在异国他乡出了那么大的事，营长当时就急了，第一时间给总队长陈明宇去了电话。陈明宇更着急，把保护医疗队的工作交给了维和营地，因为修羽跟知非熟悉，他又懂医学，所以保护医疗队的任务自然而然就落到了修羽的身上。

可知非并不知道这些，她的想法很简单，一是不想让大家担心，二是不想因为受伤耽误了工作，三是不想因为这件事导致她提前结束医疗队的工作。

"你走吧，我不想再见到一个言而无信的人。"

修羽没动，坚持涂完了最后一道伤口。这时病房的门开了，夏楠探头朝里面看了一眼,发觉病房里的气氛压抑,愣了一下,然后用口形对知非说:"总队长的电话。"

知非看着修羽走出病房,叹了口气,接过电话,她忍着痛,咬着后槽牙,装出一副轻松的语气冲着电话那头火急火燎的陈明宇说:"陈伯伯,你可不能赶我回国,我在这边的工作才刚刚展开,这个时候让我回国那不就前功尽弃了吗?我拒绝回国。"

"谁让你回国了?我打电话过来代表医疗队对你表示关心和慰问。我作为医疗队的总队长,并且在你来Z国之前受了你母亲的嘱托,要好好照顾你,现在你出事了,我不能在你身边照顾你,我还不能打个电话过来慰问一下,表示一下关心?"

知非这才稍稍松了口气,接着是一愣,母亲委托过陈伯伯照顾自己?她再三回味了一下,听不出是假话,可她不久前刚和母亲大吵一架的场景还历历在目。

"我没事的,陈伯伯,只是受了一点皮外伤,您就放心吧。"

"你就别安慰我了,我在打这个电话之前已经跟谢医生和医院方面了解过你的情况了。你的伤势非常严重,歹徒的行为简直令人发指。"

"陈伯伯,我自己就是大夫,严不严重我还不清楚啊?您真的不用担心我,我没事,实际情况真的没那么严重。"

"我知道你是怕我担心,可我能不担心吗?你是我打小看着长大的。小非,你也别大意了,你现在的首要任务是好好养伤,好好休息。"

知非是个工作狂,陈明宇不让她回国,她立马就有了底气:"陈伯伯,等过两天我的情况好一些了,就能继续工作了。"

陈明宇知道她跟她母亲柳时冰一样,是工作狂,不强制让她休息,决不休息的那种人,语气顿时就严厉了:"那好。既然你这样不爱惜身体,马上给我结束这边的工作任务回国去。"

"那不行。"知非脱口而出,"我还有很多的工作没做。"

"工作总有人会做,但我不容许我的队员有一个人掉队。当初是我把你带来了Z国,我就要对你负责。你忘了,当初你找到我,提出要加入援Z医疗队的时候,你跟我保证过,一切行动服从安排,可你现在就不听指挥了。记住,你现在身处的可是交战区,万一有个什么三长两短的,我怎么跟你妈交代?怎么跟你去世多年的爸爸交代?我跟你爸是多年的老朋友老同学,我不想……"陈明宇的声音开始哽咽。当初他和知非爸爸一起来的Z国,可知非的爸爸却永远地留在了这片土地上,如今他绝不能,也不可能让老友唯一的血脉,也留在这片土地上。想到这些,他叹了一口气。

知非一听陈明宇的语气,心就提到了嗓子眼,别看陈明宇平时儒雅可亲,可他外圆内方,做事非常有原则。她担心他真让自己回国,急忙辩解道:"陈伯伯,这次只是一个意外,我保证以后不会再有类似的情况发生。"

电话那头沉默了。

知非急了:"陈伯伯,我来都来了,如果这样就回去了,我会感到非常非常的遗憾。再给我一次机会好不好?求您了。"

陈明宇轻轻叹了口气:"那好,记住你刚刚对我的保证。"

"我保证我保证。"只要让她留在Z国继续工作,她什么都答应。

陈明宇的语气缓和了一些:"另外,我跟Z国政府以及中国驻Z国大使馆、维和部队方面都已经通过气了,虽然目前还不能确定这是一起有预谋的有针对性的人身伤害,但是医疗队的医护人员是我们国家的宝贵资源，我们有义务保护好每一个人的人身安全，维和部队方面将派出警卫队的修羽队长，保护你们的人身安全，以后如果要离开医院，都必须跟修羽队长打招呼。记住了吗？"

知非想起修羽刚才跟他说过的话，顿了一下，说："记住了。我受伤的事你别告诉她。"

陈明宇当然知道知非口中的"她"说的是母亲柳时冰。母女俩这些年一直水火不容，他早就见惯不怪了。

"我确实还没来得及跟你母亲沟通，刚刚给民大附属医院打过电话，医院的人说你母亲还在手术室，已经连续做了十几个小时的手术了。小非，我又要老生常谈，你母亲不是不关心你，她只是把更多的时间花在了病人身上，你现在工作了，会慢慢理解你的母亲。"

知非下意识地冷哼了一声。母亲是什么人，她心里最清楚，母亲的心里只有病人，没有家庭，没有父母，没有女儿。

第二天，修羽是踩着换药的时间点，敲开了病房的门。昨天知非朝他发了一通火，估计这些火气应该消得差不多了。可因为昨天的争吵，两人见面，显得生疏。

知非生修羽的气，是担心影响到自己在Z国的工作，现在问题解决了，也就没那么生气了。

等到第三天修羽来给她换药的时候，知非的态度明显就好了很多。她是没想到这药的效果出奇的好，愈合的速度很快，伤口居然不怎么疼了，至于轻微的擦伤，基本上痊愈了。早上她拆了手上的纱布看了看，基本上可以肯定没有任何影响。

她自小便认为西医最科学，西药治疗外伤最有效，没想到被一碗药汁给战胜了。她开始相信修羽说的，好了之后不会留下疤

第13章 心疼的感觉

痕。她忽然开始内疚，之前，她对修羽态度那么恶劣，可他还是每天按时过来给她换药，没想到不知不觉间，自己成了自己眼中最不喜欢的刁蛮病人。

一周之后，知非的伤已经好多了，可以下床，半个月之后，已经彻底好了。痂脱落的地方，只有浅浅的疤痕，按照修羽说的，过不多久这些浅浅的疤痕会自然消失。

她没想到自己第一次接触中医，竟然是因为这个，想到之前对药汁的怀疑，不禁叹了口气，庆幸自己幸好试了试。

她是工作狂，伤一旦好了，就马上投入工作。知非从手术室里出来，身体刚刚痊愈，又是连续十来个小时的手术，整个人显得特别疲惫，远远地看到走廊尽头有个熟悉的身影，是修羽。

她双手插在口袋，犹豫了一下，叫了一声："修队。"

空空的走廊响着回声，修羽扭头看着她："嗯？"

"你……一直都在这儿？"知非说着下意识地看了看墙上的时间，凌晨三点，正是人最熟睡的时间。

修羽说："一直在这儿。"

听到这个回答，知非突然感觉一阵放松，微微一笑，说："辛苦了。"

修羽朝她微微一领首，然后转身离开。

知非听着那一串坚定的脚步走远之后，这才继续往前走，回到办公室，开了灯，坐下来，揉了揉酸疼的肩膀。

后进门的小龙赶紧倒杯水递给她。知非接过来，喝了一口，调整了一下呼吸，这才慢慢放松了下来。她靠在椅背上休息了一会儿，问小龙："上次的那个产妇，后来怎么样了？"

由于那名产妇的关系，导致了知非受伤，所以大家都不约而

177

同地避免跟她提起这件事，现在知非冷不丁地问起来，小龙微微一愣，顿了一下，才含含糊糊地说："那个产妇，她已经出院了。"

知非这才想起来，事情已经过去半个月了，当时她回到医院，迷迷糊糊地把产妇的手术交给了谢医生。

后来她问过一次，谢晟说手术很顺利，她也就没再问了。

"手术是谢医生做的？"

"不是。"

"不是？"知非一愣，连忙问，"那是谁做的？"医院还有别的人能做那么复杂的一台手术吗？

"手术是院长做的。"

知非大吃一惊，愕然了一下，才回过神来。真没想到，院长做了那么多心理建设，见了那么多心理医生，都没能再拿起手术刀，却突然完成了一台复杂的手术。

意外，更多的是震撼！

小龙见她瞪大了眼睛，小心翼翼地问："怎么了？知医生。"

"快跟我说说，到底发生了什么事？"她一扫刚才的疲惫，像打了一针鸡血，整个人特别兴奋。

小龙发了一阵呆，在她的催促下，才说："回到医院之后，产妇的情况十分危险，当时已经第四次大出血。谢医生看完了病人的片子，有十几分钟没有说话，后来他说，他认为自己无法完成这样一台复杂的手术。谢医生是除了您之外，最好的外科医生，他没有信心，我们就更加没有信心了，所有人都手足无措，就这样眼睁睁地看着病人的生命体征一点点在消失，就在这个时候一直没有说话的院长，突然站了起来，他说去手术室。"

"然后呢？"

第13章　心疼的感觉

"大家你看我我看你,到了手术室,院长换上了手术服,拿起了手术刀。那时候院长的手一直在抖,根本握不稳手术刀,额头上全是汗,我们所有人都紧张地看着他。有半个小时,院长站在手术台上,他的手越来越抖,我们都觉得他要放弃,这时候,病人的生命体征突然消失了,整个手术室都静默了。时间不等人,院长组织了抢救,病人心跳恢复之后,他再次拿起了手术刀,我们所有人都屏住了呼吸,这时他的手不再颤抖了,做完了手术并成功了。"

知非一字不落地听他说完,喃喃了一声:"太好了,院长的心理问题终于克服了。"

小龙一愣,问道:"您的意思是院长的手其实没有问题?"

知非没说话,站起来,伸了个懒腰,微微一笑说:"时间不早了,早点休息!明天还有很多的事情要做。"

她说完往外走,快走到门口的时候,停下脚步,扭头看着小龙问:"对了,那孩子呢?"

"孩子一直是张医生在照顾,昨天出院了,父母同意定期带孩子回来复诊。"

外面,已经有了曙光,凉风拂面而来,这漫长的一夜,即将过去了,知非原本疲惫的身体,突然轻盈了起来。她忽然明白了"塞翁失马焉知非福"这句话的含义,如果不是她突然出事,院长就不会在万分无奈的情况下鼓起勇气拿起手术刀,战胜自己。自己身上的这几刀,也算是值了。

知非回到宿舍,简单地洗漱完毕,轻手轻脚地上了床,拉好窗帘准备睡觉。隔壁床上的夏楠,迷迷糊糊地翻了个身,嘟囔了一句:"非非,手术做完了?"

179

"嗯。"

"手术成功吧?"

"成功。"

"那就好。"夏楠嘟囔完,又昏睡了过去。

第14章　争执

维和营地。

"队长，要不我跟营长再商量商量吧，派别的人去保护医疗队，您是队长还得领导我们呢。"冉毅意堵在门口的一边拦住修羽，周晨堵在门的另一边，马丁站在修羽的身后，望着修羽，眼里尽是不舍。

江琦背着手，老气横秋地走过来，用胳膊撞了撞冉毅意，说："你们一个个的是不是嫉妒了？"

"你才嫉妒呢。"冉毅意翻了个白眼。

"我当然嫉妒了，要是营长同意我去，我早跑去了，八匹马都拉不住。"

"你闭嘴。"修羽瞪了他一眼，"命令早就下来了，之前住在营地，每天来来回回也不方便，现在医院那边给我腾了住的地方出来，我自然是要住在那边的，行李我都收拾好了，现在过去。"

冉毅意一个饿虎扑食，扑在了修羽的身上："不许你离开我们，这些天你没跟我们一起行动，就好像缺了什么似的，以前你好歹还会回来，现在可好，要去跟医疗队的人住一块。不行，我坚决不答应，去保护医疗队可以，人必须住在营地，看见你我们才放心。"

周晨也嚷嚷:"坚决不让你走。"

"放手啊。"修羽说。

两人非但没松手反而抱得更紧了。修羽伸手挠了挠了冉毅意,他怕痒,挠得他哈哈大笑,乱跳着蹦开了。周晨也去挠修羽,江琦和马丁全都扑过去,抬起修羽扔到床上,一通狂挠,修羽挣扎着爬起来,又被抓住。一直闹够了才松开。

冉毅意:"算了,命令都下来半个月了,去就去吧。"

修羽:"想开了?"

冉毅意:"想开了!我们是军人,军人就要服从命令。"

修羽:"那你们刚刚还拦住我。"

冉毅意:"那还不是因为……我们舍不得你。"

老半天没说话的杜峰,突然说:"我们都是很多年的战友,不过说句话老实话,这次在Z国执行维和任务,很有可能是我们几个战友在一起的最后时光。"

"胡扯。"修羽瞪了他一眼。

江琦"吥吥"了两声,补充说:"你这话说得不对,少了几个字,很有可能是我们几个战友,在军营里一起执行任务的最后时光。"

周晨说:"从一个地方到另一个地方,下一次,我们去哪儿执行任务谁都不知道,我也到了要退伍的年纪。"

宿舍里只有马丁愣着,他年纪最小,跟大家认识的时间最短,战友分别,马丁的体会还没那么深刻,但是眼前的场面让他很感动,所以哭得最伤心。

修羽的情绪已经平静了,他说:"别哭了,也别废话了,中午一起吃饭,吃完再走。还有,不是离开这里了,咱们就不会再见

第14章 争执

面,以后说不定还要一起执行任务……都别懈怠,练兵练兵……兵是练出来的……"

马丁还是哭。修羽只好把几个人都支出去,宿舍只留下他和马丁两个。马丁年纪虽然不大,却是军事和电子工程双硕士,聪明,性格敏感,精通代码,人称行走的计算机,待人客气礼貌,刚才也不知道触动了他哪根神经,让他哭成了那样。

修羽坐在椅子上,望着马丁,马丁紧张地站在修羽面前,垂着头道歉:"对不起,队长。"

修羽摆摆手:"马丁,不需要道歉,你没错,不过你记住以后不要说'对不起'这三个字,我们是军人,军队的字典里没有'对不起',坐!"

"我知道了队长。"马丁没坐,还是站着,"我不坐,站着就行。"

"那我也站起。"修羽站起来。

马丁愣了一下,望着修羽。

修羽说:"马丁你能跟我说说为什么哭吗?"

马丁紧闭着嘴,没说话。

"想起离开营地的战友了?"

"不是,我是特招入伍的,来部队不到两年,没有经历过送别战友。"

"嗯,两年,在我眼里你还是个新兵。"

"队长你看起来年纪也不大啊。"

"那是看起来,在军营里那么多年,我见过无数的人,我知道你小子有情有义。当初怎么想起当兵了?"

"小时候,成为一名军人就是我的梦想。"

183

修羽一听笑了。

马丁说:"我说的是真的,不是说假大空的话。队长,你记得1998年洪水吧?"

修羽当然知道。

"我是九江人,那时候我还小,刚上小学,我亲眼看见九江大堤溃口处,武警官兵奋不顾身地跳入洪水中,用身体去阻挡沙袋,他们很多人一天一夜泡在洪水里。一名军人划着冲锋舟来回救困住的人们,后来水太急,冲锋舟翻了,他再也没有回来。那时候起,我就下定了决心,将来我一定要成为一名像他那样的军人。"

修羽跟马丁认识不久,没想到他竟然有这样的一段经历,过了很久才点点头:"接着说,为什么高中毕业没有直接入伍,或者读大学的时候入伍?"

"高中的时候,我的个子太矮,人也太瘦小了,不够入伍的条件。"马丁挠挠头,"到了大学以后,我明白了,部队紧缺的是高技术人才,所以我就等研究生毕业了选择入伍。"

"那你很聪明啊,这么年轻就研究生毕业。"

马丁笑笑:"我都二十四了,也不算年轻。"

"今天为什么哭得这么伤心?"

马丁支吾了一下,说:"队长,你不是要去医疗队了吗,我想起知非医生,接着我就想起我爸爸了。"

修羽想起了马丁父亲生病住院了,问:"你爸爸的身体现在恢复得怎么样了?"

"手术很成功,现在我爸已经出院了,但是还要定期回医院做检查。我妈说,我爸这是从鬼门关捡回来一条命,让我一定要好好谢谢知医生。我爸的手术就是多亏了她,要是没有她想办法找到柳主任，我爸的病不会治愈。还得感谢柳主任，是她亲自给我爸做的手术，她还考虑到我家境不好，给我们免了一部分的手术费。"马丁说到这儿眼圈又红了，然后开心地笑了笑，"我觉得这是因为我来这里执行维和任务带来的幸运，如果我没有成为一名军人，我没来这里，我就不会认识知医生，不认识她的话，也就没办法得到柳主任的帮助。等我回国了，我一定亲自去医院，当面感谢她这位有仁心有大爱的医生。"

"你爸的身体好了，你在这边也能安安心心地执行任务。"

"嗯，我一定好好执行任务。"

转眼到了吃饭时间，修羽起身说："走吧，吃饭去。"

修羽之前听说过，马丁父亲的病，知非帮了忙，现在听马丁这么一说，对知非的印象又好了几分。

杜峰、冉毅意、周晨、江琦一直在门口等着，几个人耳朵贴着门偷听两人交谈，修羽拉开门，几个人齐齐跌了进来，幸亏个个都是特种兵，马上站了个笔直。

修羽训斥："你们几个多大的人了，还这么幼稚！"

江琦嘴皮子最利索，咧嘴一笑说："这充分说明了我们都是有一颗赤子之心嘛。"

"跟第一天在宿舍见着你们一模一样。"

几个人一听会心一笑，唯独马丁不知道当时发生了什么事，愣愣地看着众人。

江琦过去揽住马丁的肩膀说："马丁，想知道当天发生什么事了吗？"

马丁实话实说："当然想啊。"

他跟他们认识得不太久，还没有熟悉到勾肩搭背的地步，江琦主动做出兄弟般的动作,他还有些不习惯,但也感到高兴。

"队长跟你一样也是研究生特招入伍,不过他是医科大的研究生。"

马丁一听目瞪口呆:"队长是医科大的研究生?"

"嗯,怎么了?难道你没发现队长有一种特殊的气质吗?"

马丁连忙打量修羽:"学过医的人就是不一样。"

冉毅意也过来拍拍马丁的肩膀:"队长刚入伍的时候,我们叫他冷面杀手,细皮嫩肉,不苟言笑……"冉毅意正说着,发现已经走到了餐厅门口,"先吃饭,下回再跟你说。"

修羽瞪了他们一眼:"别以为你们说什么我没听见,以后禁止在背后议论领导,否则训练场上见。"

几个人嘻嘻哈哈地走进了餐厅。

走在后头的马丁小声问江琦:"队长后来怎么成的兵王?"

修羽走在前头,听得真真的,回头望了他们一眼。几个人赶紧闭了嘴。冉毅意也回头看着他两,故意取笑道:"背后议论人,能不能挑个时候?"

江琦捋一下本来就很短的头发,冲马丁说:"老冉说的有道理啊,改天挑个月黑风高的时候,再跟你细说。"

修羽已经走到了餐桌边,坐下来,拿起一个馒头塞到马丁的手里,马丁下意识地接着:"谢谢队长。"

"你跟他们不一样,他们个个都是兵王,练得跟铜人一样。"接着修羽又夹了两块牛肉给他,"研究生特招入伍不容易,别人十八九岁就入伍了,你比他们起步晚,要刻苦训练才行,多吃多练,军人都是练出来的。"

"知道了队长。"马丁点点头,被人关心的感觉真好。

第14章 争执

修羽说:"我暂时离开一段时间,你们几个替我好好练他。"

冉毅意:"放心吧队长,交给我,我可是在新兵连做过军官的。"

杜峰:"说得好像谁没在新兵连做过军官似的,马丁,跟我练。"

周晨:"等等,当我空气啊?"

江琦:"好了,别争了,既然你们都抢着练他,那我就不跟你们争了,马丁,你放心,他们教得不好的时候,我给你补习。"

马丁笑眯眯地看着他们。

江琦说:"你干吗傻笑啊?"

"你们对我真好,我越来越坚信,参军入伍是我这辈子做过的最正确的选择。"

修羽交代完了队里的事,就去了医院。刚到医院,就被夏楠拉住,让他猜她一周做了几台手术。张潜刚好也在,马上在她耳边小声说:"夏楠,你是不是看上人家修队了?这就跟人吹上了?"

夏楠怼他:"我就让他猜猜我做了几台手术而已,你话真多。你做了几台手术啊?跟你比起来我怎么能叫吹呢?我简直就是劳模。"

"我是新生儿科,能和你们妇产科比吗?"

夏楠丢了个白眼给他,不理他了,回头又冲修羽说:"修羽,你还没猜我这周做了几台手术呢?"

修羽知道这边的中国医生手术都排得很满,粗略想了想,说:"二十台?"

"再猜,比二十多。"

"三十台?"

夏楠得意地说:"这周我一共做了三十四台手术,平均每天将近五台。"

"说得好像你每天的时间都是在手术台上度过似的。"张潜又插话进来,"里面有不少是剖腹产吧,这也能叫手术啊?"

"怎么不叫手术啊?"夏楠胸一挺,张潜连忙往后退去。

修羽佩服地说:"了不起,夏医生。"

"是吧,在国内,我半月也没做那么多台手术。"然后望着修羽,眨巴着大眼睛,说,"我这么辛苦,好不容易今天有点空余时间,你能不能陪我喝个下午茶啊?"

修羽刚要拒绝。

夏楠马上说:"修队,我从繁华的大都市来到了战火纷飞的Z国,每天超负荷工作,连剪头发修指甲的时间都没有。以前,每到周末,想喝下午茶的时候,我就会叫上闺密,我们坐在有情调的餐厅里,点一杯榛子味的咖啡,再配上美味的大理石蛋糕,享受着美好的午后时光。"她话头一转,"可现在呢,我的闺密……她正在手术室里做手术,根本没时间理我,我们虽然住在一个宿舍,却几乎见不上面,连闺密间的悄悄话,都好久没说过了……"

夏楠的话还没说完就听外面有人喊:"夏医生,夏医生,10号床产妇羊水破了,你快来看一下。"

夏楠嘴里应着:"来了来了。"然后就飞奔了出去,如一道白光。

张潜望着夏楠跑远的背影,冲修羽说:"别介意啊,我这老同学,性格乐观,开朗活泼,看见帅哥就要搭讪几句,这样的活宝,我们医疗队独一份。"

修羽笑了笑说:"夏医生挺热情挺好的。"

第14章 争执

晚上，吃了晚饭，知非通知大家去会议室开一个小会，商量义诊的事。从计划义诊开始，知非就在研究附近的村庄和部落。可知非选的几个地方都被修羽给否决了，理由是太危险。两人因为这个，在会议室里吵了起来。知非说："据我所知在偏远地区的妇女和儿童生活的环境特别恶劣，因为贫穷，有很多儿童夭折，无数的妇女因为重体力劳动，和营养缺乏，以及常年受到丈夫的殴打，患有各种各样的疾病，这些人是最需要我们的人。"

修羽苦笑了一下，说："我比你们早来这里，对这一带也算是比较熟悉。我可以很明确地告诉大家，这几个地方，非常危险。"

知非无语地说："修羽队长，他们现在正在水深火热之中，而我们却因为有可能遇到的危险止住了脚步。那我们为什么要来到这里？我们为什么还要决定开展义诊活动？我们待在医院里等病人上门不就行了。不出去，就没有危险，不是吗？"

修羽不愿跟她争吵，隔了一会儿，才说："我明白知医生的意思，但是既然由我负责你们的安全，我就有责任保护好你们。我不是故意制造紧张，情况我跟大家说一下，这里，"他用手在地图上画了一个圈，"这是一个雷区，这一片埋了多少雷，谁也不知道。我们探测过，曾在一平方米的范围内，发现过四颗雷，一旦误入了就会粉身碎骨。"接着他又用手画出另一个地方，"这里居住着一个古老神秘的部落，这里的人生活习惯跟现代社会完全脱节。我们曾经从那里经过，他们抱有敌意。一个当地的居民跟我讲，曾经有个旅行家来这里旅行，不听劝告强闯了进去，结果被村民用石头给活活砸死了。"

夏楠、谢晟、张潜一听面面相觑，夏楠不自觉地抱紧了自己的身体。张潜："这么吓人，听得像恐怖电影。"

"人生在世，谁都会有生病的时候，生病了就得需要医生，我们免费给他们提供医疗服务，他们不会这么对我们的。"知非端起水，一口气喝完，根本带一丝怕的。

修羽幽幽地说："那个旅行家原来的计划是，进去拍一些部落里的照片，将它刊登在杂志上，呼吁爱心人士捐款，帮部落改善居住条件，以及解决女性儿童的早点问题，而那个旅行家也是一位女士，并且她曾经去过很多危险的地方。"

"你要是害怕你就别去，又不是每一个进去部落的人都会被石头砸死，再说了，几十年前的事拿到现在说，没有参考意义。"

"也就两年前的事。"

知非沉默了，大家也都不说话。

修羽又圈出了另外一个地方："这个地方，曾经就是恐怖分子的大本营。"

知非被他说烦了，声音高了起来："你的意思是哪个地方都不能去？那我们开这个会还有什么意义？"

夏楠拉了拉她的衣角，冲修羽使眼色叫他不要生气。

修羽本来也没生气，讨论嘛，自由发表意见，何况他给出的还是帮医疗队规避风险的意见。

知非一看他们眉来眼去，顿时就火了，说："夏楠，你别给他使眼色，我又不是看不见。"夏楠了解知非，她生气的时候，最好不说话，等她脾气过去了再说，她聪明地做了个封口的动作，知非又看向了修羽，"修队，你是只会提反对意见吗？如果这样的话，你不用来参加会议，现在就可以离开了。"

修羽没跟她硬碰硬，沉默着。

知非说："我一早就告诉你，做好警卫工作就够了，反正医院

第14章 争执

是穆萨城最安全的地方。其实你也不用来这里保护我们,给你添麻烦不说,我们还得事事和你商量,听你意见。"

"你们也没添什么麻烦。知医生,我不是为了专门提反对意见来的,我是带着我的意见来参加会议,认为有个地方非常适合你们这次义诊。"

知非冷笑:"你有合适的地方?看样子一定是非常安全的地方。"

修羽拿过地图,手指在地图上点了点:"难民营。"

知非没说话,双手插在口袋里,抿着嘴看着修羽。

"跟别的地方比起来,确实是比较安全的地方。"

知非哼了一声:"难民营有国际红十字会在负责,你觉得我们过去有多大的意思?"

修羽一听这话就知道她不了解情况:"穆萨城的这个难民营是最新建立的,有三万难民在那里生活。由于大量平民无家可归,大量的妇女和儿童涌进了难民营。我了解过,受当地生活环境、医疗条件、药品紧缺等因素影响,很多疾病不能及早发现,有效治疗。国际红十字会人手有限,是需要义诊的。"

知非愣了一下。

修羽拿出准备好的照片,放在知非面前:"你看看这个,难民营的真实情况。"

知非没想到他准备得这么充分,犹豫了一下拿起来,一张张地翻看。第一张就是一名瘦弱的女童躺在帐篷里,奄奄一息,再往下翻,每一张都触目惊心。知非被震撼到了,站起身,冲修羽说:"难民营这边要怎么联系?"

"我会帮你。"修羽说,"难民营方面,我来联系。"

知非和夏楠难得同步一起回宿舍休息。临睡前,知非摸出枕头下的辛米医生手记仔仔细细一句一句认认真真地阅读。夏楠洗漱完毕,早就打起了哈欠,她靠在床上,脸上敷着面膜,拿着镜子对着自己的脸左照右照,感叹:"唉,自打来了这边,我这黑眼圈就没消失过。"

知非没说话,手在床头的桌子上摸了摸,扔了一包眼膜过去,眼睛自始至终都没有离开过手里的手记。

夏楠伸手在空中一挥,接在手里,看了看,说:"唉,可惜啊再贵的眼膜都拯救不了我。"话虽如此,还是小心翼翼地撕开包装,把眼膜贴在眼睛周围。

知非抱着手记,一页一页地翻着,直到夏楠说完了,这才抬起头,看着她说:"我是不是不应该和修队吵架?"

说到这个夏楠连睡意都没了,忙不迭地给修羽抱打不平:"人家修队早就成竹在胸了,你还一直咄咄逼人,现在后悔了吧。"

"没有。"反正既成事实,后悔也没用。

"我还不知道你,发起火来六亲不认,修队今天是撞你枪口上了。"

"我有这么不讲道理吗?"

"非常不讲道理。"

"可为了工作需要的吵架,那能叫吵架吗?你今天倒好,一句话没说,目光全程都在修队身上。"

"烦死了,我就看看帅哥,你也要念我。哎呀,快睡吧,睡醒了才有精力去义诊。"夏楠嘴里这么说,语气却是非常的温柔,尾音拖得长长的。

知非叹了一口气,合上手记,关了灯。

第14章 争执

湛蓝的天空下，一辆白色急救车在荒原上呼啸而过。

身穿白大褂坐在副驾驶座上的知非，正在跟谢晟核对义诊的医疗物资。核对完，谢晟收起物资单，说："准确无误。自打之前你提出义诊之后，医疗队很快就调拨了一批专门用于义诊的物资过来。"

"我们的义诊行动这么顺利，多亏了陈队的支持。"

"可不，陈队做起事来那叫雷厉风行。"

后座的张潜接话："可不，陈爸爸不是白叫的。"

车突然颠簸了一下，众人停止了聊天。

前方道路因为战争遭到了破坏，路面颠簸，行驶也缓慢了下来。正在利用路上的宝贵时间睡回笼觉的夏楠，睁开眼，头从张潜的肩膀上离开，眯着眼打着哈欠看着外面坑坑洼洼的路面。

谢晟问道："昨天睡得不好？"

夏楠说："来到穆萨城之后，有谁睡好过吗？"

这句话戳中了所有人。

此行去的是穆萨城的难民营。所谓难民营，就是专为收容流浪难民、无家可归者，为其提供人道援助而设立的营地，居住条件简陋。穆萨城南部的难民营住着三万多难民。

修羽说："还有两公里左右就到了。"

"那边都准备好了吧。"

"红十字国际组织安排了当地翻译帮助义诊，我已经帮医疗队印好了健康知识宣传单，另外警卫分队的兄弟已经提前到达现场准备，负责维持此次义诊的现场秩序。"

"你以前做过类似的义诊？"

"嗯……很久以前的事。"

"很久以前是多久?"

"十年?十一年?你不问,我都快忘了。"修羽眯着眼睛,有一丝怅然,有一丝茫然,还有一丝恍然。

知非看着几种表情在他脸上逐一晃过,心生好奇,望着他,问道:"也是在非洲?"

"也是在非洲!"修羽的脸色沉了下去,语气也变得低沉。

"你这十年都在非洲?"知非皱皱眉,想他年纪不大,十年前不过二十三四岁,总不会那时候就来非洲执行维和任务吧?

"我是第一次来非洲执行维和任务。十年前,我还没有穿上这身军装,只是一名在读的学生。"

"你是大学生入伍?"

修羽没说话,望着前方的道路:"每个人自有去处和归途。"

知非点点头。

难民营到了。一个身穿迷彩作战服,头戴蓝盔的维和军人,看到车过来,马上挥了挥手。知非认出来了,是杜峰。

修羽说:"他们五点半就出发了,比我们早到一个多小时。"说完,打了一下方向盘,将车停下来,推开车门下车。

杜峰已经跑步到了车前,一个标准的敬礼:"队长,各位白衣战士,一切准备工作都已经完成,就等你们大显身手。"

知非领首:"辛苦了。"

"不辛苦,为医疗队服务,是我们应该做的。"

"行了,别磨叽了。"修羽说,"赶紧带我们过去吧。车上的医疗物资,叫人赶紧过来搬。"

杜峰一边走,一边对着通话器说:"周晨、冉毅意,你俩赶紧过来搬车上的物资。"

第14章 争执

义诊地点设置在难民营中间的一处空地上,难民营的工作人员站在门口。负责接待的国际红十字会布朗先生,中等身材,戴着眼镜。

修羽和他握手后,简单地介绍了一下医疗队的成员。

知非说:"布朗先生,我们这次义诊主要针对的是妇女和儿童。"

布朗先生:"感谢中国医疗队,我们人手不足,你们给了我们很大的帮助。"

"快别客气了,布朗先生,我们尽快开始工作吧。"

第15章 危险的难民营

修羽消失了一下午,也不知去了哪里,大家都在等他。知非在整理材料,谢晟在协助她工作,张潜嘴里塞了块巧克力,正在给紧张的肌肉做放松,一会儿揉揉颈椎,一会儿伸伸胳膊。

夏楠瘫在椅子上,仿佛一只掏空了的布娃娃,两眼盯着天花板,一脸动容地感慨:"太难了,我真是太难了。"

"怎么了?"知非头也不抬地问。

夏楠扭头看着她:"你知道么?今天下午,给一名妇女看病,我看到她的眼睛……我只看了一眼,"她举起一个指头,"就一眼,到现在那双眼睛还在我面前晃动,你不知道那双眼睛里面写了多少绝望,满满的都是绝望。"

知非简短地说:"难民营里的女人,十之七八都是这种情况。"

夏楠斩钉截铁:"不,她跟别人不一样。她的那种绝望是从皮肤里,从骨头里,从头发丝里渗出来的,是再好演技的演员都演不出来的那种绝望。你们是没见过,见过了,你们也得一样的难受,憋得慌。那女人今年27岁,可她已经是三个孩子的母亲了。"

张潜问:"孩子的父亲不管吗?生了三孩子,不管不顾也说不过去。"

"不是不管,是死了,七年前死了。"

……

"她说就死在她眼前，被叛军打死的……她眼睁睁地看着他倒在血泊里，而她那个时候正遭受着恶魔的摧残。你们知道更可怕的是什么吗？是她的三个孩子。又瘦又小，全都营养不良，身上有虱子，都有很严重的皮肤病。没错，这样的孩子，难民营里不少，可当她们一起站到我面前的时候，我真的受不了……她们一家四口，是两个月前住进难民营的，就在进难民营的前一天，母亲出去给孩子找食物，又遭受了性暴力，而且她还因此怀孕了。你们说，战乱区的女人是什么啊？"

休息室里一丝声响也没有，时间像定格了一样，把所有人都定住了。知非当然知道战乱区的女人什么，是待宰的羔羊，是砧板上的肉。她理解夏楠的心情，但爱莫能助，夏楠打小生活在小康家庭，父母捧在手心里长大，从未见过这个世界的另一面。当初夏楠来Z国，最直接的原因就是为了逃避父母。离开那天，她满心欢喜，反倒是她妈妈，一把鼻涕一把眼泪的，哭得不成样子。

她原以为援外医疗，跟国内一样，无非就是治病救人，等到了Z国才知道，这里远比她想象的要危险和复杂。刚来的时候，几乎时时刻刻都会被发生的事情给冲击，每天她都会把她看来不可思议的事情一点不漏地讲给知非听，来表达她的愤怒和震惊。知非在国外留学期间就开始打工，见过形形色色的人，她知道这个世界的不美好，而夏楠是十足的理想主义者。

见她这般难受，知非心里也不好过，她擦了擦夏楠的眼泪，说："那她现在什么情况？"

"很不好，我听工作人员说，施暴者是一名艾滋病患者，可现在距离事发，还不到三个月，处于窗口期，检查不出她是否已经被感染艾滋病病毒,可是眼下……"她又一次哽咽了,拿起水,大口大口地喝。一瓶水喝完了,"啪"的一声,她把瓶子扔进旁边的垃圾桶里,然后从沙发上站起来,手按在额头上平静了几秒,才又接着说,"可眼下的问题是,她说不管自己有没有携带病毒,都要把孩子生下来。"

知非听完一愣。张潜激动地站了起来,说:"太好了,这就是母亲的伟大之处。"

夏楠怒:"好什么好?母婴感染的概率13%到40%,再说了,生下来怎么办?孩子谁管,重复父母的命运吗?"

张潜又是"哎呀"了一声:"该妇女不是还没有确定感染病毒嘛,作为一名新生儿科医生,我认为每个人的孩子都有来到世上的权利。"

夏楠气得都想动手了,可张潜却丝毫没有意识到危险:"你看着我干什么?你不觉得很感动吗?"

知非在夏楠动手前,把她拦住了,对张潜说:"我不觉得感动,我认为应该立即终止妊娠。"

张潜震惊了:"知医生,你怎么能说出这么冷酷无情的话?如果你怀孕了,在特定的条件下,你会选择终止妊娠吗?"

"会!"知非说,"人不能太自私。"就如……柳时冰带给她童年的伤害!一个人把孩子带到世上,却生而不养,不是自私又是什么?

"可终止妊娠岂不是更加自私?"

知非缓缓道:"1994年普利策新闻特写摄影奖的摄影师凯文·卡特的作品《饥饿的苏丹》,一个瘦得皮包骨的女童即将饿死了,她跪倒在地,在她身后的不远处一只硕大的兀鹰贪婪地盯着这个奄奄一息的女童，它在等候即将到手的食物。"知非用很淡的口气继续说，"那个女童生活的国家跟现在的Z国几乎一样，一样的战乱、贫穷、饥饿，她很弱小，她独自走在前往食物救济中心的路上，随时可能会饿死，会被猛禽或者野兽吞噬。张医生，我请问你，如果你是孩子的父亲，你愿意把你的孩子带到这样的世界吗？"

张潜给噎住了，看了看夏楠，夏楠蹙眉看他，又看了看谢晟，谢晟叹了口气，摇摇头。张潜辩解道："可孩子是无辜的，也许那名妇女运气好，没有感染艾滋病病毒，那样的话，孩子自然也就没风险。求求你们诸位，阳光一点，善良一点，往积极的方面想，我们要相信这里会越来越好。"

知非看了他一眼，她觉得跟至今几乎没有遭受过挫折的富二代、一个脱离现实的理想主义者，聊现实的问题，确实没有意义。她一边继续整理资料，一边平静地说："我坚持我的观点。但是如果该名妇女坚持要把孩子生下来，我们作为医生，只能协助她把孩子生下来。"

"你的意思是，我们只要完成医生的工作就行了？"

"不然呢？"知非将整理好的资料，在桌子上磕了一下，"我们能做的也只有这么多。"

张潜愕然地问："知医生，你看到这个国家变成这样，你不会难过吗？"

知非说："作为医护人员，你提的问题已经超过了医学范围，我们能做的，就是帮助这里的病人尽量减少病痛的折磨，可单凭医生是救不了这个国家的。"

张潜彻底没话了。

张潜想，知非说的没错，可就是太残酷了。

接下来大家都不说话，外面的天，已经暗了下来。

难民营每天晚上七点准时宵禁，为了避免不必要的麻烦，医疗队要在宵禁前离开这里。修羽还没回来，知非有点着急，探头朝外头看了看，这一看不要紧，发现外头巡逻的维和警察比早上多了一倍，心中隐隐感到不安。张潜倒是很乐观："修队那可是警卫队长，兵王中的兵王，就算咱们都出事了，他也能单枪匹马把咱们救出去。"

夏楠还在闷闷不乐，听到他说修羽，就忍不住怼他："你怎么老想着出事了叫修队救我们？万一修队出事了呢？"

"修队能出什么事？"

"这谁知道？凡事都有万一！万一修队被人给抢走了，你救是不救？用你换修队你同意不同意？"

"我当然不能同意了。"

"张医生，你怎么能说出这么冷酷无情的话？修羽要是被抢走了，你不会难过吗？"

知非看了看时间，6点50分，又朝外头看了看，还是看不见修羽的身影。谢晟把知非整理好的资料打包好，一副卸下重担语气，说："说真的我以前就一直听说难民营是一个非常乱的地方，像偷窃啊、斗殴啊等这些事情非常多，所以来这里之前，我想了很多种可能发生的事情，可叫我没想到的是，这一天下来顺顺利利，顺利得让我……我总感觉哪里不妙，总觉得哪里不踏实……"

张潜打断他："求你了，你别乌鸦嘴行吗？马上就要回去了，说这个干什么？"

谢晟说："我可不是乌鸦嘴，我真觉得哪里不对劲，修队出去很久了,眼看着就到了宵禁的时间,可一点消息没有。不但他没有消息,早上接我们的几个维和军人也都不见了,外头的维和警察又突然多了一倍,处处都暗示着,肯定有大事情发生。我倒不是说咱们有危险,而是我估摸着难民营里可能出大事了……"

就在这时,杜峰突然冲了进来,劈头就是:"各位,三号难民营和四号难民营的难民在四号难民营门口发生大规模械斗,有人受伤,现在四号难民营里有一名妇女难产,急需妇产科医生,你们谁去?"

众人一惊。

谢晟轻轻抽了自己一个嘴巴:"瞧我这破嘴。"

夏楠立马站起来说:"我是妇产科医生,当然我去。"

知非举手:"我也去。"

张潜举手:"我新生儿科的医生,自然我也要去的。"

谢晟:"我们是一个医疗队的,共同进退,我也去。"

杜峰一挥手:"那还废话什么,赶紧跟我走啊。"

杜峰驾车载着众人从一号难民营赶往事发地点,刚刚开始宵禁,路上还有一些稀稀拉拉的行人(按照规定,宵禁以后只有妇女和儿童可以进入,成年男子超过这个时间只能睡在外面)。事情起因是四天前,两名难民营的少年因赌博打了起来,两名少年打完架之后,谁都不服谁,回去各自叫了自己的父母、同乡过来帮忙打架,结果就导致了大规模的械斗。械斗发生之后,营地负责人紧急调解,希望双方能够放下成见,达成和解,结果遭到双方的一致拒绝,调解失败,双方决定在难民营大门外进行决斗。

到了第三天,双方集结在三号难民营门口械斗,幸而被紧急赶来的维和部队给封控住了,这才没有导致更大规模的人员伤亡。

为了促使两方能坐下来谈判，维和警察苦口婆心地劝说，结果谈判再次失败，双方召集人马，穆萨城其他地区的日朗县人和尔东县人纷纷赶来，加入械斗。今天上午，几十名歹徒使用砍刀、铁棍等武器，冲破维和步兵营的封锁线，堵在了四号难民营门口，不准水车出入。联合国驻Z国特派团反复进行了斡旋，并把双方长老团代表放在一起，用开会的方式来解决问题，可依旧是无法达成和解。

下午四点，日朗县的青年人跑到尔东县所在的四号难民营隔着铁丝网进行挑衅，并往难民营里投掷了炸弹，致使六名尔东县人受伤，其中一名是三岁的儿童。

愤怒的四号难民营的尔东县人，从坏掉的铁丝网冲出去，与日朗县人再次发生械斗，双方都有受伤，已经送出去救治。

杜峰把前因后果简单地说了一遍，而车子此时到达了出事的四号难民营门口。知非坐在副驾上，夜晚的风带着微微的凉意从车窗吹进来。四号难民营相对一号难民营，更加破败，里面居住的人更多，遍地搭着简易帐篷。

难民营的大门外，停着二十几辆联合国车辆，中国维和警察已经到达现场。门口参与械斗的伤员已经被转移走了，地上躺着一名产妇。

看到五星红旗的一瞬间，知非的心就稳了，她一眼在人群中看到了修羽，他正在跟一名头戴蓝盔的女士官在说话，知非记得她，是江潮，之前有过一面之缘。

修羽听到有车开过来，回头就看见身着白大褂的知非从车上跳了下来，正要朝她走过去，这时一名维和警长走了过来，冲修羽打了个招呼："修队。"

第15章 危险的难民营

"高警长!"

两人碰了一下拳。

修羽简单地介绍道:"这几位是援Z医疗队的医务工作者知医生、夏医生、张医生和谢医生,这位是负责协助这片区域的高宇警长。"

高宇伸手握了一下:"我是高宇。来这边援助医疗工作,诸位辛苦。情况我说一下,现在有一名情况危急的产妇,该名妇女预产期是在一个月之后,因为晚上出去采买东西,下午回来的时候,被炸弹误伤,距离现在大约四个小时。当时因为双方械斗,门口都围住,我们没有办法把医生送到产妇身边,导致产妇出血严重。一个小时前,负责四号难民营医疗工作的无国界医生才对产妇实施救治,但他通知我,产妇早产加难产,孩子存活的希望渺茫,难民营的管理人员知道我们中国医疗队的医生今天在一号营地义诊,所以希望你们能过来试试。"高宇一边说一边朝产妇跟前走,围在产妇周围的人群让出一道路。

知非看到产妇躺在地上,旁边蹲着一名二十来岁的无国界医生,看到中国医疗队的医生过来,连忙站起来。

简单地介绍完了之后,无国界医生说:"产妇现在的情况非常危险。"

知非看了看,孕妇年纪不大,大约也就二十来岁,穿着裙子,浑身是血,知非快速地检查了一下她的颈动脉和瞳孔。

知非问:"你怎么样?"

孕妇说的是当地话,声音很小,知非听不清,她用英语说:"放松,我们是中国医疗队的医生。"

夏楠正在给孕妇做检查:"胎膜早破,产妇的血压很低,胎心很弱，胎心率每分钟只有60次左右，怀疑是急性胎儿宫内窘迫。我担心会出现脐带脱垂，如果那样的话，很可能随时导致胎死腹中，要立即进行破宫手术。"

知非："那你还犹豫什么，马上进行剖腹产手术。"

夏楠惊呼："这里给产妇剖腹产？这怎么可能啊？"

知非："没有可能那就创造可能，再拖下去，大人孩子都保不住，你还犹豫什么？"

"我们没有麻醉医生，即便有麻醉医生在，在这种条件下进行手术是很容易造成伤口感染……"道理她当然懂，可她从来没有在非无菌的环境下进行过剖腹产手术。

知非打断她："不考虑这些，马上进行无麻醉剖宫手术。"

夏楠惊住了，无麻手术不论是对医生还是产妇，都是极大的考验，她也只是在报道中听说过手术案例而已。

"非非，你考虑过吗？没有麻醉做剖宫产的风险太大了，产妇可能因疼痛而发生各种危险情况，孩子也可能会不行。"

知非说："我们没别的选择。"

知非怎会不知道处理脐带脱垂拼的是生死时速，是与死神在赛跑，可只有在最短的时间内把孩子取出来才有存活的可能，不是万不得已，她也不愿意做这种挑战。知非问："夏楠，这个手术，你来做行不行？"

夏楠心慌手抖，可她又不想让知非失望，支支吾吾地说："你让我再想想。"

知非一听就知道她打了退堂鼓，没再逼她，冲着高宇说："请立即搭一个临时帐篷出来，我们要对产妇进行剖宫产手术，越快越好。"

第15章 危险的难民营

高宇:"马上办!"

知非瞥了一眼周围的人群,用英语问:"哪位是产妇家属?"

人群里静了几秒钟,一名二十来岁的青年人吊儿郎当地走了出来,梗着脖子指了指自己。知非简单介绍了一下产妇的情况之后,例行询问:"病人有没有基础疾病?"

家属翻了翻眼,摊了摊手,反问:"你是医生,怎么来问我?"

知非换了个问法:"产妇孕期有没有异常情况,或者生过什么疾病?"见家属歪着头似笑非笑地看着她,眼睛里尽是无所谓,知非说,"我再问一遍,产妇有没有基础疾病?孕期有没有异常情况或者生过什么疾病,请你认认真真回答我的问题。"

家属觉得可笑:"这和生孩子有什么关系?"

知非不同他废话:"最后一个问题,如果手术中遇到意外,请问是保大人还是保孩子?"

对方扯起嘴角:"都无所谓。"

知非对他的回答近乎愤怒,但她忍住了。张潜没忍住,替产妇抱打不平:"你是家属,你妻子有没有基础疾病你会不知道?"

家属没说话,一脸不屑地看着张潜,突然用中文吼了句:"你想咋地?"

"原来你会中文啊,好,那咱们就来掰扯掰扯。"张潜摩拳擦掌,终于有了用武之地。

那人看张潜来劲了,胸脯一挺撞了过去,把张潜撞得直往后退,对方一边撞一边吼:"你想咋地?你想咋地?你想咋地……"来来回回就这一句。张潜无语了,敢情就会这一句,这回秀才遇上了兵,有理说不清了。

"你想咋地,你想咋地……"

夏楠将他扯到一边，小声解释道："算了张潜，非洲女人跟我们亚洲女人的身体结构不一样，她们天生盆骨很大，生孩子很容易，难产很少，剖腹产更是罕见，正常情况下，很多女人甚至都不需要去医院，在家就把孩子生了，还有的是在去医院的路上把孩子生了下来，等到了医院，医生也就是给孩子消个毒，在他们这里，女人生孩子确实是很容易的事情。"夏楠说完，张潜就没再理论了，道理他懂，刚才一时没忍住。

"作为家属，你有权利知道产妇目前的状况，我必须告诉你，产妇目前的情况非常危险，孩子有可能发生窒息，需要马上进行剖宫产。"知非心里不好受，"容易"这两个字她听起来不怎么舒服。

高宇在喊："知医生帐篷搭好了。"

知非："把产妇送进去。"

很快，产妇被送了进去，知非转身正要进帐篷。

"站住。"家属突然大喝了一声。

知非停下脚步，回身看着他，说："有什么事，等孩子生下来再说。"

"你刚刚说我女人有危险，孩子有可能会死？"

"没错。"

家属突然大骂了一声："浑蛋，你算什么医生？接生孩子都不会。"一边骂一边伸手扯了知非一下，知非被他扯了个趔趄。

一条人影瞬间窜了过来，以迅雷不及掩耳之势抓住了对方的手腕。

是修羽。

他刚刚赶到："别动她。"家属手腕被钳住，疼得直叫唤。

修羽:"她是医生还是你是医生?她懂还是你懂?"

对方没说话,修羽一用力,对方龇牙咧嘴地说:"她……她是医生,她懂。"

修羽望了知非一眼,知非没说话,快步进了帐篷,夏楠也跟了进去。

修羽看着她们进了帐篷,才说:"老实待着,别添乱听到了吗?"

"听到了……听到了……"

修羽松开手,男人悻悻地退到了一边,敢怒不敢言地背着他骂了句脏话。

修羽懒得搭理他,抱着枪,站到了帐篷的出口处。

知非进了帐篷,发现夏楠跟了进来,以为她想通了,很高兴,将手术刀往她面前一递,说:"你才是妇产科的医生,手术你来做比我合适,我给你做助手。"夏楠原本是想给知非做助手,可没想到知非上来就把手术刀递给了自己,她底气不足,自然就很犹豫。

知非快速完成了手术前的准备工作,见夏楠还在发愣,提醒道:"夏大夫,开始手术吧。"

头一回听知非严肃地叫自己"夏大夫",夏楠更紧张了,可到了这一刻,也只能逼着自己冷静。她深吸一口气,准备手术,手术前她习惯地去看监视仪,然而,当她意识到没有监视仪时,真的慌了,额头上瞬间起了一层细密的汗。知非一直盯着她,发现状态不对,马上道:"夏大夫,你要相信自己有能力顺利完成这台手术。"

夏楠一点信心都没有,知非说什么她都听不进去。

知非鼓励道:"不要慌,你有这个能力,你一定行。就当成一台普通手术。"

夏楠哪有自信，握着手术刀的手都在颤抖。

知非继续引导她："闭上眼睛深呼吸。"

夏楠按照知非说的做了，结果反而越想放松越紧张，信念瞬间就崩塌了："对不起非非，我根本做不到。"

知非毫不犹豫地起身，换到主刀的位置，一伸手："手术刀给我，你给我做助手。"

帐篷外围着很多人，维和警察在帐篷周围拉出了警戒线。修羽站在帐篷门口处，站得笔直，周围再乱都打扰不到他，他只有一个信念，今夜无论发生什么事，他都要保护好她。

刚才听说知非主刀无麻剖宫产的时候，他每一根汗毛都竖了起来，这种环境下做这样一场手术，风险有多大他心里比谁都清楚。

这个女人啊，就是胆子太大。莽撞！可他……偏偏就是喜欢她这种。他挑挑眉。关于她的"事迹"他在饭桌上听马丁在讲过，说她在民大附属医院，连柳主任的病人都敢抢……顿时他就被这个天不怕地不怕的女人给吸引了。

可这里是难民营，周围全是日朗县的人，这些人与尔东县的人干过几架，吃了亏，正憋着一肚子的火，万一手术中出现什么意外，保不齐会把火撒到主刀的知非身上。

保护好她，必须的！他想。

第16章　难民营械斗

没多久，从帐篷里传出孩子清脆的啼音。孩子出生了，修羽终于松了口气。刚才还吊儿郎当的家属一听到孩子的哭声，跟打了鸡血似的突然来了精神，带头往前冲，却被维和警察拦住了。这些都是二十来岁的年轻人，血气方刚，冲动易怒，脾气就像炮仗一样一点就炸，气氛顿时变得紧张至极。

维和警察发出警告："往后退，请立即往后退……"

那些人非但没后退反而更上前了。

附近的人群蜂拥了过来，把维和警察团团围住，有人指着维和警察在大吼大叫，有人挥舞着棍棒要动手。为首的一名男子，骂骂咧咧地挥着棍子朝维和警察打去，可棍子还没落下来，就被人揪住了领子，直接卸下棍子，按在了地上。

动作利落，身手敏捷。周围人一愣。

修羽拍拍手，朝四周看了一眼，喝了一声："都往后退。"

无人往后退。

被卸下棍子的男子，悄悄爬了起来，捡起地上的棍子想要袭击修羽，修羽回身抓住他的手腕，用力一拧，男子龇牙咧嘴地再次摔倒。

另一名身材高大的男子见状，出拳打向了修羽，修羽往旁边一闪，男子却因用力过猛摔倒，不等他起来，修羽从他身上抽下腰带，转眼就捆了个结结实实。

听到这边有情况，江潮带着援兵增援，危机总算是解除了。

外头瞬息万变，里头正在给产妇手术的知非全然不知，她正在做最后一层的缝合，忽听夏楠喊了一声："产妇心跳加剧，发生室颤。"

知非一惊，手术中发生室颤，那是非常危险的情况，于是她立即停止缝合，给病人做胸外按压。一边按压一边对夏楠说："准备除颤。"夏楠取出ADE除颤仪，知非给产妇进行除颤。抢救了大约十分钟，产妇的心跳总算稳定了下来。知非额头上全是汗，谢楠赶忙给她擦了擦，知非示意夏楠继续给产妇做监测，自己接着给产妇做缝合工作。知非始终气定神闲，夏楠却一直提心吊胆，直到这个时候才稍稍放松了一下。别看她平时大大咧咧，什么玩笑都跟知非开，到了这种关头，却怵着知非，但她直肠子有话藏不住，非得说出来才痛快："手术中突然出现这种情况，实在是太吓人了，万一出点什么意外，外面那些人……真不知道，会对咱们做出什么事来？"

知非一边缝合一边说："时间紧迫，哪能考虑得了那么多，可不管遇到什么情况，作为医生，治病救人高于一切。"

"你就不担心，他们把咱们弄死啊？"

"就算弄死咱们，那我也是死在了手术台上。"

"道理是这个道理……可谁也不想真的死在这儿。"夏楠小声说，接着低声道，"你是高风亮节，可那些都是什么人？一个比一个横。家属一点不配合，产检记录完全没有，过往病史零知道，就连起码的无菌手术室、麻药、监视仪器什么的统统都没有。我就没有做过这样的手术。"

身为妇产科医生,夏楠知道自己不该临阵退缩,可能力不足魄力不够,最后让胸外科的知非代替自己做了这台手术,心里不免质疑自己,有一种很强的挫败感,说话语气憋闷,丧气。

知非淡淡道:"产妇家属并非刻意隐瞒,这边的基础医疗环境差,有的人从来没有做过检查,根本不知道自己患有哪些基础疾病,更何况这里是难民营,生存已经很难了,更别提公共卫生,我们也只是例行询问。"

夏楠点点头:"你说得有道理。"她望着知非声音突然低了很多,小心翼翼地问,"这么罕见的剖宫产,你就没有担心过会失败吗?"

"没有。"

"没有?"

"这台手术确实风险很大,可也不是首例,我看过类似的手术录像,踩着前辈的脚印在走,当然心里有数。"

"哪里看的?咱们医院?"

"嗯,咱们医院的妇产科内部资料,夏大夫,你不会忘了吧?"

这么一说夏楠想起来了,民大附属医院以前有过类似的手术,产妇当时的情况非常紧急,送到医院之后,为了争取时间,直接推进手术室做了无麻剖宫产手术,录像她是看过,一紧张全给忘了。

"剖宫产手术中发生室颤的病例你也看过?"

知非摇摇头,顿了一下说,"我听某个人讲过。"

"谁?"

"你说还有谁啊?"

夏楠恍然大悟："你说的柳阿姨啊。"

她把这茬儿给忘了，几年前，一名46岁的高龄产妇在手术台上突然室颤，是柳主任做的抢救。夏楠不敢再跟她讨论下去了，她没想到人家一名胸外科的医生，把妇产科的案例全都给研究透了，越说越伤自尊。知非倒没有想那么多，淡淡补充道："在国内呢，手术之前我们要给病人做相关的检查，尽可能了解病人的既往病史。但是这里，没有这样的条件，在什么都没有的情况下，我们能做的，就是把手术中所有可能发生的危险全部想到，以防万一。"

夏楠心服口服。虽然和知非认识多年，又在同一个医院上班，一直知道她厉害，可没想到手术台上，甚至比同科室其他优秀的妇产科医生还要厉害。对嘛，不在无菌环境下就不能手术了吗？无麻就不能剖宫产了吗？那样操作，那样预判，那样入刀……简直太棒了。她手术的时候，不像是人，像个机器人，带有透视功能的机器人。夏楠轻轻叹出一口气，庆幸刚才自己的临阵退缩，如果换作自己做手术成功的概率应该只有一半，这么一想就心安多了，嘘出一口气，用全神贯注给产妇做监测来弥补自己作为一名妇产科医生的愧疚。

知非无暇在意夏楠在想什么，心无旁骛地工作着。

夏楠说："病人的血压现在处于低位。"

知非很自然地说："正常的，一会儿送回医院输血。"

"从这里回医院要一个多小时，我担心时间不够。"

"车开全速的话，四十分钟足够到医院。"

夏楠顿了一下，突然扭过头，看着知非，道："非非，你说我们能顺利把产妇从这里送到医院吗？"

知非头也不抬:"怎么不能?我这就去通知修队送人。"

完成了全部手术,知非起身,一边摘手套一边往外走。

外头,警报声震耳欲聋。

知非刚从帐篷走出来,抬头就发现营地门口人潮汹涌,一团乱。她愣了愣神,突然面前跑出来一个人,差点撞到她。

知非往旁边让了一下,到底还是被人撞了手臂,她伸手揉了揉,忽见夜空划过一条白烟,一枚炸弹飞了过来,落在地上"砰"地炸开了。知非这才发现,周围到处都是女人们的尖叫声、孩子的哭声、老人的咒骂声和男人的嘶吼声。营地门口,维和警察在投放催泪弹,试图驱逐人群,风一吹,到处都是烟,呛得人眼泪直流。

忽听有人在说话,声音带着一丝怒意:"我不管你们用什么办法,必须驱散营地门口的人,保证留出一条车辆通行的道路出来,给你一刻钟。"

"眼下双方情绪激动,根本没办法在你要求的一刻钟时间内,把人群驱散。"通话器里是一个女人的声音,是江潮。

"我没跟你商量,是命令。"

"修队,你现在很不冷静……"

"我当然不冷静,产妇剖腹产手术做了,不输血不治疗就等于让她死。你去叫高宇让他想办法。"

知非从来没见过他发这么大火,一时愣怔住了。

修羽关闭了通话器,扭头看到知非站在身后,打量了她一眼,问:"手术做完了?"

知非正要说话,突然一枚炸弹飞了过来,修羽往前一扑,将知非扑倒在地上,炸弹落在了不远处,"嗞嗞"冒着白烟,周围喧闹的人群瞬间安静。炸弹落地却没见爆炸。知非算是很冷静了，可手心也捏着一把汗，等了一会儿，刚想动一下，就听到修羽说："别动！"他的声音低沉，一瞬间，忽觉心脏猛然快跳了几拍，也不知道为什么听到他的声音，知非竟不觉得紧张了。她扭头看向修羽，他距离自己很近，下巴几乎贴在自己的头上。

周围的人群开始骚动，有人骂骂咧咧地吼着："哑弹！"

接着，炸弹被移走了。

危险解除，修羽起身，伸手拉了一把知非，将她从地上拉起来，问："产妇情况怎么样？"

"不太好，失血过多，需要输血和辅助治疗。"

修羽实话实说："抱歉知医生，我们遇到了麻烦，没办法将产妇马上送去医院，能不能想想别的办法？我们尽快解决问题。"

"修队，现在到底什么情况？"

修羽说："一句两句也说不清，你照顾好产妇，我去想办法，争取在最快的时间把产妇送去医院。"

知非："要多久？"

修羽："不确定。"

知非没再说话了，到了这个时候，急也没有办法。

修羽把身上的防弹衣脱下来，递给她，知非没接："你把防弹衣给我干什么？"

修羽强行穿在她的身上，快速帮她穿好："它能保护你。"

"给我了，你怎么办？"

"我没事，他们不敢朝我开枪。"

可明明刚刚的炸弹就落在不远处。

防弹衣很重，穿在她身上有些大，显得她很娇小。修羽打量了她一眼,说:"知医生,我要离开一会儿,如果发生骚乱,先保护好自己,能答应我吗?"

知非的心思都在产妇身上:"可产妇……"

修羽打断:"我问的是你。"

知非顿了一下,点了点头,看着他,突然不知道该说点什么。

"那就好!"修羽说完,转身便走,身后留下一句话,"你在这儿等着我。"

外头是连串的枪响,可她的世界很安静,她一点都不害怕,她深吸一口气,转身进了帐篷。回想刚才,他看自己的眼神,就像在看一个需要人保护的少女。可是,她看起来像是那种需要保护的人吗?她自嘲地笑了笑。

就在知非给产妇做手术的时候,又发生了一些事情,两百来号日朗县人从四面八方聚集了过来,将四号营地的大门围得严严实实,这些人带着刀、棍和自制炸弹,双方再次发生冲突。尔东县的人从撕开的铁丝网中冲出去,发生械斗。四号难民营门口处,浓烟滚滚,一片混乱,日朗县人朝里面丢石头和燃烧的垃圾。维和警察正在试图驱散人群,可想要一时半会儿就驱散人群并不太容易。

一直严格监测着产妇状况的夏楠,从耳朵上取下听诊器,重新调整吊瓶的速度,问知非:"车子准备了吗?什么时候送病人去医院?"

"遇到点麻烦,暂时出不去。"

知非盘腿坐下,这个时候她忽然很想来一根烟,下意识地摸口袋,想起自己已经戒烟很久了,叹了口气。

"病人的情况很不好,已经发生过一次失血性休克,得赶紧送去医院。"夏楠说完了，这才回头看她，看见她身上穿着防弹服，意识到问题的严重，"又打起来了？"

知非"嗯"了一声，说："双方在门口的武器禁区械斗，修队在想办法。"

夏楠连忙起身，探头往帐篷外看了看，外头一片混乱，她慌慌张张地对知非说："一个半小时之内，如果不能输上血，产妇就会很危险。"

知非没说话，她想了想，站起身："保险一点，我去难民营的医务室借血浆。"

"可你知道医务室在哪儿吗？刚好那边就有配对的血浆吗？"

"我不知道，但我们也不能坐以待毙啊。"知非起身，语气很平静地说，"你照顾好产妇，我现在过去。"

知非要走，被夏楠拉住，知非回头看着她，夏楠像下了很大的决心，撸起袖子："你忘了，我是O型血，而我来Z国之前做过全面的身体检查，我各方面都非常健康。"

"你想说什么？"

"万不得已的紧急情况下，少量输入O型血救人，虽然有可能发生凝集反应引起溶血，但是总还有希望的。你就当我是在赎罪吧。"

知非看着她，她的眼神很真挚："夏楠，你没有罪。"

夏楠打断她："赶紧抽吧，别磨蹭了。"抽血的时候，夏楠别过头，"将来可别让我妈知道这事啊。"

"放心吧！"

"我说句话，你别生气。"

"说。"

第16章 难民营械斗

"你跟柳阿姨有些地方，还真的挺像的……"

知非愣了一下。所有认识她的人，都知道她跟母亲关系不睦，都尽量不和她谈论她母亲。

夏楠看着自己的血液，一滴滴流进产妇的身体里，心底的愧疚和负罪，才真正减轻了一些。谁都会犯错，谁都会有软弱、自私的时候，但正因为心底里的愧疚，才向善而行。

四个小时之后，车子从难民营拥堵的人群里开了出去，将那些喧闹，那些混乱，那些枪声和呐喊声，远远抛在了身后……

回去的路上，修羽驾车狂驰。夏楠又困又累，打起了瞌睡，脑袋随着车子颠簸一晃一晃，最后靠在张潜身上睡过去了，其他人也都累得打起了瞌睡。只有知非不困，她照顾着产妇，偶尔会抬头看看修羽，他穿着迷彩服头戴蓝盔，背影高大帅气，娴熟地驾驶着车子。

修羽在行驶的间隙，也会从车内的后视镜里看她一眼，然后收回视线继续目视前方。

四十分钟之后，车子停在了医院门口，早已等候的医护人员，立即将产妇转移进了医院。知非跟着轮床，朝医院跑。修羽站在车边，看着她的背影消失在门诊处。

车里的夏楠整个人都躺在张潜的怀里，张潜被她挤在角落里。张潜醒了，揉了揉眼睛，迷迷糊糊地看了看，发现到了医院，摇了摇还在呼呼大睡的夏楠："醒一醒，到医院了。"

夏楠没动，一副打雷都劈不醒的架势，还打着呼噜，声音倒是不大。张潜无语了，对修羽说："修队，你看看这女的，怎么还睡觉打呼噜呢？真是受不了。"

修羽笑笑，没说话。张潜生怕他误会了，指了指夏楠，又指

217

了指修羽，小声地说："她喜欢的是你。整个医疗队的人都知道。"

"别开玩笑，你们才合适。"

"我没有开玩笑，修队，你千万不要误会了，我跟她只是同学，一点别的关系都没有，她在我眼里那就是纯爷们儿，我在她眼里，估计跟她一个性别。"

修羽做个原地伸展的运动，忙了一天没吃东西，饿了。

张潜继续讲："以前在学校读书的时候，我喜欢打篮球，她每天到球场去看我们篮球队训练，天天给我们送吃的。后来才知道原来她喜欢我们队长，可我们队长有女朋友了。我现在都能记得她看到我们队长抱着女朋友的情形，当时她二话不说上去就给了我们队长一巴掌，凶他'你有女朋友怎么不早说啊'。简直母老虎一只。见过她那么彪悍的样子，怎么可能爱上她？我对她，只有兄弟般的感情。"说着双手一抱拳，"修队在我眼里，你就是那武松，赶紧把这妖孽收了吧。"

修羽淡淡一笑，随口问："说说你喜欢什么样的？"

一说这个张潜就来了精神："我喜欢温柔漂亮的，最好还带着一点高冷。"

修羽还是随口问："知医生那样？"

张潜脸一下红了，支支吾吾了半天，小心翼翼地问："你看出来了？"

修羽没说话。

"这都让你看出来了？没错，我的确喜欢那样的，我也只是悄悄喜欢。我基本上不敢跟知医生讲话。我一跟她讲话，大脑就短路，每次和她说话，我都觉得自己像个傻子，特别傻的那种。如果恰好夏楠还在旁边的话，基本上每说完一句话，我都恨不得抽自己一个嘴巴。"

修羽看他说的不像是假的,想到平时张潜斯斯文文,连眼神都不敢跟知非交流,突然来了兴趣:"你们是怎么认识的?"

"大三那年暑假,夏楠组织我们篮球队出去旅游,实际就是想表白我们队长。夏楠也带着知医生一起,我们去的是海边,晚上在海边点起了篝火,我去海里捞贝壳,结果腿抽筋,刚好一个浪过来,掉海里去了。我现在都记得海水进了嘴里有多咸,接着我就感觉有人捞住了我,我听到她说'别害怕,放松'。我怎么可能不害怕?我都快吓死了,我就跟所有溺水的人一样,抓着一根救命稻草死死地抱着,就是知医生,接着我就被打晕了,等我醒过来的时候,已经在岸上了。后来听说,是她给我做的人工呼吸。"

修羽有些不耐烦:"人家那是做人工呼吸,你美什么呀?"

"嘿嘿。"张潜傻笑两声,打开了话匣子,"我醒了之后,休息了一会儿,去感谢她,当时,她坐在一块石头上,周围是波光粼粼的海面,她那时候还是长头发,洗了头,头发还没干,身上穿了一件白色长裙,一眼看过去,就好像是月光下的美人鱼。一眼入心,当时我就觉得我的心一下子狂跳不已……"

修羽想象了一下画面,确实挺美的,但他想象不出知非长头发是个什么样子,顺着张潜的话问:"没有表白过?"

"没有。"

"她知道你喜欢她?"

"不知道。"

"为什么不表白?"

"她那么高冷,我要是表白了,她拒绝了,可能就再也没有机会了,默默喜欢,就好像一直都有希望。你看她也刚好单身,没准……"

修羽打断他:"她单身不是因为你,是因为还没遇上合适的,遇上了也许就恋爱了,到时候你别后悔。"

"后悔什么呀?我不了解她,可我了解我自己啊,我根本配不上她。我以前报考医学院,纯粹是因为我爸,他希望我学商,我故意学医,后来我知道知非学医,就坚定了信念,我爸再怎么反对,我也要坚持。"

"所以……你加入医疗队也是因为她?"

"嗯。她都来了这么危险的地方,我当然也要来。"

"你这是打着工作的名义,来追寻爱情啊?"

"那时是,可来了这边之后,我觉得做一名援外医生的选择是多么的正确,再加上每天能见到她,自然就更完美了。"

修羽有点烦了,不想再跟他就这个问题讨论下去:"时间不早了,送夏医生回宿舍吧。"

第17章 吃碗面呗

知非给产妇做了严格的检查，然后重新输上血，交代完护士之后，这才从病房里出来。

修羽站在走廊的尽头，看到了她，很自然地迎了上来，问："病人安顿好了？"

"安顿好了。"忙了一整天，知非整个人都很疲惫，话也不想多说，手插在白大褂的口袋里，垂着眼皮往前走。

"还没吃东西吧？"

知非疲倦得很："嗯。"

"我也饿了，想吃点东西，你要不要一起？"修羽跟她肩并肩，边走边问。

知非很随意地点头："好啊。"

"想吃点什么？"

知非漫不经心地笑笑："怎么，还能点餐？"

修羽默然。

知非说："别给我可以点餐的错觉了，这里可是Z国，不是国内。这个点，没有夜宵吃，没有外卖小哥会给你送上门，也没有通宵营业的大排档。你请我吃饭，我跟着你就行了，你有什么我吃什么。"知非是真的饿了，一整天就早上吃了点巧克力垫垫肚子,此刻见他气定神闲,勾起了她的好奇心,"我倒是想看看你怎么变出一顿饭来。"

"两个选择:一、你可以在办公室等我,一会儿给你送过来;二、容许你参观我做饭的地方。"

他居然有可以做饭的地方,知非好奇:"那我得看看。"

修羽说的做饭的地方,是他的宿舍,知非进了门,不由得暗暗感叹,他的宿舍跟自己和夏楠的宿舍比起来,那可整洁多了。她们的宿舍,到处都是夏楠的东西,每天回到宿舍,都宛如进入一个刚刚被炸弹炸过的战场,再看看人家修羽的宿舍,所有的东西都整整齐齐。这么干净,知非有点无所适从。

"坐。"修羽指了指椅子。

知非很自然地坐下,重新打量了一番,问:"你住医院里了?"

"嗯,为了更好地保护你们。"修羽打开一只纸箱,拿出里面的方便面、火腿、泡菜。

"怎么样?"修羽见她发愣,问,"可还行?"

"太行了!修队,出得厅堂。"

"入得厨房。"他接。

两人相视一笑,修羽把食材一样一样放到电锅里,然后加上水,插上电,按下开始键。

"我打小就自己给自己做饭,所以做饭对我来说小菜一碟。"

"父母呢,不给你做饭啊?"

修羽眼神黯淡了一下:"我妈在我很小的时候就去世了。"

"对不起。"

"没关系。"

食材在锅里翻滚,香气飘进鼻子里,一瞬的沉默之后,两人

第17章 吃碗面呗

都把视线投向了锅子。

面煮好后,端上了桌,修羽递了双筷子和一个单兵饭盒给知非。

知非背着光,头发一侧夹在耳朵后面,白大褂脱了,穿了件衬衫,比平日里多了几分妩媚。她盯着锅,悄悄吞了口口水,这个细小的动作落在修羽的眼里,他发现她高冷的外表下,有难得一见的可爱。修羽想,这个女医生,从来都是冷静的,不说话的时候,甚至有些冷漠,但她有一颗仁慈之心,那双漂亮的手不知道挽救过多少人的生命。以前听她跟冠军的绯闻,以为她来这里不过是作秀,可渐渐地,他在她身上看到了责任和担当。他想,她是一个有仁心的医生。

修羽看她已经开吃,问:"好吃么?"

"好吃,好久没有吃到这么可口的食物了。"

修羽笑笑:"那是因为你饿了。人一旦饿了,什么都好吃。"

知非点头,问:"听你这话的意思,你饿过?"

"有一回,我去参加一个六十个小时的野外生存比赛,要去到S地完成一项任务,参赛者被直升机扔在一片荒原上,有山有水有树林,但是没有GPS导航,只配备了指南针,每个人的食物只够维持一个早上的生活需求,接下来的生存就要靠我们自己去争取。一开始我还以为荒原上嘛总有兔子吃吧,不行的话,抓只鸟也可以的吧。但是我们不允许使用枪支,那里的兔子一个比一个能跑会跳,别说抓了兔子,连根兔毛都抓不到,只好挖野菜吃,可那是冬天啊,只有野菜根,最后实在饿得没辙了,就抓老鼠吃。"

知非瞧着他。

修羽筷子在空中停顿了一下,看着她道:"对,就是你想的那样，抓到了直接剥了，丢进嘴里。那东西可真难吃，生的，根本不敢嚼，直接割下一条肉，刚放到嘴里，我就吐了，恶心了两小时，我想我总不能被恶心死吧，就勉强凑合着蕨菜，撑到了任务结束。"

"是么？"知非看着他。

"你觉得，我不像是能吃野菜的人？"

"不像。"知非说，"你像是能把满山的耗子都吃光的人。"

"战场上，生存是第一位的，吃什么不重要，重要的是完成任务，如果每天吃着牛肉喝着红酒，可任务完不成，那就不是一名合格的兵。"

"你当兵多少年了？"

"你猜。"

"三十年了。"

修羽笑了，这个女人，聊天总是这么出其不意吗？还是他看起来很老？修羽问："你呢，吃过的最难吃的东西是什么？"

"我要说是草原鼠，你会不会觉得我在学你说话？"

"你不像在说假话。"

知非吃着热气腾腾的面，说："何以见得？"

"你的表情告诉了我，你确实吃过草原鼠。"

"我忘了，你是一名特种兵，你懂微表情。"

他点头，问："你为什么吃那个东西？"

"读书的时候，喜欢旅游，背着一只背包就出发。当时我还骑了一辆自行车，走的青藏线。我去的季节不对，天有些冷了，下了雨，路上很滑，一不小心差点掉到山崖里。幸好我从自行车上跳下去得快，不然连同车子一起粉身碎骨。当时把我吓坏了，我在悬崖边蹲了好一阵,双腿才能站起来。接下来,竟然没车上山了,后来才知道是因为下雨,塌方,车上不来了。我自行车没了,只能步行,我就边走边看,没想到迷了路。眼瞅着天黑了,手机没电了,天还下起了雨,福不双至祸不单行,没办法,我只能在山洞里过了一宿,第二天雨接着下,出不去,只能继续在山洞里猫着,幸好山洞以前有人在里面露营过,里面有干柴,还有没用完的火柴,不然我准被冻死在里面。我什么吃的都没有,又冷又饿,刚好发现了一只沙鼠,就烤来吃了。"

"你喜欢旅游?去过哪些地方?"

"很多地方,去过南极给企鹅喂过吃的,去过北极圈见过极光。"她刚说到这里,忽然闪过一道闪电,接着雷声轰鸣,依稀有雨打在窗子上。Z国的旱季,难得有这样一场大雨。很快,又安静了,只有沙沙的雨声和筷子在碗里发出轻轻的敲击声。两人没多久就把一锅食物吃完了。修羽倒了杯水给她,然后开始收拾碗筷,知非想要帮忙,被他拦住了。

"你的手是用来握手术刀的,不是洗碗的,我来。"

知非果真没动了,望着他的背影,慢慢喝了一口水。他让她想起了父亲,她收回视线,平复了一下心绪,问:"你呢?你的手是用来干什么的?"

修羽顿了一下,回头看着她。她贴着墙边站着,微微偏着头,光从头顶处斜斜地照下来,脸部的线条显得很柔和。

修羽说:"保护需要我保护的人。"

知非慢条斯理地喝着水:"你是不是有什么话想对我说,说吧,我听着。"

"我说得不中听,你可别生气。"

"你先说,我听完再决定生不生气。"

修羽略微想了一下措辞说:"今天你在难民营给产妇做的无麻手术,我觉得有不够冷静的地方。"

知非听他这么一说,放下杯子,抬眸看着他,问:"哪个地方不够冷静?是因为我作为胸外科医生做了妇产科的手术?那你猜我之前做过多少台妇产科的手术?"

"你这样说,那一定是不少了。"

"我在美国的时候,带着妇产科的学生示范教学,我的剖宫产手术论文在医学领域得过奖,所以,我给产妇做手术,不是我逞能,是因为我相信自己的的确确能够做好这台手术。"知非说完突然觉得跟他说这个,有点像是在卖弄,"我跟你说这个干什么?"

"你很优秀,也很努力,你是非常出色的外科医生,你当时的想法可能很简单,就是想救人,想让产妇母子平安。可你想过没有?那里是难民营,是两个结着世仇的人群战斗的地方,稍有不慎,你就会成为泄愤的靶子。"

道理是这个道理,知非都懂,可作为医生,在病人的生死关头,怎么可能理智到把方方面面全部权衡。

修羽继续说:"如果今天那名产妇死在了手术台上,你觉得那些人会怎么对你?如果他们要你偿命,你怎么办?"

知非嘘出一口气:"你说怎么办?一命抵一命,还是一命抵两命?"

修羽问:"你这算是意识到自己冲动鲁莽了吗?"

知非望着他:"我承认是我冲动,可我并不鲁莽。我在心里评估过我的手术方案有几分把握。"

"几分?"

第17章 吃碗面呗

"六七分。"

"六七分?"

知非声音不自觉地抬高了许多:"我知道这在有的人看来很低,可在我看来足够了。"指了指自己,说,"我不像有的人,总想着手术成功率,总想着自己的履历好看一点,升职快一点,一旦觉得自己的把握不够百分百了,就把病人赶走。踢皮球一样把病人从这个医院踢到那个医院,从这个医生手里踢到那个医生手里,没有责任感,不敢承担一点责任。这就是我跟他们不一样的地方,我查资料做治疗方案,我不放弃任何一个病人。"

修羽轻轻叹了口气:"你这样做当然没有错,但是承认自己能力不够,也不见得就是不负责任。今天的事情,从你的角度来说,你是一个好医生好大夫,你全心全意给人治病,可别人就一定要理解你吗?你不知道在危险的情况下要先保护自己吗?知医生,这里不是讲理想做学术的地方。"

这一句句话落在知非的耳朵里,格外刺耳,她没想到修羽会跟她讲这出这样一段话,惊诧地望着他。因为当初她去母亲办公室,找她推荐自己去援外医疗队的时候,母亲就曾经跟她说过差不多的一番话:"你虚荣心太强了,没有资格成为一名援外医生,Z国不是一个讲理想做学术的地方,更不是你扬名立万的地方。"

她忽然笑了笑,斜着眼睛问修羽:"你也觉得我是为了扬名立万才来的Z国吗?你也觉得我是为了虚荣所以才用反常规的方法救人的,是吗?"

修羽没想到她会这么问,反问道:"那你是不是呢?"

知非有点控制不住情绪了,拿起自己的白大褂:"谢谢你的面。"说完就往外走。修羽去追,到了门口才想起下着大雨,连忙折回去取伞,然后追上去:"还真生气啊?"

知非猛然停住脚步,望着他,大声道:"我生气跟你有关系吗?"

"跟我没关系,那跟谁有关系?"

"爱谁谁。"

她说完就走,修羽追上去,她朝他吼:"别跟着我。"

修羽站在她身后举着伞:"我知道你来Z国,不是为了什么扬名立万更不是为了升职,你就是想要帮助到更多需要帮助的人。"

知非吼道:"你误会我了,我就是为了扬名立万,在国内比我厉害的医生多了去了,一抓一大把,我算什么呀?我就是普普通通的一个胸外科新人,谁把我放在眼里?都觉得我是顶多能给病人挂个水的黄毛丫头,可那是护士干的事,我是医生,我有我的理想。但我来了这里,没人跟我抢手术,没人跟我抢病人,我就是喜欢这种唯我独尊的感觉,行了吧?"知非控制着眼泪,"对,你说的没错,这里是Z国,当时的情况确实非常危险,难民营里有很多人是没有希望没有未来的,那些人好勇斗狠,可产妇就在那儿,我有得选吗?我不救她,她不就死了吗?我宁可拼一下,也不想让自己以后都活在后悔和愧疚中。"

电闪雷鸣中,电光照在她的脸上,她头发湿了,沾着雨水,脸上也全是雨水,分不清是不是眼泪。他没有说话,将她往伞底下拉了一下,抬手擦了擦她的脸:"我相信你。以后,你治病救人,我保护你的安全。"

第二天,知非吃完了早饭,就去了胸外科,换好了白大褂,戴上胸牌,然后带着医生和实习生去查房。

她昨天的剖腹产手术,没有一个医生不服的,尤其是木兰,

第17章 吃碗面呗

她走到哪儿木兰跟到哪儿，提的问题也多。

夏楠一上午都在妇产科里忙碌，到了中午，整个人都累晕了，吃饭的时候，趴在桌子上两眼翻白，一副垂死挣扎的模样，还是知非给她取的餐。

夏楠艰难地拿着筷子往嘴里扒拉着饭，开始日常吐槽："我在妇产科也工作好些个年头了，大大小小狗血的事也见过不少，你猜我今天遇着什么了？"夏楠嘴里吃着东西，含含糊糊地说，"一大早来了个产妇，非常瘦弱，看年纪也就十五六岁，一步一个血脚印地走到医院来了，到了医院门口就晕了过去，可把我吓坏了。赶紧抢救吧，孩子倒是生得很顺利，我看她精神状态还可以，就问她孩子父亲来了吗？她拿出手机打了几通电话，不一会儿，就看到门外来了三个男的，三个人客客气气地抽着烟，我当时就怒了，上去把他们训了一顿，结果你猜怎么着，三个男的都是产妇家属，我还没反应过来呢，又送来了一个女学生，年纪不大，听说是到肯尼亚留学的大一新生，跟男朋友来穆萨城旅游。你说说，跑战乱区旅游，这不是疯了吗？女学生肚子疼得不行了，腰带还勒得特紧，到了医院一看，孩子头都露出来了，我赶紧给送进产房了，一起来的那个男学生，紧张极了，整个人抖得跟筛子似的，签字的手一直抖啊抖，一路都在念叨孩子是我的。等孩子生下来了，白白胖胖，说到这，不得不佩服生命力的顽强，腰带勒那么紧，孩子居然一点事没有。我告诉那个男学生，孩子挺好，足月，那男学生一听当时就傻眼了，说孩子不是我的。女学生现在还在那儿哭呢，叫打家长电话，死活不打，我心想谁家有这么个女儿不得操心死啊。"

知非反应冷淡："这有什么好想的？"

夏楠没解释，狠狠塞了一口饭，一边嚼一边说："我跟你说，你们胸外科跟我们妇产科比起来，那简直太好，能定定心心做手术，妇产科的那些糟心事，经常把我气个半死。"

"不要太好？全麻躺在手术台上，一场手术下来，几个小时到十几小时，你试试。"

"那你是没见过我们妇产科的手术……"

两人正说着，修羽拎一只单兵饭盒进来了，目光扫了一下，看到了知非，取了饭，走了过来，将手里的单兵饭盒放在桌子上。

两人一起抬头。

夏楠一看到修羽马上来了精神，生龙活虎地邀请修羽一同进餐，知非反应冷淡，一声不吭地往嘴里塞东西。

修羽没坐，说："知医生，可还好啊？"

知非应付地"嗯"了一声，埋头猛吃了两口，放下筷子，丢下一句话就往外走："我吃饱了。"

夏楠纳闷地看了看知非的盘子，目光追着她的背影，说："你才吃几口啊就饱了？"

夏楠吃完了饭，拿了两个包子去找知非，知非正在值班室里生闷气。夏楠进了门，将包子往她手里一塞："你怎么了？和修队吵架了？"

"他找我吃饭结果是为了训我，说我在难民营给产妇手术的举动太鲁莽，没有三思而后行。"

夏楠似乎理解了，替修羽说话："修队这是关心你，关心我们医疗队。"

"多余。"

"关心你还不好啊？"

第17章 吃碗面呗

"不好。"

这时,就听外面一团乱,有人在喊:"医生在哪里?医生,医生……"知非和夏楠对视一眼,一同跑了出去。

门诊大厅里,一个人高马大的男人满头大汗地跑进来,背上背着一个三十岁左右的女人,后面还有个人在帮忙托着女人的身体,是修羽。

正是午饭时间,门诊大厅只有寥寥几名医护在值班。

修羽冲她们道:"知医生、夏医生你们来得正好,情况是这样,病人长期干体力活,早上因挑200公斤的重物,导致昏厥。"

夏楠正要上前,忽听有人喊:"夏大夫,产妇大出血,你快过来看看吧……"

"来了来了,非非,病人交给你了。"夏楠交代完,拔腿就跑,把病人留给了知非。

知非:"送诊室。"

病人进了诊室,知非刚要进门,手臂突然被人拉住了,她一回头看到了站在身后的修羽,抖掉了手臂上的那只手,用目光问他:什么事?

修羽刚张了张嘴,知非马上打断,语气不太好:"不管你有什么事,等下班再说。"说完,就进了诊室。

修羽站在门外等她,他确实有话要跟她说。

诊室内,知非照例询问了病情,然后给病人做检查,检查到一半,急诊室的门被推开了,一名胸外科的小护士急急忙忙跑了进来:"知医生,昨天半夜一名突发心梗入院的病人,又进了抢救室,您赶紧过去看看吧。"

知非没说话,继续给病人做检查。一边写病历,一边交代:

231

"擦伤的部分，做消毒处理。马上给病人做全面的身体检查，尽快安排手术。"全部交代完了，这才问护士，"什么事？"

护士把刚才的话又重复了一遍，并说："病人是一名中国人……"

知非想起来了，早上巡房时，有过一面之缘。

"我马上过去。"

病人一听知非要走，抓住她的手，一边抽噎一边说："中国医生，我子宫是不是保不住了？我是不是以后不能生孩子了……救救我……"

知非拍拍她的手："放心吧，我是你的第一接诊医生，我会负责。现在，我安排护士带你去检查、输液，然后，我们再制定手术方案。"

知非冲到抢救室门口时，看到门口站着几名头戴安全帽的建筑工人，为首的施工队长，见来的是同胞，激动地说："太好了，我是病人所在的施工队队长，我叫方城……"

知非来不及说话，一头冲进了抢救室。一边连接监视器，一边交代："开放静脉通路，测心肌……"

护士飞快地将她所需的药物、器械一样样递给她。

抢救室一片忙碌。

突然抢救室的门打开了，知非快步出来，等在病房门口的几个建筑工人马上围过来，七嘴八舌地问病人的情况。

知非并不回答，问："你们有没有人知道，他有没有其他心脏方面的疾病？最近有没有频繁地心绞痛？"

几个人互相看了看，一起摇头。

知非问："他随身带着速效救心丸吗？你们没有注意过吗？"

几个人愕然，面面相觑。

方城说："医生，是这样的，我们都是农村人，他跟我是一个地方的，可他有病这个事，我真的不知道。我跟他住一块，听他说过几回胸口会疼，可我每次问他怎么回事，他都说没事。"

知非问："那他家人知道吗？病人现在还没醒过来，我需要知道他有哪些病史，才能尽快确定治疗方案。"

方城显得很为难，其余几个人也都叹气，面色沉重。

方城说："他老母亲生病，常年卧床，两年前他老婆跟邻居因为鸡鸭鹅的事情打架，过失致人受了重伤，判了三年，现在还在监狱里蹲着呢。两个孩子年纪也不大，正在读中学。我没有他家的联系方式，说实在的就算联系上了，恐怕他家里人，也都不知道。"

知非愣怔了一下。

方城说："病人叫陈光发，一年前，ZD1号公路正式开工建设，这条公路是我们援非的重点工程项目，由我们华建第五公司承建。陈光发随建设队来到这边，他是一名桥梁钢筋工，干活非常卖力，苦活累活他都冲在最前面。医生，咱们都是中国人，出门在外，请你一定要救他。"

知非没来得及说话，小龙走出，将心电图纸递给知非："知医生，你看看。"

知非认真看完，直皱眉："病人的情况很危险，要尽快完成心脏搭桥手术。全身检查都做过了吗？"

"做了，随时可以手术。"

"知医生，心脏彩超出来了。"木兰跑过来。

知非看完了片子，眉头就皱了起来。小龙看完眉头也皱了起来:"病人的肝右叶……是肿瘤?"

知非不错过任何带教的机会,说:"现在还在早期,肝右前叶上端有斑片状低密度影。"她用手点了点,"病灶边缘清晰,有小节样。肝右前叶肝癌的可能性很大。"

知非把陈光发的情况跟方城说了一遍,然后说:"现在是肝癌早期,我建议立即治疗,你去通知他家人吧。"

方城大为震惊,叹息道:"怎么会得癌呢?他平时也不抽烟不喝酒,怎么就得肝癌了……大夫,肝癌早期的治愈率有多少?"

"这个不好说,现在病人是肝癌早期,加上心梗……我没办法跟你保证百分百能够治愈。但是希望还是很大。"

方城更难受了:"大夫,他可不能出事啊,他是家里唯一的经济来源,他要是倒下去了,孩子怎么办?老人怎么办?这一家人本来就已经很惨了,还要遭受这么大的打击……"

"可作为家人,他们有权知道亲人的真实情况,况且……"知非有些纠结,"方队长,这里医疗条件有限,手术费用可不少。"

"我们有钱,有医疗保险,不够的话兄弟们给他凑上。"

"另外,我治疗肝病的经验不足……"知非实话实说。

方城生怕她说出放弃的话来,慌忙道:"知医生,我听说了,你在国内非常有名,一定会治好他的。"

知非顿了一下:"实话跟你说,就算是国内的医疗环境,我也不敢保证手术百分百的成功。方队长,还是先通知他的家属吧。"

方城一屁股坐在凳子上,低着头:"我怎么跟他的亲属说?人是我带出来的……外面那几个也都是我的同乡……当初出来的时候,我跟家乡人保证过,来的时候多少人,回去的时候就多少人,可现在……"

第17章 吃碗面呗

"要不这样，我给他家人打，通知家属原本也是我工作的一部分。"

方城犹豫不决。

这时有护士进门说："知医生，陈光发醒了。"

方城闻言，拔腿跑了过去。知非跟小龙和木兰简单交代了几句，也去了病房，透过玻璃，看到陈光发正在跟方城说话，方城似乎有些激动，知非想了想，推开了病房的门。

方城马上站起来，冲她说："知医生，你来得正好，他说他不想治病了，要去工地上工作，你快帮我劝劝他吧。"

知非平时不太会安慰人，可工作时的状态却完全不同，目光温和地对陈光发轻声道："你哪里不舒服，或者你心里有什么想法，都可以跟我说，我给你想办法。"

陈光发艰难地睁眼看着她："大夫，你能帮帮我吗？手术我不做，我想赶紧去工地上干活……大夫，求你了。"

"这可不行，你现在还没脱离危险期，要留在医院配合治疗。"

陈光发一听这话有点急："大夫，你也说了，我得的是癌，癌哪有治得好的？"

方城冲他嚷嚷："人家大夫都说了，癌症早期还是有治愈希望的，你懂还是大夫懂？"

"我不懂，可我爹就是得了癌症走的，胰腺癌，从查出来到死，拢共也就三个月，二十万扔进医院里，连声响都没听见，我记得我爹临死前拉着我的手跟我说，他最后悔的是治病，白白浪费了那么多钱，早知道那样，还不如不治了，留着钱，吃吃喝喝，走的时候心里也就没那么难受了。"

"你爹那是癌症晚期，你这是早期。"

"我就没想过要治。"

方城生气了:"你是不是不想活了?你的命就这么不值钱?"

陈光发说:"老方,你知道我家里的情况,老母亲八十岁,躺在病床上等着药,孩子刚上高中,等着学费。每天早上我一睁眼,柴米油盐都得要钱。我能躺在这治病吗?我不能啊!换成是你,你能躺得住吗?"

方城被问得愣住了:"反正就是不行,再说了,你现在这样,工地上也不能让你去干活啊。"

知非心里有点儿难受,皱着眉移开视线。

方城说不动他,只好换个语气,俯下身道:"老陈……"

"老方……我求求你了,我是家里的顶梁柱,我不能倒下去。"

方城很难受,同一个地方人,他当然知道陈光发家里的情况,听他这么一说,眼睛一下红了,痛心疾首地朝他吼了一句:"你这是干什么呀?医生,你快帮我劝劝他啊。"

知非愣怔了,听着他们的对话,她有很多的感慨,陈光发,很瘦,很黑,身上被太阳暴晒过的地方有些脱皮,脸上皱纹很多,看起来比实际年龄要老十岁。

"你真不打算治了?"

陈光发朝她点点头。

"这样吧,等你好一些,我就同意你出院,但不是现在,现在不行,现在你站都站不稳,怎么去工地?"

就这样,陈光发的情绪终于稳定了下来。

第18章　ICU 里的承诺

知非从病房里出来，方城蹲在墙根，几个老乡也都静默着，见知非出来，全都把目光投向她。

知非说："给监狱打电话，试试让陈光发的妻子劝劝他。"

方城想不出更好的办法，于是听了知非的话，把电话打到了监狱。

陈光发的妻子听知非把病情讲完之后，沉默了一会儿，说："大夫，我有个请求，我想跟老陈讲几句话。"

知非进了病房，将手机凑到陈光发的耳边，说："陈师傅，您媳妇儿有话要跟你说。"

陈光发一听，挣扎着想坐起来，被知非按住："不要激动，你好好躺着，手机我给你开了免提，你们好好说话，我就在门外，隔着玻璃窗看着你，有情况我们就进来。"说完，朝方城使了个眼色，大家都出去了。

安静的 ICU 里，只有仪器传来的滴答声。

电话那头，陈妻叫了一声："老陈。"

"嗯。"陈光发哽咽着。

"你还好吗？"

"我好着呢，你呢？"

陈妻哭了："我也好着呢。医生跟我说你是肝癌，得治，咱要听医生的。"

"医生是夸张，我知道自己的身体……"

"你又不听话了。"

陈光发："我听，都听你的。可这一回……"

陈妻打断："你记得年轻那会儿不？那时候你一个乡下的穷小子，到我们县城读高中，每年从镇上中学考上来的学生就那么几个，你就是那几个之一。我还记得开学的头一天，你穿了一件深蓝色的衬衫，胳膊那儿还打着补丁，那衬衫虽然又破又旧，可洗得干干净净的。那时候我坐在你前面，最喜欢你从我面前走过的时候，身上的肥皂香味。"

陈光发被她这么一说，沉浸在回忆里了，笑了："我也记得。那时候你穿着的确良的花布衣，剪着齐耳短发，头发上还别着黄色的发夹。每天晨读的时候，全班就数你普通话最标准。那时候，我是我们班最穷的，很多城里学生瞧不上乡下来的穷小子，可你从来不会，你最热心，最善良，每学期交学费的时候，我都是从家里带着一个袋子，里面装着一毛两毛的零钱，那些都是我利用寒假暑假，挑着竹筐走二十里的山路去镇上卖山货挣来的钱。他们都笑话我，只有你会帮着我一起把钱理好，理得整整齐齐的……"说着说着陈光发的眼睛又红了。

陈妻有些哽咽："你还怪我跟邻居打架不？"

陈光发赶紧说："我从来没怪过你，我就是心疼你。"

陈妻笑："那棵梧桐是咱俩结婚的头一天你亲手种下的，你说它象征着咱俩的婚姻要幸福绵长。可邻居偏说咱家的梧桐挡着她家风水了，所以她家的鸡啊鸭啊才得了病死掉了，跑我们家非要让我把树砍了。树都在那二十年了,她一句话就要把树砍了,我不同意,她就扛着斧头砍,我推了她一下,谁知道她摔倒了,头碰着石头,差点要了命,她家人把我告了,判了三年,赔了医药费,还赔了那么多钱。不然你也不至于去了那么远的地方修路。"

"我自愿的。现在家里那棵梧桐一定又长高了吧,这个季节,树叶该落了。"陈广发想起了每年梧桐叶落的季节,妻子穿着碎花小袄,在树下扫落叶的身影,嘴里还会哼着歌,脸上微微露出了笑意,"那时候,可真好啊!"

"是啊!那时候真好。老陈,病咱得治,家里你别操心。"陈妻说,"我还有个好消息要告诉你。"

"啥?"

"我在里面表现好,政府给我减刑了,下个月我就能回家了。妈跟孩子我来照顾,你踏踏实实治病,啥也别想……"

陈光发像个孩子一样哭了。

知非隔着门,隐隐听到里头的对话,鼻子一酸,连忙别过头去。陈光发的那几个同乡也都垂着头沉默。

忽然,"咔嚓"一声,有人在拍照。知非抬头,是夏楠,压着嗓子问:"你干什么?给我删了。"说完,伸手去夺她的手机。夏楠手臂举高,身体一转轻松地避开她的手,手机落进了口袋,回过身,手指在知非眼睛下装模作样地抹了抹:"乖,别哭。"

知非拍开她的手:"过分了啊。"

夏楠的脸凑到她面前:"哪里过分了?女铁人,你流泪了,多难得一见啊!必须要拍照留念!"

知非把她扯到楼梯拐角处,问:"说吧,要干什么?"

"我就奇怪了,多少年没看到过你哭了,今儿个是怎么了?"

知非懒得搭理她:"你到底想废话什么就赶紧说,废话完,我还要接着工作,这可是工作时间,夏大夫。"

"这是休息时间,知医生。"

知非看了看时间,不知不觉已经到了五点,猛然想起了中午那名昏厥的病人,心想检查结果应该已经出来了,立即转移话题:"对了,中午那名病人是你们妇产科的,情况我给你简单说一下,病人子宫脱垂……"

"她已经好了。"

"什么叫好了?"

"我刚刚在门诊处看到她了呀,正准备出院,我问了一句,人家说病已经好了,我寻思着这也不怎么严重嘛……"

知非一听就急了:"谁说不严重?她怎么出院了?谁同意她出院了?"

"你是她的首诊医生,你问我?"

"什么时候的事?"

"就……"夏楠一头雾水地竖起食指,"刚刚上楼的时候……"

她话还没说完,见知非扭头朝楼下跑去,愣了一下,喊道:"喂,你干什么?"

知非没回答,她冲下楼,在人群中,一眼认出了那名病人,正准备上门口停着的那辆平板车。她快步上去,拦住了二人:"两位请等等,我叫知非,是来自中国医疗队的医生,也是病人的首诊医生。女士,你的手术还没有做,请务必留下来配合治疗。"

夫妻二人一起抬头看她,没听见似的,准备上车。

知非拦在平板车前面:"女士,你的病非常严重,不手术的话很难痊愈……"

女人一脸茫然,问男人:"她在说什么?"

男人耸耸肩:"谁知道?"

"医生,我的病已经好了,给我治病的医生说,我的子宫刚刚复位,不能久立,要多卧床休息。我需要卧床,所以请你让开,让我躺着休息。"

"什么?"

知非心里纳闷,打量她两眼,又看了看男人,两人的表情都极其淡定,不像是在说谎。追出来的夏楠,闻言也纳闷了,气喘吁吁地冲知非说:"非非,我估计这是交不起手术费用,所以放弃治疗了。"

女人听不懂她们在说什么,强硬地要上车。

知非看她又瘦又黑,又有重病在身,怎么可能放她走。横下心要把她治好了才能让她离开:"两位请听我说,你们不用担心医疗费用,我们中国援Z医疗队有免费给妇女儿童治病的专项基金,我给你申请,你看行吗?"

女人坚持道:"我已经好了,不需要手术,我要回家。"

知非坚硬地拦在车前,好说歹说地劝病人留下。

男人憋不住了,嗓门很大地吼了声:"干什么?你让开。"

知非怎么可能让他们离开。她是医生,治病救人是天职,在能治疗的前提下,不让病人带病离开医院是她的原则:"既然你说病已经好了,不介意让医生再检查一遍吧?"她伸手将夏楠拉了过来,介绍道,"这位夏医生,跟我一样来自中国,是一名非常专业的妇产科医生,她给你检查,可以吗?"

两人面面相觑。

夏楠顿了一下,微笑补充:"不收任何费用。"

夏楠怎么也没想到，检查的结果是，病人本来脱出的子宫已经复位，符合出院标准。

当她把这个结果告诉知非时，知非也愣了，想不明白是怎么回事。问了病人，才知道病是这里的一名医生治好的。这样一来知非就更纳闷了。

知非："请问是哪位医生给你做的治疗？"

她男人是个急脾气，着急离开，见知非啰唆半天了有点不耐烦，急吼吼地道："我们怎么知道他的名字？本来我不同意他来给我女人治疗，他说是免费，我才让他试了试。我们来这里是治病，我不需要知道医生叫什么名字。你去市场买鸡蛋，你会问这只鸡蛋是哪只鸡下的吗？"

知非不跟他争论，问："男医生还是女医生？"

"男医生。"男人很不乐意地翻了翻眼，对知非的问题非常不满。

知非靠在椅背上，望了一眼夏楠，夏楠也是蒙的，妇产科就那几个医生，能力和水平她也是知道的，想不出谁有这本事。

知非问那对夫妇："你们说的那位医生，怎么治的？"

男人双手一摊，梗着脖子问："你们不是医生吗？你们不也是中国来的吗？"男人一万个不乐意地用手比画了一下，"用那么长的针，扎进肚子里。"

知非心里咯噔了一下，她不懂中医，可听出来了，对方用的是针灸治疗，眉头瞬间皱了起来。知非很严肃地说："你说的这个人不是这家医院的医生，根据你们的描述，我无法判定这样的治疗方法是否会导致病情加重，或者病人的身体出现其他方面的问题。给你治疗的那个中国人长什么样？"

第18章 ICU里的承诺

听她这么一说，两人有点蒙。女人拖长了声音说："长得很帅，穿了件迷彩T恤……"

男人说："都说清楚了，现在我们可以走了吗？"

"不可以，住院。"

"怎么还要住院？"女人一脸郁闷。

知非抬眸看着她，抬高了声音："住院，还要我说几遍。"

男人怒了，上前一把揪住知非的衣领："你想干什么？"

"住手！"修羽走了进来，他声音不高，但是非常有力。

男人回头看了看，悻悻地放开手："你来得正好。"指着修羽，冲知非道，"他，就是他，病就是他治的。"

果然是他。

知非上下扫了一眼修羽，他跟以往一样，表情泰然，没有什么不同。

修羽也在看着知非，她的脸色看似平静却暗藏锋芒。站在她身后的夏楠，一个劲儿地朝着他使眼色，更让他觉察出来情况不太妙，大有一场暴风雨即将来临的危机感。

他决定先坦白："知医生我……"

知非语气非常严肃地冲夏楠说："夏大夫，送病人回病房去。"

"啊？"夏楠不情不愿地接着"噢"了一声，小声跟病人解释了两句，病人也是聪明人，一看气氛不对，麻溜地跟着夏楠往外走。

夏楠一边走一边看着修羽，用嘴形小声对他说："小心为上，心平气和，不要激动……"说到一半，冷不丁发现知非正盯着自己，立即闭上嘴，掩饰似的咳嗽了一声，赶紧溜了，顺手带上了办公室的门。

办公室只剩下知非和修羽两个，两个人面对面都不说话，一个坐着一个站着。

夕阳从窗口投射进来，在办公桌的桌面上映出模糊的阴影。而窗外的蝉叫，让人焦躁不安。

知非靠在椅子里，双手插在白大褂的口袋里，微微抬着头，目光直视着修羽。修羽站在办公桌前，他是标准的军人站姿，站得笔直，面无表情。

知非看了他大约五秒，才开口："病人你治的？"

"是。"他只回答了这一个字。

"针灸疗法？"

"是。"声音不大不小，语气不卑不亢。

知非盯着他，放缓了语气，问："针呢？"

"这儿。"修羽很配合地拿出针灸包，放在桌子上。

知非低头，看着那个针灸包，黑色的皮套，有些年头了，像个古董，样式非常考究："打开来我看看。"

修羽没说话，往前一步，贴着办公桌站着。

落日更斜，把办公室割开成明暗两个区，他整个人沐浴在落日的余晖里，身上的肌肤和迷彩T恤，在落日的照射下，发着微微的光。

知非的目光被他那双手给吸引了，这是她头一次注意到他的手，手指很长，骨节分明，怎么看这双手都不像是特种兵成天拿枪的手，反而更像是一名外科医生的手。

修羽小心翼翼地打开针包，里面的银针，一根根细如发丝，他手指习惯地从一排银针上面轻轻划过。

知非盯着那双手，直到手指停住按在了桌面上，这才收回了

第18章 ICU里的承诺

目光,依旧微微抬着下巴,目光冰冷,带着一种疏离感,语气不容分辩地说道:"人证、物证齐全,这些充分说明了你在非法行医,修队,你承认吗?"

修羽挺不明白的,明明很简单的事情,她为什么要让自己把针灸包拿出来,再宣布他非法行医,弄得跟法院开庭似的。其实,在她眼皮下面救人,他就没打算隐瞒什么,何必搞得这么郑重其事,好像他做贼心虚。

修羽直言:"我承认,这是我的错,对不起。"

知非没想到他承认得这么快,愣了一下,之前她几次试探他,都被他四两拨千斤巧妙避开,就连他手下的兵,也都故意帮着他隐瞒,把她的好奇心吊得足足的,原以为这次他也一样。

本来么,他是特种兵,会一些急救技能不奇怪,可没想到,他竟然还会中医针灸疗法,并且轻轻松松就治好了她认为必须要手术才能痊愈的病人,这就让她不得不担心,治好只是表面现象,病人的病情很快就会出现反复。

知非斜睨着修羽,看起来他神色很平静。

"学过中医?"

修羽沉默了一会儿,这个话题避不开了:"学过。"

"是因为知道这次避不开了,索性就不跟我兜圈子了?还是早就想明白了,不打算再瞒着我了?又或者是修队早就想好了,收拾收拾东西回国,不想留在维和步兵营了?"

修羽知道她厉害,没想到这么厉害。他嗅出了问题的严重性:"知医生,我想你是误会了,我从来都没想过要提前离开维和步兵营。"

知非冷笑,不说话。

245

修羽想了几秒,问:"我有个问题想请教你?"

"问。"

"人命重要还是行医资格重要?"

知非想都不想,脱口而出:"当然是人命重要……"

修羽:"是啊,人命重要,不论作为医生,还是作为军人,人的生命安全始终高于一切,这是我们的共识。"

知非抿着嘴。

修羽接着说:"你是病人的首诊医生,你在给病人诊断完,给出的诊断结果是病人需要手术治疗,对吗?"

知非睨着修羽,点头。

"知医生,能不能给我一分钟的时间,让我讲讲对这个病的看法,你听一听我的解释。"

知非没说话也没反对,皱着眉。

修羽说:"我以前读过孙思邈的《千金方》,早在唐代的时候,就有治'妇女胞下垂注阴下脱'的记载,现代针灸家朱琏在《新针灸学》里也有提到,以针灸与方药兼施,收效迅速。我不谦虚地说,我略懂一些针灸治疗,我想既然针灸能治,而且针灸的方式可以减少病人手术带来的痛苦,于是我就把我的治疗方法跟病人和家属说了一下,在征得了病人和家属同意之后,对病人进行了针灸治疗。我原想跟你说一下,可当时你正在重症监护室组织抢救病人,就没能及时跟你沟通到位,这是我的错,我向你道歉。稳妥的方式,我应该等你从重症监护室出来,跟你沟通完毕再给病人治疗,可我看到病人那么痛苦,就自行决定先给病人治疗,对不起,是我的错。"

夏楠突然探头进来,迫不及待地帮修羽说话:"非非,不管怎

第18章 ICU里的承诺

么说，修队治好了病人总不是什么坏事吧，你就原谅他吧？"她给病人检查后就站在门外偷听他们对话，听到修羽一个劲儿地道歉，忍不住插嘴。

知非瞪她："夏大夫，病人安置好了吗？"

"啊……"夏楠打了个马虎。

"还不去？"

"噢，去了去了。"夏楠头从门口缩了回去，轻轻带上了门，不过门关得并不严，留下了一条缝，她还躲在门外。

修羽常年在军营生活，脾气暴躁的女兵他也不是没见过，可像知非这么暴躁的女人，见得不多。

知非支走了夏楠，又将目光扫向了修羽："你是不是觉得随随便便在医院里非法行医，一句对不起就可以解决了？如果病人出事了怎么办？"

门再次被推开了，守在门口一直没走的夏楠探头进来，笑眯眯地打圆场："那个，非非……我用我的职业前途担保，我刚刚认认真真地给病人检查过了，针灸治疗的效果非常好……"

"夏大夫，这么想替他说话，那你来处理这件事行不行？"知非说着要往外走。

夏楠赶紧挡在门口，小声道："别这样，算我求你了。"

"如果病人因为针灸出现其他症状，那就是我们医疗队的失职。你知不知道，非法行医造成就诊人死亡，在我们国家可致十年以上有期徒刑，并处罚金。"

知非一边说，夏楠一边喊着："冷静，冷静。"等知非说完了，道，"非非，你别激动啊，我真的认真检查过了，病人情况真的非常好，符合出院标准。我跟你说实话吧，一开始的时候，我跟你一样心存怀疑,可检查完了之后,我的心就放下了,我相信修队能治好子宫脱出这种病例,他应该还有更高的水平。"

知非简直无语了:"你就是无脑信任他!医生是随便学几天就能成的吗?"

夏楠一边点头一边赶紧撤。门悄无声息地被她带上,一点缝都没了。

修羽看她们终于吵完了,悄悄松了口气。

"你别高兴太早,病人到底有没有夏楠说的那么乐观,还需要时间来证明,我现在根本不确定你的针灸疗法是不是只是短期疗效。"

修羽点点头:"应该的。"

应该的?知非又生气了,说:"修羽队长,请你记住自己的身份,你是一名军人,不是医生,别以为懂点中医的皮毛就能给人治病。在军营里治个跌打损伤也就罢了,跑医院里非法行医,往小了说,你没这个资格,往大了说,你的这种行为已经违法了。"

修羽的脸色暗了一下,"没这个资格"这几个字有点伤到他了,他不想再争辩下去,准备收起针灸包离开。

知非坐在椅子上,睨着他,突然道:"上次那个病人也是你治的吧?"

修羽手上的动作停了一下,问:"哪次?"

知非说:"刚到这边的第二天晚上十点左右,在门诊部门口遇到的一名躺在地上喊腰疼的拾荒妇女……"

"噢"修羽想起来了,"那个病人啊,我记得,急性腰痛。"

"你对她做了什么?"

"给她按了按外劳宫缓解疼痛……"

第18章 ICU里的承诺

知非手指在桌面上敲了敲:"本来我还一直在犹豫要不要告诉你,当天,那名妇女在被你治了之后,就离开了,第二天一早,病人再次因为腰痛倒在了医院门诊处。你看这就是你前一个治疗案例,让我不得不怀疑,今天这位病人的病情也会出现反复。"

修羽听出问题来了,说:"我想你可能误会了,按外劳宫只能缓解疼痛,并不能达到根治的目的,我当时就跟她说得很清楚,这个方法治标不治本,需要后续在医院继续治疗。"

知非望着他,故意不说话。修羽知道她不相信自己,他也不想再解释了:"病人后来怎么样了?"

"我治的,早就出院了。"

修羽稍稍放了心,不与她争执。这个冷静到冷漠的女医生,浑身上下都有一种生人勿近的气场。他看了看窗外,天色渐渐暗了,不想再耽搁下去:"该说的我都说了,知医生,你还有别的问题吗?"

见她不说话,修羽又问了一遍:"如果没有的话,我可以走了吗?"

事情没说清楚就想走,知非猛地站起身,突然鬼使神差地扯了他一下,修羽避开了。她更怒,伸手又去扯他,用力过猛扯到了他手里的针灸包,几根针滑了出来,落在了桌面上,发出细微的声响。

顿时,办公室一股诡异的静。修羽有几秒没有说话,也没有动,目光看着桌面上那几枚银针,他在忍。知非的手插回到口袋里,看向别处,其实银针落地的时候,她就后悔了,天知道她刚才为什么那么冲动。

修羽吸了口气,一根根收起银针,放好,收起针灸包,盯着知非说:"你还想问什么?看到病人倒在眼前,脑子里想不到太多东西,一心只想着救人。我认为,中医也好,西医也罢,能以最简单的方法,让病人少受罪才最重要。"

"你的意思是西医不如中医?"

修羽顿了一下:"我没这么说。"

"你嘴上没这么说,可心里就这么想的。"

这么争下去就没意思了,修羽准备离开,谁知知非突然起身,快几步走门口,反锁住了门。非法行医,一句对不起,就想打这儿离开?

修羽想了想,回身倒了杯水,推到知非面前:"对不起……这样够了吗?"

"不够!"

修羽端起杯子,双手举着,送到她面前:"这样呢?"

知非被他弄烦了:"你别在我面前搞这些事,我是医生,严谨是我的工作态度。有一点我说在前头,如果病人因为你错诊误诊,出人命了,那是斟茶道歉就能解决的吗?我明确告诉你,我不接受任何形式的道歉,你也不需要向我道歉。"

修羽平时都是跟军营里汉子一起生活,很少跟女性接触,不擅长跟女人打交道,既搞不定她,又摸不清让她生气的点到底在哪里。又好像哪里都是她生气的点,他说什么都是错的。

他放下杯子,"那你说,我到底要怎么做你才不生气?"

知非心烦,目光看向窗外,深吸了一口气,反问:"你是不是觉得非法行医这件事不值一提?"

"我没这么觉得。"

知非觉得再跟他吵下去没意义,她想出去透透气。她站起身,

第18章 ICU里的承诺

打算出去，可修羽离得近，没有要避开的意思，她觉得烦闷，伸手就去推，结果他瞬间就避开了。

她心里的火顿时就蹿了起来。其实她非常清楚，他不是故意要避开自己，她推，他避，这是本能反应，可她就是生气。她生气一个没有行医资格的人，在未经允许的情况下，治疗她的病人，还这么不以为然，淡定自如。她当着修羽的面，拿出手机把电话打给了王铮，她就是要让修羽听她当面告状。

她一五一十地把事情讲完，问王铮："营长，你说这事怎么处理？"

王铮意料之中，直截了当地问："知非医生，你说怎么处分？我听你的意见。"

知非压根儿没想到王铮会把问题又抛了回来，愣了一下。

修羽轻轻咳嗽了一声，王铮听到了，知道知非开了免提，冲修羽道："修羽你搞什么鬼？是不是你把知医生惹生气了？"

修羽看了看知非，知非垂着眼眸。

修羽说："是！是我让知医生生气了，我的错。"

王铮直截了当地说："穆萨城是战乱区，知医生是你的同胞，也是你的战友，你的工作是保护医疗队的安全，修羽你马上跟知医生道歉……诚恳道歉。"

修羽朝知非鞠躬致歉："对不起知医生，都是我的错，我再次向你诚恳地道歉。"

知非无奈了，心想，王铮护犊子，护得也太明目张胆了，非法行医不闻不问，简单一句道歉了事，连在她面前批评教育几句都不舍得。想起当初，自己为了修羽跑去找王铮，现在再一想，真是多此一举。修羽看了知非一眼就知道了她心里的想法，补充道:"知医生,我向你保证,以后绝对不会再在医院里给病人治病,我一心一意做好本职工作你看行吗?"

知非没说话,脸色并不好看。这一唱一和,她连话都插不上。王铮见她不说话,也不再多说什么,话锋一转:"先不谈这个。我有个重要消息要通知你们。难民营械斗再次升级,一批在械斗中受了重伤的难民,马上送到你们医院。"

知非一惊,瞬间进入工作状态。

"修羽队长,医疗队的安全我就交给你了。知医生,先放下成见,其他事情,等以后再说。"

修羽:"是!我会全力配合知医生工作,一定不会让医疗队队员出现任何意外。"

这时,远处传来救护车呜呜的声音,有护士跑过来喊:"知医生,难民营的伤员要到了,院长让整个科室都过去帮忙。"

知非应了声,跑了出去。

修羽看着她的背影,稍稍松了口气,也跟了出去。

第19章　再起争执

天黑前，数十名伤员被送进了穆萨城中心医院，这些都是难民营的难民，是难民营的诊所无法处置的重伤人员，有刀伤、炸伤、骨折……伤员太多，诊室不够用了，把医院的过道都挤满了。

知非刚给一名伤员包扎完，就听门外又有救护车声响，维和士兵用担架抬进来了一名浑身是血的伤员。

一名医护在喊："知医生，病人失去意识，心跳停了，你快过来看看。"

知非快步过去，一边查看病人的瞳孔、颈动脉，一边听心跳，问："心电监护还有吗？"

"没有了，都被用上了。"

"你给伤员测血压。"

知非一边说，不慌不乱地伸出拳头，一拳击打伤员的胸口，然后进行人工按压，刚按压了几下，就听护士带着哭腔在喊："遭了遭了，病人血压测不到了，怎么办？"

知非不用看也知道这是一名实习医生，很淡定地说："测左臂。"

她一边说，一边按压，给伤员做心肺复苏，等伤员有了心跳之后，马上拿起听诊器，先检查外伤，再次观察眼底，快速给出诊断结果："病人外伤情况不算严重，消毒处理。我怀疑患者有可能患的是大动脉炎，立刻送去普外科。"

她处理完了一个病人，接着处理下一个病人，就这样挨个轮床走过去，一边检查一边给出医嘱："伤员失血休克，右腿大动脉受损，立即开放静脉通路，给平衡溶液，送去普外科。左腕关节脱位，腕骨外露，左手拇指、食指严重割伤，伤口较深，给双氧水、生理盐水、碘伏冲洗伤口，复位腕骨，准备微血管吻合，石膏固定。伤员肋骨骨折，气血胸，准备排气，我给他做胸腔闭式引流，给头孢预防感染，通知胸外科小龙，准备手术。"

而另一边，同样参与急救的夏楠，忙得满头大汗，恨不得有分身术，凭空再生出两只手来，好缓解她现在如同没头苍蝇般的忙乱。

她自打毕业就在妇产科工作，没在急诊待过。这里很乱，到处都是伤员，混杂着伤者的哭声、咒骂声、小孩的叫声、争吵声以及医护人员的吆喝声，脚步声和轮床的经过的声音。

谢晟浑身是血地跑过去，见夏楠正在给一名被炸伤的妇女清理伤口，可眼神却是呆的，催促了一声："夏医生，别发愣了，那边刚来了一名孕妇，被炸弹炸伤了小腿，摔倒的时候，遭到踩踏，情况很危险。"说完扭头冲进了急诊手术室。

夏楠立即接手过来，给孕妇做检查，检查瞳孔，听心跳，火急火燎地喊："接监护，给氧。"

这边还没处理完，就听那边护士在大喊："夏医生，刚才送过来一名怀孕五个月的孕妇，腹部出血，人已经昏迷，该怎么处理？"

夏楠简直无语了，吐槽道："这些孕妇怎么想的？怀孕期间参

第19章 再起争执

与械斗,不要命了吗?"

张潜手里举着血袋刚好经过,听了这话,说:"这你就不知道了,这些孕妇是专门给维和人员施压的,就是因为她们的出现和存在,让维和人员处处小心处处掣肘。"

"那不是拿自己做人肉盾牌嘛。"

"就是这个意思。"张潜说完就走。

夏楠问护士:"孕妇有没有开放性外伤……"

"有。小腿处被炸伤,流血。"

"处理伤口预防感染,给氧气。"

旁边的护士在喊:"夏医生,产妇测不到胎心了。"

"测不到你就多测几次嘛,这也需要问吗?"夏楠脑子嗡嗡作响,说话声音不知不觉就大了上去,几乎是在吼了,她话音还没落,忽听旁边"咣当"一声响,正在给伤员做清创的护士"哎哟"叫了一声,手里的盘子被打翻,满地的针、镊子和纱布……一名伤员从轮床上突然翻了下去,一边惨叫,一边满地打滚。

护士吓得大喊:"夏医生你快看看吧,病人这是怎么了?"

夏楠已经头晕花眼,听到护士喊她,本能地伸手去扶,岂料伤员抓过夏楠伸过来的手,狠狠就是一口。

"哎呀,疼!"夏楠大叫了一声,急忙想要撤手,可病人咬得紧,挣扎了几下挣不开,疼得她眼泪都流下来了。幸好旁边男医生赶紧过来帮忙,最后在大家的合力帮助下,夏楠的手才撤回来。她疼得跳脚,龇牙咧嘴地卷起白大褂的袖子,手臂一排清晰的牙印,往外冒血,赶忙做消毒处理,一边慌慌张张地后撤,一边冲护士喊:"快,快,拿湿毛巾给她咬住。"

这边还没处理好,那边又有人在喊:"夏医生,孕妇心跳骤停,你快过来看看吧。"

夏楠吸了口气,振作精神:"来了。"

她给病人做按压的时候,不远处又有人在喊:"夏医生,病人呕血不止……该送去哪个科?"

源源不断有伤员送过来,源源不断有人在问她,怎么办?怎么处理?送去哪个科?夏楠头大了一圈,忍无可忍地吼了一声:"你们别催了,我就一个脑袋,一双手,你们一个个来行不行啊?"

知非正在处理一名头部受伤的伤员,听到吼声,循着声音看过去,夏楠正在给一名孕妇做心脏复苏,满头的汗,浑身的血,一副要崩溃的样子。她赶紧加快包扎,包扎完了,嘱咐道:"这几天伤口不要碰到水,三天后过来换药,如果这几天又出现头晕、呕吐、视线模糊看不清东西,要及时来医院就诊。"

处理完了,她赶忙朝夏楠走过去:"夏楠,你还好吧?"

夏楠快速做着按压,等病人恢复了心跳,乘着这个间隙忍不住冲她吐槽道:"从傍晚到现在,一直在做清创,还有按压,流水线一样作业,我觉得我都快成机器了。我宁可扔几台大的手术给我,穿着纸尿裤上手术台也比待在这里急诊强,脑袋都被吵成浆糊了。"

在她抱怨的时候,知非已经开始冷静地处理伤员,并给出诊断结果:"吸氧、抗凝、输血,补液,马上送胸外科。按压,开放双静脉通道,给氧。"她一路检查过去,走到满地打滚脸色惨白的病人跟前,弯下腰刚要做检查,突然认出来病人是一个月前那名倒在门诊部门口的拾荒妇女,吃惊和讶异同时涌了出来,吃惊是因为意料之外,讶异是由于这个病人曾经在她治疗下出院,"是你……"

第19章 再起争执

拾荒妇女认出了知非，一把抓住她的手，用生硬的英语哀求："医生，救我救我……疼……疼……"

夏楠一脸紧张地冲过来，掰开那只抓住知非的手，顺手将知非拉开："她有病，你离她远点。"

知非："没病的话，她也不用来医院。她曾经是我的病人，她长期从事体力劳动，腰肌劳损严重。上一次，多亏了……"说到一半打住，想起下个还和修羽就这件事争吵过，现在打脸来得太快。

拾荒妇女挣扎着："上次那个医生在哪儿？救我……救我……"

夏楠一脸蒙："上次哪个医生？"问知非，"怎么还有别的医生给她治过吗？比你还厉害？"

知非皱皱眉，没说话，忽听"咚"的一声响，拾荒妇女头磕在地上，痛得晕了过去。知非一愣，冲旁边的护士说："去叫维和部队中队长修羽马上过来。"

"啊？"夏楠吃了一惊，"又是他给治的？"

门诊大厅。

修羽刚给一名伤员做完了简单的外伤处理，并将伤员脱臼的下巴复位，然后给下一个伤员做简单的伤口处理。

护士跑了过来，冲他喊了声："修队，知医生找您，让您立即过去一趟。"

修羽做完了简单的包扎，他也没问什么事，便说："好，我现在就过去。"

他一路小跑跟着护士朝急诊科而去。远远就听到了惨叫声，等他走到跟前一看，竟是一个月前门诊部门口遇到的那名急性腰

257

痛的女病人，知非刚刚还跟他提起过，不是说已经治疗好出院了，这么快复发了？

他想了一下，放慢脚步，走到知非身后，缓声道："患者可能因为受凉，导致急性腰痛复发。"

知非头也不回地问修羽："这个病人你记得吧？"

修羽："记得。"

"上次是你帮助病人缓解了疼痛，对吧？"

修羽点头："对，上次是按压穴位……"顿了一下，他知道知非不愿意听，也就没继续就中医的话题谈下去，而是说，"可那法子治标不治本，只能暂时缓解疼痛。"

正说着，忽听病人大声吼着："……救我，救我，快救我！"

修羽看病人已经疼得快不行了，想上去帮忙，可又想起下午知非对他非法行医的控诉，手伸出去又顿住了。

知非起身，并不看他："我还有几台手术，病人交给你了。"说完便走了。

她是一个有原则的人，可以接受他帮忙治疗，可让她亲眼看他非法行医，她还做不到，索性眼不见为净。

周围到处都是忙碌的身影，有的在清创消毒，有的在安置病人，有的在收拾楼道。

知非匆匆朝手术室走去，快走到手术室门口时，回头看了一眼。人群中，修羽屈膝蹲在患者的面前，正握着她的手，手指压在她手上的穴位处。他戴了口罩，浓眉下，目光坚毅而又温暖，她晃了神，发现拾荒妇女的惨叫声已经变成了低沉的哼哼声，心情有些许复杂。

谢晟带着助手急匆匆走来，离着老远就问知非："知医生，胸

第19章 再起争执

外科还有床位吗？能不能腾点给普外的病人？"

知非回过神，应承道："早没了，病房、ICU早就满了。"

"唉，医院太小，你想想办法，有些不严重的病人，提前让他们办理出院。你看我们普外，连走廊都满了。"

知非当然知道他的难处，连忙叫来小龙帮忙腾出一些床位。

知非连轴转地做了几台手术，做完了最后一台，腰酸背痛地从手术室里出来，习惯性地站在走廊尽头的窗口，揉了揉酸疼的颈椎，目光眺望窗外，看见满地星光。凌晨四点，夜已深。喧闹的医院已经恢复了宁静。空无一人的走廊里，只有白炽光折射着冰冷的光泽，空气里还弥漫着几个小时前留下来的，挥之不去的死亡气味，是血腥味、苦味和沉闷的气息。她皱了皱眉，将窗子全部推开。白天的闷热已经降下去，有风吹了进来，带着一丝凉意，混杂着树木的香气，叫人心情舒畅。她深吸了两口，伸了个懒腰，刚刚放松下来，就听肚子发出一阵咕咕的叫声，她自嘲地笑了笑。因为需要手术的伤员太多，为了保证在天亮前完成全部的手术任务，她已经十几个小时没有进水进食。

连轴转的手术，最考验人，不仅是脑力、手艺，还有体力。她今天一个人做了全院一半的手术，也不是不累，可她一站到手术台前，就什么都忘了，全身心地投入工作，感觉不到饥饿，也感觉不到疲惫，但是一旦停下来，便如此刻，又累又饿！

她调整了一下呼吸，朝护士站走去。夏楠和几名护士正坐在护士站里吃着泡面，她们讨论着病人的病情，听见脚步声，齐齐抬头。

看到是知非走了过来，夏楠欢快地打了个招呼，拿起一盒泡面放到她面前，顺手抓了一包饼干扔给她："特意留给你的，红烧牛肉味的方便面，还有奥利奥夹心饼干，今天多亏你了，不然我早就崩溃了。"

知非伸手接住，她着实饿坏了，拆开饼干的包装，猛塞了两块饼干进嘴里，坐下来，一边嚼着饼干，一边揉着太阳穴，嘴里拉长了声音，叫了一声："累！"

夏楠眉眼一挑："累？加个钟，姐们儿亲自给你按摩。"捏了她肩膀几下，拿胳膊撞她，"客官可还满意啊？"

知非闭着眼睛一下一下地揉着太阳穴，纠正："是心累！急诊的病房不够，走廊都加满了病床，连我的胸外科病房都叫张潜给借用了。现在有几个病房的病人合并在了一起，可千万别出什么乱子。"

夏楠不跟她开玩笑了："能出什么乱子？就你们胸外科的那些病人，一个个老弱病残。他也借了我们妇产科的病房，我跟他说了，有借有还，等回国了，要请我吃十顿海底捞。"

知非靠在椅子上，目光盯着手里的饼干，叹了口气："我想象不出来难民营的这次械斗到底有多少人参与？一下子送过来这么多的伤员，刀伤、踩踏伤、爆炸伤……简直触目惊心。"

"可不！"夏楠顺着她的话分析道："穆萨城是战乱区，而难民营相对来说是一个和平的环境，按理说，不该发生这么严重的流血事件，可就因为两个年轻人赌博，然后打了一架，最后引发了部落之间的仇恨，这是什么？这是小说里的情节啊。"夏楠说完又有些沮丧，说，"在这里时间越长，就越想念祖国。"

"今天的这些伤员，几乎80%都有基础疾病，基础疾病是一方面，还有一些HIV感染者和携带者。我反复交代我们的医护人员，医疗用具一定要小心，对待病人一定谨慎。"说到这个事，气氛顿

第19章 再起争执

时就紧张了，几个护士都是Z国人，对汉语一知半解，可她们听懂了HIV，目光齐齐看向了夏楠，落在了夏楠的手腕上。

夏楠正美滋滋地喝着泡面汤，突然手里的叉子就掉进了面碗，一时有点慌了阵脚："非非，我完了。"

旁边护士赶忙伸手安抚她，劝她不要紧张。

她怎能不紧张？被病人咬了之后，简单地对伤口做了消毒处理，就又继续投入急救工作了，结果一忙就把这茬儿给忘了，现在听知非这么一说，顿时欲哭无泪。

知非上下打量了她，没见到有什么异常，心不在焉地问："你怎么了？"

夏楠撸起了袖子，露出自己手臂上被咬出的牙印，讷讷地说："我叫一个病人给咬了。"

知非闻言心里咯噔了一下："什么时候的事？什么样的病人？对方有没有传染病？都弄清楚了吗？"

夏楠一个劲地摇头，一个劲地说着："完了……我完了……我肯定是中招了……我怎么办啊……我想回家……我想我妈……"

还是旁边的护士将事情的经过给知非说了一遍。等护士讲完了，夏楠开始语无伦次地补充："这事不怪我，我头一回去急诊帮忙，哪知道急诊的工作竟然这么琐碎这么忙。我也是忙晕了，突然听见她大喊大叫，还打翻了护士的盘子，护士喊我，我就赶紧过去。谁承想她一把抓着我的手腕就咬了下去，虽说是隔着一层白大褂，可到底是出血了啊。非非，我该怎么办啊？我会不会被传染了？"到最后她已经说不出完整的话，一个劲儿地自责。

知非听完，没说话，也没安慰她，拿起泡面，有条不紊地撕开封口，拆蔬菜包、拆酱料包，再拿起热水壶倒进开水，泡上了，盖好盖子，叉子从上而下，封住了口。然后，从白大褂的口袋里拿出手机，倒计时五分钟，她喜欢吃稍微烂点的面。

手机屏幕上显示，四点零八分。

护士站里一片安静。

知非的手指，停在手机屏幕上，微信群有两百多条信息，有五条短信，一个未接来电。

电话是陈健打来的，五条短信也都是陈健发来的，可她不想看，也没有回，关掉手机，不紧不慢地说："你得赶在24个小时之内，赶紧采取药物阻断，然后要连续用药28天。现在已经过去快十个小时了，你要尽快使用阻断药，晚了的话，就无法保证最大的阻断效果，不过我听说，阻断药的副作用非常大，会头痛、乏力、腹泻、脱发，甚至肝功能和肾功能也都会受到影响。"

夏楠更慌了，焦虑地说："可是传染科的人都已经下班了。"

知非问："现在知道害怕了？"

当然怕了！她下意识地看着手臂上的牙印，眼睛通红地说："我还这么年轻，没结婚恋爱，没生过孩子，我不想就这么走了。"

知非没说话，塞了两块饼干进嘴里，吃完了才说："行了，别怕了，你死不了，那个病人我给她做过检查，阴性。"

夏楠顿时扑了过去抓住她的手："真的？"

"真的。"

这个回答实在让夏楠想不到，一头扑倒在台面上，又哭又笑了半天。

五分钟到了，知非打开泡面盖，一边用叉子搅拌，一边问："泡面哪来的？"

"亲爱的祖国妈妈送的。"

第19章 再起争执

"好好说话。"

夏楠嘻嘻一笑:"维和部队派人送过来的,说今天送了那么多病人过来,怕我们忙得吃不上饭。"

两人正说着,修羽走了过来,叫了声:"知医生,夏医生……"

修羽站在护士站外面,还是穿着迷彩T恤,白炽光打在身上,肌肤是标准的小麦色。修羽协助护士帮伤员进行了简单处理,已经是深夜三点,吃完了饭,又去病房看了看急性腰痛的病人,想起了知非,过来看她。

知非扭头看了他一眼,继续吃面。

"等会儿还有手术要做?"

知非"嗯"了一声,一口面送进嘴里。

修羽说:"急性腰痛的女病人,疼痛已经缓解,目前病人的情绪很稳定。我就不打扰你们用餐了。"

263

第20章　木兰上阵

听着修羽的脚步声走远了，知非才下意识地抬起头，用手里的叉子狠狠搅了搅面。

"夏楠，难民营剖宫产子的产妇现在情况怎么样了？"

夏楠没精打采地说："一切指标正常，恢复得不错。"

"孩子的情况怎么样？"

"一切指标正常，孩子长得不错。"

突然，知非听到有人在叫她，扭头一看，瞧见木兰走了过来，喊了一声："木兰，过来吃饭，我给你把泡面泡上，你去把我下一台手术的资料拿过来。"

木兰一迭声地应着，赶紧跑回去将整理资料好，一路小跑着过来，将资料递给知非，知非把泡面推到她面前，又倒了杯水给她。

夏楠坐在一旁看着，沉默了好一阵，心里嘀咕：她对徒弟可比对她这个闺密好多了。

知非快速浏览着病人的资料。

木兰吃着吃着突然说："知医生，你对我真好。"

"什么？"

"我以前去别的医院实习，那边的医生根本不带我，让我去护理病人。我要抱着300多斤的胖子给他翻身,背着他去上厕所,他不高兴的时候,就折磨我,把床垫里的棉絮一点一点抠出来扔在地上,我整天不停地扫地,他不想吃药就把药扔到我脸上。他要喝水,我稍微慢了点,他就投诉我,害我离开了医院,这就是我的上一段实习经历。"

知非说:"我知道,所以你很想成为一名优秀的医生。"

"非常想。我小的时候遇到了一场瘟疫,附近很多人都被感染了,我父母兄弟都被传染,我也被传染了,我发着高烧,都烧糊涂了,一辆车停在了我家门口,从车上下来了一个中国的年轻医生,是他救了我。他把我从濒死边缘救了回来。从此我发誓,我以后一定要做一名像他那样的医生,就是……就是……"木兰汉语水平有限,一时找不到词,知非帮她说了:"就是有仁心,有仁术,有仁爱。"

"嗯嗯,就是这个意思。"

知非若有所思地笑笑。

"其实,我真的很想回学校读书,我想把所有未完成的科目全部读完。像我这样的人,能坐在教室里读书已经是一件特别幸运的事情了。你不知道,我病得很重的时候,就快要死了,那位医生哥哥跟我说,等我好了之后,他会资助我上学。后来我真的挺过来了,他就践行了自己的诺言,一直资助我到大学。"说完,她看着知非,知非没说话,点点头。这种氛围,叫木兰又放松又喜欢。

"真好。我知道你怎么想的,我跟你也有过同样的想法。我以前在国外读书的时候,被传染了严重甲型流感病毒,形成了细胞激素风暴……我能活下来,是靠一个医生的非常规治疗,睁开眼能看见第二天的太阳,是那段时间最大的心愿。"

"原来你也这么想过?"木兰既惊喜,同时又有些伤感,"真希望有一天,医学战胜所有的病毒。"

知非苦笑了一声,轻轻叹了一口气,突然有些伤感:"后来,我读了博士,我想做一个像他那样的医生,我把所有的时间都花在了临床上,我的手术量是别人的三倍。"

木兰一脸向往地看着知非,知非说的,就是她对自己的期望:"真好。"

知非问:"上过手术台吗?"

木兰点头:"以前读书的时候,教授带我上过手术台。"

"等会儿那台小手术,你跟着我,做我的二助怎么样?"

"真的吗?太谢谢你了,知医生",木兰惊喜不已,接着又显得很担忧和紧张,"那……我头一次做二助,要注意些什么?"

夏楠一直在听她们说话,这会儿插话进来:"二助就是拉钩和用吸管吸血,配合好就行了,手术之前好好翻翻图谱,上手术台的时候要注意无菌原则……"说到这个,夏楠想到上次在难民营的剖宫产手术,是在非无菌的情况下完成的,便打住不说了,换个话题问,"问你啊,缝过皮内针吗?看你就没有,没缝过的话叫你师父教你。"

木兰一脸期待地看向知非,知非安慰她:"别担心,我会陪着你。"

夏楠翻了白眼,心里纳闷,最近知非跟她聊的加起来都没这么多,不甘心地冲木兰问:"你还吃不吃了?面要坨了……"

"不吃了,我去看手术资料了。"

夏楠一把将她拉了回来:"不许不吃,不吃就浪费了。"

"我知道，我吃。"木兰埋头将一大筷子的面一下塞进嘴里。

夏楠嘴里"啧啧"了两声："不愧是亲师徒，吃饭的时候简直一模一样。"

知非白了一眼夏楠，夏楠不甘心地冲知非嘟囔："我有说错吗？你平时吃饭也是这样狼吞虎咽。"

知非没说话，木兰两三口吃完了碗里的面，一口气喝完了汤，抹了把嘴，就开始研究病人的资料。

夏楠抱怨："我最近有一种被打入了冷宫的感觉。我还是不是你闺密了？"

"你说呢？"

"怎么着我也比别人跟你的交情好吧，面子都不给我……"

知非淡淡地说道："赶紧回去吧。"

"啊？"

知非一字一顿地说："你再不回去睡觉的话，天就亮了。"

"知道了。"夏楠起身往外走，一边走一边说，"你手术做完了就赶紧回宿舍睡觉，别又在办公室里凑合。"

知非打断："别磨磨蹭蹭的。"

"走了，拜拜喽。"夏楠冲她打了飞吻，伸着懒腰，走出了护士站。

木兰一边看资料，一边问知非手术上的问题，知非知无不言。

凌晨4点半，知非带着小龙和木兰还有另外几名医生，一起看片子。

忙了一晚上，人已经非常疲惫了，但知非还是抓住一切带教的机会，一边看片子一边提问："小龙，说说病人的基本情况。"

"病人艾丽莎，50岁，难民营4号营地难民，一周前，病人中

267

刀，诊断为心肌斜行刺伤，由于心脏伤口较小，在难民营诊所治疗后，出血停止后离开。今天凌晨3点，因再度出血，紧急送进穆萨城中心教学医院，诊断因血块脱落再度出血，引起延迟性心包压塞症。难民营的医生已经给病人做了紧急心包穿刺，排血排压，缓解填塞，并且在输液输血后送到我们医院。"

知非："……病人病史？"

木兰抢着回答："病人在四年前被诊断出患有高血压，当时有领过免费的降压药，但是并没有坚持服用，情况不太乐观。半年前的免费检测中，诊断出病人患有糖尿病，目前，血糖控制较为良好……"她看了知非一眼，接着说，"病人生命体征，体温37.1℃，血压高压120，低压80，引流量260，血氧饱和度92%。"

知非并没有看她，满意地点点头，冲众人说："我再强调一遍，上手术台前，病人的基本情况、病史、生命体征，这三点一定要了解清楚，这是最基本的要求，做我的实习生就必须养成这个习惯，其余没有这个习惯的医生，也都要培养成这个习惯。"

周围的人全都点头。

知非带着木兰走进了手术室。

这是该医院最好的手术室，是中国医疗队援助的，所有设备齐全，刚刚投入使用。头一次进手术室的木兰，有些紧张又有一些激动，对一切都感到新奇。知非说："头发不许外露，口罩必须遮住口鼻。"她一边说一边示范，认认真真地戴好口罩和帽子，换上鞋子。

那边，木兰已经准备完成，激动难耐推门就要进去，幸亏知非拦得快，一把将她拉住，说："别进。"她指了指墙上的字，念道，"胸外科的手术室务必遵守无菌原则。我们不能从这道门直接进手术室，这样违反手术室无菌原则，我们要刷完手之后，才能进入手术室。确保无菌，对病人负责。"

木兰懂了，连忙道歉。知非带着她进入洗手间，顾名思义，洗手间就是手术前医护人员专门刷手的地方。她一边走一边讲解："所有进入洗手间的医生，必须是穿着短袖清洁衣，露出胳膊，这样方便清洁手臂位置，刷手是手术前非常重要的流程，首先要用肥皂打手二遍，洗三遍。"她依旧一边说一边示范。木兰学着她的样子认认真真地洗手。

知非取完了消毒液，见木兰取的消毒液少了，知道她是节约，但是在这件事上不能节约。

"木兰，节约是件好事，但是给病人手术前的消毒一点都不能马虎，至少要取大约5毫升。"知非说完了，接着示范，"消毒液在手中搓揉，至肘部，等到药液自行挥发至干燥，达到消毒目的……胸外科手术前的每一个流程，都要做好，不能马虎。"

知非将下巴一抬，示意木兰看墙上的手术流程表：洗手七步法。

流程表是胸外科成立之后，知非制定的。

知非："手术室内，患者需要开刀手术，自身的无菌屏障遭到了破坏，非常容易感染，所以手术前的刷手一定要保证4到6分钟，保证刷手的质量，保证手术室的无菌环境，才能有效预防术后感染的发生。"

"那……有哪些手术是不需要刷手的呢？"

"这就要看手术的大小，看该手术是不是有无菌需求，像一些小手术不需要刷手，戴无菌手套就可以，比如外伤手术，但是像大的手术，尤其是进腹腔、胸腔，手术时间长，要严格无菌，正规刷手。"

"那您给难民营产妇做剖腹产手术的时候,没有刷手的条件怎么办?"

知非迈步往手术室里走:"特殊情况除外。"

木兰跟着往里走,整个人异常兴奋,"咳——"突然嗓子发痒,咳嗽了一声,习惯地想要摸嘴。

"别动!刚刷完手不要触摸别的地方,以免造成污染,两只手臂保持拱手姿势,不要下垂。像我这样。"

木兰下意识地照知非的示范,拱着手。

知非淡问:"想不想成为一名胸外医生?"

"想。"

知非下巴一抬,示意她进去。

进了手术室,有护士拿着手术衣过来帮她们穿上,戴好手套,边上的人在打招呼:"知医生……"

知非略一点头,算是回应。

小龙已经准备好,站在手术台边。

木兰挨着知非紧张地站着,专门负责递手术器械的护士,看她站了自己的位置,提醒了一句:"让一下。"

木兰没动,有点不知所措。

护士说:"你站了我的位置。"

木兰赶忙让开了,一时间不知道自己该站在哪个地方。

知非看了她一眼,指了指另一侧的位置说:"你站到这边。"

周围人齐刷刷看着木兰,木兰更紧张了。

身后,两名护士在小声嘀咕:"这台手术不会真是她做二助吧?"

"刚来没多久,就上了二助的位置,别搞砸了,连累我们陪她练手。"

木兰原本心里就没底气，一听这话，更忐忑了。

知非闻言，看了两人一眼，对所有人说："这台手术的二助是木兰，我相信她有这个能力，大家好好配合。"

刚才窃窃私语的两名小护士，不吭声了。

小龙朝木兰做了个鼓励的手势。

木兰同样做了个鼓励的手势，不过那是给自己的。

她稍稍挺直了腰，平心静气地在脑子里过了一遍病人病情的梳理，目光看向病人，她忽然发现，从这个角度看病人，手术野非常清晰，比以前任何一次看到的都要清晰，因为这次她是二助。

病人已经备皮完毕，麻醉师给了药。

知非说："手术的目的是清除心血包内的积血恢复心脏的正常功能，并且修复心脏破损处。木兰，准备手术。"

木兰一听手术开始，又紧张了，额头冒出一层汗，一紧张就想伸手擦汗，手放到了额头又想起来无菌原则，更慌了。

护士赶忙又拿了手套重新给她戴上，小声埋怨："想什么呢？手套戴上之后不能污染，这是基本常识也不知道。"

木兰垂着头小声道歉，道歉完，又朝知非道歉。

知非看她一遍又一遍地道歉，有点不忍心："你头一回做二助，紧张是正常的，好好协助我完成手术，下一次就不紧张了。"看她整个人都绷直了，又鼓励说，"先别想着自己是头一回做二助，想想以后自己要做主刀医生，来，深呼吸，放松。"

木兰按照知非说的，做了个深呼吸。

手术灯亮了。

知非开始给病人手术，切完皮之后开始分离组织，血开始涌了出来。木兰的工作是拉钩和用吸引器吸血,她看着血不断涌出来,手一下子抖得厉害。

知非抬眸望了她一眼,小声提醒:"手别抖!"木兰的汗又下来了,这回她牢记了无菌原则。

知非叫护士:"给她擦汗。"

护士过来给她擦汗。

知非问:"还行吗?"

"没问题。"

手术继续,知非结扎血管,一边继续分离组织,一边给大家讲解手术中的要点和注意事项。木兰继续做拉钩和吸血的工作,她的手臂已经麻木了,整个人机械地拉着钩。

知非不断在引导她:"用点力……稍微放松点……用吸引器……清扫淋巴结……"纤长的手指灵活地在心脏上找到出血位置。

"积血已经清除,我现在要给心脏做修补……"

转眼,时间已经过去了四个小时,手术终于到了最后的缝合。

木兰已经头晕眼花,手臂累得麻木了。

知非提醒她:"剪线头。"

木兰差点没反应过来,一个激灵,吓出一身的汗,赶忙又道歉:"对不起……对不起……"

知非没听见似的问:"会打结吗?"

"啊?"

"我问你会打结吗?"知非重复了一遍。

"会,以前给动物做手术的时候练过……"

"试试这个。"

"我?"

第20章 木兰上阵

知非点头。

木兰头一回给人做打结,很紧张。不过知非对她打的结比较满意,看出来确实没少练,又问:"皮内缝合会吗?"

"不会。"木兰实话实说。

"没缝过没关系,我教你。手术的缝合主要可以分为皮内缝合和皮外缝合,皮内缝合是将线缝合在皮肤内,皮外缝合就是一针针的都是缝合在皮外,皮内缝合一般是很小的疤痕或者可以不见明显疤痕的,而皮外缝合基本会有明显的疤痕。两种缝合的方法对恢复影响不大,但是对手术者的要求增加了。"知非介绍完,对木兰说,"我怎么缝,你就怎么做,我留十针给你,给你三分钟的时间。"

木兰计算了一下时间,觉得自己肯定完不成,有点沮丧。

知非知道她担心什么,说:"缝不完的话,我来。"

木兰大大松了口气,拿起针小心翼翼地缝皮,知非在一旁指点着。

缝皮的工作看似简单却一点不简单,不过木兰很快就适应了,她觉得就跟自己在私下用橡胶手套练习缝皮的感觉是一样的。

十针,一针一线地缝完了,直起腰时才发现周围人都在看她,离她最近的知非,嘴角微微弯了弯。

是微笑。

木兰不免有点得意,兴高采烈地跟知非汇报:"知医生,我在三分钟内完成缝皮任务了。"

知非没说话。

小龙轻轻咳嗽了一下,小声提醒道:"自己看看时间,一共十针,你用了十一分钟。我们为了让你安心缝皮,所以才没有打

273

扰你。"

木兰的脸唰的一下红了。

知非说:"今天做得不错,回去还要多练习。"说完轻轻鼓了一下掌。

周围人也都鼓掌。

洗手的时候,木兰小声问知非:"知医生,你真的觉得我今天的表现还不错啊?"

知非点头,说:"跟你讲个故事,以前有个实习生,头一回进手术室,那次是给一名产妇做剖腹产手术,刚一开腹,那名实习生就晕了过去。"

木兰没心没肺地笑:"那是晕血了?"

"不是晕血,是吓的。"

"后来呢?"

"后来啊,她成了一名非常优秀的医生。"

木兰双眼放光:"真的?"

"真的。"

"那我以后能像她那样吗?"

知非想想,说:"你不能像她那样,因为她是一名妇产科医生,而你可以成为一名优秀的胸外科医生。"

木兰开心坏了,原地蹦了起来。

知非洗完了手,擦手的时候说:"其实,那个人你认识。"

木兰明白了过来,低声:"是……夏医生啊!"

知非轻轻点头,笑了笑。

木兰也压着声音,吃吃地笑。

知非从手术室里出来,外头天已经大亮。

第21章　暂时的告别

上午九点的阳光，格外刺目，知非眯着眼，隔了几秒钟才适应过来。忙了一个通宵，很累，随便吃了几块饼干，洗漱完毕，回到宿舍倒头就睡。这一觉就睡到下午五点，起床洗头洗脸，去餐厅吃饭，晚餐倒是很丰富，有蔬菜、水果和牛肉。知非吃着很合胃口，问夏楠是不是换了厨师。

夏楠一边大快朵颐一边说："厨师倒没换，就是做法换了，怎么样，味道不错吧？牛肉口感爽滑，丝丝弹牙有没有？"夏楠左右看了看，头凑到知非跟前，故意把说话声音压得很低，"维和营地的司务长来了，亲自送牛肉和蔬菜过来，还教了医院后厨的厨师有关牛肉的中式做法。"

知非被她瞪得浑身不自在，挪了一下身子。

夏楠就纳闷了："你就不问问为什么送牛肉和蔬菜过来啊？"

"不问！"

"问一下嘛。"

知非用筷子敲敲碗："吃饭。"

夏楠悻悻地说："我这话都到了嘴边了……"

"咽回去。"

"你……"

"吃饭。"

夏楠郁闷地端起碗,扒了两大口饭进嘴里,她拿知非没办法,只好闷在心里了。

知非吃完了饭,出了餐厅。才迈出餐厅大门,忽听有人叫她,回头一看是司务长。司务长三十七八岁,长得有点胖,双下巴,笑起来脸上有一对酒窝。

"知医生你好啊。"

知非跟他见过,微微点头,算是打了个招呼。

"知医生,是这么回事,营长让我特意带两袋牛肉干给你。这是他的家乡特产,特别有嚼劲,携带方便,有丰富的营养。你们医院吃的东西少,这个东西尤其适合夜班手术结束拿来垫垫肚子。"司务长一边说,一边将手里的两只手提袋往知非手里塞。

知非不接,弄得司务长有点急:"知医生,你咋这么见外呢?"

"营长的心意我领了,但是东西我不能收。"知非说完便走。

司务长赶忙追上去:"知医生,你瞧,这是营长交给我的任务,我要是再给带回去,这不好交代啊,你就收下吧。"

"如果是送医疗队,我收,送我个人我不收。"

"这不都一样嘛。"

知非不说话,样子过于严肃,司务长有点尴尬,硬着头皮说:"拿着吧,拿着成不?"

"不收私人礼物是我的原则。"

司务长平时在军营里跟女性接触得不多,又听说过她高冷,一下没了办法,只好告别转身走了。司务长一走,知非放慢了脚步,跟脑后勺长了眼睛一样,说了声:"别偷看了,出来吧。"

夏楠背着手,打后面转了出来,快走了几步,一把搂住了知非的肩膀:"两大包风干牛肉,你就这么给退回去了?来听听我的心跳声。"她按着知非的头贴近自己的心口位置,"请问,你有没有听到心在滴血的声音。"

"营长替某人说和来了,目的是让某人继续留在医疗队执行保护医疗队的任务。这风干牛肉的代价太昂贵了,我能收吗?"

"怎么不能收,可那是两大包的牛肉干。"

"别光惦记吃,我问你,你见过这么护短的吗?他非法行医,到头来一句批评都没有,还要让我同意他留在医疗队。"

"你就高抬贵手一下呗。"

"不成。"

"为什么?"

"因为我老觉得他这人哪儿不对劲。"知非想了一下,说,"他表面上是在医疗队执行任务,可眼睛总像是盯着病人,好几次偷偷给病人治疗,就好像故意不想让我们知道似的。"

夏楠想了想,好像的确是这样,但她不在乎,她很痛快地表明自己的态度:"反正我不想让他走,我想让他继续留下来……"

知非也很干脆:"不行。"

夏楠不满地嗫嚅道:"你昨天还不是叫他给腰痛的病人治疗了,我还以为你都想通了。说真的,他治得不错,你就不能通融通融……"

知非打断:"我绝不同意他留下来,非法行医的头不能开。"

夏楠不满地望着她。

知非沉默着,目送着司务长的车开出了医院的大门,越来越远,驶出了视线,才转过头,看着夏楠,说:"我们都是从医的,也都见过被非法行医害得家破人亡的病人,你说我要怎么通融?"

我刚到医院那年,有个叫小树的9岁小女孩,你还记得吧?"

"你是说马尔尼菲篮状菌感染者小树?"

知非点头:"一开始的时候,她只是得了肠炎,父母听信了街头巷子里的'神医'鬼话,什么生吞野生小青蛙,什么活吃穿山甲、活吃竹鼠,给孩子吃了一些奇奇怪怪的食物。小树到我们院的时候,病情已经非常严重了,肺、皮肤、骨头都已经溃烂了,左右两边的肺几乎被掏空,从CT上看肺里布满了一个个的小结节……我们院每半年一次的内科大查房,这次的机会给了小树,全院顶级专家会诊,当她……柳主任把这张CT拿出来的时候,全场沉默……最后专家组,只给出了一个模糊的治疗方案。"

夏楠当然记得:"那个病例起先是按照肺结核来治疗。"

知非点头,停了两秒,目光望着远处,道:"那段时间,她……她每天都是愁眉苦脸,夏楠你知道的,她那个人,从来不那样。"

夏楠没想到她会主动提到自己的母亲,愣了一秒,说:"阿姨从来都是乐观的。"

知非没说话,提到母亲,总有一种说不出的复杂情绪。

一只蓝耳丽椋鸟飞了过来,她伸出手,鸟儿飞到她掌心,停了一下又飞走了,她出神,忽然想起了一个人。

夏楠:"其实,我一直想问你,后来到底谁找的宋教授?"

"是她。"知非顿了一下,说,"她虽然不喜欢宋教授,可她相信他的能力,相信他团队的实力。"

"阿姨在这方面一直很公正客观。还有你的那个宋大教授,确实很厉害,顶级病毒专家,领军人、大佬,每年找到上百种的病菌,每年在SCI上发表论文,著作等身,我等医学渣渣,无法望其项背。"说起宋图南,夏楠发自肺腑一顿猛夸。

"马尔尼菲篮状菌,核巨噬双性菌,它有个美丽的名字,叫'人体玫瑰',显微镜看它就像一朵朵鲜艳的花朵。"

夏楠瞬间打了个寒战,这个有着美丽名字的病菌,不仅仅会吃掉人的骨头、皮肤、内脏,最后甚至会在大脑里发生霉变,侵犯人体多个系统,想想确实可怕。

"宋教授找到了病菌的源头,是小树活吃的那些野生动物身上带来的,可找出来的时候已经太晚了……"知非目光看向远空。落日沉沉西下,天边是大片的火烧云。

"小树走的那天,也是这样一个黄昏……她已经昏迷几天了,忽然醒了过来,示意我摘掉氧气面罩,说想看夕阳……我记得那天的夕阳,就跟现在一模一样……"说到这里,知非的眼圈红了,她深吸了口气,"从那时候起,我就恨死了那些非法行医的骗子,尤其是打着'神医'名号的诈骗犯,简直就是刽子手。对,我知道修队不是那样的人,我不该把对那些骗子的恨,转移到他身上,可你知道我在意的是什么吗?"

夏楠摇摇头。

"你还记得我们来Z国的目的是什么?"

夏楠说:"治病救人。"

知非总结:"他没有医师资格证书,不值得信任。"

夏楠明白了,修羽必须要离开医疗队了。

回到办公室,知非给陈明宇打了个电话,把给夏楠说的话,同样说了给总队长陈明宇听。

陈明宇沉默了一会儿,说:"既然你坚决反对他继续留在医院执行保护医疗队的安全工作,那我就跟营地那边商量一下,叫他们派别的人过来。"

知非还是拒绝,说现在医院很安全,不需要人过来保护,义诊的时候再麻烦维和部队保护,这样也不耽误维和任务。陈明宇听她说的也有道理,便也不再坚持了。知非挂了电话,放空了几分钟,便起身去了病房。医院是个忙碌的地方,病人一茬接一茬地来,修羽的事转眼就被她抛在了脑后。

快下班的时候,又来了一个情况紧急的病人,是从难民营诊所转移过来的,一名四十来岁的男性,肾脏附近扎着一把刀。片子出来之后,知非的眉头突然皱了起来,指着片子叫小龙说说看。

小龙看了一会儿,说:"左肾刀伤导致肾脏破裂,导致出血和感染,严重时可能会致命,所以我们是不是要做切除处理?但是现在来看,更严重的是这里有一个不规则的阴影区。"

木兰脱口而出:"是肿瘤?"

知非点头:"我高度怀疑肾脏上的肿瘤只需要从肾脏表面剥离即可,这种类型的肿瘤80%都是恶性的,但是属于非侵袭性,不太致命,治愈率还是比较高的。你看,病人的左肾虽然破裂,但还不算特别严重,所以我们对左肾进行修补清创缝合,然后再做肿瘤剥除。修补和清创大概要四个小时,之后切除肿瘤手术,交给你,可以吗?"

"可以。"小龙又惊又喜,举起拳头做了个加油的姿势。

知非进了手术室照例问完了病史、身体体征等情况之后,有护士过来给他们穿手术袍,系后背带子的时候,问木兰:"这台手术起码要八个小时以上,你行吗?"

"完全没问题。"木兰扑闪着大眼睛,一副浑身似乎有用不完的力气的样子,还不忘自夸,"我可是木兰啊,谁说女子不如男。"

接着一脸崇拜地对知非说,"知医生,你昨天的那台手术做得太完美了,我回去之后好长时间都睡不着,脑子里在反复出现你手术时候的画面,我要是能有您这样的本事,那该多好啊。"

知非没说话,淡淡地笑了笑。她就是喜欢木兰这个天不怕地不怕的劲儿,像极了做实习生时候的自己。

"想要成为一名优秀的胸外科医生,没有任何捷径可以走,靠的是手术还是手术。等你积攒了丰富的临床经验之后,你自然就成为了一名优秀的外科医生。中国有句古话说得好,'书山有路勤为径,学海无涯苦作舟'。"

木兰的汉语水平还不够,听着吃力,她听不懂这句话是什么意思,只是一个劲儿地点头。

"准备手术吧。"知非说,"集中精神。"

手术台上病人已经进入了麻醉状态,知非手里握着手术刀,开始切皮……作为二助的木兰,明显比前一次手术时手要稳了很多,也没有出现前一台手术中手忙脚乱的情形,知非对她还是相对比较满意的。整台肾脏修补手术,一共用了四个小时,手术完成之后,接下来再由小龙完成肿瘤剥离。

手术室里气氛很紧张,一个说话的人都没有。新人主刀,众人都捏着一把汗。

不过知非倒不紧张,这段时间,小龙一直是她的一助,她对他还是很满意的,再加上小龙一直协助谢晟手术,以及之前积累的经验,所以知非对他能否顺利完成这台手术,并不担心。

无影灯下,手术野是打开的肾脏。小龙在分离血管,可这个位置做血管分离难度确实很大,他有些紧张,呼吸十分紧促,口罩一张一合地贴在脸上。木兰比他还紧张,几个小时拉钩、吸血,胳膊都酸了,但是她精神依旧高度集中,丝毫不显疲惫。知非吩咐护士给小龙擦汗,趁这个时间,交代道:"小龙,这个地方千万要小心,手要稳,不要刺到病人的胸膜。大家记住了,胸膜内是负压,一旦刺破了胸膜还没有及时修补的话,就会造成肺脏的萎缩……"

她刚说到这儿,就见小龙手里的刀稍微往上了一点,病人的胸膜被碰破了,缺口随着呼吸一开一合,发出"呼哧呼哧"的声响。

小龙吓呆了,周围人也都愣住了,紧张地看着那个缺口。

知非倒不紧张:"没关系小龙,你前面做得很好了,现在你要做的就是马上把这个缺口补上。"

小龙还在愣怔。

知非催促道:"还愣着干什么?赶快啊。"

小龙醒过神来,手忙脚乱地去缝缺口,知非神色镇定地指挥他如何应对:"胸腔内没有进入液体,肺部也没有受到损伤,木兰从纵隔引流管做引流。"

最后,花了将近一个小时的时间,终于把缺口缝好。小龙继续手术,肾脏被顺利分离了出来,他伸手接过护士递过来的镊子,将一块肿瘤组织给夹了出来,丢进弯盘:"送冰冻病理。"

几乎同时,监视器上血压急降。麻醉师叫护士给药。

手术野处,鲜血不停在涌出来,主刀的小龙明显有些慌,握着止血钳的手有些抖。知非镇定地叫护士:"准备四号线。"一边指挥同样慌乱的木兰说,"别紧张,操作吸引器配合小龙。"

两人同时操作,血流的速度渐渐减慢了下来,小龙这才松了口气,指挥木兰:"再清理一遍。"

第21章 暂时的告别

五个多小时的肿瘤剥离,终于做完了,虽然过程很紧张,但值得庆幸的是肿瘤是良性的。

病人被推出手术室的时候,木兰手抖腿抖,站都站不稳,一个劲儿地说:"腿麻了,腿麻了……"

小龙低着头,不敢看知非,道歉道:"对不起,知医生……我失误了,我也不知道为什么,突然手就抖了一下……"

知非脱了手术服,摘了手套,一边洗手一边说:"失误对于新手主刀医生来说是正常的,没有失误就没有经验积累。但是你要记住,手术台上不容许有那么多的失误,拿今天的病人来说,如果修复不及时造成心脏肺脏萎缩,那就不是失误而是手术事故。你还得多练。"

小龙愧疚地说:"对不起……"

知非洗好了手,认真地擦着手指:"你不用一直道歉,对一个头一次主刀的医生来说,今天的手术总体是成功的。"擦干净了手,知非抬起头,温柔地看着他,"外科医生的手一定要稳,要有力量,握力起码达到三十公斤,速度一定要快,要灵活,手感要好。手感很重要,外科医生的手是第二只眼睛,触摸精细物感觉还要准确,判断要准确,记住了吗?"

"记得了,我回去多练习。"

木兰也跟着一个劲儿地点头。

洗完了手,这台手术算是真正完成了,知非突然有一种莫名的失落,她也不知道为什么会这样,但好像每次下手术台都有这种感觉。

又是一个清晨,窗外天高云淡阳光灿烂。

知非在办公室里坐了一会儿,通宵工作,整个人异常疲惫,她用电水壶接了水，烧开之后倒进杯子里，喝了一口。来这里一个多月，已经渐渐适应了水里的苦味。她走到窗边，推开窗户，吸了一口新鲜空气，然后闭上眼睛，做了深呼吸，就在这时身后传来一声吼："原来你在这儿呢，总算叫我找着了。"

声音有点冲，听着耳熟。转头看，只见杜峰已经冲了进来，劈头盖脸地吼道："你这人怎么这样？我们队长哪里得罪你了，你要把状告到营长那里？"

知非皱皱眉，关好了窗户，慢悠悠地转过身，扫了他一眼，看样子应该是刚执行完巡逻任务，全身的戎装还没换下，显得风尘仆仆。

杜峰的手往桌子上一拍，"咚"的一声，震得桌子的笔都弹了起来："问你话呢？你别以为不说话这事就能过去！"

知非抿着嘴，不说话。门外一阵脚步声响，江琦冲了进来。同样是一身的戎装，风尘仆仆，进门先瞪了杜峰一眼，然后拦在两人中间，满脸赔笑地冲知非道歉："知医生，对不住啊，他爱开玩笑，你不用搭理他。"

杜峰半点不给面子："我就是找她算账来的，她背后打队长的小报告，这种人必须让她知道知道……"

江琦捂着他的嘴就往外拖："杜峰，少说两句会死啊？"

"会憋死！"杜峰摆脱控制，"你放开我，今天不把话说清楚我就不走，这女的做事太不地道，简直……"

江琦赶紧又把他的嘴给捂住了，冲知非说："打扰了。"然后强行将他拖出了办公室，脚一勾带上了办公桌的门。

知非对杜峰的反应也不奇怪，她走到办公桌前，将笔放好，准备回去休息。这时门又被推开了。

第21章 暂时的告别

她皱皱眉,以为杜峰又回来了,头也不抬地说:"还想骂我什么只管骂吧,我听着就是……"一边说话一边抬头,豁然看到了修羽站在门口,他也是一身戎装打扮,眼睛如一条直线落在自己身上。

她一愣,同样目光笔直地回看着他。

两人都没说话,大约沉默了五秒钟,杜峰又冲了进来,一通窝火地大吼:"队长,你来得正好。"用手一指知非,"你,当着我们队长的面说说,到底他哪里得罪你了?"

知非一夜没有休息,脑子被他吵得生疼,口气很差地说:"你说他哪里得罪我了?"

杜峰气冲冲地捏着拳头,咬着牙,想到跟女的动手不好,忍了忍,作了让步,"算了,好男不跟女斗,你给我们队长道歉,这事就算完了。"

知非手插在兜里,看着他:"道什么歉?"

杜峰提高了声音:"你说道什么歉?"

知非保持这一贯的语气:"你这是在胡搅蛮缠,我对你已经很有耐心了。"

跑进来的江琦,又拦在了二人中间打着圆场:"别吵了杜峰,能不能收敛收敛你的臭脾气?"

杜峰来劲了:"我臭脾气?你看看她的样儿。"

"够了!"修羽终于忍不住了,极冷地吼了一声,声音很低却极有力量,修羽往前了一步,对知非说,"知医生,这几天打扰你了。"

知非没说话,看着他。

"过来找你,没别的意思,就是跟你道个别。"

知非还是不说话。

"再见！知医生。"他说完转身就走，冲身后还在发愣的江琦和杜峰下命令："走！"

江琦赶紧跟上，杜峰不服气地瞪了她一眼，跑出了办公室。杜峰一肚子火地追上了修羽，气呼呼地说道："队长，平时看她不错，没想到居然是这种人。"

江琦："人家是哪种人？"

"背后打小报告的那种人，我最瞧不起的就是这种人。你瞧她那样儿，蛮不讲理，我看着就不爽……江琦，我说你跟谁一头的？你怎么老是帮她说话？你这个人就这点不好，看到长得漂亮的就没原则。"

"我怎么没原则？"

"你就是没原则，你瞧你刚刚的样儿，嘴都咧到耳朵根子了……"

"嘿，杜峰，我还没说你呢，你怎么疯起来连自己人都打啊，你看我这儿都是你的巴掌印。"

"谁让你拦着我？活该！"

"我不拦着你，难道你就能对一个女同志动手啊？再说了，你又不是第一天认识她，她一直不都是这样的嘛。"

修羽走出了医院之后，脚步突然放慢了下来。

江琦追上来："修队，没事吧？东西都给你收拾好放车里了。"

"没事，走吧。"

杜峰梗着脖子走在最后，突然停住脚步："咱们就这么走了？不行，我得回去给跟她掰扯清楚，凭什么说我们队长非法行医……"说完就往回走。

第21章　暂时的告别

修羽喝了声:"站住。"

杜峰停住脚步,愤愤地说:"队长,我就是为你感到不值,你来这里是保护医疗队安全的,她不感谢也就罢了,居然还在背后打你小报告,她凭什么说你没有行医资格……"

修羽:"我用不着你替我觉得不值。"

杜峰:"队长……"

修羽:"没必要,走吧。"

杜峰:"你觉得没必要,可我觉得有必要。"

他话里有气,硬要回去。

江琦赶忙上去拦住他:"杜峰,算了算了,你看队长都没计较,你就别添乱了。"

杜峰扯着嗓子:"什么叫我添乱?队长不计较,那是他度量大,我计较,那是因为她污蔑了我最尊敬的人。"

修羽跟杜峰是七八年的战友,他一手带出来的兵,当然知道杜峰跟自己的感情深,他吸了一口气,低声道:"好了,别吵了,多大的人了还跟个孩子似的,非要争个是非对错出来啊?"

杜峰不服气:"我是跟她讲道理。"

"我知道你是替我打抱不平,可你这冲动的毛病能不能改改?你都二十七了,遇事能不能沉稳一点?现在是在军营里,生活环境很单纯,以后到了社会上,这种事多了去了,回回都要用拳头解决啊?该忍的时候要忍得住,哪能遇到一点事情就凭着脑子一热冲上去!你就不能沉稳一点?"

杜峰:"我不管,反正我现在不想什么忍不忍,沉稳不沉稳的。"

修羽拿这头犟牛实在没办法,只好硬了口气:"杜峰,我叫你别冲动,听见没有?"突然声音转厉,"你给我立正。"

杜峰心有不甘,不过还是一个标准立正,绷直了自己。

修羽转身朝停在医院门口的越野车走,下命令:"回营地,跑步上车。"

杜峰心有不甘,但没再多说半句,和江琦一前一后,两人成队,小跑着上了越野车。

修羽走在后面,走得很慢,等到杜峰和江琦上车之后,停下了脚步,回身若有所思地看着知非办公室的方向。

越野车里,杜峰坐在驾驶座上闷闷不乐。

后座的江琦趴在杜峰座椅的靠背上,手托着下巴看着修羽,拿胳膊肘撞了一下发呆的杜峰,说:"你看见没有,队长好像有点不大对劲啊?"

杜峰闷闷地说:"哪儿不对劲了?"

江琦下巴一抬:"你看啊,他在看什么呢?"

杜峰朝车窗外看了看,很直白地说:"我怎么知道他在看什么?你有话直说别兜圈子,我又不是你肚子的蛔虫,猜不出来你想说什么。"

江琦提醒:"你傻啊,他眼睛的方向,是女医生的办公室……"

杜峰不以为然:"办公室有什么好看。"说完,突然来了精神,转过头对江琦说,"我明白了,队长虽然劝我,可他心里肯定不舒服,所以瞪着女医生的办公室,想自己过去跟她掰扯清楚。"

江琦真是佩服这个榆木脑袋了:"杜峰,队长是这样的人吗?"

杜峰想了想摇头。

江琦说:"有个问题,我想问你。"

杜峰:"有话就说。"

江琦拍了一下他的后脑勺:"我就是想问问你……长这么大,谈过恋爱吗?"

杜峰回头瞪他,江琦马上告饶:"我错了,恋爱你肯定是没谈过,我换个问法啊,长这么大你有喜欢过女孩子吗?"

杜峰顿时一张脸羞得通红,连耳朵都红了,支支吾吾地说:"你问这干什么?江琦我发现你就没点正经的时候。"他好像恍然间明白了什么,一脸惊悚地用手指了指知非的办公室方向,大叫道,"你不会是以为队长喜欢上了……这不可能!"

"怎么不可能?"

"绝对不可能,她那样对队长,队长怎么可能喜欢她?我用人头担保,队长绝对不可能喜欢上她!"

"有时候,咱们觉得那个人绝对不会爱上那个女人,实际上往往跟我们想的不一样,你不要看他想什么,你要看他做什么。"他发觉自己把杜峰说蒙了,便简短解说道,"你就看看我们队长那恋恋不舍的眼神……"他一边说一边用手指着车窗外的修羽,说完回头豁然发现修羽不知何时就站在车窗外。

修羽一字不漏地把话听在耳朵里,突然伸手进来,在他们脑袋上,一人拍了一巴掌:"就你俩废话多!"

"没有!没有!队长我瞎说的,瞎说的。"

"还有你,杜峰,你傻啊,听他胡说八道。"

杜峰想了想,诚恳地说:"队长,我觉得江琦说的有点道理。"

"滚蛋!"修羽瞪了他一眼,从车头绕过去,拉开副驾的车门,上了车,朝他俩说:"别让我再听到类似的话了,知道吗?"

杜峰瞪大了眼睛看着修羽,修羽没搭理他,直接下任务:

"开车。"

越野车开动,迎着初升的太阳,朝维和营地驶去。

杜峰在闷头开车,后座的江琦在搜修羽的包:"不是说营地给医疗队送了很多吃的东西吗,东西呢?队长,他们不会没分给你吧?"

修羽没说话,闭目养神。

"我说医疗队这帮人也太抠门了,那么多吃的东西送过去,也不分点给你,难怪叫我们把你接回来了。"

"原来是让你们来接我,刚刚怎么说来着?刚好路过。"

杜峰呵呵一乐露出一口大牙:"营长一大早就下了任务了,让我和江琦过来接你,说来的时候是一个人过来的,回去的时候,一定要大张旗鼓地把你接回去。"修羽没说话,王铮对自己的兵,那是没得说。杜峰接着说,"我一打听才知道是怎么回事,原来是那女医生打了你的小报告。想想我就来气,你抛头颅洒热血的时候,她在哪儿呢?"

江琦抓住了时机,补了一刀:"她还能在哪儿,肯定还在校园里读书,没准正谈着校园恋爱,花前月下卿卿我我,你说呢队长?"

修羽明显噎了一下:"你管人家干什么,说话给我注意一点。"

江琦小声嘀咕:"瞧见没,我服啦。"

杜峰一副恨铁不成钢的样子:"队长,你怎么还帮她说话,她都把状告到营长那儿了。"

修羽很严肃地看了看杜峰,又看了看江琦:"还有什么问题?一起都问了。"

两人你看看我,我看看你,全都不说话。

修羽点点头:"二十几岁的姑娘,大老远从国内那么好的环境,那么好的医院里出来,万里迢迢到穆萨城这种战乱区来,顶着压力帮助穆萨城中心教学医院把胸外科给办起来了。你们知道她每天要做多少台手术?你们知道她平均每天休息多少小时吗?她几乎把所有的时间都给了病人,她有追求,有梦想,有执行力,而且她坦率,真诚,她心态好,她不计较。她还不够好吗?我告诉你们,我能保护医疗队的安全,那是我的荣幸。"

"队长,那你心里,有没有喜欢她?"

修羽扭过头,望着车窗外,有点违心地说:"没有。"觉得不够让人信服,又加了一句,"一点都没有。"

杜峰松了口气:"那就好。"

"还好你不喜欢她,不然我要给你泼泼冷水了。"江琦笑嘻嘻地说。

"来泼一下我看看。"

"队长,我不是存心的啊,我只是说说我的感觉和看法,我虽然也没谈过几次恋爱,但是理论经验非常丰富。我觉得你们两个完全不合适!你问问你自己,你真的希望一个工作狂做女朋友或者老婆吗?她天天跟你吵架,日子怎么过下去?"

江琦分析得头头是道,修羽被他说愣住了。实际上,之前他从没想过自己还会恋爱,还敢恋爱。起码他到现在都没有勇气来开始一段感情,他必须解释给自己听:"你们根本不懂,我是军人,她是同胞,这里是战乱区,不管从哪个方面来说,我都有责任和义务保护她。再看看你们,处处针对她。你们想想看这样做对吗?"

两人一起摇头。

杜峰："可……她让你受委屈了。"

"我没有受委屈，我一个大男人，我哪儿来那么多委屈。"

修羽看着车窗外，眼前又浮现出医院里的那一幕，她冷漠地看着他，连续的通宵手术，让她异常疲惫，眼窝深陷，却依旧气势不减。

这个女人，根本就是工作狂，简直不把自己当人……她这个样子，一如当年的自己。

想起当年，修羽突然暗暗叹了一口气，情绪一下子低落了下去。

第22章　隐形的医生

知非站在窗口，目送着越野车远去，直到消失不见了，才收回目光。刚才被杜峰这么一闹，她困意顿消，索性放弃休息了，准备熬到晚上再睡。她去CT室取陈光发的CT，前天看到陈光发的彩超肝部有积液，又重新做了CT，她还是不太放心。早上八点，CT室人还没有来，护士说要到八点半才会过来。她揉了揉太阳穴，返回办公室，在经过休息室的时候，突然听到里面有人在说基维丹。

"凭我的经验来看，基维丹的肺腺癌，可能已经脑转移了。"这是基维丹病房里的护士，从基维丹确诊住院到现在，一直是她在负责。

"这怎么可能，不是已经做过手术了吗？"另一个护士对这个说法表示怀疑，"基维丹的肺腺癌手术是知非医生做的，知医生的水平大家有目共睹，她到我们医院完成了多少台不可能完成的手术，而且当时手术的时候，也没听说病灶已经转移了啊，你别瞎说！"

"我没有瞎说，我是他病房的护士，他什么情况我最清楚，所以我才纳闷。你说会不会是手术的时候病灶就已经转移了，为了不让大家失望，故意说没有转移，好让大家有信心？"

"怎么可能？病是能藏得住的吗？你这问题也太不专业了。"

"病当然藏不住啊，可能拖一天是一天嘛。"那小护士幽幽地说，"基维丹最近的情况很不乐观，所以我才这么猜测。他以前性格很开朗，现在很冷漠，有时候我跟他说话，他也爱理不理的。而且，"她用手指了指脑袋，"反应也开始迟钝了，记忆力也下降得厉害。更吓人的是，我问了一个很简单的数学题，他居然也没反应过来。"

"就凭这些你就断定是癌细胞转移到了脑部？"另一个护士笑了一声，"这些都是放化疗的副作用，你怎么会有癌细胞转移到脑部这耸人听闻的说法？癌症手术就看能不能扛过放化疗这一关，基维丹的身体素质本身很好，扛过去的可能性很大，别乱说了。"

那护士逞强道："我可不认为这是放化疗引起的反应。"

"听你的描述，我也觉得癌细胞有转移到脑部的可能性。"另一个年纪稍微大一些，经验也比较丰富的护士，迟疑了一会儿，小心谨慎地说道，"一般来说，肺腺癌晚期基本上已经没有继续治疗的意义，当时美国的专家也是这么说的。知医生到底是年轻啊，经验不够。"

基维丹病房里的护士，又来了精神："你看看，我猜得没错吧，既然当时病灶就已经转移了，还做什么放化疗？如果不做放化疗的话，还可以活得更久一些，现在眼瞅着就不行了，没准哪天就走了……"护士说了一半，突然发现不知何时知非出现在了门口，眼睛冷冷地盯着她，吓得立即闭上了嘴，叫了声，"知医生……"

知非问她："你说的情况都实属吗？"

护士惶恐地点头。

第22章　隐形的医生

知非没再说话，一转身快步朝基维丹的病房走去。

护士懊恼地跺了一脚，嘟囔了一句，便急匆匆追了上去。

前天因为挪了几间病房给普外，就把陈光发和基维丹合并到了一起。基维丹的妈妈这段时间因为照顾他身体透支得厉害，也住院了，现在照顾他的是护工。

基维丹的情况比一个月前要糟糕一些，这是手术和放化疗必然的结果。知非一边检查一边问："今天感觉怎么样？"

"浑身一点力气都没有，有时候头会晕，看不清东西……"

知非戴上听诊器，给基维丹做听诊，一边问身后的护士："病人今天的体温、血压、脉搏。"

匆匆跟过来的护士，犹犹豫豫地说："体温37℃，血压高压120，低压90……"

知非皱皱眉，对基维丹说："血压有点高，头晕是正常的。"

护工忧心忡忡地对知非说："今天早上的早饭一口没吃，昨天半夜头疼得厉害。"正说着，这时，突然基维丹全身痉挛，手脚不受控制地抖动，打翻了旁边桌子上的饭碗和水杯。

护工吓得本能地往后退去。

知非上去一把抱住了即将滚落在地的基维丹，放回到床上，一边按住他的下颌，一边冲着身后惊慌失措的护士说："病人癫痫发作，快拿压舌板。"

护士慌慌张张地拿着压舌板过来。

知非将压舌板从病人两侧臼齿处放入，以免他咬伤了自己，同时解开基维丹的领口，保持呼吸道通畅，按压人中，叫护士："送抢救室。"

从抢救室里出来，知非浑身是汗，她刚喘了口气，就听有人叫她，原来是等在门口的陈光发："知医生，基维丹没事了吧？"

知非实话实说："不太乐观。"

陈光发叹了一声："真可惜。"

知非听他的口气，心生好奇："你们俩早就认识？"

"住一个病房才认识的。"陈光发说，"他人挺好的，一点架子都没有，他喜欢中国，喜欢跟中国人聊天，我也喜欢跟他聊天，听说他也是做了癌症切除手术，知医生，他……能痊愈吗？"

知非愣了一下，想到陈光发之前一直对癌症治疗非常抗拒，不希望他有心理压力，所以就没有直接回答他的话，而是说："暂时没事了，我送你回病房。"说完，推着他往病房走。

陈光发听知非的语气，就知道基维丹的情况不乐观，一路上一句话都没再说，快到病房的门口时，突然扭过头，跟知非道歉："知医生，我之前骗了你了。"

知非一愣，停下来。陈光发下定决心似的，说："其实，我在来这里之前就查出来得了肝癌，曾经在我们县医院住过院，查出来的时候已经是中期。主治医生是我远方的亲戚，跟我说只能换肝，不然五年的生存率仅为12.5%。其实那时候我就想好了，病我不治了。"

知非心里咯噔了一下，手按在额头上，对这种讳疾忌医的人，有一种无法言说的愤怒。陈光发知道她会生气，低着头，手在脸上胡撸着，他本来不想说的，可知非这么积极地给他治疗，不说出来他心里过意不去，可说出来，看知非措手不及，他心里更过意不去了。

基维丹的母亲急匆匆跑过来，一把抓住知非的手："医生，听说我儿子又进了抢救室，他情况怎么样了？"

第22章　隐形的医生

知非不由自主地跟她保持了一定的距离："病人刚抢救完，现在没事了。"

"听说癌细胞已经扩散了？"

"还在做检查，要等检查结果出来了才知道。"知非说完，转身离开。这个女人非常彪悍，知非不愿跟她纠缠。

基维丹的母亲站在走廊里，从背后打量着纤瘦的知非，喊了一声："中国医生。"

知非一愣，停住脚步，回头看着她。

"之前给您惹麻烦了。"说完，她深深鞠了一个躬，"对不起。"

整个医院像是陡然安静了下来。知非有点不敢相信。可谁又能相信呢？一个月前脾气暴躁，差点对知非动手的女人，现在竟然低头道歉。

知非想了一下说："没关系。"

基维丹的母亲红着眼睛："谢谢您中国医生，这些天您辛苦了。"

知非被她弄得一头雾水，略微朝她一点头，把陈光发交给护士，便走了。

夏楠带饭过来给她，刚好遇到眼前的一幕，快走了几步追上了她，跟她并肩一起往办公室里走，说："太阳打西边出来了？她居然知道给你道歉，老太太思想觉悟有提高啊。"

知非情绪不高，随口说道："吓我一跳，我还以为是过来找我打架，谁承想突然来个鞠躬道歉。"

夏楠一副心知肚明的模样，嘚瑟地笑笑。

知非看了她一眼，问："你笑什么？"

"我笑了吗？"

297

"笑了，你肯定知道怎么回事，说吧。"

"哎呀……"夏楠支支吾吾地说，"没什么啦，你不用知道的。"

"你说不说？你不说的话我去问别人了。"

"怕你不高兴，不敢跟你说。"

"别兜圈子。"

"那你也得爱听不是？"

"你还说不说？"知非下了最后通牒。

"修队！"

又是他！知非简直无语了。

夏楠说："你看你看，我不想说你偏让我说，我说了你又不高兴了。非非，我也不知道为什么，总之你一听到他的名字就特别敏感。"

"是我敏感，还是他的问题？"

夏楠不说话看着她。

"他就不该给病人治病，这是原则问题。"

夏楠依旧不说话，似笑非笑地看着她。

知非觉得特别扭："你别这样看着我，我承认我还是认可他这个人的。"

"我发现了，人家没走的时候，你是一个好脸色没有，人家现在走了，你终于发现人家其实还是有优点的。是不是有点后悔，舍不得了？"

知非反问："到底是我不舍得，还是你不舍得？"

"我，你是巴不得他赶紧走。"

"那到底是怎么回事？说还是不说？"

"说！就是基维丹的妈妈关节肿痛，修队给她用……针灸治好了。"夏楠囫囵着说完，看到知非的脸色沉了下去，马上解释道，"是你让我说的，说了你又不高兴，算了算了，我不跟你说了。"她没给知非发火的机会，赶紧溜了。

知非一肚子的火没处发泄，猛塞了两口包子。吃完，连休息的时间都没有，就又进了手术室，做了一台心肺损伤手术。对方是一名工地上的工人，从高处摔下来，钢筋插入心肺，好不容易抢救了过来。

出了手术室，回到办公室，又来了一个脓胸患者，知非正在给她诊断，外头传来一阵哭声，一名十七八岁的男孩被搀着进来，说："胸口被重物砸到了，疼痛，透不过气。"

知非看他情况不算严重，就叫他等等。跟他一起来的二十上下的女人，很胖，很高，急得直吼："我男朋友都疼得受不了了，你快给他看看。"

"排队，一个一个来。"

女人根本不听她的，自顾自地说："你再不给他治疗他会死的。"她嗓门大，人又彪悍，跟一口闷钟似的。

知非耐着性子说："女士，请你稍等一下行吗？让我先把前面的病人看完了再给他看，你们先到外面去排队。"

女人一看外面还有两个人在排队，不满地大叫："他们看起来情况都很好，不像我男朋友情况这么严重。"

知非被她吵得心烦，抬起头看着她："如果你很着急的话，请去急诊科。"

女人一听怒了："急诊科的医生让我们来胸外，你又把我们赶去急诊科，你还是人吗？"说完猛地扑过来，扯住知非的前襟，往前一扯。

她力气很大，一下就把知非从椅子上给扯了起来。知非一个趔趄差点摔倒，她揪着知非到她男朋友跟前："看，现在就给他看，你不给他看就别想给别人看。"

知非会跆拳道，不一定不是她的对手，可她是病人家属，自己是医生，碍于这个身份，不能动手，况且动手也解决不了问题。医院里这种不讲道理的家属她也不是头一回遇见："想治病，就按照规矩到门外排队，想强迫我看病，我不看。"知非说完，挣开了女人的控制，重新坐到椅子上，继续给前一个病人看病。女人又冲了过来，再次揪住知非的衣襟，把她扯到男孩的面前："你看不看？"

"你松手！"

"你给他治，我就松手。"

知非笑笑："先排队。"

女人不是什么善茬儿："我知道中国医生的医术最好，人好，我不伤害你，我就是让你现在就给我男朋友治病。"

"但是得排队。"知非才不怕她。

女人抬起手，一个巴掌打了过来，就听"啪"的一声，巴掌落在了知非的脸上。

知非在毫无防备的情况下，结结实实地挨了一个巴掌，顿时觉得眼前一阵金光乱冒。

等再抬起头时，女人已经被人拖了出去，站在门口的护士惊呼了一声："知医生，你流血了。"赶忙跑去找消毒水。

一股咸腥冲进了嘴里，知非摸了摸自己的嘴角，果然是血。

护士一边给她消毒一边问："还疼吗？"

知非说:"不疼。"

消毒完,知非继续给病人问诊、看病,一直到看完了全部的病人,寂静的办公室只剩下她一个人。她的心情并不好,只是工作的时候投入,可停下来了,脸上挨的那巴掌真疼。

她站在窗口,手里的水杯已经空了。

眼前忽然浮现出之前有个人说"你治病救人,我保护你的安全"。这话出现在她的脑了里,一次一次地击中她,忽然她有点心酸,眼泪差一点就冲出了眼眶。

以前自己对修羽真的有些轻视,可他对自己是真的关心,不管她手术做到多晚,出了手术室,第一眼就能看到他;无论她遇到什么样的威胁,他总是会在第一时间出现,保护她的安全。她看到他就会感到安心。现在,这种安心再也没有了。是她把他赶走了!知非反手擦掉流出眼眶的眼泪,刚擦完又流了出来。

知非给了自己一分钟的伤感时间。时间还没过半,忽听身后门响,有人喊了声:"知医生……"

知非迅速擦掉眼泪,回过头看到是张潜站在门外。张潜正在给新生儿治疗,听刚进门的两个小护士在窃窃私语说知非被病人家属给打了,等治疗完毕,便急匆匆过来看怎么回事,结果就看到了知非站在窗口抹眼泪的情景。他既震惊又尴尬,站在门口进也不是退也不是。

知非平复了一下心情,淡淡地问:"找我有事?"

张潜一到知非面前就不善言辞,现在遇到这种情况就更不知所措,慌里慌张地将手里的病人资料放在知非的桌子上:"难民营产妇生下的那名婴儿现在发育情况良好。"

知非点点头:"知道了。"

张潜又没话可说了，一副欲言又止的样子。

知非问："还有事吗？张医生？"

"没了。"张潜转身想走，迟疑了几秒钟，又转身说，"知医生，我听说病人家属对你动手了，我去替你把这一巴掌打回来……"

知非被他这么一说，反而笑了："我宁可相信你被她打了，我也不相信你会动手打她，我还不了解你啊？谢了，我心领了。"

张潜尴尬地笑笑，他没想到知非早就看透了自己，他虽然是一肚子的气愤，但要说动手，还真不敢。他是南方人，自小就坚信一个道理：能吵就别动手。可一想到知非平白无故挨了一巴掌，尤其隔着口罩都能看到她脸上的巴掌印，他就克制不住自己的愤怒。默默喜欢了她很多年，头一次看到她流眼泪，他都要窒息了，此刻他只想冲上去抱住知非，把自己的肩膀借给她靠一下，当然，只是短暂地想一想，实际上他根本没有勇气这么做。

知非的心情已经平复了下来，走到办公桌前坐下，缓缓地道："没那么严重。"

"可你也太委屈了。"

知非听了一笑："不委屈。"

"那还疼吗？"

"不疼。"

知非说得轻描淡写，张潜眼睛却红了。知非没太注意他的表情，在认真看他递过来的资料。可张潜的目光却一秒都没离开过知非。

"非非受伤了吗？"刚冲进门的夏楠一惊一乍地说道。

"没事。"知非头也不抬地继续看病人的资料。

第22章 隐形的医生

"还说没事,你脸都肿了。"夏楠眼睛也红了,跟张潜刚才的表情一模一样。持续了大约几秒钟,她发现了一旁同样红着眼睛的张潜,特无语地走到张潜跟前用手戳了戳他的脑袋:"你搞什么鬼啊?大老爷们儿,眼睛红什么?"

知非闻言抬头看着张潜。

张潜慌乱地掩饰道:"我哪有!我……这不是刚刚眼里飞进了虫子了嘛。"

夏楠直接拆穿他:"你又装,你明明就是个小男人,爱哭,还硬要逞强。张潜,你说实话会死啊?你不就是看到非非被欺负了,触动了你敏感的神经了,所以你哭了嘛,多简单的事。"

张潜抿着嘴看着她,用眼神恳求她不要再说下去了。

夏楠太了解他了,他想什么,夏楠看一眼就知道了,所以在她眼前连秘密都没有,可能唯一藏得最好的就是暗恋知非这件事,藏得太好,连夏楠都被蒙骗了。

他也不敢有什么表露,只怕说出来,他会失去暗恋的资格,本来就是两个世界的人,不可能走到一起,默默喜欢,是最好的关系。

夏楠岂能就这么轻易放过张潜:"那你倒是动手打回来啊?你倒是动手啊,你就是小男人。"

张潜被她机关枪似的一通话吓得只想逃:"老夏你就一张嘴……"

正说着,谢晟急急忙忙地走了进来:"知医生,没事吧?"

"没事。"

"那就好。"谢晟手里片子往知非桌子上一放,"我刚刚经过CT室,顺手帮你把陈光发的CT取了过来,我粗略看了一眼,情况很不好。"

几个人一听，顿时神色都严肃了起来。

知非取过片子，放到看片机上。谢晟双手握成拳头，按在桌子上，眼睛从看片机上转移到知非的身上："肿瘤是恶性的。"

知非点点头："早上陈光发刚把实情告诉我，再配合CT来看，情况很糟糕，肝癌中晚期，治愈率只有25%。"

谢晟点头："他肯把实话说出来也好。陈光发家里的情况特殊，他是家里唯一的劳动力，目前还有两个正在读高中的孩子，家庭负担非常重，所以也就能理解他为什么要瞒着病情，到现在还想着能不能回到工地上继续工作。诸位，这是我们的同胞，你们怎么看？"

夏楠和张潜都是一惊，没想到陈光发的情况这么严重。

夏楠说："我对肝癌方面不太了解，但是我可以资助他的一个孩子读完高中。"说完，胳膊用力撞在了张潜的胸口上。

张潜龇牙咧嘴地捂着胸口："那么大力气干什么？"手高高举起，"我愿意资助另一个孩子读完高中。"顿了一下说，"考上大学，学费我也包了。"

夏楠："这还差不多，符合你这富二代财大气粗的身份。"

张潜："这我得声明一下，我爸从我读大学的时候就断了我的粮草了。老头子早就放话了，我一天不离开医院，一天没有继承权。所以我花的都是自己的钱，好在我平时也不怎么花钱，住的是医院的宿舍，吃的是医院的食堂，这些年好歹也存了一点钱。"

夏楠鼓掌："老婆本都拿出来了？"

张潜："也没那么夸张。"

谢晟说："先不说这些。现在谈谈陈光发的治疗问题。"

第22章 隐形的医生

"肝癌中晚期的治愈率很低，如果病灶没有转移的话还好，不过很大程度上来说，可能唯一办法就是换肝。"知非叹了口气。

"这倒是个办法，可肝源去哪儿找呢？再说，这边的医疗环境跟国内不能比，我们所在的这家医院，应该也从来没有做过换肝手术。而且据我所知，非非没有给病人做过换肝手术，谢医生，你有做过吗？"

知非纠正道："我在美国的时候有协助做过换肝手术，在国内没有。"

谢晟说："我倒是做过换肝手术，患者的年龄和陈光发差不多。但是这边的医疗条件不太好，使得做这个手术的难度非常大。"

谢楠说："不管怎么说，肝源是个大难题，有很多需要换器官的病人都是在等待器官源的过程中去世的。"

张潜摸了摸头："我倒是觉得，陈光发不应该留在Z国治疗，而是应该回国治疗。"

谢晟忧心地说："要回去的话，也得先把他病情稳定了才能回国，不然那么长时间的飞行，中途还要转机，他心脏问题又很严重，根本回不去。"

知非听完大家的发言，说："那咱们就先给他治疗，等心脏问题缓和了，再安排他回国治疗，如果他有需要的话，我可以帮忙联系民大附属医院。"

聊完了陈光发的病情，几个人分头工作去了。

知非去病房，把情况又给陈光发说了一遍。

陈光发早就有了心理准备，所以对结果坦然接受，听说夏楠和张潜决定资助自己的两个孩子上学，既感动又感激，他本来就已经将死置之度外了，现在听说还有生的希望心态也好了一些，并且他牵挂也放下了，自然愿意好好配合治疗，不再像之前那样吵着要回工地。

知非前脚从病房离开，后脚陈光发就一抹鼻子哭了。

把旁边病床的基维丹弄得一愣，用非常蹩脚的汉语问："陈，你怎么又哭又笑？"

陈光发说："我以为，像我这样的人，没钱没文化没背景，又在异国他乡，死了都没人知道，可我没想到有那么多人关心我。遇到他们是我几辈子换来的幸运，他们大老远地从中国过来，不为名不为利，我就特别感动。"

基维丹的汉语水平不够，听得一知半解，但是大概意思他听懂了，举起大拇指，说了一会儿的话，感到口渴，舔了舔发干的嘴唇。

护士和护工都不在，伸手够了够水杯，没够着。

陈光发的情况比他稍微好一些，艰难起身，端着水过去，一口一口地喂给他喝，说："在我老家，一个人要是身体不舒服了生病了，关心他的人，说得最多的一句话，就是多喝热水。"

基维丹靠在床上，疲倦地对陈光发笑了笑，说："谢谢你，陈。"

"太客气了，举手之劳。"他觉得这么说不够好，又加了一句，"中Z友好，友谊万岁。"说完，憨厚地咧了咧嘴。

他其实是一个不善言辞的人，最后这句话是工地上的标语。

第 23 章　艰难的决定

知非一觉醒来，天已经大亮，她去餐厅吃完了早饭，看了看距离上班还有一个多小时，准备出去跑步。在国内时，知非一直都有健身的习惯，每周两次，一个小时有氧，一个小时器械。非夜班的情况下，她会去晨跑，她家附近有个公园，沿着公园的健步道跑两圈，刚好三公里。知非回宿舍换了运动衣和跑鞋。

夏楠刚睡醒，迷迷糊糊地从床上坐了起来："你搞什么？"

"跑步，我订了计划，跑一万步。"

夏楠有点蒙："围着医院跑？"

"附近跑，我看过地图了。"知非说完做了两个高抬腿的动作就跑了出去。

夏楠心不在焉地揉了揉一团乱的头发："要不你等我起床，我跟你一起跑？"说完，发现知非已经跑了出去，赶忙穿着拖鞋追到门口，知非已经不见了踪影。

知非跑出了医院大门，按照手机设定的路线跑过去。

穆萨城中心教学医院后面一公里左右有一个集市，是穆萨城繁华的地区，一片棕色低矮的房屋，街面因之前发生过火并，有的房屋被炮弹击中，墙面都是黑的，路面被装甲车碾过，有些地方凹凸不平。

不过，集市贸易已经恢复。清晨，一些铺子已经开门营业。她一路跑过去，看到有中国人开的超市，门口挂着五星红旗，里面有各式各样的中国商品。有中国人开的餐厅，门口正在卖包子，看到她跑过去，老板很大声地打了个招呼，她微微点头作为致意。沿途，有衣衫褴褛的小孩向她乞讨，也有从未谋面的Z国人热情地冲她打招呼。她头一次发现，原来战乱区，还有另外一番景象。集市很小，一会儿就到了尽头，知非继续往前跑，迎面是村庄，一个法国年轻人，站在路边拉小提琴，周围围着一圈小孩在跟着琴声跳舞。

知非已经跑得满头大汗，停下来休息。

年轻人马上走过来围着她拉小提琴，拉完了一曲，从包里拿出一把巧克力糖果分给小孩，小孩们兴高采烈地跑远了。

他把小提琴放回琴盒，一边跟知非聊天问她从哪里来："日本还是韩国？"

知非一边擦汗一边说："中国。"顿了一下又加了一句，"北京。"

法国小伙一听可高兴坏了，说："我去年刚去过北京，北京很大，北京人很热情，北京给我留下了美好的印象，我喜欢北京。"

知非礼貌地笑笑。

法国小伙又问她："你有没有去过我的家乡法国？"

"五年前去过。"她看了看时间，说，"再见了。"说完，继续跑步。跑着跑着发现有个人追了上来，就是刚才的法国小伙，一边跑一边说："我是认真的，我喜欢中国女孩，我对你非常好奇，你居然来了穆萨城，太神奇了，我想跟你聊一聊，我叫Jean，中文名李白，我非常崇拜李白……"

第23章 艰难的决定

知非没理会，继续往前跑。

法国小伙紧跟着："我很真诚的，我们交个朋友吧？"

知非说："跑步的时候不要说话。"

"你跟我交个朋友，我就不说话了。"

知非不再说话了，不疾不徐地往前跑着，小伙儿背着小提琴和背包，跑起来呼哧带喘，很快就被知非甩在了身后，他停下来，站在路边大口喘气冲着知非远去的背影，大喊："我叫李白，希望我们还有机会见面。"

知非已经跑出去很远，只留给他一个背影。

她在小镇兜了圈，往回跑，天气实在太热，有些口渴难耐，经过中国超市门口时停下来，进去买水，她没带现金，用支付宝付了账，拧开瓶盖一口气喝了半瓶。

老板是个四十岁上下，穿着白汗衫的东北人，站在梯子上修电风扇，一边修一边自言自语："这破电风扇又坏了，下次再坏的话，直接丢了算了，不修了。"

知非听到有发电机的声音，抬头看见电风扇转了两下，提醒道："不关电又不戴手套，你这样很危险。"

"呵呵，不危险，我一年修它几十回了。"

知非摇摇头，往外走，忽听身后"咚"的一声响，回头就看到老板从梯子上掉了下来，直直地躺在地上。

是触电了。

她立即放下手里的水，往老板跟前跑，一边冲店员说："快打电话叫救护车。"三两步过去，蹲下去，冲躺在地上一动不动的老板问，"你怎么样？有没有哪里不舒服？胸口是不是很闷？有没有透不过气？"

老板张了张嘴,眼睛一闭,晕了过去。

知非试了试颈动脉,快速给他做心脏按压。等救护车到的时候,老板已经恢复了心跳。救护车是穆萨城中心教学医院派来的,医疗人员也都认识知非。

知非简单交代了一下基本情况:"十分钟前,患者触电,手上有一处伤口,一共做了五分钟的心脏复苏,患者目前的情况还不稳定,需要继续治疗。"

患者被抬上救护车,随行的医护问知非要不要随车一起回去。

知非说:"不用,我自己回。"

"那您注意安全。"

救护车开走了,知非回身去超市取喝了一半的水。走出超市,看到门口停着一辆悍马,车上的人有意在等她,见她走出来,车窗落下,胳膊搭在车窗上,微微侧过那张英俊帅气的脸,脸上戴着蛤蟆镜,下巴微微一抬,很酷地打了个招呼:"中国人?"

知非打量了他一眼,大概二十来岁,身上穿着沙漠作战服,但又不像是维和部队的装备,猜不出他是什么身份。

知非:"中国人。"

对方:"北京人?"

知非点头:"北京人。"

蛤蟆镜乐了:"太巧了,我打山西来的,你懂急救,你是医生啊?"

知非没说话,看了看腕表,马上快到了上班的时间,没空再搭理他,朝医院跑去。

蛤蟆镜车倒着开追上了她:"去哪儿?我送你?"

知非没理他。

"别客气，都是中国人。我叫齐天，就是齐天大圣的齐天，你叫什么？"

知非向来不喜欢这种上来就搭讪的人，便不理会了。

"你来这儿多久了？旅游还是探险？"齐天也是个话痨，"我呢是一年前从国内过来的，对这边算有些了解。你是摄影师？战地记者？都不像！我看你是驴友。"

知非："何以见得？"

齐天："摄影师走哪儿拍哪儿，镜头就是他们的眼睛，但你身上没有摄影器材。战地记者就更不可能了，你太瘦了，背不动战地记者的那些设备。所以你很可能是一个驴友，或者在旅行社工作，我猜得准吗？"

齐天唠起来没完："你来得不是时候，由此可见你是一个驴友而且还是一只菜鸟新驴，自虐的那种，不过你一个人跑到这里，还是很有勇气的。要不，我带你去个地方，齐源集团知道吧？距离这里大概不到一百公里，那片归我，我有个私人厨师，特别会做北京烤鸭，以前在全聚德干过，要不要跟我过去尝一尝他的手艺？"

知非在国内的时候倒是听说过齐源集团，是一家上市公司，做石油化工。她冷淡地说："谢了，我对吃的没什么兴趣。"

"不喜欢美食的菜鸟新驴，你是我至今遇到的第一个。"他手指一滑，蛤蟆镜落到鼻尖上，露出一双乌黑的眼眸，"我怎么看着你有点眼熟啊？哦，对了，想起来了，前段时间有个网红女医生跟奥运冠军陈健传绯闻的那个知道吧……有没有人跟你说过你长得有点像她？"

"不该问的别问。"

"好,不问就不问……都是中国人,留个联系方式,万一遇到点什么事儿,给我打电话,在这边没有我齐天搞不定的。"

前方是丁字路口,拐了个弯,齐天的眼睛光盯着知非,结果就撞在了树上,车嘎的一下,熄火了。他从后视镜里看了一眼,推开门,跳下了车,看了看树,又看了看车,拿出手机朝着知非远去方向拍了张照片,然后拨了个号码:"喂,我说你赶紧来一趟,我车撞树上去了……发个定位给你……你赶紧的,给你一小时的时间,到不了?行,那我答应给你们的野生动物保护组织的经费我可打折了啊……几折?看小爷我的心情再议。"齐天说完大步上了车,拿出手机,打开游戏,召唤玩家,一边玩游戏一边开麦骂人,"后面后面,你快点……你这个垃圾……自打我来Z国之后,你们一个个简直烂透了!小野,你还是年度MVP,你的手也残了吗?我看我还是把你们打包卖了吧。"

知非回到了宿舍,随便冲了个冷水澡,换了衣服就去上班。

刚走进门诊处,就见木兰跑了过来,冲她说:"知医生,基维丹突发昏迷,你赶紧过去看看吧。"

知非跟着木兰冲进了抢救室,一边扭头看仪器,一边飞快地抓过一次性手套戴上。小龙一看到她,立刻将基维丹的检查单递过来:"全部在这儿。"

知非扫了一眼检查单,马上给病人做听诊。

护士在旁边着急地解释:"昨天夜里他就好像很不舒服,我问了他几次哪里不舒服,他也没跟我说。今天早上我给他喂饭的时候,他说不想吃,我就把饭端出去了。谁知道我刚走出去,他就突然昏了过去。"

第23章 艰难的决定

小龙接了一句:"非常危险,幸亏同一个病房的陈光发及时发现,不然再迟一点可能就出事了……"

知非的心情紧张,把所有检查单子看完,眉头皱在了一起,几乎很肯定地说:"病灶已经转移到了脑部。"

木兰被吓到了,瞠目结舌地问:"转移了?上一次检查的时候,不是没有转移吗?"

知非皱眉:"这个病非常狡猾,手术失败了。"

"那现在怎么办?"

"出现脑转移说明病情已经达到晚期,能活多久,主要取决于治疗的情况,如果经过治疗,生存期限大约三到四个月,积极治疗的,包括相应的放化疗,以及靶向药、伽马刀放射治疗等等,生存期限大概可以延长一倍。"知非说完抱起资料就往外走。

小龙追出来问:"知医生你去哪儿?"

"我去找院长。"知非有很多的问题不明白,所以去了克立斯博士的办公室,想请教他。

知非进门的时候,克立斯博士正坐在沙发上泡茶,白大褂一丝褶皱都没有,泡茶的动作有条不紊,示意知非坐下之后,才慢慢地说:"基维丹是Z国的英雄,我们非常想治好他,可发现的时候就已经是中晚期,除了你没有人敢给他做手术。我问过我自己,如果我的手当时没有问题,我有没有勇气给他手术,我的回答是,没有。"

知非低着头:"我年轻经验少,想得也不够周到,只想着把手术给做了,没考虑到即便是做了,还是会转移。"

"我年轻的时候,也给一个肺腺癌中晚期的患者做过手术,他跟基维丹的情况很像,手术之后一个多月,发现癌细胞转移到了脑部。过去那么多年了，我从来没有后悔过。"

知非抿着嘴唇，很久才问："您是赞成我给他做的这台手术？"

"嗯，其实一开始我就知道手术会失败。"

"那您为什么不拦着我？"

"我拦着你，你会听吗？"

知非不说话了，确实，但是即便克立斯博士出面阻拦她，她也会想尽一切办法说服他，因为她的字典里就没有放弃这个词。

克立斯说："所有的医生，都经历过手术失败，在手术中积累经验才是最重要的，我虽然一直在研究肺腺癌，但我已经没有办法突破了。你跟别人不一样，你身上有一种坚定的信念和永远向前的精神，这也是我没有阻拦你的原因。"

知非还是很愧疚："可我很难受，我自信满满地给他做了手术，可最后还是没能帮他赶走病魔。我给了他希望，又让他的希望破灭了，我非常愧疚。"

"知医生，记住你现在的感觉，将来你会成为一名伟大的医生。"

"我会吗？"

"我相信我的眼光。"

克立斯一句看似普普通通鼓励后辈的话，可在知非听起来却非常有分量。她在民大附属医院，不管做得多好，母亲柳时冰都不会夸她一句，没想到克立斯居然给了她那么大的鼓励。她对克立斯博士可是一直都无比敬重的，可是她对母亲……

她从克立斯办公室里回到了病房，基维丹已经醒了，情况还不稳定，住在重症监护室里。看见知非进门，病床上的基维丹想要跟她说话，知非赶忙过去帮他移开氧气面罩，询问："你哪里不舒服？"

基维丹虚弱地摇摇头，喘着气，好半天才说："知医生……我想问问……我能否捐赠我的器官？"

知非蹙眉："这方面我不清楚，不过根据规定，患癌症肿瘤的患者，原则上只能捐献眼角膜，因为眼角膜上没有血管，是可以捐赠的。"

"其实，我早就签过器官捐赠书了。我也问过小龙医生，他告诉我，我没有肝转移……我跟陈光发住在一个病房，他是肝癌晚期，需要换肝，我也问了他，我和他的血型是一样的。如果条件合适的话，我想把我的肝移植给他……他是一个特别朴实的中国人，我希望他能好好活下去，我也希望他替我好好活下去。他跟我说过，他很爱他老婆，他想跟她白头到老……我没有结过婚，没有过婚姻生活，我很羡慕……"

知非被他说得鼻子发酸。

"他现在也是中晚期？"

"对，目前没有转移，所以如果有合适的肝源换给他的话是最好不过了。"

基维丹松了口气："知医生，坦白说，从检查出得了肺腺癌之后，克立斯博士看过，美国的专家也看过，只有你提出了手术治疗，我心里很高兴，起码你愿意给我这个希望。希望太重要了，所以我想把这个希望给陈光发。"他闭上眼，"如果他能活下去，那我也就活下去了……"

从ICU里出来之后，知非回了宿舍，开始埋头干活，把宿舍的角角落落全部收拾了一遍，连缝隙都趴在床底下擦了一遍。因为只有不停干活，才能克制住内心那股喷薄欲出的难过。她在整理背包时发现了一支烟,这是来Z国转机时在吸烟区拿出来准备抽两口解困的,结果还没来得及点,就通知登机,临时塞进了背包口袋里。

她靠着床坐在地上,房间收拾得一尘不染,整整齐齐,有点像军营,她不想弄乱了。

烟已经被压得很扁,她盯着那支烟看了老半天。一直到天黑了,什么都看不见了,她才在黑暗中点着了烟。这是她戒烟之后抽的第一支烟,一口一口地抽,也不知道为什么,这支烟特别辛辣,她从来没抽过这么辛辣的烟。

夏楠下班回来,打开门,发现了黑暗中火光一闪一灭,她用手机电筒晃了晃,看清了知非眼圈很红,她都没敢开灯,走过去小心翼翼地问:"你怎么了?"

知非情绪低落,声音很低地说:"基维丹的癌细胞扩散到了大脑。"她晃了晃手里的烟头,"戒了好久,破了。"

夏楠在自己的包里翻了翻,翻出一盒知非已经丢掉的,又被她悄悄捡回来的烟,抽出来一支递给她。

知非没接,说:"我戒了。"

夏楠蹲过去跟她并肩坐在地上,关了手机电筒,在黑暗中过了很久才说了一句:"治疗癌症晚期的病人,那是去死神手里抢人。"

知非说:"可我总是期望有奇迹发生。"

"你已经尽力了。"

"夏楠,你知道最让我难过的是什么吗?"

"嗯?"

"是每一次我看到病人强烈地想要活下去,而我无能为力。"

第23章 艰难的决定

夏楠垂下头，低低叹了口气，那种感觉她懂，她也有过。

知非说："我不敢看基维丹的眼睛，我看他的时候，就好像看到了当初的自己……夏楠，我是接近过死神的人，我知道一个濒死的人对这个世界有多不舍。"

夏楠一愣，知非以前从不跟她说这些，这是头一次。她的心头突然抽了一下，下意识地点了那支原本给知非的烟，塞进嘴里抽了一口，从不抽烟的她，第一口就被烟呛得剧烈咳嗽，连忙按灭了烟头丢进垃圾桶里，用力握了握知非的手。

"我是在医生宣布病危之后，上ECMO之前，签的器官捐献。他……宋教授……"说到这个人，知非不自觉就绷紧了自己，"过来跟我说，因为我患有严重的传染性疾病，只有眼角膜可以捐献，我好难过，可我又想，如果有人因为我的眼角膜获得光明，那也像我在看着这个世界，那也够了，所以那一刻，我觉得我好像又活了。今天，基维丹跟我说他想把自己的肝捐给陈光发，让陈光发能活下去……我立刻就想到了那时候的自己……"

夏楠问："陈光发知道吗？"

"知道，陈光发肝癌晚期，对生的渴望更大……那种感觉我也经历过……"知非顿了两秒，接着说，"就因为我经历过，我才更难受。"

夏楠轻轻拍了拍她的背，说："因为不符合器官捐献标准。"

知非点头。

将死的人，都太渴望活着了，越是接近死神越渴望活着。

夏楠突然不知道该说些什么，绞尽脑汁想了半天，才说："非非，有句话不知道该不该说……"

"你说。"

"既然是捐献者强烈要求，而受者又在危险边缘，在没有肝源的情况下，很多人都在等待中死掉的，我在想，那是不是可以人性化考虑？把……手术给做了。"

"绝对不可以。"

"为什么？"

"夏楠，咱们都是医生，我问你一句话……明知道不符合移植规定，强行移植，这是不是借刀杀人？"

夏楠当然知道，可她还是想站在人性化的角度劝一劝："可根据我的了解，基维丹的所有检查显示，癌细胞并没有扩散到肝部，而陈光发现在的情况危险，如果不移植的话，一旦癌细胞扩散出去，顶多只有一年的生命。"

"不行！医学讲究的是严谨。"

"可是，人的生命只有一次。"

知非一时无言。实际上，这种自相矛盾的想法一直在她的脑海里打架，感性告诉她可以这么做，理性告诉她不可以这样做。

她望着更深处的黑暗，声音很小，像是说给自己听："《美国移植》杂志上，曾有一篇关于器官移植的案例震惊了医学界，一名器官捐献者去世之后，在器官移植之前，医生们进行了标准的器官捐献筛查程序，做了包括心脏及腹部超声波在内的一套完整的身体检查，都没发现任何问题。之后他的器官移植给了4个病人，4个病人在进行了器官移植的6年内，先后患上癌症，其中3个人去世，而诱发癌症的癌细胞，都是来自于捐献者的乳腺癌细胞，根据推测是捐献者在去世的时候处于乳腺癌极早期，可是以目前的检测技术，是检测不出来的。这个案例，也打破了很多人认为的癌症到中晚期才转移这一观念。事实上，在癌症极早期癌细胞可能就已经广泛四处转移，并潜伏下来，等待时机发病。器官移植的人非常特殊，移植来的器官是外来者，人体免疫系统也会对它进行攻击，从而引发排斥反应，为了抑制排斥反应，器官移植后，病人需要终身服用抑制免疫力的药物，通过压制人体免疫系统来减轻排斥反应。而免疫力一降低，就无法消灭外来的癌细胞，癌细胞大量繁殖，最终变成癌症。如果器官移植让患者生命质量变得很低，甚至是生不如死，你说医者的良心能过得去吗？"

夏楠震惊了："作为医生，绝不希望自己的病人生命质量变低。"

知非头埋在了膝盖上，她没有听到夏楠说了什么。那天夜里，知非没有睡觉，她坐在地上迎来了黎明。天亮了，她就从宿舍里冲了出去，顺着昨天跑过的路，又跑了一万步。结束了跑步，然后去餐厅吃饭，吃完饭朝病房走去。基维丹在ICU里等着她，门口，陈光发坐在轮椅上，也在等她，他也一夜没有睡好，整个人显得很疲惫。

方城也来了。听到了脚步声，陈光发扭过头，而方城已经迎了上去打了个招呼。

知非很平静地点头示意，同时看了一眼陈光发，他眼里有光，是活下去的渴望，她不敢多看，只想赶紧把结果向陈光发和基维丹说清楚。她走过去，冲着推轮椅的方城说："方队长，我推老陈进去，你留步。"方城抓着轮椅不肯放手，说："知医生，我是他领导，也是他同乡，也算他在这边最亲近的人，这么重要的事，我也得在场不是？"他朝陈光发递了个眼色，说，"对吧老陈？"陈光发垂着头，他没什么主见。

知非只好说:"你们跟我来,换上无菌服。"

方城应了声,推着陈光发跟着知非往ICU里走。

ICU里安安静静的,基维丹身上连着各种仪器。听见有人进门,他缓慢地睁开眼睛,脸上有短暂的微笑,是渴望,是希冀,眼睛轻微地眨了眨算是打了个招呼。知非跟当班的护士询问了病人今天的情况,然后半弯下腰,跟基维丹打了个招呼,说:"我把陈光发叫来了,今天你们都在,有些情况我要当着你们的面说清楚。"

基维丹微微点头。陈光发低着头,听见这话,看了知非一眼,又看了看基维丹,他太紧张了,一紧张就喜欢抠手,方城看他不说话,忙接住知非的话:"这么说,是院方有了结论,老陈你有救了。"说完,看了知非一眼。知非仿佛没听到,她早就有了决定,可那句话不知道说出来就那么难。

方城说:"知医生您辛苦了,能移植的话,对老陈来说是有了活下去的希望,对基维丹先生来说也是救人一命胜造七级浮屠的好事……"他打了句官腔,"这也是促进了中Z两国人民的友谊,您说呢,基维丹先生?"

基维丹戴着氧气面罩,不能说话,眨了眨眼睛作为回应。

方城又问知非:"您说呢?知医生?"

知非犹豫了一下:"你说得都对,但是……"

方城痛快地:"您说,不管什么我们照办。"

"但是……手术不能做。"

那三个人一听顿时都呆住,知非心里也不好受,可她尽量表现得很平静。

方城:"为什么?基维丹先生愿意捐赠,老陈愿意接受捐赠,怎么就不能做了？"他忽然想到了，"是不是医院这边没有能做肝移植的大夫？"

"不是。手术我和谢医生就可以做。"

"那是为什么？"

"器官捐赠必须按照规定进行，肾脏、肝脏这些大器官捐献要排除存在对受者有致命威胁的系统性或感染性疾病，像一些慢性疾病、恶性肿瘤、感染性疾病、严重高血压这些都不符合捐赠规定，基于基维丹先生的病情，不符合肝部移植捐赠的规定……我这么说，你听明白了吗？"

方城是听明白了，可他不愿明白。陈光发低头坐着，抠手，指甲几乎嵌进了肉里。而基维丹却很平静，他早就把移植捐赠的相关情况，了解得清清楚楚，丝毫不感到震惊，他戴着氧气面罩没办法说话，嘴里"呜呜"了两声。

知非转身，基维丹示意她摘掉自己的氧气面罩。知非照办了。除下了氧气面罩之后，基维丹吸了口气，用一种超乎寻常的平淡的语气问道："知医生……知道为什么我找你做移植捐赠手术么？"

知非着实不知，摇头。

"你的资料，我查过，你在中国给奥运冠军陈健做手术的新闻，我看过，你在美国患病的事，我也了解过……你敢于做别人不敢做的事，你能创造奇迹，你跟别的医生不一样。你知道绝症病人最想要的是什么，所以，我找你做移植手术。"

知非完全没想到过他研究过自己，愣了一下，刚想说话，基维丹打断道："你试一试，把我的肝移植给他，你当成一个研究课题，实验对象，知医生，不瞒你说，从我得了癌症之后，研究过很多医学方面的资料，癌症方面的资料，据我了解《柳叶刀》会喜欢这样的论文。"

知非有些愠怒了,她被刺痛了,她竭力克制自己没有发作。

基维丹面无表情地看着她,她眼里没有任何的闪烁,他有点失望。

"我听方队说,评定一个医生看的是论文量。"基维丹叹气,"《柳叶刀》是国际顶级学术期刊,能在上面发表论文,将来就是这方面的权威。陈光发在移植之后没有再次癌变,那他可以像普通人一样活下去,即便移植之后诱发了癌症,按照以往的案例分析,也可以延续几年的生命,我们三赢。"

知非从愠怒到平静只用了不到一分钟。

基维丹以为自己说服了她:"你没有做过肝移植手术,但我还是很放心地把自己交给了你,这是基于我对你的信任。你再看看他……全世界有那么多在排队等待肝源的人,很多人到死都等不到,他很幸运。"

知非沉默地听着。

基维丹发现了她眼神的变化:"你放心,所有费用我来出。"

陈光发震惊地抬起头看着他,基维丹把他所有的顾虑都想到了,他的眼睛一下子就红了。

知非也看着他,那张满写着求生欲望的脸,他的目光就如同当初的自己,不想死,只想活。

她又看了看陈光发,陈光发又垂下了头,整个人紧绷着,是那种听天由命的感觉。

方城为人世故一些,看知非半天没说话,启发道:"知医生,这可是您的第一例移植手术,如果成功了,你就在移植方面,就拥有了话语权,你说是不是这个道理?"

第23章 艰难的决定

知非看了看窗外，尽力让自己冷静了下来："器官移植捐赠是有条件和规定的。"

基维丹立即道："我是自愿的。"

方城看了一眼陈光发，替他说道："我们也是自愿的。"

陈光发低着头。方城用手抵了他一下，小声提醒道："快说啊，你是自愿。"陈光发嗫嚅了一下，他一直在故意回避着知非的眼神。其实他挺为难的，他是家里的顶梁柱，所有事都自己扛，他看着知非为难的样子，心里很过意不去，可他更不能辜负了基维丹的一番好意，他有点手足无措，更像是迫于无奈，低低地说了一句："我也是自愿的。"

知非："这个事，不是我们三个坐在这里，谈妥了，就能算数的……"

方城轻轻咳嗽了一声打断了知非的说话，说："知医生，你能不能跟我出去一下，我有几句话想单独跟你说。"

知非跟着他进了旁边的换衣间，方城关上了门，央求着："知医生，老陈的命就在你一句话，都是同胞，你就答应了，行吗？"

知非："这件事行不通……"

"怎么就行不通了？这不是万事俱备的事嘛……知医生，老陈的情况你是知道的，他要是不换肝的话，也就半年的活头。现在基维丹先生主动提出捐赠肝源，而且手术费用全出，一下子解决了所有的问题。"

"陈光发的难处我都知道，我也在给他想办法，并且我已经给他联系了国内的医院，那边会有顶级的肿瘤医生协助治疗，回去了就能住进医院。"

"可肝源呢？没有肝源说什么都没用。"

知非没说话，看着他。

方城郁闷地说：“人总得有个指望吧，这次是唯一的机会，您别断了他的活路。”

知非皱着眉，但她什么都不想说。

"你把陈光发推进来，我想单独跟他聊聊。"

方城没动，陈光发这个人除了在不治疗癌症这件事上很坚决，平时总是优柔寡断，他也说不出什么来。

知非说：“器官移植捐赠有它的规定和条件，你不是当事人，说了不算。”

方城只好将陈光发推了进来，然后转身出去了。

现在换衣间里只剩下知非和陈光发两个人，陈光发还是一副手足无措的样子，知非蹲在他面前。

陈光发抬起头，说：“是基维丹先生主动跟我提起的。”

“什么？”

“他说要把肝捐赠给我。”

“我知道，他跟我说了，陈光发，你想活下去的对吗？”

“孩子还小，母亲老了……我是家里的顶梁柱，我不能倒下。”

“我理解。当初我比你更渴望活下去。”

陈光发刚才从基维丹的一言半语中听出了一些端倪，现在听她再次说起，还是震惊了一下。

"可如果我帮你把这个手术做了，后期你不但要承受身体上痛苦的排异反应，还要承受癌症再次爆发的风险……并且，基维丹先生患的是肺腺癌，一旦癌细胞潜伏在你身上，爆发得会更快。我理解基维丹先生，也理解你，可我必须让你知道这件事的严重性，其实我已经决定了，这个手术我不会给你做，所有有良心的医生都不会给你做。如果为了论文拿你做实验，那我还是人吗？"

陈光发有点没反应过来，发着呆。这句话确实比较狠，原本就不善言辞的陈光发更不知道该说什么了。

知非："我跟你说这么多，就是想告诉你，你再等等，也许有肝源也说不定。我不是安慰你，医学在进步，有些癌症即便到了晚期也有治愈的希望。"

也不知陈光发听没听清楚，反正在一个劲地点头："嗯呐嗯呐。"

知非的语气松弛了下来："你别怨我，作为医生，我不想你以后移植了又爆发肺腺癌。"

"我知道，我知道的……"陈光发有些唯唯诺诺。

知非说服了陈光发，又进了病房。

基维丹看陈光发的眼神有些闪躲，心里就明白了七八分。

静了有一分钟，基维丹突然问陈光发："想好了？"

陈光发低着头："嗯呐。"

基维丹明白了，他也不想说什么了。

隔了一会儿，知非说："基维丹先生，希望你能理解我的决定。"

基维丹没说话。

知非接着说："你比我年轻，比我当初更渴望活下去，不瞒你说，我曾经也跟你现在一样，我也想过，不管以什么方式，我一定要活着，我不想彻底地离开这个世界，彻底地跟这个世界切断联系。"

"你确实比别的医生更懂绝症中的病人。"

知非愣了一下，这句话褒贬难测。

"我比你幸运的是，我遇到了比我优秀数倍的医生，他治愈了我的病，我一直在想……是不是可以帮你实现'活'下去的愿望……把器官移植给需要的人，肝、肾、眼角膜，我仿佛看到三个人站在我们面前，他们与你一起活了下来，他们每个人都有故事，而你用三个人的方式活着……可冷静下来，我知道，我不能那么做。我的父亲也是一名医生，在我很小的时候，他跟我说，一个人活着，要为人类做一些有意义的事，这一生才没有白活。我曾经的主治医生，也跟我说过同样的话，他还说，一个人不仅仅要为现实而活，还要为理想而活。我是一个普通医生，我的信念和理想，就是治病救人，但是我不能违背良心。"

基维丹愣住了，知非的坚决，已经没有了回旋余地，他以前确实认为她是一个为了临床成绩可以不顾一切的人，如今看来是自己错了。

"是我错了，对不起！"他笑得有些凄凉，"不过，有件事……"

"你说。"

"我的眼角膜是可以捐赠的，对吧？"

"对。"

"我有个请求，我想把我的眼角膜，捐给一位年轻人，前提是他喜欢旅游。"

"好。"

基维丹看着窗外冉冉升起的太阳，这世界上的一切很快都将与他没有任何关系。"小时候，我有8个兄弟姐妹，都死了，有的死于疾病，有的死于战争，就剩下我一个，吃过白灰（注：可食用的泥土），流浪过，被流弹击中，从死人堆里爬出来。我咬着牙活下来，奔跑对我来说，就是搏命，跑起来，加倍得快，不然就会被干掉……后来，好不容易长大了，终于可以选择自己想要的生活，然而，我却得了绝症……人这一生，都是有遗憾的……"

"你的遗憾是什么？"

"我的遗憾。"基维丹说，"世界那么大，美景那么多，可我却没有机会看过。所以我希望那个人，热爱生活，喜欢旅行，带着我的眼角膜，看遍世界的风光。"

知非太了解这种感觉了。

"我会尽我一切的力量，满足你的要求。"

第24章　野路子

十天后，陈光发出院了。知非站在医院门口，目送着接陈光发的车子渐渐驶远，消失在视线中。这时，口袋的手机突然响了，她掏出来看了看，电话是陈明宇打来的，她按了个接听："喂。"

"我是你陈伯伯，有关陈光发的安排情况，透露给你，民大附属医院那边已经安排得妥妥当当，陈光发到达机场之后，医院的救护车会在机场的停车场等他，直接将其接到医院。陪同的是工程队的一名队医，刚好他回国探亲，一路能照顾陈光发。另外还有个好消息要告诉你，陈光发的妻子在狱中救了一名心梗的病人，又获减刑，已经提前出狱了，她会随同医院的救护车一同前往机场迎接陈光发。你还有什么不放心的吗？"

"我没有不放心的地方。"

他摆出了总队长的架势："你这个孩子不懂规矩，也不知道主动打个电话给我。"

"对不起陈伯伯，最近……工作忙。"

"我知道你工作忙，不过，不管怎么忙，都要注意身体。"

"是。"

"所以知道谁帮的忙吗？"

"不知道。"知非口是心非的，顿了一下说，"我不用知道吧？"

第24章 野路子

"那我也得跟你说清楚,我在这边实际也帮不上什么忙,这些都是你母亲在那边安排……"

太阳正在升起,天气有些燥热,知非沉默了,陈明宇后面的话她听得不真切,听到最后,他说了句:"那就这样,挂了。"

"再见陈伯伯。"挂了电话,她抬头看了看天空,又是一个晴天,万里无云。她转身往办公室走,关上门,烧了壶水,倒在杯了里,站在窗口喝水。晨光铺开,大地沐浴着一片白光。知非不自觉地眯上了眼睛,突然目光停住了,她看到有个戴着草帽的身影在医院后面的一块空地上翻地,浇水,看起来像是在播种。她看了看距离上班时间还有一个多小时,于是放下杯子走了过去。

正在播种的谢晟,听见脚步声回过头,抬了抬头上的草帽,冲她打了个招呼。知非看着地上放着几包种子,有番茄、黄瓜、茄子、小白菜……

"你在种菜呀?种子哪来的?"

"我老婆叫人捎过来的。她听说医疗队在这边没有新鲜的蔬菜吃,就叫人带了一些种子给我,我跟院长申请了这块地,专门种菜用。"

"你种过地?"

"种过,当然种过!小时候跟着爷爷奶奶在乡下长大,经常跟着他们下田干活,要说做手术,我比不上你,种田,你可比不上我。我准备把这些种子都种一些,到时候就有新鲜蔬菜吃了。"他一边说一边埋头继续干活,"在国内的时候,我就老想有这么一块地,可以种点自己想种的东西,可惜住的是楼房,根本实现不了,没想到了这边,居然实现了我自给自足的梦想。我还要找块木板在上面写上'中国医疗队蔬菜园'。"说到得意处,谢晟呵呵笑了两声。

知非可没这么乐观,手搭凉棚朝四周看了看,周围一棵蔬菜都没见过:"这边的天气又干又热,而且这里的土地适合种咱们本地的蔬菜吗?"

"能吧,之前我也想过这个问题,可转念一想,可别小看它们,它们的生命力可不弱。"说起种地,谢晟滔滔不绝。

知非没在乡下生活过,也没有过种菜的经验,但是她家住的是一楼,有个院子,外婆在世的时候,最喜欢侍弄花草,什么爬墙玫瑰、绣球、兰花、水仙、万寿菊、美人蕉……她爱跟着外婆修花剪草,也跟她种过花。

谢晟在翻地,她拿着种子在播种。谢晟告诉她播种的距离。正说着,谢晟的手机响了,是他三岁的儿子打来的视频电话,他一边拿着手机,一边干活,夸张地叫了声:"乖儿子。"

小孩儿一边吃东西一边对着镜头叫着:"爸爸,爸爸。"

可把谢晟开心坏了,对着镜头大声亲了一口,亲完了发现儿子碗里的车厘子:"你妈给你买了大樱桃啊?好吃吗?"

"好吃。是医院的叔叔阿姨给买的,他们说樱桃富含维C,多吃就不会感冒了。"

"老婆,怎么回事?儿子感冒了吗?"

谢晟媳妇的声音传了过来:"可不。前天夜里咱们这下了场大雨,我是白班,下班就回家了,结果半夜医院来了个病人,跟咱们娃差不多大,感冒发热需要挂水。孩子的妈妈指定要医院扎针最好的护士给她家孩子扎针,值班护士没办法,只好来叫我过去看看。我看娃睡得正香呢,就过去了,挂好了水正要回去,结果又来了个病人。忙活了一夜,弄好了才回家,到家一看,孩子没

第24章 野路子

在床上睡觉，在地上，缩在角落睡着了。天气冷，孩子冻感冒了。这不，昨天烧才退了，我都没敢告诉你，怕你在那边担心。"

谢晟停下手里活，盯着镜头看儿子。

小孩儿吃得满嘴都是那车厘子那红艳艳的汁液："爸爸，我已经好了，你不用担心我了，我将来会像爸爸一样成为一名医生，妈妈说医生才不怕病魔呢。"

谢晟心疼地看着儿子："儿子好棒。"

"爸爸也好棒，爸爸在最靠近太阳的地方给人治病。爸爸你在那边要好好工作，家里有我这个小男子汉在，你就放心吧，我会像奥特曼一样保护好妈妈的。"

谢晟眼睛有些红。

"爸爸，你哭啦？"

"瞎说，爸爸是大人，怎么会哭。"

"可你眼睛红了。"

"进沙子了。"谢晟说完马上收拾好情绪，"来，跟爸爸击个掌，我们一起加油。"他伸出手，小孩儿也伸出手，隔空击了一下。

挂了视频，谢晟轻轻吐了一口气，顿了一下，回头看知非。知非已经种了一小块地了，他换了语气："不错嘛，有模有样。"

知非认真地浇着水："要是能有三分之一发芽，医疗队就有新鲜的蔬菜吃了。"

"肯定可以的，往后每天洗漱完的水，保存下来，拿来浇地，我寻思这边天气热，瓜果蔬菜长得快，二十来天小白菜就能上桌。"

知非没有种菜经验，以为一茬怎么着也得一个季度，听说那么快就能吃到自己种的菜,还是小小地震惊了一下。刚才从他在视频里跟妻子的对话知道原来他妻子是名护士,虽然夫妻相隔两地,可一家人和和睦睦,是她向往的,对他又有了新的认识:"你小时候经常下田?"

"乡下孩子嘛,到了农忙季节都要下地帮忙,麦子、玉米、花生、大豆,什么时候施肥,什么时候喷洒农药,什么时候收割,我都清楚。"

谢晟一边说,一边找来两根树枝,扎了个十字,也不知他从哪儿捡来了破草帽,和医院一次性手术衣,做了个简易的稻草人,插在小园子中间。谢晟背着手,走来走去地看着眼前的小园子,直到知非说"还有五分钟就上班了",这才收拾东西准备离开。

知非出了菜园子,忽听有人在喊她的名字,叫她马上去急诊科,她愣了一下,朝医院跑去。

门诊处门口,停着一辆救护车。

急救科的男护士一看她过来,便焦急地说:"知医生,有个重要的情况,需要您马上跟我们出一趟诊。"

"好,我换个衣服就过来。"

"您换双运动鞋。"

知非也没多想,按照交代换了一双运动鞋,洗完了手,拿上大白褂就往外跑,上了救护车才想起来问:"病人什么情况?"

急救科的男护士也是一脸蒙:"听说是一头大象和一个畜生。"

要不是车子已经开动,知非会毫不犹豫地立即下车,这不应该找兽医的嘛。她坐在救护车狭小的座位上,皱了皱眉,有点不耐烦地叹了口气。

男护士连忙解释道:"我没说清楚,情况是这样的,五分钟

第24章 野路子

前,我们接到了一个野生动物保护组织打来的电话,说有一头大象受伤了,腿上中了矛,还有一只畜生一直在吐血,说一定要让最好的医生过去,所以,就叫了你。"这回知非听明白了,吐血的畜生,看来说的是人了。也不知道谁这么损,把人称作畜生!

车开了一个多小时后,知非从车窗向外看去,天苍苍野茫茫,白云压着苍穹。不远处有一群人,个个站得笔挺,尤其醒目的是他们身上穿着沙漠作战服,头上戴着蓝盔。知非一眼看到了修羽。他正在跟一个装备精良的年轻人说话,那人大概一米八,身材挺拔,身上的装备非常酷炫,站在一辆迷彩越野车旁边,车身上挂着伪装网竖着天线,但又不是维和部队的车牌,看样子车是他的。

救护车转眼就到了那群人跟前,车停下,车门打开,知非快速从车上下来,一边走一边戴上一次性手套。

修羽朝她走了过来:"受伤的是一头大象和一个人,这边请。"

知非看了他一眼,半个月不见,他好像没任何变化,对她的态度还是一贯的平和。她带着一种刻意的疏离,朝他略一点头。

人群散开,地上躺着一个戴着手铐的盗猎者,不远处跪着一头大象,旁边躺着一头已经死去的小象。

草地上一片凌乱,全是大象躁怒时踩踏出来的脚印。现在那头庞然大物跪在地上,腿上插着一支长矛,耳朵也破了,身上还扎有几支使用过的麻醉镖,不过现在它已经精疲力尽,流着眼泪,偶尔发出一声凄厉的叫声,听着叫人揪心。

因为象牙的极高价值,盗猎者不惜一切地潜入大象聚集地痛下杀手。据统计在过去的十年中,非洲有三分之一的大象被杀,盗猎者肆无忌惮地屠杀大象盗取象牙牟利,无耻的盗猎者为了捕获大象，会先抓住小象，用小象来诱捕大象，导致小象死亡，另一方面由于象牙连接头骨，他们在捕获大象之后，为了能最大长度地获取象牙，死去的大象脸部都被破坏得极其惨烈。

看到地上的作案工具和死去的小象，知非心里就全明白了。她快速朝受伤的盗猎者走过去，那人躺在地上，嘴里还在哎哟哎哟地叫着，眼睛却斜着看她。知非刚一靠近，就闻到了那人散发的难闻气味，她扫了一眼，他周身多处受伤，看样子是被象牙拱伤，衣服多处破损，最严重的是胸口一处，全部淤青，微微鼓起。她快速做了检查，直截了当地说："初步推测患者是外伤性血胸造成的咳血。立刻补液葡萄糖加生理盐水。"虽然盗猎者身上还有其他外伤，但都不致命，她精准出手，几下包扎好，叫人抬上了救护车，"马上送他回医院继续治疗，这里交给我。"

盗猎者被抬上了救护车，救护车开走了。

知非头顶烈日，看了看远方一望无际的草原，又看了看受伤哭泣的大象和死去的小象，心里有些难过，可是给这么一头庞然大物做治疗，她没有任何经验。她看了一眼修羽，他的眼神刚好投过来，几乎没有任何停留就滑了过去，看着地上的大象问知非："把它交给你，能行吗？"

"简单的外伤处理，任何一个医护人员都会做。不过……我下午安排了手术，这边要抓紧处理。"说完，她迈步朝大象过去。受了惊吓的大象猛然站了起来，嘶吼了一声，鼻子朝知非甩了过去，幸亏修羽离她近，一把将她扯开，护在了身后。因为距离太近，大象水管子一样的鼻子，抽在了他的身上，他踉跄了一下。

周围一片惊呼。

眼瞅着鼻子又甩了过来，修羽赶忙扯着知非，避开到安全范

第24章 野路子

围。暴躁的大象开始新一轮的横冲直撞，直接撞向了一棵碗口粗的金合欢树，几下就把金合欢给撞断了。大树轰然倒地。大概五分钟之后，大象也因体力不支，又跪在了地上，仰着头，发出一声声凄厉的叫声。

所有人稍微松了口气，修羽发现自己的手还抓着知非，马上松开。

周围人都在问：

"队长，你有没有受伤？"

"队长，要不要让医生给你看看……"

修羽没说话，疼得眼睛通红，额头上青筋凸起，但他咬牙忍住，眼里带着愤怒，狠狠地盯着知非，冲她吼道："你离它那么近干什么？"

知非无暇顾及他的愤怒，紧张地问："你怎么样？有没有受伤？"

大象的力气那么大，刚才鼻子那一下肯定不轻，她靠近过去，想给修羽做检查，伸手去扯他的衣服。

修羽更火大："你别动我！你不要命了？你知不知道你那么做有多危险？"知非只好停住手，望着他。

知非自知理亏："你让我检查一下有没有受伤？"

"用不着！"

"我是医生，你让我看看，就看一眼。"说完，她又要动手查看。

"你给我站好了！"这句话他是咬着后槽牙在跟她说，那一下是真疼，也亏得他忍住了，换别人早倒在地上打滚了，他现在连肩膀都在发抖。"那是一头大象，一头受伤的非常具有攻击性的野生非洲大象,陆地上第一大野生巨型动物,个体战斗力最强的动物。你没常识的吗?就这么靠过去,你以为自己是机甲战士随时能变身吗?你脑子进水了?医院怎么派你这么没脑子的医生过来?"

周围的人全都是一副不可思议的表情看着他,尤其是警卫队那几个。江琦假装不经意地打他旁边走过,扯了扯他的衣服。

杜峰小声地提醒道:"队长,别骂太狠,那是女同志,你客气点……"

知非诚恳道歉:"对不起,我确实没有给动物治疗的经验。"

修羽盯着那张因为紧张而略显苍白的脸,有点尴尬,他也没料到自己会发那么大的火,现在有点骑虎难下:"问题是,你万一受伤了怎么办?我怎么跟陈总队长交代?"

原来,他只是担心没办法交代罢了,知非忽觉一阵失落。刚才确实是她大意了,忘了那是一头攻击性极强的野生非洲象,不是温顺的亚洲象,更不是动物园里萌萌的供人参观的大可爱,她很实事求是地说:"在这件事上确实是我不够专业。"

"你能不能小心一点儿?"

"我会的。"她顿了一下又问,"你受伤没?"

"没。"这是假话,腰都要断了。

"真没有?"

"没有!"还是假话。

她不信,盯着他看。修羽别过头,不跟她对视,愤怒消退,脸色也慢慢平静了下来:"别这么看着我,受伤也是我该遭,我是军人,保护你是我的职责。"

她真的不知道该怎么说了,低低叹了口气。

第24章 野路子

这时,身后传来了两声咳嗽:"咳咳……"

站在越野车旁边炫酷拽的年轻人,一会儿盯着知非一会儿盯着修羽,终于等到他俩说完了,下巴一抬冲知非大声打了个招呼:"嗨,美女,又见面了。"

知非当然知道那是跟她说话,因为全场就她一个女的。抬起头,瞥了他一眼,原来是刚才和修羽说话的年轻人,他很酷地靠着车站着,一只手插在裤袋里。这要是在拍电影,那可以说是很酷了,可在这荒凉的大草原边上,未免装得有点过。知非没搭理他。那人不以为意地笑笑,手指一滑,蛤蟆镜落到了鼻尖上,自信一笑:"不记得我啦?十来天前刚见过的。"

知非想起来了,那天跑步时在超市门口遇到的年轻人,齐天。敢情给医院的那通求助电话是他打的,真是语不惊人死不休。

"我很惭愧,之前以为你是旅行社过来踩点的,没想到你居然是医生。"齐天略歪着头看着知非,发现知非根本没搭理自己,有点不敢相信,"小姐姐,不会真的不认识我了吧?"

知非还是没搭理他,说实话,这么浮夸的人,也没什么好理的。

齐天:"没关系,那我重新介绍一下,我叫齐天,齐天大圣的齐天……小姐姐,这下总该记住了吧?"

知非不跟他废话,冷静地道:"你是野生动物保护组织的人?"

"是啊。"

"好,情况我跟你说清楚,我是一名胸外科的医生,不是兽医,但是现在处理外伤的事落在我的手上,我也只能接着,可我没有给大型动物处理外伤的经验,未必有本事处理好,但我想应该跟处理人的方法差不多,我的意见是,首先要把大象腿上的长矛取下来，至于怎么取，如何不让大象发狂、暴躁，在这方面，你应该比我清楚。"

"清楚，我当然清楚。"齐天满口应承了下来。

"开始吧。"知非一边说，一边拿过自己的医疗箱，打开，拿起里面的手术刀看了看，又抬头看了一眼齐天。

齐天嘴角一勾，挑挑眉打了个响指，潇洒转身，打开越野车的后备箱，从一堆的装备中间，取出一只箱子，打开，里面是一排麻醉镖。

"放麻醉镖这种小事，用不着小爷出手。"他冲旁边一个看起来憨直的男人，喊了一声，"石头，过来，露一小手给他们瞧瞧。"

石头中等个头，相貌敦厚，为人实在，上来就拿起了麻醉镖，问知非："手术一共需要多长时间？"

知非粗略算了一下："一小时左右。"

石头不说话了，麻醉镖隔空打了过去，针针命中。大象挣扎着想站起来，可脚下直打滑，最后一动不动地趴在了地上。

石头说："可以了。"

知非早就准备好了。

在石头的帮助下，知非拔出钉在大象骨头上的长矛，然后拿出生理盐水给伤口做清洗，缝针。

到了消炎这一步，她停住了，医院最近消炎药紧俏，出来的时候拢共就带了一支，可现在面对的是七八吨重的大家伙，完全不够。

修羽大步走过来，把怀里的东西往地上一放："用这个。"

知非看到脚边一堆开着紫色小花的草，根上的泥土还新鲜着，应该是刚拔来的，问："这是什么？"

第24章 野路子

石头拿起了一株，凑在鼻子下闻了闻，说："这个我认识，这个叫刺儿菜。"

修羽说："也叫小蓟草，这是一种药草，有止血祛瘀消肿的功效。"

石头点点头："修队说得没错，农村人止血首选草药。我记得小时候，有一回我在野外受了伤，鲜血直流，我奶奶就随手撸了一把刺儿菜，用手搓了搓，搓出汁液，然后往我的伤口上一敷，没一会儿，伤口的血就止住了，而且还不容易感染。"

知非拿过一株刺儿菜，放在鼻子下闻了闻。

杜峰是急性子，插话进来："骗你干什么？真管用，我打包票。"卷起裤管，露出了小腿上一个贯穿的伤疤，看形状是子弹留下的，"看见没？这是两年前在边境执行任务时候受的伤，子弹进去是贯穿的，还好没伤到骨头，卫生兵离着我很远，根本来不及包扎，我的这条腿就是刺儿菜给的。"

知非惊讶地看着那个疤，不过其他的人却是一副司空见惯的神态。她捻着刺儿菜，看着修羽。修羽也在看着她。

杜峰不耐烦了："我说你这医生，怎么磨磨蹭蹭的，这药草真管用，不用怀疑了。"

"有没有毒副作用？"

杜峰一听二话不说，拿了一株塞进嘴里，嚼了几下吞进了肚子："这怎么可能有毒，在我老家，大家都喜欢用这个炒菜吃，要是有毒副作用，不早死了八百次了。"见知非还在犹豫，又抓了几株塞进嘴里，吧唧着嘴，嘟嘟囔囔地道，"你看你看，连这个都没吃过，真没见识。"

江琦忍不住损他："你是牛啊？一会儿都叫你给吃光了。"

知非皱着眉头，看向修羽："确定吗？那可是大象。"

修羽点了点头。

"我不听经验之谈，我要听药用价值。"

"消炎杀菌、消肿止痛。"

"太笼统了。"

修羽说："刺儿菜对人体内的肺炎球菌、伤寒杆菌、金黄色葡萄球菌都有抑制消除作用，对于外疮疖和肿痛，将其碾碎成泥状直接外敷。"

知非错愕了一下，有点纳闷，她不懂中医药，也不知道他说的是真是假，但听起来确实很专业。可更叫她好奇的是，他每次都能对答如流，各种引用古籍信手拈来，也不知道是真专业还是装的。她早就想问他了："你背过中医药词典？"

修羽："背过！"

知非："整本书都背下来了。"

修羽："这是基本功。"

"行了行了。"杜峰早就迫不及待了，"他肯定比你懂，再这么磨蹭下去，一会儿麻醉针的药效就过去了，明明挺简单的一个事，怎么搞那么复杂。"

知非看了看时间，的确不能再优柔寡断了，她低头看了看药草，再看了看警卫队的那几个人，说："既然这样，还愣着干什么，给大象包扎啊。"

几个人立即拥上去，没有工具就用手搓揉药草，搓出汁，连着叶子一起敷到大象受伤的地方，敷了厚厚的一层，然后包扎。

知非被挤到了后面，插不上手，只能在一边看着。

齐天靠在越野车的车身上，观察了半天，找准时机，走过来

第24章 野路子

并掏出一支烟,递到知非跟前,问她:"要不要?"

知非没理他。

"熊猫的,国内带过来的,试试?"

"不用。"

齐天点了烟:"原来你是医疗队的?我这么跟你说吧,这个地方枯燥得要死,娱乐项目少到可以忽略不计。总结来说,这里又苦又累又枯燥乏味,能在这里待得住的年轻人都是牛人,比如……我。"

知非懒得理他。

"你们一共在这儿待多长时间?一年?两年?"

"一年。"

"领导安排你过来的吧?"

知非看了他一眼,没说话。

齐天同情地叹了口气:"我劝你一句,能待在医院就别来这种地方。皮肤科的医生跟我说过,紫外线是皮肤衰老的元凶,70%的伤害都是来自紫外线,这是不管敷多少张面膜,喝多少的燕窝都补不回来的。长那么漂亮,不要跟自己过不去。"

知非冷淡地说:"紫外线那么危险,那你还来这里干什么?"

"我来体验生活啊。人分两种,体验派和观察派,我是体验派。关于人生,我已经体验了很多了,我喜欢冒险追求刺激,赛车、滑雪、潜水、跳伞、冲浪、翼装飞行一个接一个玩,现在也是在冒险,而这里是全世界最危险的地方之一,我要做世界上最传奇的人之一,将来等我老了,我要写一本书,我的自传。"

知非没说话。

齐天没话找话:"你们医疗队……很缺药?"

"缺。"

"缺什么药，跟我说。加个微信？"

"跟你说有用吗？"

"有用啊，我有路子。"

"你有什么路子？"

"看到我的这些装备没？都是顶级货，就是他们维和部队的装备也不一定有我的好，只要我想要，卫星都能弄来。"齐天越说越来劲，"都是同胞，千万别跟我客气，缺什么只管跟我说，保准给你全部弄来。"

知非压根儿不信他的话，随口应着："什么都能弄来？"

"没错啊。"

她下巴一抬，说："天上的太阳，水里的月亮，你给我弄一个来。"

"哈，能不能真诚点，说点可以用人民币购买的东西。"双手一摊，"美金也行啊！"

"我跟你拢共见过两次面，加起来说过的话也就十来句。齐天是吧，打发无聊有很多种方法，别来消遣我。"

齐天没想到她这么拒绝了自己，拒绝就拒绝了，还把他给怼了一顿，他以前遇到的那些女孩，可没有一个是这样的，更不会有姑娘用这种语气跟他说话。他齐大少什么样的女孩没有见过，不知道多少小网红主动示好过，说要送东西，女孩子们疯了似的扑过来香吻送上，车、花店、奢侈品包包他随便出手，至今他身边的女孩没一个不说他好的。如今没想到，他这样的人间罗密欧到了她面前，居然被当成了……骚扰。像他一下子就僵在那儿了，然后，手在空中打了个响指："小姐姐，有没有点娱乐精神？"

第24章 野路子

修羽听到响声,回头看了一眼。

知非脸上不带一点笑:"对不起,没有!"

大象的伤已经包扎好了,修羽起身,擦干净了手。大概过了三分钟之后,大象慢慢站了起来。

总算是有惊无险。

修羽看了看时间,对杜峰他们说:"准备回程。"又对石头说,"石头,大象就交给你们野保组织了,以后再遇到什么问题,及时跟我们维和营地联系。中国军队保护你们的人身和财产安全。"

"多谢,多谢。"

知非在收拾医药箱。

齐天开着车子停在知非的旁边,从车窗探出头:"我送你回去。"

知非收拾好了医药箱,看了看呜咽中的大象,又看了看地上死去的小象,说:"你不是野保组织的嘛,小象死了,大象妈妈很伤心,你是不是应该去陪伴一下大象妈妈?"

齐天说:"那不是有石头在嘛,他是妈妈,我是爸爸,我们是严父慈母CP。"

修羽虽然一直在给大象敷药汁,可他的耳朵一秒都没闲着,在听知非和齐天的对话。

石头他熟,野保组织的负责人,可这个齐天,却是头一回见。听石头说,这小子是富二代,有钱,打去年他来了Z国开始,野保组织就是他一直在赞助着,还给难民营捐过物资。石头说过,齐天为人慷慨,野路子广,是个好人。别的他不清楚,但是就他的那些引以为傲的装备,又贵又不实用,明眼人一看就知道这小子被人骗了。

告别了石头,修羽直奔车边,经过知非时,说:"上车!"

知非跟着他上了车,留下目瞪口呆的齐天,半天喊了句:"美女,你叫什么名字?留个联系方式呗!"

第25章　原来是他

修羽闭着眼坐着，他身上被大象鼻子抽过的地方还疼得厉害。一路上都没人说话，就这么沉默着到了医院。知非下了车，往医院走去。

她走了有十步，修羽突然跳下车，追上去，喊了声："知医生，你等一下。"

知非回过头，望着修羽。修羽到了她跟前，诚恳地说："对不起！刚才我不该吼你。"

知非抿着嘴，没说话。

"我其实……其实就是担心你。"

知非脸色微微一僵，抓着医药箱的手，紧紧攥了一下，说："没别的事的话，我走了。"说完，转身继续朝医院走去。

得！看来是真生气了。

修羽站在路中间，望着知非的背影走远，轻轻嘘了口气，然后回身上车，发现一车的人都盯着自己，他坐到了副驾的位置上："看我干什么？杜峰，开车。"

知非听着车子走远了，这才扭过头。一直到车子看不见了，才又往医院走。正午的日光毒辣，正是午饭时间，医护们三三两两地往餐厅走，与她逆向而行。她的脸一直在发烫，她低着头，也不知道是不是因为天气太热的缘故,他刚刚说"我其实就是担心你"时,她感觉自己的心脏都要从嗓子里飞出去了。

车子在尘土飞扬的路上行驶,修羽的手放在被大象鼻子抽打过的地方,一碰就火辣辣地疼,不过他不想让兄弟们担心,竭力维持着轻松的模样。

江琦早就觉得不对劲了,悄悄拉开修羽的衣服,腰上一道红肿的痕迹,他都愣住了,张着嘴巴。

冉毅意说:"队长,这么严重,你怎么能忍到现在一声不吭?"

"别大惊小怪的。"修羽靠在座椅上,扯了扯衣服。

"都怪那女医生,要不是她忽然跑过去惊动了大象,你能受伤吗?她就不该出现在那儿!我发现她只要一出现,你就要触霉头。以后有她的地方你千万别出现,惹不起咱还躲不起嘛。"

修羽没好气地说:"我谢谢你们,我没事。"

杜峰总觉得修羽在向着知非说话,心里不太爽:"队长,我说实话啊,我早看她不顺眼了,她还打听你是不是学过医……"

冉毅意一下子从座位上弹起来:"她几个意思啊?"

杜峰说:"我哪知道她几个意思?所以我肯定不能告诉她。"

"没错,那女医生事儿精,我看她挺聪明的,你跟她说话,准被她绕进去。"

修羽闭着眼不理他们。

"冉毅意,这点我跟你不谋而合。队长,我以前一直觉得你一直都在袒护她,江琦还跟我说,你肯定是喜欢她……"

江琦马上撇清:"说事就说事,别扯上我。"

"江琦你这个人就这点不好,说了就说了,又不是只有你一个人这么说过,冉毅意和周晨也都是这么说的……"

第25章 原来是他

那两人一听纷纷咳嗽,试图阻止他,可惜杜峰根本意识不到,继续说:"咳不咳嗽都是这么回事。"

"但是队长,今天你把她劈头盖脸地骂了一顿,骂得那么狠,跟骂孙子似的,把我都给骂呆住了。"修羽愣了一下,想要解释,还没张嘴,杜峰就说,"你不用解释,你先听我说完,以前我确实怀疑过你喜欢女医生,可现在我不这么想了,现在看来,你根本不喜欢她,你是讨厌她,你比任何人都讨厌她。我都开始同情她了,我要是她,肯定号啕大哭,当着那么多人的面,太伤自尊了……不过我也能理解你,她那个人就是不知轻重,要不是因为她,今天你就不会挨大象那一鼻子。"然后扭头看向修羽,特别认真地说,"队长,话又说回来,你骂也骂了,以后就跟她老死不相往来吧。"

杜峰话还没说完,后脑勺就挨了江琦一巴掌:"杜峰,你小子傻啊?"

"你才傻呢,我侦察连出来的。"

江琦真是服了他了,论作战,他很优秀,可论感情,这小子脑子里压根儿没有爱情这根弦,不管杜峰明白不明白,反正他是明白了,队长这回可能真要栽在那女医生手里。

修羽闭着眼睛,懒得听他们叨叨,自言自语道:"这段时间我别的没明白,就明白了一件事,无中生有。我还明白了一个成语,叫捕风捉影,你们听过吧?"

众人刚要热烈讨论,修羽说:"人家什么都没做,你们却屁话一大堆。你们几个怎么就那么八卦呢?你们没去做娱乐博主、营销号那真是娱乐圈的幸运,不然就凭你们几个这八卦精神,绝对能把娱乐圈这潭水给搅浑了。"

那几个人显然已经习惯了这种聊天方式，七嘴八舌地议论着。

"何止搅浑了，浑得跟稀泥似的。"

"队长，你给我指了条方向，将来我要离开了部队，我就去混娱乐圈去，但凡是料，保管挖出来的东西，连他爹都能惊呆了。"

几个人哈哈大笑，只有杜峰没有笑，一副恨铁不成钢的口气："队长，你怎么回事，刚才还好好的，怎么又替她说话了？"

修羽一副波澜不惊的口气："难道要替你说话？"

杜峰较劲了："你跟谁亲啊？"

"你说呢？"

"那当然是我啊。"

"不见得。"

"行行，我不跟你讨论这个，简单选择一下，我跟她放在你面前，你选谁？"

修羽说："选你？你看我疯了吗？小孩子才做无聊的选择。"

江琦立马接上："对，小孩子才做选择，成年人都要。"

"有你什么事儿？江琦。"

江琦打着哈哈："没我的事儿没我的事儿……你们聊你们聊。"

杜峰翻着白眼。

修羽皱了皱眉："杜峰你为人耿直，心思单纯，可你有时候说话做事不经大脑，你好自为之吧。"

杜峰哑然。

冉毅意笑眯眯地插话进来："队长，你说说我，我什么样的？"

修羽喜欢在任务结束后，跟他们聊天，今天只要不聊知非，聊什么都行。

知非去餐厅吃饭的时候，遇到了夏楠。夏楠正埋头苦吃，发

第25章 原来是他

知非端着饭过来，马上收拾出桌子的一半，笑嘻嘻地叫她坐下："任务完成了？大象的伤治好了？"

知非点头。

"那……你今天，见到修队了？"

知非："见到了。"

"你们……没吵架吧？"夏楠一双眼死死地盯着她，想看出点什么端倪。

知非语气很平静地说："没。"

夏楠终于长出了一口气："那就好，没吵架就好。"

"我看起来像很喜欢跟人吵架的吗？"

"跟别人倒是没有，就是跟修队有点水火不容，八字不合……你别误会，我没别的意思，就是实话实说。"

知非很是无语。

夏楠发现今天自己提修羽几次了，知非竟然没有表现出不耐烦，于是胆子有点大了："亲爱的，我能不能跟你打听个事儿……你们今天见面的时候，他都做了什么？说了什么？你随便跟我说几句。"

知非张了张嘴，突然想起了，下车时他喊住自己，说"其实……我就是担心你"。

他居然担心她？而不是担心万一她受伤受到领导批评？

夏楠的筷子在她面前挥了好几下，才把她的魂给招回来，问："在想什么呢这么出神？"

她从来不需要和夏楠藏着掖着，直接问："夏楠，你了解他吗？"

"了解啊，33岁，中国驻Z国维和部队警卫队中队长，少校，身高185，体重150斤，三次全能尖兵，曾率队在国际特种侦察兵大赛中夺得参赛队团体总分第一名和比赛课目中的9个单项第一，并获'军事技能最佳表现奖'……"知非知道他优秀，可没想到这么优秀，越说越不像凡人。说到修羽夏楠饭也不吃了，放下筷子滔滔不绝，"我刚刚说的这些，是他现在作为一名军人获得的成绩和荣誉，他还有另外一方面的……"

知非："另外哪方面？说说。"

夏楠说："出身中医世家，中医药大学硕士毕业的中医全科医生，后来弃医从军，特招入伍……"

夏楠每扔过来一句话，都像是一个重磅炸弹，炸得知非目瞪口呆，一口面条挂在嘴边，好久才吸进嘴里。

她不仅有点蒙，而且有点恼火和惭愧。她一直当他只是一个爱好中医的青铜，没想到居然是个王者！

她沮丧得不行："夏楠你是不是早就知道？"

"也没多早，就十来天前吧。不是说喜欢一个人就要去了解他嘛，所以我就托关系打听了一下。当时听了这个消息，我也是惊呆了，我想跟你说来着，可那时候你跟他不对付，一提到他的名字你就炸，我没办法跟你说话。这么一个秘密憋在我心里，都要把我憋坏了，可你不想听他的任何消息，我有什么办法？"

知非看着她："可他为什么要弃医从军？"

"这我可不知道，托人打听了，还没打听出来。"

知非不说话了，埋头继续吃饭，而回忆却瞬间回到了小时候。

那年她刚上初一，夏楠因为上初三，经常会被留校上晚自习，所以她经常放学一个人回家。从学校回小区要经过一条深深的巷子，那条巷子，只有中间一盏路灯。偶尔会有小混混等在巷子里，

第25章 原来是他

看到有形单影只的学生经过,就会过来要钱,不给钱就打一顿。那时候网络不发达,没有无死角的摄像头,那些人又是流动作案,索要的钱财不多,再加上都是未成年人,警察逮回派出所教训一顿就放出来,那些人继续作案,恶性循环。那天晚上,因为数学老师拖堂,放学有点晚,冬天天黑得早,出教室的时候天还是亮着的,等走出校门天就黑了。她耳朵里塞着随身听,一边走路一边听英语,刚走进巷子里,面前一道阴影笼罩了过来,是一个穿着黑色皮夹克,"杀马特"打扮,头发染成红色的小混混。知非知道他,这个人在附近的一所技校里上学,每次不是搂着一个耳朵上打了一排耳洞的女孩子,就是在抽烟,骂脏话,欺负低年级的学生。知非只觉得头皮发麻,心如擂鼓,快步朝前走去,却被这个人拦住了,知非声音颤抖地说:"你要干什么?"

那个小混混手拍在了她的脸上:"身上的钱,都掏出来。"

"我没钱。"

小混混的手扯着她的马尾,她吓得立刻往旁边躲,结果又被他拉了过来:"少废话,老老实实掏钱。"

知非垂着头,埋到了胸口,声音很低,虚弱地求饶:"我真的没钱。"杀马特觉得没劲,可又不甘心就这样放她走:"告诉你,老实把钱交出来,别让我动手搜你的身。"

说到搜身,小混混无耻地笑了,笑得又下流又卑鄙。刚刚步入青春期的女孩懵懵懂懂,越发感到羞耻,恨不得有个地缝可以钻进去,躲起来。可她真的没有钱,早上上学的时候母亲还没有下班,这种情况已经持续了半个月,她也乐得和母亲过着同一个屋檐下却很少见面的生活,她拿了桌子上仅有的三块钱,买了早点,身上哪还有一分钱。

恶霸有了欺凌女孩子的招数，又怎么可能不去实践？

知非用力推开，尖叫着反抗："走开，你走开。"

可她毕竟是女孩，哪里是小混混的对手。她的手轻易被人按住，推到了墙边，头被按在了墙上，冰冷的砖面，脸贴在上面有一种难言的刺痛，眼泪刷的一下涌了出来。有多屈辱，就有多绝望。她的声音里有了哭腔："别碰我，你别碰我……"

她闭着眼，拼命地挣扎，终于摆脱开了按在脑袋上的手，双腿一软顺着墙滑到地上，缩在了墙根，头埋在膝盖上，紧紧地缩成了一团。墙角有些脏，有腐烂树叶的气味。她一辈子也忘不了的气味。慌乱中，她感觉有人在拍她的肩膀，她触电似的抖开："别碰我！"

那只手立即放开了："同学，同学……"很温暖的声音。知非的头慢慢从膝盖上离开，目光所及，在她身边的地上，小混混蜷缩着。她一惊，屏住气，伸手拨开被扯乱的头发，只见面前站着一个穿着咖啡色毛衣的少年，周身披着月光。

"同学，你没事吧？"他声音真好听，眼睛如同夜空的星辰。

知非感觉自己被拯救了，她没说话，愣怔地看着他。

"同学，同学……"少年的手在她眼前晃了晃。

她终于回过了神，贴着墙慢慢站起来，咬着嘴唇，往旁边挪了两步，避开那个混混。

月光穿过光秃秃的树枝，落在地上，树影斑驳，少年的目光，温和如斯："别怕，我在这儿他不敢怎么样。"

知非打量着他，他的脚踏车停在旁边，车篓里放着篮球和校服，不知道是哪个学校的。那个年代校服都差不多，蓝白两色。巷子口有汽车鸣着喇叭经过。知非紧张地抱着书包，不知道是不

第25章 原来是他

是因为刚才被吓到了,一颗心跳得飞快,她不经意地咬住嘴唇,掩饰住那一丝紧张,往旁边又挪了两步。巷子很静,只有一盏孤独的路灯。她看了一眼地上的人,问少年:"你把他打了吗?"

少年笑了笑:"没有,我不喜欢用拳头解决事情。"

"那他……"

小混混逞强地小声骂了一句:"逮着机会我弄死你。"

少年蹲下去:"看清楚我的这张脸,想报复的话只管来找我。"

小混混都是欺软怕硬的尿货,遇到比自己强的,就立马毕恭毕敬地求饶:"不报复……不报复……你才是大哥,大哥饶命……饶命啊……"

少年在他身上摸了摸,从他身上拔下了银针,小混混灰溜溜地从地上爬起来,低着头走了,一边走,还一边朝知非作揖道歉。

知非看着少年把银针一根根地放好,捡起地上扎头发的橡皮圈递到自己面前。知非的心还怦怦地跳,接在手中,低着头,拢了拢头发。少年等她把头发扎好了,才说:"我送你回去。"

知非埋着头:"不用,我家就在附近。"

少年眯着眼睛,说:"走吧。"

知非看着他,月光下他的脸很白净,高出她许多,猜测应该是高中生,高二或者高三。他推着自行车,走在前面,他的自行车是限量款的,很好看,他走路很轻,一点声音都没有,她跟在后面望着他的背影,他是一个单薄、瘦削的清秀少年。

少年走了几步,回头看她,问:"你初几了?"

"初一。"

"英才的初中很难进的,你一定很聪明,成绩应该很不错。"

知非没说话,跟着他往前走,快到小区门口的时候,停住了脚步，说："我到了。"

少年没说话，依旧往前走，一直到了小区门口，才跨上了自行车，朝她挥挥手，说："我偶尔也会住在这个小区里。"

知非愣住。

少年经过小区门口时，保安热情地打招呼："放学啦。"

少年微笑着点头，踩着自行车如一道风穿了过去。

这个小区是民大附属医院的家属楼，离医院很近。

知非看着那道身影朝最后一栋楼骑去，夜太静，她隐约听到他叫了声："奶奶。"

小区里谁都知道，那是李复老先生的家，上下三层的小楼。

李复老先生和修睿老先生自结婚起就一直住在里面。跟小区别的房子不太一样，那个院子是一个红色的铁艺大门，爬满了爬墙玫瑰，里头有个小院子，种了各种各样的药草，据说他们家夏天的时候一只蚊虫都没有。

那一夜知非辗转难眠，第二天是周末，她起床之后就去了理发店，把一头长发给剪了，后来报了跆拳道班。

人与人的缘分扑朔迷离，明明是住在同一个小区，可知非后来却一次也没见过他，一直到修老去世，小楼捐给了政府，李复老先生从这里搬出去的那天，她才又见到了他。也是一个周末，她从跆拳道馆练完了回家，看到他扶着李老先生从小楼里出来。

那是初夏，他穿着白衬衫牛仔裤和球鞋，眼神有光，清秀隽永，那是他留给她的全部印象。

少年的悸动，就像密封罐里的糖果。这段青涩而短暂的暗恋，既幼稚又固执倔强，不敢与任何人吐露心声，也与任何人无关，甚至她连打探他的消息都不敢，生怕稍有风吹草动就被人知道。

第25章 原来是他

那是属于少年时期才有的青涩爱恋。

时光荏苒，记忆渐渐发黄，渐渐淡去……

她怎么能想到，家属楼里流传着的李复老先生的孙子以如何优秀的成绩考上了中医药大学，世家传承，龙生龙凤生凤……那天月光下的清秀少年竟然以维和部队警卫队中队长的身份出现在她面前。

知非瞪着眼睛，几乎都窒息了，毫不知情的夏楠还要给她致命一击："现在后悔了？晚了！当初我怎么劝你的？反正你什么也不听，犟脾气一上来，九头牛都拉不回来……"

知非的心在翻滚，夏楠后面说的什么，她全然没有在听。十六年过去了，她已然已经认不出他来了，那他呢？是不是也认不出自己？呵，要是能认出来那才怪！或许在他心里她从未出现过。她捏着筷子，用力抿了抿嘴。窗外是恼人的鸟叫，烈日如火，轻易就把人的眼睛刺得生疼。

下午一点，知非进了手术室，做了个食管修补手术。从手术室出来是下午三点，刚走进走廊就听到外面吵吵嚷嚷的，她问站在走廊里的木兰："发生什么事了？"

木兰回道："医院急诊科来了个人，指名要最好的医生给他缝针，说不能留下疤痕。谢医生和你都在做手术，所以夏医生过去处理，结果两人吵起来了……"木兰话没说完，知非便急匆匆往急诊科跑。

诊室的门开着，迎面就看见齐天侧着身子坐在椅子上。

夏楠正在咆哮："就你这混不吝的态度早晚被人打死，我再跟你说一遍，这是医院，没有美容针，想要美容针的话，去医美，这个国家有没有医美，你自己掂量……"

齐天额头上包着纱布，看起来很滑稽，可嘴却一点不带消停："哈，你才早晚被人打死呢，咱走着瞧，等你回国了，出了机场我就揍你。"

"别等回国啊，就在这儿揍我，流氓！"

"我流氓，那你呢？你泼妇！"

齐天长这么大就没被人这么当着面指着鼻子骂过，他来医院缝个针，居然叫一个从未谋面的妇产科大夫骂了个狗血淋头。他绞尽脑汁也想不起在哪儿得罪过她，也许见过，可这么相貌平平的女人，根本记不住。

夏楠越骂越来劲，他也是来巧了，她刚做了一个因为严重营养缺乏不得不终止怀孕的引产手术，家属居然因为产妇手术完不能立即干活，嫌女方是废物，当着她的面动了手。她这一腔的怒气，全都撒到了齐天的身上。她滔滔不绝地骂，齐天连反应都来不及，她也不给他反应的机会："我就不懂了，你这种人来Z国干什么，能有什么贡献？给狮子当口粮都不够塞牙缝。你还缝不缝了？不缝的话，我走了。"

齐天满腔怒火："呸，缝也不要你缝，赶紧滚。"

夏楠骂爽了，端起弯盘："我寻思你就是再蠢再笨，车上总该有急救箱，自己拿碘酒消消毒，再不济多贴几个创可贴，你手又没残废自己贴总还是可以的。"夏楠骂完，径直出了诊室，就看到知非双手插在口袋里站在门旁，她来了有一会儿了，听着夏楠在里面骂齐天，故意没有进去。夏楠扯着她就走。

齐天还坐在诊室里，他很郁闷，准备去院长办公室投诉，可走到门口又停住，觉得这样做会给中国医疗队抹黑。他想了想拿出电话，找到陈明宇的号码，拨了过去。

第25章 原来是他

夏楠扯着知非,一路扯回了办公室。知非也没挣扎,任由她拉扯,毕竟两人刚吵完架,齐天还在气头上,进去给他缝针保不齐挨他一顿骂。夏楠把她往椅子上一按,随手拉了把椅子过来,拉开架势准备跟她吐槽诊室里那个小瘪三的桩桩脏事,结果刚刚讲了个开头,知非的电话就响了,是总队长陈明宇打来的。这个时候总队长打来电话,两人的心里同时咯噔了一下,不约而同地看了对方一眼。

夏楠一副了然的样子:"肯定是小瘪三给总队长打了电话,我还真小看他了,告状告得也快,又刷新了我对他认识的下限。"

兵来将挡水来土掩,既来之则安之。知非按了"接听",陈明宇没有任何寒暄直接安排:"知非,你赶紧去急诊科诊室把齐天额头上的伤给缝了,能不留疤尽量别留疤。他是狗脾气,你别学夏楠跟他吵架,我相信你也不会跟他吵架,他要说什么你别听就是了,赶紧去。"

伸着头偷听的夏楠,听到了自己被点名,不满地翻了个白眼,对着虚空做了个勾拳。

知非用一贯平静的语气说:"陈伯伯,你尽管放心,我现在就过去给他缝针。"

第26章 司马昭之心

知非按了"挂断"，就往外走，夏楠抢先堵在门口，拦住知非不让她出去。齐天的所作所为，实在让她不齿和愤怒，对她这样恩怨分明的人来说，有一种被打脸和践踏的感觉。

"非非，你知道他是谁吗？齐源集团太子爷，啊，不，应该说是齐源集团知名恶少。你还记得我之前跟你说过小孟的事吧？冤有头债有主，混账事就是他干的。"

知非以前听夏楠说过小孟的事，可夏楠每天叽叽喳喳，有吐不完的槽，再加上妇产科哪天没点奇葩事，早就见惯不怪，若非跟治疗相关，知非基本上做到了这耳朵进那耳朵出。

夏楠还在骂："小瘪三在国内祸害了不少的姑娘，今儿个来医院摆谱来着，张嘴闭嘴让医院给他找缝针最好的护士，还要用美容针缝，不能留疤，他以为医院是他家开的？所有人都得围着他转？就他那嚣张劲头，我真想一个大耳刮子让他清醒清醒。这次是他倒霉，遇见了我。"

知非跟夏楠不一样，她工作时间不会带任何情绪，眼里只有病人。在知非眼里，医生负责治病救人，是否有罪那是法官的事，所以夏楠再怎么义愤填膺，到了知非这里都化作了无形。

第26章　司马昭之心

"工作时间，能不能收敛收敛你的脾气？"

"没办法收敛，看着他我就来气。"于是，夏楠又把小孟的事跟她掰开了揉碎了讲一遍，最后说，"我跟你讲，就他那额头上的那道伤，一准是让姑娘给揍了，活该！怎么不拿个榴莲拍他脸上呢，不要脸的东西，居然还给陈伯伯打电话告我的状……"知非望着她，眼神犀利，夏楠垂下头含含糊糊地说，"你放心吧，我看过了他的伤了，顶多就是脑门上留个疤。不碍事的，不然他能消停地待在诊室里吗，还不早就把医院给拆了。"

知非没说话，不说话的压力才是最大的。夏楠承受不住了，大手一挥："算了，算了，还是我给他缝吧。"

知非提醒道："带着脾气去诊室，这样可不好。"

"心平气和行了吧？"夏楠嘟嘟囔囔地抱怨，"你叫我给他春风一般的笑脸，我也做不到啊。"

"那还是我去吧。"

"别！好歹是我的病人。再说了，不能他一告状就换个人给他缝针。你放心吧，我会保持我的专业水平和职业道德的。"夏楠说完，拉开诊室的门，又忍不住叨叨，"我看到他就来气，真想给他直接在脑门上缝一个'恶'字。"

知非抿着嘴，无言。

"虽然我也知道没什么用，但起码能提醒初涉社会的无知少女，此人危险，请勿靠近！"

知非怕夏楠真给他缝个"恶"字，便跟了过去。夏楠走在前面，她远远地跟在后面。此刻，待在诊室里的齐天可比夏楠要生气多了，他就纳闷了，从哪里突然蹦出来的大姐，姿色平平，脾气还挺大，上来不分青红皂白，指着他的鼻子就是一通臭骂，泼妇骂街也不过如此。这大姐怕是更年期提前了吧，这么暴躁。

他一气之下把电话打给了医疗队总队长陈明宇，陈明宇是他爸的战友，是他叫了很多年的陈爸爸。齐天小时候，可没少管陈明宇叫爸爸，不过渐渐地，两人见面越来越少，掐指一算，距离上一次见面，大概已经十年了。本来这点小事，他不想惊动长辈的，都怪那位大姐太气人，亏得记住了她胸牌上的名字，不然告状都说不清谁是谁。投诉完，他心里舒坦多了，拿出手机打游戏，医院的网络太差，害得他连输两局，主动送人头，真是要多不爽有多不爽，最主要的是到现在了，居然还是没人过来给他缝针。总队长的话不管用，还是这些人的办事效率太低？齐天皱了皱眉，感叹今天真是衰透了！不过这个念头刚一出来，脑子里突然就闪过知非的身影，顿时他又来了精神，手捏着下巴心想，女医生不会在这个医院吧？他正想着，诊室终于来人了。夏楠端着弯盘进了门。齐天看了她一眼，晃着腿："怎么又是你啊大姐，你们医院没别人了？"

夏楠视而不见地对着空气说："放下手机，坐好了，坐直了。"

"大姐，你跟谁说话呢？我不用你给我缝针，我要求换一个人。"

"对不起，不提供此项服务！"夏楠顺手将弯盘往桌子上一放，准备给他处理伤口。

齐天不肯让她缝针，这女人又凶嘴巴又毒，万一针脚故意缝得很大很难看，在他额头上留下一条蜈蚣那不就完了？所以她的手一过来，他就大叫："我警告你离我远点，别碰我。"

夏楠也是干脆："行，不碰就不碰！这可是你说的，你要是个爷们儿就别打电话告状。"

第26章 司马昭之心

齐天当然不乐意了:"我说你不行,我又没说别人也不行。"他赌气地说道,"你们医院谁都可以给我缝针,除了你。"

夏楠眉头一挑,冷笑道:"这可是你说的。"

"我说的!"

"我现在就叫一个实习生给你缝。"说完,夏楠将手里的棉球往垃圾桶一扔就往外走,齐天跳起来拦在门口,夏楠鄙夷地说,"转眼就后悔了,早知道这样你叫什么板啊?"

"谁后悔了,我没后悔。"

"没后悔那你让开啊。"夏楠又要出去。

齐天还是拦住。

夏楠往后退了一步:"不是说不后悔嘛,不后悔堵门口干什么?后悔都不敢认。"

齐天当然不肯承认自己后悔了,不过现在他有更重要的事情要跟她打听,所以,她说什么难听的话,他都无所谓:"跟你打听个人。"

夏楠一看他这样就知道没什么好事:"女人是吧?不知道!"

齐天有事相求,便不再跟她针锋相对:"我都还没说问你什么,你就说自己不知道?我的问题你肯定知道,医疗队来了几名胸外科的医生?"

夏楠打量着他,没说话。医疗队就来了知非一名胸外科的女医生,小王八蛋突然提到知非准没好事:"你问这干什么?"

"你先回答我。"

"你先告诉我原因。"

"我问问,有没有女的胸外科医生?年纪大概二十六七岁,身高得有一米七多。"他怕夏楠不清楚,比画了两下,补充道,"长得很漂亮，身材好，皮肤白，大长腿。"

"怎么着？认识她呀？"

"刚认识。"

"刚认识？"

"今天上午刚见过。你肯定认识她对不对？她叫什么名字？在不在你们医院？"

夏楠看着他，犹豫了一下，谎话随口就来，反正这小子不是什么好东西，找知非必定不是什么好事，瞧他双眼冒绿光的样儿，一看就没安好心。她清了清嗓子，大声道："我不认识，医疗队压根儿没有你说的这个人。"

"怎么可能？"

"怎么不可能？你听听你刚刚的描述，长得好看，肤白、貌美、大长腿，一听就不是医疗圈的人，要不你去影视圈找找，没准那儿有符合你描述的女明星。"

齐天往椅子上一靠，双手抱肩："我也没想到长得那么漂亮的女人，居然还是个医生。"

"你不去写剧本真是可惜了。"

"我是说真的。"

"我说的也是真的，你父亲有你这么个蠢笨的儿子，可能是人生中最大投的资败笔。"

齐天知道夏楠在变着法气他，可他偏不生气，他的目的很简单，就是得到女医生的消息："你们是首批医疗队队员，来这边之前有培训，你跟她肯定早就认识了，你有她的联系方式吗？"

夏楠没搭理他。

"我就是想找到她，没别的意思。"

第26章 司马昭之心

"没别的意思？"夏楠冷笑了一声，手指戳着他的胸口，"没别的意思你笑得那么贼眉鼠眼的？没别的意思你打听人家联系方式？没别的意思你问东问西？你跟我装什么正经人啊？你要是个正经人，能搞大人家姑娘的肚子吗？你要是正经人会不负责吗？就你这种人还好意思跟我说没别的意思，你的那点心思全都写在脸上了，就两字'恶心'，四个字'恶心死人'了。"

齐天被她戳得步步后退，坐到了椅子上，他也来气了："大姐，饭可以乱吃话不可以乱说，我搞大谁的肚子了？我怎么不负责了？"

夏楠一听就炸，火气直冲头顶："装失忆是吧？干过的事不认账，想就当作什么也没发生是不是？"手里的弯盘往桌子上一放，她撸起了袖子，准备干架。

齐天也不示弱："我没干过凭什么要认？你想动手是吧？来来，我看你是个女的，不跟你计较，你倒是瞪鼻子上脸了，别以为你是女的我就不会动手。"他刚说完，后脑勺就挨了一巴掌，夏楠居高临下望着他，横眉冷对，大义凛然。

齐天虽然口口声声说要动手，可真叫他对女的动手他还真下不了手，况且她又是医生，跟医生动手他干不出来："你干什么？我警告你啊，别动手动脚的。我告诉你，关于我的绯闻多了去了，什么样的都有，我没必要跟你解释什么，何况解释也没用，相信的话自然会信，不信的话就算拿出证据，你也不会相信！我猜你也没少在网上看我的八卦。就因为你们这些人喜欢看这些有的没的，营销号才喜欢带节奏，这些年无中生有的事还少吗？为了博眼球什么事编不出来？你说的什么小孟，我根本不认识，她是干什么的我也不清楚，网红吗？明星吗？我要是让人怀孕了，我为什么不让她生下来？我老齐家是没钱养个孩子吗？我妈巴不得赶紧抱孙子呢！笨蛋蠢猪榆木脑袋，别人说什么你信什么，别人一带节奏你就被人当枪使。"

"你还狡辩？"

"我用不着狡辩，没有就是没有。"

"你还说没有。"夏楠现在也有点怀疑之前来医院看小孟的到底是不是这人了，当时她从手术室刚出来，听说之后赶紧往病房跑，结果还没到病房他人就走了，只看到了背影，追到电梯口，电梯门关上了。可该骂还得骂，"就算没有小孟，还有小张小李小刘，就你这种人就不配有人喜欢。"

齐天看她还是气呼呼的，但是跟刚才怒发冲冠相比已经好多了，看样子不会再对他动手了，走到椅子跟前慢吞吞地坐下，说："算了，你刚才打了我，我大人有大量，那是因为你以前对我有误会，所以，我也不找你算账了。现在我已经跟你解释清楚，你就不能再污蔑我了，你要是再动手的话，就说明你这个人不行，你是非不辨好坏不分。"

夏楠没搭理他，虽然她心存怀疑，可小孟告诉她那个人就是齐源集团的太子爷齐天，总不会齐源集团还有个同名同姓的人吧。

齐天见她不再像刚才那样咄咄逼人了，问道："你还给不给我缝了？不给缝的话，找别人来缝。还有，我说过我不要留疤，你要是没这个技术就别在这儿丢人现眼。"

"少废话，坐好了，我给你缝。"

齐天抓紧时机赶紧说道："那你得回答我的一个问题，我才能让你缝。"

"你说。"要不是自己抢了知非的任务，夏楠也不必听他讲条件。

齐天双眼炯炯有神地盯着夏楠:"我刚刚说的女医生,你认识吗?"

"认识。"这回没有骗他。

齐天激动了:"告诉我,她在哪儿?"

"想知道啊?先缝好针再说,事先告诉你,缝针没有麻药,你得忍着疼,你要是忍不住叫一声,我就不告诉你。"反正她是不会相信他能忍得住的。

齐天听到无麻缝针,确实有点冒汗,这谁受得了啊,可想到这女人太恶毒了,他要是不答应,她绝不会告诉他,虽说可以去问陈爸爸,但要是为了一个女人去问他,再让他知道自己对他的队员打主意,没准换来一顿批评也说不定,划不来。所以目前来说唯一指望的就是眼前的这位大姐。他英勇就义一般地拍了拍胸脯,爽快地说道:"来吧,只管缝。"

知非刚刚跟夏楠前后脚过来,路上遇到木兰,说了几句病人的情况,说完了才匆匆赶往诊室。诊室的门开着,夏楠正在给齐天缝针。显然是没用麻药,齐天的脸都是扭曲的,牙齿咬得咯吱咯吱地响,但是这小子真能忍,愣是一声没叫。所以她也就没进门,放心地走了。

齐天一会儿都不消停:"大姐,你仔细着点,别故意留疤。"

"大老爷们儿还怕什么留疤啊,反正以后都不会再有小姑娘看上你了,就连我这种大姐都看不上你。"

"你看上我,那也得我看上你呀。"

"大姐我还就告诉你了,你这脸毁容是毁定了,反正大姐就这技术,你就忍着吧,叫别人给你缝,疤留得更大……你能不能别抖？你再抖的话，别怨我一不小心把你的眼睛缝起来。"

"你是不是医生啊？什么破技术？"

"怪你伤的地方不对，眉骨上头，再往下一点眼睛就没了，又祸害人家姑娘了吧？被人拿刀砍的？"

"胡说八道，这是被刀砍的吗？这是磕树上了。我是挖了个坑，准备把死去的小象埋了，结果大象看我准备抱小象，突然冲了过来，害我摔了一跤，头磕树上了，那树就是叫大象给掀倒的，好巧不巧，我的头磕在了树枝截断的地方……"

夏楠喊了一声："都能给大象吓趴下，你可真够厉的。"夏楠不说话了，倒不是她意识到自己误会他了，而是懒得跟他说话。她得缝得细心细心再细心，免得留下疤痕毁了她的英名。她甚至能想象到，将来要是留疤的话，这小子会在不同场合散播她医术不行的谣言，兹事体大，马虎不得。

齐天看她不说话了，乐得不跟她吵架了，男人在吵架这件事上远远比不过女人，跟她吵架没意思，吵不过，还不能动手。

夏楠缝好了。齐天迫不及待地对着手机前置镜头左看右看，还挺满意的，这大姐虽然嘴巴毒了点，但是缝得不错，看样子应该不会留下疤痕："还可以呀，你刚刚说要让我留疤，我还以为是真的呢。"

"你要是想留疤显得自己像个有故事的男人，我不介意给你拆了重缝。"

"别！用不着，这样挺好的。"

夏楠着手包扎，齐天闭着眼睛问："我是不是一声没叫，你是不是该践行承诺，回答我刚才的问题了？那个女医生她到底在哪儿？"

第26章 司马昭之心

夏楠正准备做消毒，一听这话，放下碘酒棉，拿起了酒精棉。

齐天一点心理准备都没有，突然被酒精一刺激，"嗷"的一声叫了起来。夏楠马上道："我刚刚说什么来着，你只要不叫我就告诉你，你瞧你叫得跟杀猪似的。"

齐天被她气得够呛："你根本就是故意的，不算，你说的是缝针的时候，缝针的时候我可是一声都没叫，你必须说话算话。"

夏楠也不跟他争，反正她的目的达到了，一声不吭地包扎好，端着弯盘就往外走。齐天跟着她，反正他也打定主意了，只要她不说他就跟着她，烦到她说为止。

跟着这样一个尾巴，到哪儿都有人看她，她去病房他跟着，她去洗手间，他站在门口等着，偏偏她也是个犟脾气，他不是爱跟着嘛，那就让他跟着得了。她心想，她去手术室，他总不会也跟着吧。

夏楠打手术室出来，蓦然看到他蹲在门口椅子上打游戏，他坐在椅子这头，产妇家属坐在椅子那头，两人聊得热火朝天，正在组队打游戏，真是服了他了，难怪刚才喊了几声家属都没人进去。

齐天一看她出门，马上又跟了上去。

夏楠看了看到了晚饭时间，可这小子看样子还是没有要走的打算："天要黑了，你还不回去？医院晚上不收留流浪汉的。"

齐天手插在口袋里昂着头，今天他铁了心要问到那女医生的消息："说别的没用，反正我今天就跟着你，你去哪儿我就去哪儿，你晚上回宿舍睡觉，我就在你宿舍门外搭个帐篷，除非你把答应我的事告诉我。"

夏楠不信他真能跟到夜里："你有种。不过我现在要去餐厅吃饭，别跟着我，自己找吃的去。"

齐天眉毛一扬笑了："我刚刚说了，你去哪儿我去哪儿，我刚给餐厅捐了车物资，想必我现在过去吃饭，没有人会拒绝。"

"吹牛！"夏楠不信。

"吹不吹牛等会儿就知道了。我也可以告诉你，你刚刚进手术室的时候，我给附近一家中国人开的超市老板打了个电话，老板跟我是熟人，捐给难民营的物资，还有野生动物保护组织的物资，都是找他帮忙，别看他只是个开超市的，在Z国有点路子。"

夏楠才不信他的鬼话，他像是会给难民营和野生动物保护组织捐物资的人？在她眼里他就是个小痞子，他的形象无法扭转，起码在没证实欺负小孟的那个男人到底是不是他之前绝不可能扭转，如果证实他在说谎，当初害小孟的人就是他，那她跟他没完。她看了看时间，知非下午还有个手术，应该还在手术室。"想吃饭啊，走吧！不过我事先提醒你啊，医院食堂的东西巨难吃，你这金贵的胃，吃了也未必消化得了，我劝你不如买包泡面，我借你点开水，泡面都比餐厅的饭好吃。"

齐天才不信："你们平时吃什么？米饭？炒菜？汤？"

"你去了就知道了。"

夏楠到了餐厅才发现今天真不一样，不但有鱼有肉有青菜，有金华火腿，还有炒饭和烤鸭，就连餐厅的厨师，一看到齐天进门都点头哈腰。

面对这么丰盛的晚餐，她吞了好多口水，暗暗骂了句"有钱真任性"，看齐天都顺眼了一点。她有心不吃吧，奈何肚子在咕咕地叫，转念一想，何必跟食物过不去，食物又没有罪！她很快就说服了自己，取了久违的烤鸭，坐到了餐桌前。这边刚坐下，那边齐天就跟着坐了过来。餐厅人多，夏楠也不好让他离开，何况这么丰盛的晚餐跟他还是有关系的。饶是如此，却也不理他，她拿起面皮，放上葱丝、黄瓜，蘸上酱，再夹上一块鸭肉和酥皮进去，卷起来塞进嘴里，闭上眼享受鸭肉的香味和黄瓜带来的清爽。忽然，夏楠吃着吃着停了下来。

齐天问："怎么不吃了？"

夏楠没说话。

他看她那份快吃完了，把自己那份往她面前一推："喏，给你。"

夏楠不吃他那套："谁要吃你的。"

"好，不吃不吃。大姐，你们平时都吃什么呀？"

"你管我们吃什么，跟你有什么关系？"

"跟我是没关系，但是跟你有关系啊，一看大姐你就是吃货，吃货要是吃得不好，会影响心情进而影响工作，跟我讲讲，没准我能让你天天有肉吃。"

"你有那么好心吗？无事献殷勤。"

"谁说无事了？我有事相求。"齐天目不转睛地看着她，"只要把你们医疗队胸外科的女医生联系方式给我，我保证你想吃龙虾就吃龙虾，想吃烤鸭就吃烤鸭，正宗的全聚德师傅的烤鸭，比这个好吃多了。"

夏楠觉得他在吹牛，都懒得跟他说话，蔑笑了一声："打什么主意呢？我再跟你说一次，医疗队没有这样的人，没有！你死心吧。老大不小的人了，成天除了追女人你还有点正事吗？看到漂亮女人就跟苍蝇似的扑上去……"说完觉得好像不是什么好话，马上停住，换了个语气，继续骂，"我就看不起你这种人，二十好几了成天靠父母，你算什么男人，白长了个男人样，周身上下没一点男人的担当，吃喝玩乐，游手好闲，整个一浑蛋样。"

"你可真损，你的嘴巴是抹了毒了吧？真恶毒！"

"你这种人活该被这样对待，自己混成了这样，还怪人骂你？我告诉你，骂你的人多了，祖宗的棺材板都要按不住了，恨不得排队上来把你拖进去。"

"你能不能积点口德？"

"你又不是正经人，我凭什么不能骂？还有，我劝你别像跟屁虫一样，我到哪儿你就跟到哪儿，你不嫌难看我还嫌难看。一是我们医疗队没有那样的医生；二是医院是公共场所，你影响了我的工作；三是别以为自己无所不能，拿点小恩小惠就想收买人。从现在开始别再跟着我了，跟屁虫！"夏楠吃完了烤鸭，开始喝鸭架烧的汤。不得不承认这段时间日子过得太苦了，肚子里的油水都刮没了。她一边喝汤，一边缓缓地说，"天快要黑了，我劝你赶紧回去吧，医院不是你待的地方，晚上这边的蚊子很多，又多又毒，而且我听说昨天夜里又有地方开始交火了，你别把自己撂在这边了。"

齐天挺好奇的："你不是挺恨我嘛，我要是撂这边了不正中你下怀。"

"你可真小心眼，虽然我讨厌你，可你毕竟是我同胞，我不希望有同胞在战争中受伤。"

"算你有点良心。"

"你还是好好想想吧，想想要不要赶紧回去，想想今后怎么做人，别离开女人就不能活了。你要能改过自新，我还能高看你一眼，你要是还是国内那德行别怪我瞧不起你，看见你就骂你。"夏楠说完，埋头喝汤去了，不管他说什么，都不再跟他废话半句。她手也动了，该骂的也骂了。

"夏楠，知医生怎么没来餐厅吃饭？"说话的人是张潜，旁边还跟着两个小护士，大家都挺高兴的，难得有这么丰盛的晚餐。

夏楠呛得咳嗽了一声，嘴里含含糊糊地道："她……还在做手术。"

"那我给她发个短信告诉她今天晚上有烤鸭，叫她手术完马上过来。"张潜一边说一边拿起手机，发完了看到了跟夏楠同一个餐桌的齐天，热情地打了个招呼，问夏楠，"这是你朋友啊？"

"我怎么会有这种朋友，他是我的病人。"说完，刚想提醒张潜坐远点，发现齐天已经过去了。

齐天原以为医疗队就夏楠一个人在这家医院，没想到又来了一个，可把他高兴坏了，兴高采烈地上去打了个招呼，并且作了个简单的自我介绍。

夏楠瞅着心里就发紧，她隐瞒了一下午，别到了现在叫张潜给破了功，她饭碗一端坐到了张潜的旁边，假装不经意地给齐天介绍："这位是我们医疗队的新生儿科的张潜医生，以后你要是生了孩子，孩子万一得个黄疸啊肚子胀个气啊，总之一切需要都可以找他。"

"谢了大姐，不过，我暂时还用不着，毕竟我才20多岁。你倒是应该有这个需要……"齐天打量了她几眼，"你孩子多大了？"

夏楠差点摔了筷子，气得真想给他一脚，奈何餐厅的人太多，只能忍了："你眼睛瞎了，我哪像生过孩子的女人！"

张潜连忙解释道："夏医生现在是未婚单身状态……"

"你闭嘴！"夏楠喝了一声，"我要你说啊？"

张潜哭笑不得，埋头吃饭去了，心说这个齐天倒是不错，原以为他会生气，没想到镇定自若。

齐天该生的气都生完了，虽然只认识半天，却对夏楠这种火爆的性格也了解一二，他不用跟她计较，计较也没用，她嘴巴太毒。她单身的原因，大概率就是因为这个，有几个男人受得了这脾气？还是那个胸外科的女医生好，高冷、漂亮，那才是女神，这个是女神经。他给张潜卷了个烤鸭肉，递给他，说："张医生，你们医疗队是不是有一个年纪二十六七岁的胸外科女医生？"

夏楠赶忙在桌子底下踩了他一脚，可偏偏张潜没意会到她传达的信息，听他打听知非，想都没想直接点头。

气得夏楠提起脚狠狠踩了下去，张潜不明所以，见夏楠恶狠狠地瞪着他，他这才意识到了什么。

那边齐天可激动坏了："那她现在在哪儿呢？你有她的联系方式吗？"

"我刚刚听错了，我以为你是问妇产科的女医生，我心想我边上这位女医生就是妇产科的……"

夏楠不失时机地说："怎么样，我说没有吧。你就别问了行吗？"她站起身，拉着齐天就往外走，不然她担心一会儿谢医生来了，他又要问一通，赶紧把他弄走要紧。

她扯着齐天的手臂就往外走，齐天满心的失望，可他总觉得不对劲，张潜刚才表情突然扭曲那一下他看得清清楚楚，一定是夏楠在搞什么鬼，阻止他不让他说，可他也清楚如果是夏楠故意隐瞒的话，张医生肯定也不会告诉他。没办法，他只好跟着她往外走。夏楠拖着他往医院门口的停车场走去，他的车子就停在那儿。她拖着他一边走，一边在他口袋里掏出车钥匙，拉开车门，将他往驾驶室里一塞,说:"回去吧。"

齐天被她拖了一路,她越这样他就越觉得她肯定知道他说的胸外科的女医生。夏楠此刻单纯就是想让他赶紧走,所以说完了,就准备关上车门。可没想到,忽然身后有人问:"你们干吗呢?"

第 27 章　终于见面了

夏楠的脑子"嗡"了一声，真是怕什么来什么，都要将齐天这尊瘟神给弄走了，谁承想，半路杀出个谢晟，直接打乱了她的计划。

而齐天原本都打算打道回府了，反正他是看出来了，只要夏楠在，他别想打听出女医生的消息，万万没想到天上又掉了个中国医生。他也不卖关子了，直接冲谢晟大声问："医生你好，请问你们医疗队，是不是有个年纪大概二十六七岁的胸外科女医生？你知道她在哪儿吗？"

谢晟送一个年迈病人出院，刚把老人送走，结果就看到了夏楠拉扯着一个小年轻过来，他怕夏楠吃亏所以跟过来看看怎么回事，谁知对方突然发问，他心里纳闷了一下："你找她有事吗？"

"有事有事，我认识她，早上刚见过，我有重要的事找她。"

夏楠连咳嗽带眨眼，恨不得捂住谢晟的嘴，可来不及了，就听谢晟说："你说的那是知医生……她现在应该还在手术室里……"

他话还没说完，齐天就已经生龙活虎地从车子上一跃而下，双手握拳，激动地"哟呵"了一声，真是踏破铁鞋无觅处得来全不费功夫，他兴奋地在原地蹦了几下。

第27章 终于见面了

夏楠特无语地朝谢晟翻了个白眼："谢医生，你的嘴怎么那么快？"

谢晟一头雾水，小心翼翼地问："怎么啦？"

夏楠一字一顿地道："你给知医生惹麻烦了。"

齐天这时已经扑了过来，不管三七二十一，抓着谢晟的手连声道谢，道谢完，拔腿就朝医院跑，一边跑一边"哟呵哟呵"地叫着，那个欢呼雀跃，那个喜颜悦色，和愁云惨淡、无精打采，手按在额头上，唉声叹气的夏楠形成了鲜明的对比。

谢晟有点蒙，指着齐天的背影，问夏楠："他是谁？到底怎么了？"

夏楠斜着眼睛看他："你不认识？"

"不认识啊！"谢晟说完又问，"我应该认识吗？"

"那我提醒你一下，齐源集团知名恶少……"

"谁？"谢晟是真的不知道，他平时除了工作，大部分的时候都用来陪伴家人，每天还要抽出时间学习，他倒是知道齐源集团。齐源集团的广告随处可见，想不知道也难，但是恶少是谁，他真不清楚。

夏楠："齐天！"

"齐天？就是那个经常因为跟网红传绯闻上热搜的齐天？"就算他很少接触网络，但是齐天的大名，又有几个人不知道？

"对！就是他。"

"他怎么来Z国了？"

"我也正纳闷呢，他怎么就来Z国了？"夏楠说完，掉头朝医院走去。

谢晟喃喃："难道是国内的太平日子过腻了，过来找刺激？"

齐天一路问人，找到了胸外科手术室门外，门口亮着的灯显示正在手术中，他深吸了一口气，对着玻璃上的影子，整理了一下衣衫，帅气地甩了甩头发。

手术室的门开了，一名护士走了出来，他赶紧冲上去问是不是手术结束了。护士还以为是家属，可看着是中国人，又不像是家属，说："手术还在进行中……"

"什么时候结束？"

"大概还有三四个小时。"

齐天屏住了呼吸，紧张地问："主刀的是知医生吗？"

"是知医生。"

齐天兴奋地打了个响指，吓了护士一跳，看他没什么要问的了，便三步一回头地走开了。齐天激动地在手术室门口来回走动，不时搓搓小手，恍如产房门外焦急等待的孩子生父。

夏楠走了过来，事已至此，她也不想多说什么，只希望他不要骚扰知非，虽然以她对知非的了解，齐天根本没戏。

齐天一个小舞步移动到她面前："大姐，求你一件事呗。"

"有话就说，有屁快放。"

他这个时候也不管夏楠的话粗俗不粗俗了，一下子扑到她跟前，小狗一样眨巴着眼睛："等会儿在我女神面前给我留点面子成不？"

"那你回答我，小孟的事到底是不是你干的？你老实回答的话，我还当你是个诚实的人看待，你要是胡说八道，我就不拿你当人。"

"这问题不是刚刚都已经回答过了么，不是我。"

夏楠轻蔑地看着他，冷笑。

第27章 终于见面了

"大姐,你别冷笑啊,真不是我,要不这样,你肯定有她的联系方式,你发个视频过去,咱们来个当面对质。"

夏楠当然不能这么干,这不是揭人伤疤嘛。

"你就是看准了我不会跟小孟和你当面对质,所以才说这话吧?小王八蛋,年纪不大,心机挺大。"

"说话就说话,别骂人。"

"就骂你了怎么着?活该你被骂!"

"我……我真是跳进黄河也洗不清了。"

"你还想洗?"

"算了算了,咱别吵了,要不你说说,我到底怎么做你才能相信?要不这样……我给你发个誓?"

"别拿糊弄小姑娘那套来糊弄我,发誓要是有用的话,雷早劈死你800回了。"

齐天噎了一下:"是不是非得我承认了,你才满意?"

"谁让你是浑蛋,你做人没品,不怪别人不信你。"齐天气得一脚踢在了墙上,夏楠懒得看他一眼,"好好想想自己的所作所为,别一辈子都上不得台面。"

"你才上不得台面。"齐天气死了,这女人铁桶一样的脑袋,说什么都听不进去,固执、冥顽不灵。

夏楠不想再骂了,不是她骂累了,而是她有工作要做,不能总把时间浪费在他身上,这不值得。

"我不跟你这种人吵,我去工作了,我警告你,一会儿知非医生出来,你放老实点,她可是练过跆拳道的,就你这小鸡子似的身板都不够她一个回合的。"手指在他身上戳了戳,"掂量掂量自己,三思而后行。"

377

齐天本来应该很生气，谁小鸡子似的身材？但是，这个不重要，现在他的注意力全在知非的名字上，摸着下巴，自言自语道："原来她叫知非啊？"

夏楠无语地白了他一眼："走了！"

齐天站在走廊里冲夏楠的背影热情洋溢地挥了挥手："再见大姐。"

手术室内，知非正在给病人手术，这是一例巨块肺纤维瘤切除手术，手术已经进行了六个多小时。她一边处理，一边说："这个肿瘤压迫了臂丛神经、气管、食管、心脏、肺等器官，而且它的浸润性很强。"

旁边的木兰在琢磨细节："左侧胸腔的顶部还有被浸润的胸膜，这里的浸润性更强。"

"跟我们原定的预案差不多，就按照原预案手术，从这里，将肿瘤拿掉。小龙你配合我。"

结束了手术，病人被推了出去。

知非一边洗手，一边和木兰、小龙交流手术中的细节。木兰头一次做这种巨型肺纤维肉瘤手术，看到取下来足足半斤的肿瘤，并且几乎没有牺牲病人的肺叶，特别激动。

这时，推门进来的小护士冲着慢条斯理洗手的知非，大叫了一声："知医生。"

知非吓了一跳，抬头问："什么事？"

小护士："有位中国人找您。"

知非心想不会是维和部队警卫中队的人吧，她在这里也不认识别的中国人，不过，她还是问了句："什么样的人？"

小护士笑眯眯地说："一个很帅的小伙子。"

第27章 终于见面了

知非愣了愣。难道是修羽？中午他道歉的时候，她什么话都没说就走了。知非想到这里，她加快了洗手的动作。

手术室门外，夏楠面无表情地站着，旁边的椅子上趴着一个人。

走廊里，偶尔经过的人总是会放慢脚步看着他们。

趴着的是齐天，嘴里在一个劲儿地絮叨："我不行了，大姐你可真狠，抽了我600CC的血，你太没人性了！抽了那么多的血就给了我一碗泡面，你是不是觉得我没吃过泡面？告诉你，我打游戏的时候经常吃泡面，都吃腻了。我现在头晕眼花，眼冒金星，都是你害的，你真是心狠手辣……"

夏楠伸手提着他，让他坐在了椅子上，没好气地说："什么叫我害了你？是谁大言不惭地说，需要多少血随便抽？你瞧你现在这要死不活的样儿，你平时天天吃着山珍海味，区区600CC的血，根本不算什么，回去好好休息几天就没事了。"

"怎么可能没事？我感觉我就要挂了，我肯定已经贫血了，你赶紧去给我回点血补补，不然我会死在这儿的。"

"你就矫情吧！你现在需要的是休息，休息好了啥事没有。"

"你卸磨杀驴，你抽血不认账。"

"谁不认账？给你记着了，赶紧滚回家去。"

"我不回！我要等知非！知非的手术时间怎么那么长，是在给大象手术吗？"

"你说呢？"

"大姐，知非确定在里面吧？"

"不确定，要不你走吧。"

"不，我要等她。"

知非从手术室出来就听见有人在叫知非，再一看，是夏楠和齐天坐在门外，一个满脸豪横，一个病娇模样。

齐天一看到知非，猛地站起来，结果眼前一黑，身体摇晃了几下，幸亏夏楠出手快，一把将他按在了椅子上："不知道自己刚献了血啊，瞎激动什么？"

齐天觍着脸，朝知非笑："知非医生，终于见到你了。"

她问夏楠："什么献血？怎么回事？"

齐天抢着拿手比出一个六："600CC……她，抽了我600CC的血，她想弄死我。"

"被迫害妄想症吧你。"夏楠朝他凶，然后跟知非解释道，"根本不是他说的那样，是维和营地那边排雷时出了点意外，杜峰受伤被送来医院，急需AB型血，可医院血库告急。他知道之后，拍着胸脯跟我说他是AB血型，需要多少随便抽，所以我才抽了……"

知非一听吓了一跳："杜峰受伤了？伤哪儿了？"

"腿，现在还在手术。"

"伤到骨头了？"

"嗯。"

"怎么搞的？"

"听说是在一个雷区排雷的时候，当地一个小孩突然跑进去踩了雷，是为了救小孩受的伤……"夏楠低下头，"一共需要600CC的血，我就让他……一个人献了。"

知非看着夏楠，语调看似平静却带着严厉和不容置疑："夏医生，你过来一下。"在工作上夏楠一向怵着知非，知非一严肃，她就紧张。她一言不发地跟随知非走到一旁停住，她知道知非准要训她，所以没等知非开口，就赶紧主动承认错误："我错了！这次真的是我错了……我不该为民除害。"知非手插在白大褂的口袋里，静静地看着她，夏楠不情不愿地嘟囔着，"是！我是不该抽他600CC的血，可我这不也是为了杜峰的手术顺利进行嘛，我保证下次再也不冲动办事了，我也不知道怎么解释……总之，就是今天我做得确实有一点过分。"可她还是想说说心里话，"可我觉得在这件事上吧，也不能全怪我，是他做事太缺德了，他欺负小孟……"

知非被她说来说去又绕回到小孟的事情上，有些恼火："你能不能不要把工作生活混为一谈？献血不是做买卖，无偿献血是有标准的。"

齐天竖着耳朵偷听，隐约觉得知非在向着自己说了，忍不住乐了，见夏楠看过来，马上收敛住笑容，假装看向别处。

夏楠解释道："他身体健康，而且他在国内还有义务献血证，这次血库AB型血告急，情况我是跟他讲得很清楚，但是……他有没有听明白我就不知道了。"

知非讶然地看着她："你的意思是，只要是着急用血，就可以最大限量地抽取无偿献血人的血了吗？"

"我不是这个意思。"

"你在抽血之前，有没有对他进行必要的体检？他的身体条件符不符合捐献那么多的血？还有抽600CC的血到底有没有这个必要？你之前说他有献血证，那他上一次献血是什么时候？"

夏楠本来就是急性子，被她一逼就更急了："体检当然有了，他身体状态很好，很健康，并且距离上一次献血已经超过半年了，我跟他表明，需要的用血量大概600CC，他说随意抽，他拍着胸脯跟我这么说的，再说了……"她突然放低了声音，"健康人一次献血600CC也不会影响到健康……好好休息几天,补充补充营养很快就能恢复……"

知非抬高了声调:"你是这么想的?如果换成别人,你会这么抽吗?夏楠,说到底,还是因为小孟的事。"

夏楠不说话了,纵有多少借口,在知非面前什么都显得无力,她总能找到破绽,并一一击破,除了承认错误无路可走:"我错了。"

"你说说无偿献血的标准是什么?"

"每次不超过400CC。"

"夏楠,你讨厌他不是违反原则的理由,并且……你不是头一次犯这样的错。"

夏楠一愣,垂下了头,她知道知非说的是五年前的事儿。

那是一个冬天的夜晚。

那天她值夜班,凌晨三点左右,正在办公室打盹的夏楠,突然被一阵哭声惊醒,紧接着就听见外面一阵脚步声,她刚抬起头就见一个长得清秀漂亮的女孩跑了进来,女孩哭得极其惨烈,哭得夏楠睡意全无,打沙发上一咕噜身坐了起来,抹了抹嘴角的口水,一迭声地问:"怎么了?怎么了?"

"医生,我要求切掉输卵管,请尽快给我安排手术。"

"啊?"夏楠吓了一跳,以为自己听错了,"你说什么?"

还以为对方是得了什么难言之隐的疾病,结果不问不知道一问吓一跳,女孩要求做绝育手术,切掉自己的输卵管,是为了向男朋友证明自己一辈子只爱他一个人:"没有他我活着就没有任何价值和意义,为了他,我可以付出我所有的一切。可他不信我,他说要我证明我对他的爱,他说证明的方法只有一个,那就是切掉输卵管……"

"不是……你爱他，跟输卵管有什么关系？"

"他说他没有安全感，他说我现在爱他，可将来未必，将来我可能会爱上别的人，甚至还可能会跟别人结婚生孩子，他说只要一想到我将来会跟别的男人有孩子，他就会心痛得要发疯。"

夏楠听得一愣一愣的，她还是头一回遇到这样的事。无病呻吟式的爱情最叫人头疼，仔细一看女孩更傻眼了，一张稚嫩的小脸，一看就是刚入学的大学生。

"你多大年纪了？"

"我19岁，医生，我已经是成年人了。"

夏楠脸都黑了，不过她很快就冷静了下来，反正闲着也是闲着，顺便毒打一下满脑子只有爱情的温室花朵。

"大一吧？"

女孩显得有些紧张："这跟手术有关系吗？"

"没关系，随便聊聊，哪个大学？"

女孩没说话。

"A大？咱俩随便聊，你不说也没关系，我是医生，不是警察，我也不会给你的学校打小报告。"

她说了一通终于让女孩卸下了防备，承认自己是A大的大一学生。夏楠那叫一个气啊，能进这个大学的都是学霸，可谈个恋爱，把自己谈成了傻子的还是头一回见到。

她好说歹说，可女孩一口咬定要做绝育手术，不给她做的话她就去别的医院，如果别的医院也不给做，那她就去找黑诊所，反正她决心已定，一定要为了爱情献祭自己的输卵管。夏楠都无语了，她看女孩哭得上气不接下气的，既心疼又生气，以为像这样的女孩，多半要么是童年不幸福，要么家庭不和睦，才会被渣男PUA。结果，她旁敲侧击了一下，发现根本不是那么回事，女孩的家庭很好，父母都是教师，并且她从小到大成绩优异，完全是乖乖女加学霸。得知这些后，她就更生气了。

夏楠先给她仔细讲解了人体构造，生命科学，再讲到了爱情，讲到初恋时根本不懂爱。接着，她也不伪装什么知心大姐了，指着女孩子的鼻子一顿臭骂。女孩被她骂蒙了，讲述了自己和男孩的爱情故事。她还从女孩嘴里得知，男孩也在医院，半个小时前闹自杀，是女孩打的120，现在正在急诊科。原来两人是大学同学，一进学校就恋爱了，最近一个CBD的白领在一次户外运动中认识了女孩，加了微信，开始追求女孩，男孩控制欲超强，受不了，就闹了这么一出。

这都什么事啊？她赶紧叫护士盯着女孩，自己跑到急诊室看个究竟，结果不看不知道，一看，气笑了，这哪是什么自杀啊，就是头上不知道磕在哪儿，磕出了血，再加上一点感冒，故意装出一副要死不死的颓废样。夏楠的性子哪忍得了这个，谈个恋爱居然PUA人家女孩，让女孩切了自己的输卵管来表达对自己的爱，这哪是爱，这是凶手啊，必须为民除害。急诊科的医生给男孩额头做了处理，然后叫他去输液区挂水。可巧负责挂水的护士闹肚子，于是夏楠拿到吊瓶过去了，针头故意一通扎，最后勉勉强强给他挂上了水，之后她往男孩边上一坐，趁着他挂水没办法离开，把男孩狠狠教训了一顿。

这事的结果就是，第二天她就被投诉了，进了副院长办公室。不过关于男孩女孩的事，并不是传说中的幡然醒悟，分道扬镳，那一对小情侣继续相爱相虐。毕业当天两人等毕业典礼结束了，

第27章 终于见面了

就直奔民政局领了证,然而,结婚不到一个月,两人就离了。男方没多久又有了女朋友,不到一年就做了爸爸,老婆的剖腹产手术还是夏楠给做的。女方则去了国外读书,从此音信皆无。

每次一想到这个事,夏楠就头疼:"我就是突然见到他,一时没忍住。"

知非点点头:"你的意思是小孟的事确定是他干的?"

夏楠有些犹豫,说:"当初是小孟在医院亲口跟我说的,我想应该不会有假吧。"

"你问过齐天了吗?他怎么说?"

"问过,他死也不肯承认,我都动手了,他也不肯承认。"说到这个事,夏楠就来气,回头狠狠瞪了一眼齐天。

齐天整个人神经都是紧绷着的,就怕她在知非面前胡说八道,破坏了自己的完美形象,见她看自己,马上一个眼神报以警告,夏楠也不含糊,同样报以眼神,并朝他挥了挥拳头,回过头,跟知非抱怨:"你看,他多讨人厌,做人没点人样,看着他就来气。"

知非扫了眼齐天,对夏楠说:"我不认识小孟,你也别听谁的一面之词。至于齐天,你应该向他道歉。"夏楠心里有一百个不乐意,却只能点头,这件事处理完,知非接着又问杜峰的情况,"杜峰伤得严重吗?"

"听说很严重,但是也没有危及生命。修队背着杜峰冲进来的时候,浑身都是血,我都吓坏了……"夏楠还在说,可知非却只能看到她嘴巴一张一合,听不到任何声音,她也不知道是怎么回事,一听到修羽的消息,心里就发紧。但愿任何时候都不要在医院这种地方,见到他。

"修队把杜峰送过来之后,接到了一起临时任务,现在杜峰人还在手术室，谢医生主刀，我想应该没什么问题……"夏楠声音低了下来，"这次是我错了，这事传出去显得我公报私仇，可我事先是取得了他的同意的。他这个人吧，虽然挺坏的，可在这件事上挺热心的。不过，他的善良也是有前提的，我跟你直说吧，这个人可能对你动了歪心思了，所以跟只孔雀似的，在各个地方展现自己的魅力。你也知道，他这个人私生活混乱不堪，我估摸着他是闲得冒烟了，寻找刺激来了，他不会真正爱上谁的，永远也不会。"

知非扭头看了一眼齐天。

齐天见她看过来，立马一副风度翩翩的模样。

夏楠嫌弃死了："你看吧，恶心不恶心，你只要给他阳光他马上就灿烂。非非，我不担心你，你做事果断，从不拖泥带水，可我不放心他，我总感觉从今往后他是要在我们这儿生根发芽了，医院里的小姑娘那么多，别祸害了人家。"

知非没说话，然后朝齐天走了过去。

齐天喜滋滋地扶着墙壁，站起来，明明头晕眼花，偏顶着力气站了起来，跟刚刚和夏楠说话时判若两人。知非走到他跟前，什么话也不说，架起他就走，一边走一边叫护士，说："准备葡萄糖输液，抽血抽得太多了，得输点液平衡一下。"

齐天听她说什么都如沐春风，一张脸笑得跟朵花似的问："咱去哪儿？"

"去我办公室输液。"

"好，太好了。"他乖巧地一边跟着她往办公室走，一边嘴里也没闲着，"知医生还是你懂我，知道大晚上的我不愿一个人待着，不像某些人，就会坑我。"说着，回头看夏楠。

夏楠一个眼神杀过去："有种你再说一遍。"

第27章 终于见面了

齐天当着知非的面才不会跟她吵架,他假装头晕,故意将头搭在知非的肩膀上。

夏楠无语地翻了个白眼:"你就演吧!"

知非架着他进了办公室往椅子上一放,护士已经把葡萄糖架好,她拿过针头,抓过他的手腕往下就扎。

齐天却不像刚刚让夏楠给他扎针时那样一通惨叫,知非给他扎针时,他不但不喊疼,嘴里还在夸知非:"厉害厉害,扎得又快又稳,佩服佩服,我跟你讲,我打小就害怕扎针,别人扎针我都疼,就你扎得一点都不疼。"

夏楠冷笑。知非不接他的话,弯腰固定好了针头。齐天看着她,她距离自己很近,有淡淡的香味传了过来,他要有多开心就有多开心。

知非直起腰,径直问:"听说你在找我?"

齐天立马坐正了,特真诚地说:"对,完全纯粹出于个人的仰慕,所以想见你。"

知非没说话,看着他。夏楠正站在门边喝水,一听就窝火,冲着齐天大声训道:"你能正常点吗?"

她声音太大,吓了齐天一跳,不过他才不管,他深情地看着知非:"第一眼看到你,就觉得你的气质与众不同,我打心眼里仰慕你……"

夏楠没忍住,一口水喷了出来。气氛被破坏了,导致齐天说了一半的话,哽在喉咙里说不出来,他回头瞪着夏楠。

夏楠憋着笑,一边擦着嘴边的水,一边说:"不好意思啊,失态了,好久没听到这么土味十足的开场了。我一下没忍住,别管我,你接着说。"

387

齐天酝酿了一下情绪,这么深情的告白被人当成笑话听,怎么还能继续下去?空气里一阵诡异的安静。

这时有护士喊:"知医生,207病房的病人家属找你,叫你赶紧过去一趟。"

"知道了。"知非起身快步往外走,一边叮嘱道,"夏楠你下班了吗?护士下班了,你留下来照顾齐天。"

夏楠从办公室追到门口,冲着知非的背影,怨念道:"他又不是小孩?我还想回宿舍休息呐……"

知非头也不回地说:"陪他挂完了水再休息。"

"非非……"

知非已经走远,夏楠几百万个不乐意地回过头瞪着齐天,齐天也在瞪着她。两人相互瞪了半天,齐天先败下阵来。夏楠吊着膀子,跟看猴子一样看着他:"小样儿,想跟我玩眼神杀,你是我的对手吗?"

齐天一脸不屑地朝她举起大拇指,却不说话。

夏楠走到他对面,拿他当笑话看:"刚刚搁这儿演哪出呢?电视剧早都不这么演了。"

齐天一副不耻下问的态度:"那现在喜欢上一个女孩该怎么表达?"

夏楠被他难倒了,她一个单身女性,哪里知道这些,但也不能在他面前露怯,硬着头皮说:"我喜欢你。"

"什么?"

"我喜欢你。"她加重了语气重复道,这样显得她比较懂。

"噢。"齐天点点头,"我不喜欢你。"

"你听不懂人话是怎么着?我说的是喜欢你的意思吗?"夏楠

的手用力在他身上戳了戳。

"说话就说话别动手。"

"动手怎么了？就你现在这样，我没揍你就不错了。喜欢你？做梦吧！我也求求你千万别喜欢我，被你这种人喜欢那是一场灾难。我劝你善良，别到处祸害姑娘，小心被人打死！"

齐天抽了一支烟出来，点上，吐出一个烟圈，慢悠悠地说："你给小孟联系过没，到底是不是我？"

夏楠一愣，这小子说话太冷静了，冷静得有点不可思议，总感觉不太正常，说不定就这短短几个小时，他已经花钱堵了小孟的嘴了。她虎着一张脸："还用证实吗？说你浑蛋你还不承认，做人真失败。谁叫你抽烟了，给我扔了，这是医院，你还在输液。"她一把抓住他的前襟，"听清楚了吗？"

齐天扯开前襟上的手，用力吸了一口烟，按灭烟头丢进垃圾桶里，吐出一个烟圈，看了看手机上的时间，说："国内现在都已经很晚了，你再不找那什么小孟证实的话，那边可就是深夜了，要不你把她的联系方式给我，我来联系她？"

"我凭什么听你的啊？"

"凭你对我的这些污蔑，凭你从见面骂我到现在，凭你那张喋喋不休地喷着毒液的嘴。我还猜到你肯定没少在知医生面前黑我，你要是不知道我是清白的，就会持续不断地黑我，就凭这些，我就有权力维护自己。"

"管我要清白，你找错人了吧。"

"你污了我的清白，我当然找你要。"

夏楠从口袋里掏出手机，朝他点了点："要清白是吧？那我就让你求锤得锤。"

她打开电话簿,找到小孟的号码,当着齐天的面拨了过去,电话嘟嘟了几声断了,她稍顿了一下又拨过去,还是如此。心里不禁有点纳闷,退出之后,打开小孟的微信,编辑一条信息发过去,却发现不是对方好友。夏楠傻眼了。

齐天瞧她脸色不对,赶紧探头看了看,一脸嘲讽地说道:"手机进了对方黑名单了?微信也叫人拉黑了?"

夏楠恍然大悟地冲他点了点:"你干的。"

齐天指着自己:"大姐,你有被迫害妄想症吧?我知道她是谁啊?"

夏楠被气得冷笑,没跟他吵。小孟的电话打不通,孟林的电话总能打通吧,今天她非把事情真相弄清楚不可。她又给孟林打了过去,电话响了第二遍,终于被接了起来。

"孟林,我问你,小孟是不是今天遇到什么事了?"

电话那边沉默了一会儿:"别提了,我都已经半月没她消息了?夏楠,我先不跟你说了,爸妈被她气得住院了,我现在还在医院里,护士喊我赶紧过去一趟有什么事,等我空了再说吧。"电话就这样断了,夏楠靠着墙,站了一会儿,心想,难道小孟拉黑她的事,真的跟齐天无关?

齐天看她打完电话,突然什么话都不说了,不知道出了什么事。他也懒得管,往椅子上一靠:"我累了,大姐,你这儿有吃的吗?我都要饿死了。"

夏楠在口袋里摸了半天摸出一块巧克力递给他,她不吃巧克力,这是放在口袋里奖励给产妇的,她剥开直接塞进他嘴里:"吃吃吃,吃死你。"